情趣谈

郑学诗 著

中国文联出版社

图书在版编目（CIP）数据

情趣谈 / 郑学诗著. -- 北京：中国文联出版社，
2025.3. -- ISBN 978-7-5190-5833-3

Ⅰ．I267.1

中国国家版本馆 CIP 数据核字第 2025V40J06 号

著　　者　郑学诗
责任编辑　李　民　周　欣
责任校对　秀　点
装帧设计　李松年　何寅彪

出版发行　中国文联出版社有限公司
社　　址　北京市朝阳区农展馆南里 10 号　　邮编　100125
电　　话　010-85923025（发行部）　　85923091（总编室）
经　　销　全国新华书店等
印　　刷　三河市龙大印装有限公司

开　　本　710 毫米×1000 毫米　　1/16
印　　张　22.75
字　　数　350 千字
版　　次　2025 年 3 月第 1 版第 1 次印刷
定　　价　78.00 元

版权所有·侵权必究
如有印装质量问题，请与本社发行部联系调换雕龙余事是雕虫，琐语重刊继绪论。
业岂计扬春与下里，何妨异曲亦同工。

泰青霄垫脑漏郢斫永朱华耀眼红，翰墨生涯在此乐明窗净几日瞳，

学诗同志领寄

癸亥之春录旧作即事诗以应

王力时年八十有三

1983年3月，著名语言学家，北京大学王力（1900—1986）教授在全国语言学学科规划会议上为作者题写的旧作即事诗条幅

杨辛（1922—2024），北京大学教授，著名学者，美学家，中华美学学会顾问，中国东方文化研究会学术委员。2008年，被中国美术家协会授予"卓有成就的美术史论家"。2012年，被授予"北京大学哲学教育终身成就奖"。"清凉天地，火热心肠"是杨先生1985年为作者题写的条幅情趣是心灵与自然碰撞和交融而闪现的火花，是生命之歌之舞。

——引自阎国忠先生与作者的谈话

阎国忠，北京大学哲学系教授，博士生导师，著名美学家

2020年秋作者书《庄子·天下》语

序

■ 阎国忠

学诗约我为本书作序,我没有推辞。因为从开始酝酿到成书,我都深深地介入了。对其中所经历的曲折、所遇到的甘苦、所付出的心血,除了他夫人小白,恐怕没有谁比我更清楚了。而且,书中收录了我写的三篇论情趣的书信。序写起来比做文章要轻松些,可长可短、可近可远、可深可浅,即便对我这个年近九旬的人,也没有太多的压力。

情趣与真、与善、与美都有关,但对中国,乃至世界的美学都是一个尚待开发的课题。

美学原来的意思是感性学,但一旦翻译成美学,就局限在与美感相关的领域,乃至后来的艺术领域,其他属于情趣的部分就被阉割掉了。比如梁启超讲的兴趣、席勒讲的游戏,以及阅读、旅游、交往、宠物、餐饮、收藏、技艺、竞技等。与美感一样,它们都是对象性活动,不同的是美感是有形式的,而它们大半是无形式的,或超形式的;它们之所以给人快感,主要不是对象自身,而是介入的过程,这个过程是宣泄性和显现性的。

一次,孔子与弟子议论各自志趣。曾点说:"暮春者,春服既成,冠者五六人,童子六七人,浴乎沂,风乎舞雩,咏而归。"孔子喟然叹曰:"吾与点也。"(《论语·先进》)

这是一种情趣。

《世说新语》记载:"王子猷尝暂寄人空宅住,便令种竹。或问:'暂住何烦尔?'王啸咏良久,直指竹曰:'何可一日无此君?'"

这也是一种情趣。

歌德在与爱克曼一次谈话中说:"我看到静悄悄的湖光月色,以及月光照到的深山浓雾。然后我又看到最美的一轮红日之下充满生命和欢乐的森林和草原。我心中又描绘出一阵雷电交加的暴风雨从岩壑掠过的湖面。那里也不缺少寂静的夜景和小桥僻径的幽会。""我把这一切告诉了席勒","他用这个素材写出了一部令人惊赞的大诗"。(《歌德谈话录》)

这又是一种情趣。

只要有生活,就会有情趣。不仅是思想家、道德家、艺术家,普通工人、农民、士兵都有情趣,而且都只属于自己,不可替代。区别在于在多大程度上超越自我,其中社会性多些,还是生物性多些。有的情趣纯洁、高尚,有的浅薄、庸俗,在这个意义上,情趣可以说是衡量人的修养的尺度。

如果按本来的意义理解感性学,将情趣通通纳入研究的范围,那么将给现在的美学带来重大的转变。

这就会沿着当代美学发展的路子,深化对审美"内驱力"的研究。马克思指出,人之所以能够"按照美的规律造型",是因为人具有自己的"内在的固有尺度"。这个命题决定了马克思主义美学的基本走向。新马克思主义美学就是围绕这个命题展开的。审美活动是生产劳动的伴生物,它的价值和边界是由生产劳动决定的,这是其一;其二,生产劳动除了有"物种的尺度",还有"内在的固有尺度",所以是人的对象化活动。什么是"内在的固有尺度"?后来人们的讨论中涉及的概念很多,比如"目的论设定"(卢卡奇)、"意识"或"集体意识"(葛兰西)、"希望"(布洛赫)、"认识的兴趣"(哈贝马斯)、"审美需求"和"自我实现"(马斯洛),其中影响最大的应该是柏拉图及近代的休谟、费尔巴哈等谈到的爱,弗洛伊德主义的马克思主义者马尔库塞甚至将爱看作植根于人的本能——"快乐原则"的生理和文化的直接的驱动力,是美的最终本源。但据我所知,迄今还没有谁提及作为美学范畴的情趣。爱与情趣紧密相关,并且以情趣为其前提,所以凡是爱必然带有情趣。认为爱与本能相关,只是在生物学意义上是正确的,爱——如果是指人类的爱,绝对是人活动的产物。在爱与本能之间必然有情趣这个中介。所以,情趣理应成为美学研究不可或缺的部分。

这就会将研究的重心转向人和人的生活世界。黑格尔承认人作为自然的造物,在自然界中是最美的。但他很少讨论人的美。在他看来,美只是对艺术讲的，人的美只能说是美的雏形。这显然违背了人的审美习惯。美与丑是挂在人们口头上的话题。没有人不在意别人对自己美或丑的评价。人的美不仅体现在身材和长相上，更体现在人的内在素质和教养上。这是艺术努力表现而往往不能如愿的界域。因为这需要艺术家自身有相当的素养和情趣。所以一旦进入人和人的生活世界，情趣就必然成为一种体验、一种交流、一种碰撞，人就同时成为主体和客体。他所面对的就不仅是美或丑，还有真与假、善或恶、爱与恨、悲或喜。而且，情趣就变得无处不在，成为生产和生活的组成部分。这就是所谓的日常生活的审美化。

这就会推动对崇高的讨论，彰显人和自然统一的最高境界。谈到崇高，我们就不免想起博克和康德。他们或从人的自我保存的本能、或从人对大自然的恐惧感向自我优越感转化的角度讨论崇高的起源。崇高的对象都是指自然界。康德的出发点是他的批判哲学。崇高被认为是审美判断力向审美目的判断力过渡的一个环节。什么时候开始讨论人类自身的崇高？——是人类真正觉醒，并自觉投身到伟大的共产主义运动中的时候。正是在这场斗争中，人类自身的智慧、道德和才能才充分地被激发出来，人与自然、个体与群类、理性与感性、劳动与享受才逐步达到协调和统一，人作为"万物之灵"才得以成为现实，马克思、列宁、毛泽东以及千千万万为革命献身的英雄人物才涌现出来，从而为人类历史谱写出了最辉煌、最壮丽的篇章。崇高需要有崇高的志趣、崇高的情怀，而这是在为崇高事业拼搏中，在血与火的洗礼中磨炼出来的。伊格尔顿称马克思是人类历史上最伟大的美学家，因为他为人类规划了光辉的共产主义前景。在他看来，共产主义是崇高的，不过与康德所说的崇高不同，它之所以能"产生某种崇高的效果"，"并非是没有形态和不定型的"；它的"形式和内容完全是如此的绝对，以至于前者有效地消失于后者之中"，而内容"不过是一种由自身所限定的不断自我膨胀的综合体"。（《审美意识形态》）

学诗的一部《情趣谈》，为我们提供了一扇窗口，使我们从中既看到了一个充满情趣的世界，又看到了一颗充满情趣的心灵。它似乎是一部情趣与生命相互碰撞的历史。书法、摄影、绘画、小说、诗歌、散文、评论，以及交往、收藏、野游等无不在学诗情趣所及的范围之内，而且，他总是把情趣升华为一种纯净的爱、一种执着的追求。他已经是年逾八十的人了，但对摄影有出奇的爱好，为了拍出理想的照片，经常起早贪黑去捕捉最佳的时机。他曾给我寄来一束莲藕和一组残荷的照片，那是他冒着寒冷，在结冰的荷塘中采摘和拍摄下来的。他喜欢小动物，曾经疗养过一只受伤的鸽子，两个月后放飞时，眼睁睁地目送它在头顶盘旋，然后向远方飞去，而他却在原地木然地伫立很久、很久。尤其令我欣羡的是他从 2007 年 2 月创立，迄今已有 7000 余期的博客——"学诗原创书法摄影日志"，其中记录着他的艺术生涯及与庞大的朋友圈——作家、学者和一些粉丝们的友情来往。但是，我知道，他之所以谈情趣，不是因为他有说不尽的情趣和爱，而是为了给社会注入一股清流，"拯救"已经被玷污和扭曲了的"精神"。

2024 年 5 月 10 日于蓝旗营

目 录

第一章 兴趣种子萌发的土壤　001
第一节 青少年兴趣的多样化　002
第二节 从学习绘画中走近大自然　002

第二章 贯穿一生的阅读与写作实践　011
第一节 融入生活方式的阅读与写作实践　012
一、阅读与写作实践　012
二、知识的学与用　014
第二节 讲台内外　023
一、从校园走向社会大课堂　023
二、创建"学诗原创书法摄影日志"（2007—　）　024

第三章 影响一生的导师志趣境界　027
第一节 长河探美潜游深
——阎国忠先生的学术品格及其影响　028
第二节 是真名士自风流
——回忆美学家宗白华先生　045
第三节 自强不息　厚德载物
——怀念国学大师张岱年先生　049
第四节 猛志固常在　丹心终不歇
——怀念著名美学家蔡仪　055
第五节 游于艺
——著名文艺理论家、美学家、文学评论家
侯敏泽先生　058

第六节　清凉天地，火热心肠
　　——著名美学家、美术史论家、书法家杨辛先生　　060

第七节　挚情一生老益重
　　——著名诗人、作家马作楫教授　　065

第四章　大文化背景下的理论探求　　069

第一节　由无法逾矩的环境制约与走向社会　　070
　　一、20世纪80年代大文化背景下的理想色彩　　070
　　二、20世纪90年代大文化背景下的传播与著述
　　　——美学研究生活化趋向　　086
　　三、当代大文化背景下的情趣探求
　　　——审美情趣大爱情怀的重塑　　104

第二节　开拓对情趣追求的多元思考与实践
　　——文学艺术创作的生命：情趣　　107
　　一、从"趣"引出的话题　　107
　　二、我的历史人物写作情趣：以行书刻碑的首创人物
　　　——唐太宗李世民　　110
　　三、我的文学艺术写作情趣　　116

第五章　被颠覆认知的老年情趣　　225

第一节　重新认识自己　　231
　　一、由"所养"到"所为"
　　　——当代老年人生经验的新思考　　231
　　二、与疾病共存的老年情趣心态　老年脑功能衰退
　　　及病变的"文化修复"
　　　——老年科学用脑的思考　　235

第二节　老年情趣视角散论　　243
　　一、如何看待"空巢家庭"中传统孝道的继承障碍　　243
　　二、"空巢"主体自我护理问题研究　　246

第六章　情趣与共鸣
　　——书信的收藏　　　　　　　　　　　　253
　第一节　部分著名美学家、学者的情趣书信　　255
　　一、阎国忠（2016年9月8日）　　　　　　255
　　二、徐碧辉（2018年10月17日）　　　　　266
　　三、程裕祯（2017年12月15日）　　　　　280
　　四、宋珏娴（2018年2月16日）　　　　　　285

　第二节　专业书信手札的收藏　　　　　　　　288
　　一、张虎生（1999年3月26日）　　　　　　288
　　二、张文儒（2012年7月16日）　　　　　　290
　　三、阎国忠（2012年10月）　　　　　　　　291
　　四、马作楫（1994年5月3日）　　　　　　　292
　　五、袁旭临（2012年9月30日）　　　　　　293
　　六、张鸿文（2017年9月）　　　　　　　　294
　　七、时新（2008年5月20日）　　　　　　　295
　　八、孙涛（2008年4月20日）　　　　　　　296

　第三节　不同专业人士的情趣书信　　　　　　296
　　一、致文化学者传行（1985年5月16日）　　296
　　二、刘志刚（2013年10月2日）　　　　　　300
　　三、孙琇（2016年10月1日）　　　　　　　305
　　四、李松年（2016年10月7日）　　　　　　307
　　五、周恒（2016年10月9日）　　　　　　　308
　　六、介子平（2017年1月20日）　　　　　　310
　　七、贾治中（2017年1月28日）　　　　　　312
　　八、高建华（2017年5月16日）　　　　　　313
　　九、阎全英（2017年11月11日）　　　　　315
　　十、战富国（2017年11月24日）　　　　　317
　　十一、梁志宏（2017年12月6日）　　　　　318
　　十二、李鹏程（2017年12月7日）　　　　　320
　　十三、潘振明（2017年12月8日）　　　　　323

十四、刘涛（2017年12月16日） 325

十五、刘晋英（2017年12月20日） 329

十六、陈占奎（2018年1月17日） 332

十七、王小佳（2018年2月10日） 335

十八、柳长江（2018年2月13日） 336

十九、王宏伟（2018年3月24日） 338

二十、郭净（2018年11月28日） 340

二十一、申毅敏（2023年4月21日） 343

二十二、邢晓梅（2023年4月25日） 344

后　记 348

第一章

兴趣种子萌发的土壤

第一节　青少年兴趣的多样化

我上小学时，就受母亲热爱大自然、喜爱刺绣的影响，爱上了绘画。上到四年级后半期，下学后，照着家里唯一的一本《本草纲目》中的草药图临摹，用的是在农村当过小学教师的姥爷留下来的旧毛笔，在作业本的背面把草药图用单线描下来。但是，我更有兴趣的是和胡同里的同学到小河边去挖野菜，把找到的与《本草纲目》中相似的中草药带回家，照着画。妈妈十分高兴，因为我开始走出了书本上的文图，走进自然风光，去画风景中的真药卉。

回到家，我当时就想去胡同口住的一位中医许叔家看看他家制成的草药是什么样，怎么给人号脉、写方、看病。之后，我每下学就到许叔家边看边玩，引起了许叔的关爱，他甚至和妈妈说，想让我跟他学中医。父亲知道后，叹了一口气，和妈妈说，这辈子家里穷，没上成学，孩子学习好，还是让他上正规学校，考大学吧。没上完小学五年级，我考取了老山西大学附中。

第二节　从学习绘画中走近大自然

考上中学后，我遇上了很多好老师，尤其是数理化名师。但更引起我注意的是，原在故宫工作过后来在太原工作的油画家文山先生，任我们班的美术老师。他的孩子——与我同龄同班的同学文伸，也很喜欢画画。受文山先生的启蒙，我开启了一生对油画的爱好。但中学阶段，我

仅能尝试着用毛笔和铅笔作画,并临摹了不少文学作品中的插图。

当我读了苏联奥斯特洛夫斯基的《钢铁是怎样炼成的》小说后,保尔·柯察金的格言——"人最宝贵的是生命,生命对于每个人只有一次。人的一生应当这样度过:当他回首往事的时候,不因虚度年华而悔恨,也不因碌碌无为而羞愧"促醒了我的人生启悟。我记得,那天我读《钢铁是怎样炼成的》从下午6时,一直看到第二天早起上学前,上课自然睡觉了。老师见我课桌里放着这本书,悄悄把他的衣裳披在我的身上,同学们也没惊动我,我一直睡到下课。上第二节课前,我去办公室把衣服还给老师,老师依然无语。那个学期,我的学习成绩有了很大变化。

除了受到思想教育外,我对书的插图产生了极大兴趣,用毛笔、彩色铅笔把封面上保尔骑马的形象临摹下来,受到文老师的表扬。

后来,我上高中、大学乃至工作初期的业余时间,画了不少油画。母亲知道我深爱油画,还把我工作后第一个月工资的一部分托人给我买了一个二手油画箱。应母亲要求,我画了一幅树与海的风景画赠给她,她十分高兴,一直保存,经常翻看,直到去世前她都时常用手抚摸着画面,流着泪。

母亲为什么这么喜欢儿子画的这幅树与海呢?我的父母亲都是河北人,因为老家生活困难,由我大爷分工,他在家伺候老人,我父亲外出

打工，挣钱养活老家和我家生活。父母亲从平原外出打工，去过很多地方，从未见过海，但对海又十分向往。父亲虽然只读过一年私塾，却对书法和古典诗词很有兴趣，就经常给妈妈背曹操的《观沧海》诗。经常听，妈妈也会背了。

上面（左图）附的一幅父亲抄写的《药性赋》中的寒性部分，是他留下仅有的小楷书法作品。右图是姐姐上学时的美术课作业。

父亲喜爱书法，孩子们的书法和国画练习，都是在他熏陶下起步的。

在家庭这种艺术氛围下，我和姐姐都受到了无声的教育。

我工作后，一次利用假期外出，看到黄河和长江，我记得曾在船头对着滚滚长江水大声地喊："爸爸、妈妈、姐姐，我看到长江水啦！"回来后我对妈妈说起，她流着泪默默地说："可惜你爸爸没看到，他走得太早啦。我还喜欢树，但也很少看到。看你这么喜欢画画，就给我画一幅树与海吧！"我用不到两天的时间，几乎是不停地流着泪画成的。当我跪着把画呈给她时，她一边接，一边出声地念着《观沧海》诗，然后把画放到我画的父亲的油画遗像旁。直到母亲去世前，我还经常看到她在画前念着曹操的这首诗，抚摸着画。

为了表达对母亲的这种向往大海博大情操的景仰，及对她的深切怀念，后来我写了一篇随笔。

母亲给我的油画箱

在我伏案工作的桌旁,一直伴随我的是多年前用过的一个旧油画箱。每当我敲击键盘,进入思考时,禁不住总要下意识地抚摸它,有时还要打开,里面的画板、画笔、颜料、画铲,常勾起多年的回忆,令我想念故去的母亲。

那是大学毕业刚工作,当我把刚刚领到的第一个月工资交到妈妈手中的时候,她再三问我想买点什么,我摇摇头,她知道我孝顺,家中经济困难,我不会张嘴。可妈妈心很细,知道爱画画的儿子心里想什么,有时偶尔给我一点儿零花钱,我都买了便宜的水彩颜料。她了解我的自尊和爱面子,背着我找到和我一起画画的美术组同学,东问西找,为我买了一个二手油画箱。我记得那天早上当我睁开眼睛的时候,床头上放着一个被擦得十分干净的旧油画箱。

"妈!"我大声喊起来。妈妈微笑着慢慢走过来,手中拿着我书包里经常放着的一张列维坦的风景油画图片,连连摆着手,不让我说话。我猛地跳下床,紧紧地搂住妈妈,眼里噙着无声的泪,什么也说不出来。

事后,我从同学那里才知道,这个旧油画箱竟花了我第一个月工资的三分之二。那个月是我和妈妈经济最紧张的日子,也是妈妈微笑最多的一个月。

我上大学时担任过校美术组组长,喜欢油画,尤其喜欢列维坦的风景画。作为一个穷孩子,能够用油画棒临摹他的画,已经感到很幸福了。可想而知,后来当我用上属于自己的油画箱时心情该有多激动!

是列维坦的油画风景,让我喜欢上了自然之美,让我比以往更加热爱大自然。有一段时间,我发疯地迷恋油画,经常跑到书店去看俄罗斯画家列宾、契斯恰科夫、列维坦的画册,一到周末,就骑着破旧的自行车到郊外画风景,到晋祠画古树,画双桥映月。直到现在,我还能记得列维坦写给挚友契诃夫的一封信上的两段话:

> 我还从来没有如此爱过自然,对于它如此敏感。我还从来没有如此强烈地感觉到这种绝妙的天,它流注于一切。但非人

人能见，甚至无以名之，因为它不是理智与分析所能获得，它只能由爱来理解。没有这种感受就不能成为画家。

不仅需要用眼看，而且还要用内心去感觉自然，听自然的音乐，体验自然的幽静。

遗憾的是，由于工作繁忙，我没有机会再坚持画油画了，只好挤出业余时间画一点，自然，长进不大。经常看着画箱，我想起当年母亲给我油画箱时那双充满希望的双眼，流泪、发呆，常年无奈地游弋在枯燥的理论海洋中。

直到有一天，我有了自己的相机，便沉醉在列维坦风格般的大自然景物定格中。几年来，由于像当年迷恋油画那样沉醉于摄影艺术的探索，我竟拍出数千幅风景和人物照片。我感受到了一种唯美而脱俗的静，一种返璞归真的童心状态。

妈妈，如果您在天之灵有知，您肯定会感到欣慰的。

2007 年 7 月

在我的人生旅途中，除了小学时母亲教我画白描中药图，引发我的画缘外，上高中、大学乃至工作初期后，我又在课外、工作之余读了不少中外文学作品，临摹了不少其中的插图，画了一些风光速写（见上例图）。后来在大学美术组活动之余，我认识了从北京来到太原，在山西大学筹建艺术系的著名油画家张一方先生，他是中央美术学院徐悲鸿先生的弟子，我对他敬重之情油然而生。

张先生是老北京人，毕业于中央美术学院，学术造诣深，事业心强。他热情爽直，又喜助人，见我钟情美术，十分高兴，课余时间教了我不少素描和油画知识。看他画画，临摹他的画作，参加美术组的校内外活动，张先生在我大学生活中出现，和在绘画上的指点，对我的艺术审美理论与实践的积淀起了很重要的作用，真是我难得的福气。（下面图例是张先生在20世纪50年代我在大学读书时，他和我聊素描、速写时留下的草图）

学校的美术组"灯塔社"为板报创作标题、花边的装饰、空格的插图、漫画，毕业前到农村画速写、壁画、领袖像，既起到了宣传的作用，又磨炼了我们的绘画能力。

毕业后，我虽然从事教学工作，但情趣所牵，业余时间抽暇也做过少量书籍杂志插图、书法题字、幻灯片、纪念章设计、治印等。这些仅仅是业余爱好，平时偶然尝试，有时作品显得很不成熟。遗憾的是，这些艺术爱好都因时间性、偶然性，工作一忙，我也就没能坚持下来。

由于教学需要，教学用具的制作较多。比如，有一次在讲古代诗词时就曾用水墨连环画的形式做成彩色幻灯片教具，配之以古琴，尝试讲解古诗，对增强形象理解起到了很好的效果。

我选中了李白的《丁督护歌》：

云阳上征去，两岸饶商贾。吴牛喘月时，拖船一何苦。水浊不可饮，壶浆半成土。一唱督护歌，心摧泪如雨。万人凿盘石，无由达江浒。君看石芒砀，掩泪悲千古。

李白反映劳动人民生活的诗作远不如杜甫，此诗写纤夫之苦，却很突出。《丁督护歌》是乐府旧题，属《清商曲辞·吴声歌曲》。据传刘宋高祖（刘裕）的女婿徐逵之为鲁轨所杀，府内直督护丁旿奉旨料理丧事，其后徐妻（刘裕之长女）向丁询问殓送情况，每发问辄哀叹一声"丁督护"，至为凄切。后人依声制曲，故定此名。（见《宋书·乐志》）

李白以此题写悲苦时事，就拖船之艰难、生活条件之恶劣、心境之哀伤叙写。"落笔沉痛，含意深远"，实为"李诗之近杜者"。(《唐宋诗醇》)

水浊不可饮，（zhuó 混浊）壶浆半成土。（动词（冰）用壶盛）

君看石芒砀，（mǎng dàng）掩泪悲千古。

年事逐高，我出门少了，老友常在电话中聊聊往事，除谈师长、同窗，谈得最多的是情趣爱好。每当我谈到书法和摄影，老友总要谈到我曾学过白描、油画，搞过工艺设计，甚至搞过泥塑小型人像白求恩、鲁迅等以及为什么退休下来都不做了。还有老友记得我画过一段戏剧脸谱的事。

提笔画脸谱，起自我对工艺色彩的一些形式美法则和规律做过一些探讨。大约是从1980年开始，在业余时间，我对形式美法则和规律重新学习与研究，在省内外有关演艺界的演员、脸谱艺术研究家的建议和帮助下，从1990年始，搜集了三种版本的脸谱图片与文本研究资料，把史略研究与绘制结合起来，竟然用宣纸画出了数十幅脸谱绘制作品，获得了业界的一定支持。但后来由于文字课题研究的时间压力，只好搁置，裱好的脸谱只剩三幅。

出于怀旧与思念，有时我会打开这些裱好、放置数十年的脸谱艺术作品。裱这三幅画的是裱画名家束秀绵老师，她也很喜欢脸谱艺术。

脸谱艺术作品的画法有多种，一种是角色艺人自画于面部，往往不画底稿，如勾勒的线与色自觉不足时，可适当补之。但因出台时间的制约，没有更多时间修改。其他画法根据需求的不同角度，多系纸张，常用于宣纸，或工艺品、雕塑品等不同材质上。由于绘制者爱好不同，选择用的材质与画法也不同。当初起步画脸谱时，出于对戏剧脸谱形式美法则的研究和实践的倾向，我选用了工笔画法，讲究工、细、洁、神。材质上选用了生宣。生宣吸墨性强，直觉表现效果好，但表现难度也大。因为它特别需要在绘制中把握好用水及颜料的比例，水不宜多，稍稍过量，纸上可能就会出现洇的现象。上色厚薄也很讲究。为了体现脸谱的工艺美的特色，不仅整个作品要整洁、细致、直觉神态强，各种线与面异中求同，同中存异，还需要通过在绘制过程中对多样统一规律灵活把握，力求从多角度去表现脸谱人物的精气神。

第二章

贯穿一生的阅读与写作实践

第一节　融入生活方式的阅读与写作实践

一、阅读与写作实践

我出生于1937年9月抗战时期，战乱年代，艰苦岁月，但父亲中年得子不易，便和母亲说："我这辈子喜欢读书，家中困难，没念成书，只好寄托在孩子身上，让他将来进学校，念大学，起名叫'黉'（古代的学校），字就叫'学诗'吧。"后来据母亲回忆，当时父亲情不自禁地反复背诵着孔子的一段话：

子曰："小子何莫学夫诗？诗，可以兴，可以观，可以群，可以怨。迩之事父，远之事君，多识于鸟兽草木之名。"

父亲虽然没念成书，但特别喜爱读古诗，尤其喜爱读借来的《诗经》和从小在读私塾时背下的杜甫的一些诗作。上大学时，我从图书馆借回一本《杜甫诗集》，他每天吟诵，还对我说："你读诗最好能做些笔记，记下你的心得。"

我这辈子十分幸运，应了父亲起的名，进了正规学校，上了大学，又和姥爷一样当了教师。受父亲的影响，从小我就喜欢书，也像他一样，喜爱古诗词和书法艺术。那时家中困难，无力买书，我就借了书来抄，或到书店站着看书。我喜欢朱自清先生的文章，就借来抄了我最喜欢的《荷塘月色》等五篇；在书店抄过格言、名篇片段、古诗词等。

就是这些用极普通的练习本抄下的内容，经我精心地筛选，编了三册，在封面上写了"藏书"，还画上了类似篆刻的图案。父亲戴着深度老花镜，给我题写了"拾穗"。那时我15岁。

上大学后，看到图书馆藏书浩如烟海，我兴奋极了，课余，靠蹲图书馆来扩充知识。那里是我的天下。

大学毕业后，我被分配在华北重点中学、百年名校太原五中任教。教学参考书和有些理论书是学校发的。我的工资，除了给家用外，尽量节约开支，买一些自己喜欢的书，大多是诗歌和散文之类的，也开始少量购买美学和一些专业理论书。到1982年，我有了将近300本书，一间15平方米大的宿舍，一个书架，怎能放得下，只好陆续买纸烟箱装好，放在床下。家里潮湿，只好经常搬动。1984年年初，搬家到党校宿舍时，我发现有些书，尤其是一些珍贵的书竟然发霉了！望着这些自己省吃俭用买下的书，我欲哭无泪。

1983年年底，我被调至党校，属大学后干部教育，业务上是专业课的讲授与研究。有时在图书馆找不到，按照教学与科研相结合的原则，我陆续购买了有关心理学、美学、思维科学、文化学、社会学、创造学等方面的理论书和一些相关边缘科学方面的书。由于购买量大，动辄上百元，我不得不经常节衣缩食。1984年搬到新宿舍楼，1989又搬一次。我首先想到的是要有自己的书房，做了4个大书架放书，以后逐渐又添加各种书，直至放不下了便到处放，再加上没有力量装修，显得很凌乱。

我的书大体分类为：专业针对性（史与论）；经典性；相关性；实用性；收藏性。

具体来说：

1. 科研用书：哲学、心理学、美学、思维学、中西文化、创造学等（史与论）。

2. 经典著作：专业发展史类、文学艺术类、著名作家的选集和全集。

3. 爱好：中医经典理论著作、中西书法绘画理论、画册；书法册（按朝代排列）；电子音像图书——中西经典音乐光盘（按作家、器乐、声乐分类）、影视类（中西大片）光碟。

4. 工具书类：《辞海》《辞源》《中华大字典》《汉语大字典》《汉语大词典（精装）》，以及一些专业字典。

年龄逐渐大起来，念了大半辈子书，用了大半辈子书，书是我仅有的财富：搞专业研究，有大用处；再加上电脑、手机的不时储存，基本上足不出户；有关艺术类书籍，又能不断增加中西文化积淀，陶冶艺术感悟力。

抬头望望以国学大师王力先生赠我的条幅中"翰墨生涯存至乐"诗句起名的"至乐斋"书房，墨香四溢，我联想到上初中时父亲给我题写过"拾穗"，抬头看着堆积如山的书，叹之再三。从 1985 年开始，我进行了持续调研，随读随思随写，慢慢也将定下的课题物化成了几本系列性的著作。代表作《写作障碍论》（知识出版社 1994 年版，获山西省 2000 年社会科学优秀成果优秀奖）、《至乐集》（中共中央党校出版社 2001 年版）、《革命先驱高君宇：中共山西党团创始人》（三晋出版社 2011 年版，获山西省社会科学界联合会 2011 年度"百部（篇）工程"三等奖）、《走出写作障碍》（山西教育出版社 2014 年版，获山西省社会科学界联合会 2014 年度"百部（篇）工程"三等奖，2016 年 10 月获山西省第九次社会科学研究优秀成果奖）、《写作障碍研究——写作书简》（山西人民出版社 2014 年版）等多部。

以上所列有关写作障碍论著得以正式出版，是对我这一带有开拓性课题在一定程度上的相对肯定。我将继续深入学习和研究，在有生之年力所能及地继续拓展。

2023 年 10 月我 86 周岁，荣获太原市"百姓学习之星"、迎泽区"百姓学习之星"双奖。获奖之时，我怀念父亲，他生前不时嘱我常读常思常写，我在业余之时陆续创作了有关专题著述及各类相关文章，书法、摄影等作品及八十余篇读诗札记。

二、知识的学与用

说到知识的价值，古今中外观点甚多。在中国古代受到普遍重视的典型观点，是孔子的"游于艺"。《论语·述而》篇曰："志于道，据于德，依于仁，游于艺。"从中我们可以看到，孔子当时讲"游于艺"的前提有三个：道、德、仁，是说教育必须重视"受教育者个体"的人格健全和完善前提下的"游于艺"。孔子讲的"艺"是六艺，包括礼、乐、射、御、书、数等相关学科，指的是中国古代文人学习过程中的综合文化修养，包括文艺和审美情趣。所以，"游于艺"，泛指中国人对文化态度和生活艺术教育的一种理想状态的追求。从另一角度来说，受教个体又是社会的人，理应有着社会责任的敢于担当和奉献的一面。

应品味孔子"游于艺"中的"游"的深层内涵。孔子说个体的受教者应当保持"学而时习之，不亦说乎"的一种体会自由与超越状态过程中的愉悦感，接受知识的主动学习态度，才能逐步形成独立思考与创造性思维的判断能力及对形象思维敏锐的观察力、感悟力。

孔子的"游于艺"教育思想特别重视知识的综合性、接受知识的主动学习态度。由此我联想到了在中国的传统教育中延续数千年至今的珠心算智力活动，其显然为创造性思维教育选择的最佳方式之一。

在当代普通教育中，尽管有关部门做出了多次的教育改革，但多年来不重视党的全面发展教育方针的落实。文理分科，重理轻文现象已达到严重的程度。尤其是不重视右脑形象思维的开发，忽略了思维想象力和创造性思维的培养对人的一生发展所起到的不可替代的重要作用。

青少年的全面发展，绝不能片面地重理轻文，轻思维方法教育；绝不能文理分科，文理科之间的关系密切。

我国著名数学家谷超豪先生一生研究数学，但有很深的中国传统文化底蕴，酷爱博览文史典籍，诗词艺术造诣尤深。

他曾深情地说：

> 诗可以用简单的语言表达非常复杂的内容，用具体的语言表现深刻的感情和志向，数学也是这样，1除以3，可以一直除下去，永远除不完，结果用一个无限循环的小数表示出来，给人无穷的想象空间。

多年来，他总结出数学与古典诗词相通的"理论根据"，他的看法是：

> 诗歌的对仗与数学的对称性是相似的，许多文学作品中还蕴含着丰富的科学思想萌芽。任何科学都需要语言的表达，文

学修养对一个科学工作者来说必不可少。有些文学作品很讲逻辑，我在中学就学会了用数学的反证法，或许与我读《三国演义》有关吧。

对科学思维的培养要从娃娃抓起这一认识，似乎早已得到社会的普遍共识，但当前社会大文化背景对青少年启蒙教育中更多的是重视片面的死记硬背的基础知识，没有把思维方法作为引领并渗透到各科教育中。

因此，与国外的先进教育文化比较，我们培养出来的孩子虽然基础知识相对优于西方，但体质、左右脑协同的科学发展、实践能力和快速反应能力与判断能力存在较大差距，特别是非智力因素培养与塑造的差距，给青少年留下了不利于全面发展的残缺遗憾。

在研究中西二者之间的差距中，不少教育工作者，特别是脑科学家注意到，让孩子从小重视基础知识本身虽然是对的，但不是死记硬背出来的基础知识，而是在重视介入科学思维的引导下，首先重视儿童提高理解并记忆基础信息的能力。因此，需要加强对怎样提前年龄段及时开发脑映象能力的研究。

在日常生活中，我们有时会发现，真有记忆超常、过目不忘的孩子出现。对此，有心理学家做过实验，让有这种能力的孩子观察一幅画，这个看画的孩子能在瞬间产生"脑映象"，甚至到第二天，连画中的细节都能一一复述出来。调查资料显示，在3—13岁的儿童中，大约有六分之一的儿童有较强的脑映象记忆能力。如果注意对这种范例的教育与引导，较多孩子都可以培养并产生这种能力。珠算式心算能力来源于脑映象，孩子们自身也能实际感受到心算能力的提高。相反，如不及时教育与引导，也发挥不了展现脑映象记忆的快速反应作用，小孩子12岁后，脑映象的快速反应与准确的记忆能力就逐渐减弱了。

人的主体素质的形成具有综合性，既需要逻辑思维，更需要形象思维的协作与互补。

研究诗词的专家学者的研究对象是形象思维的理论与实践，研究珠心算的专家学者的研究对象，虽说是珠心算在数字推理运算过程中的规律，但同属对右脑形象思维的开发过程。

珠心算运算过程，是以符号的形式输入与输出有关信息，这一过程实际上是观察、注意、记忆和思维等智力与非智力因素的综合过程，是口、眼、手等不同感觉器官、运动器官协同作用的多样统一的结果。

要特别提出的是，珠算式心算的手脑并用，手巧且快，大脑既要想到算法、程序，又要心有珠象，以及进行珠象拼排的灵敏反应。与珠心算相比，做其他事情就很难达到如此密切的结合与巧妙运用的程度。所以，这一快速运算的珠心算过程，是在逻辑思维、形象思维、灵感思维三种思维形式的综合运用中同步完成的，因而能有力地促进儿童大脑整体功能的开发。

人所共知，逻辑思维用左脑，形象思维用右脑。过去教算课程，90%以上强调左脑思维的抽象作用，一直以来，右脑的形象思维未能得到充分的开发与运用。因此，大脑两侧和思维的全脑功能的协调与互补，均未充分得到挖掘与发挥。而珠算、珠心算的运算过程，能增多右脑活动的机会，属于形象思维，从而能增加全面开发大脑的作用。

通俗地说，珠心算就是在"心（脑）"中打算盘。操作过程看不到拨弄算珠的外部动作，凭借"人化"了的"心（脑）"的"虚算"在脑中进行四则计算，呈现了数学模型的规范模式运算特点。

在珠心算运算过程中，需要多样统一的同步，还需要有准确的模式记忆、非智力因素的意志力和博大的人文精神。实验表明，"珠心算"好的学生，熟记诗歌、学握外语、解答数学题的能力都明显地增强、有别于或超出同龄儿童，而且凡坚持着，都养成了珍惜时间、快速反应、求准求精、多角度思考、有竞争意识与强烈的审美追求理想等良好习惯。

由于珠心算运算活动比其他课堂的一般数学演算规律教育更形象、简捷，符合儿童接受心理。

当我们观察儿童在做珠心算运算过程时，他们边操作边默念，由对实物玩具似的算盘的"感性操作"，到摆弄符号、运用"心"语言的"理性操作"，再加上与正确推理格式的严密结合，把视、听、嗅、味、触等各种感官相联结的手与运算语言，在运动中把记忆中不断积累的信息模式，主动而积极地建构到相对抽象概念的认识器官的自我构建中。当然，年龄越小，参与珠心算活动的实践越早，具有相对抽象概念的认识器官的建构和发育也就越健全。

珠心算模式信息在迅速转化过程中的个体追求与差异，体现了儿童在科学思维形成的初期可操作性的具象与抽象素质的成熟度的差距。在这一点上，应当看到儿童的意识受社会化客体制约较少，他们的直觉能力与新奇感觉优于成人，所以从接受到转化的速度也很快。有时，会在不断运算实践中，下意识、敏感地发现客体对自身要求的相似与不同，可以较迅速地发挥自身跨越常规的量的积累，直至升华的潜意识超越能力。

珠心算模式信息在迅速转化过程中出现的个体追求与差异，另一面还体现在与手动作协作，默念简短、规律式的口诀中。在口的默念、手的呼应中，孩子的视觉出现了形象而圆的带色算珠，长的盘框，以一当十的具象，以及运算过程中算珠的有节奏的音响与旋律，都产生了自身心算过程中的一种享受美与创造美的个性心理过程。

创造美体现了内容与形式的高度统一和形式美的法则。一位刚参加了珠心算比赛的儿童忘情地说："在运算中，伴随着音乐快节奏的旋律，我完成了数字虚算的准确追求，用最快的速度心算成功，就像骑着一匹骏马，飞向天空。"

珠心算能力强的儿童，由于记忆力强和思维放映能力快，右脑的想象能力也被大幅度地开发。一般来说，经过珠心算活动的儿童，思维反应都较快，语言简洁，表述能力强；多数喜欢诗歌背诵，喜欢写日记和短文，语文素养基础较好。所以，珠心算可开发孩子的记忆能力与右脑的想象能力，尤其是提高孩子们的个性心理能力和科学的思维能力，对日后提高写作能力大有好处。因为形象思维的培养，有利于创造性思维的养成。

参与珠心算智力活动的儿童都喜爱带有规范而有规律的口诀范式信息的记忆，因为运算口诀具有简短、形象、规律、押韵、易记易背的特点。这就是这些儿童几乎又同时喜爱背诵诗歌，尤其是喜欢背诵中国古代的格律诗的原因，因为格律诗也同样具有以上口诀中的某些规律特征。

珠心算对信息转换过程，对大脑海马区记忆能力的准确度的开发，对右脑具象能力的激活，对联想能力的开掘，无不在激励着儿童的自由和创造。因为珠算和珠心算的每一个算珠都蕴含着任何一个成长着的儿童在自身社会化的过程中要像一粒算珠一样，成为大集体中的一员，既要看到事物的整体性，又要在整体有组织的空间中，不断地去发现规律、认识规律，通过努力，相对发挥个体的自由创造性。

在中外教育文化的比较中，我不禁想到爱因斯坦谈教育的一些话。爱因斯坦不仅是一位杰出的科学家，也是一位深刻的思想家。他观察和分析问题都有自己独到的见解。他曾经说过：

教育就是当一个人把在学校所学全部忘光之后剩下的东西。

这句话出自他1936年写给一位中学生的信：

亲爱的菲比：

我很高兴你对科学感兴趣，我也很乐意回答你的问题。你问我为什么我从来不在考试中得到好成绩，而现在却成了一个著名的科学家。我想告诉你，考试并不能衡量一个人的真正能力和知识。考试只是一种形式，它只能测试你是否记住了书本上的东西，而不是你是否理解了它们。我认为，教育就是当一个人把在学校所学全部忘光之后剩下的东西。

真正重要的是你对事物有自己的想法和判断，而不是盲目地接受别人告诉你的东西。你要有好奇心，有探索精神，有创造力，有批判性思维，这些才是教育的目标。我希望你不要因为考试而失去对科学的热爱，也不要因为别人的评价而否定自己。你要相信自己，努力学习，追求真理，享受发现的乐趣。我相信你会成为一个优秀的科学家，也会成为一个有价值的人。

祝你一切顺利！

爱因斯坦

深谢爱因斯坦这一富于哲理性的指引，回忆我这一生走过的学习之路、教学与科研相结合的道路，就觉得走出学校大门之后，很多在校时学的知识大多都忘了。在实践中逐渐悟到的，是从知识中不断脱胎而出的带有规律性、创造性的思维方法。

我的《写作障碍论》的思想就是从反向思维中悟出的。又如学习书法，临帖往往需要毕生精力，但到老年回首进入反思时，方觉能从帖中走出，达到"无法即法"才能写出具有个性的书法作品。当然，能做到者寥寥。

我经常想，人和知识的关系、人的成长特别是在教育学研究中的特殊地位和作用，是我们经常要思考的问题。

长期以来，当代教育，特别是普通教育中人文教育及创造性思维方法教育的缺失现象严重：一是应试教育所引导的片面重基础知识教育，长期形成人的片面发展弊端；二是少数脱离现实、教条式的传统教育，形成了与当代发展中的科学思维的巨大反差；三是如何正确引导青少年在大开放的广阔背景下学习、认知中西优秀文化中异中求同的积淀对自身成长的指导意义。

把接受中国优秀的具有民族特色的传统文化教育作为世代传承，虽说是一个十分重要的方面，但西方优秀的理论文化，尤其是结合中国特色的毛泽东的哲学思维与马克思主义科学思维方法论的指导更应当引起高度的重视与落实。

一个人从儿时起形成的人品和学品，影响着一生，从小就树立了为人类解放和幸福而努力的志向、心怀天下的无私胸襟，就会深深影响着毕生的远大追求。

爱因斯坦还十分关心少年儿童玩与学习的关系，他沉思地说："玩是最高形式的研究。"

多年来，在教育和儿童心理学领域的研究人员已积累了重要的证据，证明了玩在儿童成长中发挥的重要作用。不可否认，玩耍的乐趣是孩子们最大的爱好。其实，孩子们在玩耍中，能充分发展其关键的认知、情感、社会和身体技能，甚至有助于促进大脑发育。

玩是孩子关键技能发展的重要组成部分。这些关键技能包括创造力、好奇心、批判性思维、冒险的勇气和解决问题的能力。玩的益处从婴幼儿早期开始产生并逐渐累积，尽管随着年龄的增长，儿童玩的时间会逐渐减少，但玩可以根据特定年龄的儿童（大人）的需要和技能来改变形式。玩所带来的好处是相当普遍和交叉存在的。这些好处包括社会性、对象性、模拟性等，能够帮助孩子集中注意力，融合学校教育和非正式学习之间的关系，能培养"潜在"技能，如团队精神、灵活性和韧性等。

资料显示，心理学家唐纳德·赫布早在20世纪40年代就指出："一起放电的神经元会联结到一处。"大脑具有很强的可塑性，神经回路可以不断地重塑。不管我们做什么，只要做了，大脑的一些回路就会得到强化，而另一些回路则不会得到强化。做注意力训练时，大脑的注意力相关神经回路捕捉到大量专注的信号，并且把相关的神经元联结在一起。有人认为电脑游戏会损害儿童的心智，有人认为它可以促进儿童大脑发育，为了解决这个争议，知名科学期刊《自然》（Nature）召集了数位专家分析游戏的利弊。他们得出的结论就是游戏与食物的效果一样——看情况。吃一些有营养，但吃过量则有害。电脑游戏取决于游戏以特定方式增强大脑回路的具体情况。大脑在专注力最集中时，学习和记忆的效果最好。适当且特定的大脑训练软件运用巧妙的练习技术，集中玩家的专注力，并且让其一再重复各种动作，这个过程就是不断强化大脑神经回路的过程。游戏者在这个过程中视觉专注力、处理信息速度、目标追踪、认知任务切换、空间知觉、视觉敏锐度等能力得到强化。很多研究者发现了大脑训练的潜在好处，他们认为特殊设计的游戏可以使用户改善各方面的专注力技能，比如视觉追踪能力、手眼协调能力等。

在当代，全球首位女性乐高专业认证大师（LCP），侯唯唯，美国顶尖理工学院伦斯勒理工大学建筑专业毕业，曾做过建筑师、策展人，并在美国创立了人民建筑基金会，多样的身份和曾经的教育经历，让侯唯唯致力于推动建筑、设计、城市规划方向的跨国文化交流。2006年，选择回到北京的侯唯唯在一次建筑展中，与乐高集团有了初次接触，其间更是因为乐高积木系统与自己一直强调的结构性思维有着异中之同，给她留下了深刻的印象。2012年，侯唯唯受乐高教育邀请，将乐高系统作为载体设计一门以建筑为题材的课程，自此，她便开启了与乐高颗粒的故事。

乐高专业认证大师侯唯唯，从建筑师转行"玩"乐高颗粒，是一层身份的转变，侯唯唯创立了Playable Design，作为一个文化和教育的孵化器，旨在通过高效、开放和社交式的玩乐体验激发人们的想象、构建和表达能力。侯唯唯以乐高积木颗粒为载体，启迪孩子的心智和想象力，培养他们的学习能力、创造力和表达力，在玩耍的过程中体验想象力与逻辑性带来的乐趣，发掘自身与生活的无限可能性。

2006年，因奥运会的筹备，北京成为全世界关注的焦点，也让侯唯唯自己的团队获得了绝佳的契机。侯唯唯说："希望通过我的行为与事业，让更多的人了解玩不是浪费时间。玩乐可以培养多种能力就不用多说了，除此之外，玩不只是人文行为，更是人类作为动物的本能，是我们进化的根本，是我们区别于机器算法的重要元素，是人性存本的唯一解决方案。玩乐有助于身体产生更多的血清素和多巴胺（快乐的化学物质）快乐基因。"

2023年4月，侯唯唯受邀参与中国教育部—乐高"创新人才培养计划"学前教育阶段2022—2023年度项目启动会。共有来自全国各地的44个基地园所的80余名园长和教师参与，会议还包括项目园实践经验交流、优秀案例展示、乐高教育体验式工作坊等活动。PD创始人侯唯唯以乐高专业认证大师的身份参与会议，并作了《从一块小小的积木开始，用想法改变世界》主旨报告。侯唯唯在报告中分享了自己作为LCP的玩乐经验，她一直秉持"玩以致用"的理念，倡导探究式的学习方法，投身少年儿童的玩乐教育和启发，以乐高颗粒为媒介，带领团队开发、设计与引进高质量的内容，让孩子们在玩耍中体验想象力、逻辑性与社交带来的快乐，发掘自身与世界的各种可能性。侯唯唯说："我刚接触乐高的时候，常常看到很小的孩子特别迷恋乐高，坐在乐高积木前面2—3小时不走，我也很想不通，后来我才理解到，孩子在其中感受到的无限可能性。"侯唯唯玩乐高，她会随身带一个小布包，里面装着20块乐高积木。"20块，足够你创造任何东西。"在拆拆合合之中，侯唯唯发觉自己一直思考的教育的本质，全在其中。

一块小小的积木却拥有无限的变化组合，玩乐的过程，其实也是在这种复杂的环境中处理信息的过程，对知识进行归纳分析、类比思考的过程。玩乐学习，并不是简单地将各学科知识拼接起来，而是把零碎的知识转变成探究世界相互联系的过程。侯唯唯相信，我们需要启发孩子去寻找属于自己的系统,在玩的过程中,发现自我、认知环境、表达生活,在快乐的探索过程中成长。

随着科技的发展,家长们越来越重视培养孩子的创新思维和动手能力。在这个过程中,乐高教育成为一个热门的选择。乐高教育,又称为乐高学习系统(LEGO Education),致力于为各个年龄段的学生提供有趣的、具有挑战性的学习体验,从而培养孩子的创新思维和动手能力。

第二节　讲台内外

一、从校园走向社会大课堂

为了满足社会审美教育的需要,退休后,我走下校园讲台,走到省社科院思维所、太原社科联、青年宫、学会、平民学校、高校、厂矿、省内外学校等地,开设不同程度的美学专题讲座等,讲得最多的涉及审美情怀、审美创造力培养、艺术鉴赏等内容。

从 1999 年后半年开始,山西医科大学聘我为兼职美学教授。在大一、大二开设现代思维科学、美学原理、旅游审美文化、艺术鉴赏四门选修课,长达十余年。医科大十分重视大学生审美人文素质教育,给我

提供了一个学科相对完整的审美教育大讲堂。

十多年来,数万余学子接受了由我传播的审美教育选修课。医科大教务处负责人说:"开设审美素质课程,是医科大进行和谐校园、和谐社会建设的一项重要举措。对医科大学生来说,积淀中外文化知识,特别是医学人文精神、审美素养的熏陶,同他们学习专业知识同样重要。审美素质教育对于他们树立正确的人生观、世界观,树立人与自然、人与社会、人自身的和谐审美观,起到了至关重要的作用。"

二、创建"学诗原创书法摄影日志"(2007—)

日志总名:"学诗原创书法摄影日志"。每期均有序号、拍摄手记。手记或长或短,短者寥寥数字,长者或可单独成篇。体裁分札记、随笔、即兴诗等。所拍之摄影作品,皆为原创,多景物、人物、生活小品。尤喜在一年四季变化中拍荷,特别是残荷。间有书法作品,坚持不断。一旦进入拍摄视野,形式美就会引申出不同程度的感悟。有时附以手记作知识介绍。拍摄对象广泛,除人物、花卉、风景小品,也有城市建设者劳动场面、城市变迁等。

近些年,我用相机、手机等先后投入博客、微拍群的拍客行列。发表了不少作品,有时还被转发于报端、刊封。之后,一直延伸到手机朋友圈、微信公众号。

2007年2月7日,在电脑上创建博客第一期的开刊第一天,刊头用的是我1988年去庐山时留下的一张照片,意境很美。事过多年,2024年3月13日又把它经设计当作我公众号的刊头,后来找到原片把它又用作"学诗原创书法摄影日志"栏刊头。回顾已刊发的7000多期日志,发表过的随笔、散文、书法、摄影等大量作品走过的艰辛路,在众多期的日志中,以随笔体裁刊发出的日志占了重要的比例。

由于对书法的爱好，我在日志中还设置了"书法晨课"，保持了对书法的学习和练习。我选择了自己的三幅书法作品附在下面。

几十年来，我不仅为自己的人文修炼作了长时间的积淀，也给朋友们在美学的实践上作了一些普及。

第三章

影响一生的导师志趣境界

多年来，我景仰北京大学师承的优良传统。著名美学家宗白华、朱光潜等先生们，他们在人品上的质朴无华，谦和平实低调，治学态度上的认真、严谨、求实、谦逊，为学上的坚持真理、刻苦勤奋、一丝不苟等精神，显示出北大师承的优良传统中的强烈的社会责任感，以及为了美学事业的发展，对社会美学工作者的扶持与引导。

在我人生确立进入课题研讨的起点时，1985年8月，在太原"全国高等院校第四期美学培训班"上我结识了美学家阎国忠先生，至今已39载。作为一名退休教授，从事美学原理与思维科学教学，与阎先生交往多年中，情笃谊深，既有知遇之恩的友谊，又在学术交流中受到先生的教导与启示。在研讨阎先生的著作和论述时，也为他的治学理念及方法所折服，阎先生把生命的能量全部投入对学术生涯的追求之中。他的学术品格，就是他生命价值的具体体现，同样是留给社会的一笔重要的治学财富。

此外，他在繁忙的学术研究中，对我一个跨省市边缘科学课题的美学教师，无论是在教学和科研上，还是在美学学会的理论研究和管理上，都给予了全力支持和帮助。

第一节　长河探美潜游深

——阎国忠先生的学术品格及其影响

2015年8月15日，北京大学哲学系、北京大学美学与美育研究中心在北京大学燕南园隆重举行"美学的西方渊源与中国问题学术研讨暨阎国忠先生八秩寿诞祝寿会",两会合一,显示了会议对重要理论研讨与深刻的文化内涵的融合,既有一定的历史意义,又有现实意义。

多年来,阎先生众多有关美学的史与论的重要研究成果出版面世,在国内外影响深远。其中,由商务印书馆出版的《美学七卷》,汇集了阎先生20世纪80年代初以来主要学术成果,内容涵盖美学基本理论、西方美学及中国现当代美学等诸多研究领域,与2014年出版的《攀援集——经验之美与超验之美》一道,完整呈现了阎国忠先生独特、富有创造性的学术道路。他的处女作《古希腊罗马美学》及对中世纪基督教神学美学的研究具有开拓性意义。他的著作、论文,已成为研究中国美学及西方美学史必不可少的参考书。

阎先生长期从事美学方面的教学与研究,20世纪80年代前,着重在西方美学史方面,90年代后较多地涉猎了中国当代美学及美学基本原理方面。阎国忠先生主张从传统美学、马克思主义美学、西方现代美学三个方面研究入手,并把这三个方面联系和融通,努力建构有中国特色的美学体系。阎国忠先生主编的"美学百年"丛书,试图对20世纪以来的中国美学做一系统的总结。

先生在学术研究中重视基本资料的累积,凡所涉猎的问题和有关资料,力求翔实完备。同时,他十分重视对涉及政治、经济、宗教、伦理等在内的文化背景的揭示,凡重要立论都努力找到足以支撑的历史依据。他从不放过任何一个重要的概念或命题,其中包括被易于忽略的概念或命题中通过发掘、抽象出具有本质意义的内涵。他认为任何一个思想家、一种思潮、一种有影响的理论,均应是一个相对统一的整体,研究者的任务就是把所研究的对象置入这一整体中,从整体的角度去观察、分析和评论。

多年来,每当我深入学习、研讨阎先生的著作和论述时,总为他的治学理念及方法所折服,年逾八旬的阎先生把生命的能量全部投入对学术生涯的追求之中。他的学术品格,就是他生命价值的具体体现,同样是留给社会的一笔重要的治学财富。

多年来，因为美学学科的性质一直没有厘清，始终没有确定的定位和边界，与之相关的研究对象、基本问题、范畴、方法论等一直都在广泛的讨论中，美学家们谁都可以对什么是美学做出回答，所以出现了各种各样的美学。

美学的多样性是美学的一个重要特征。在教学中，不同版本的基本原理中的一些原点的概念和概念之间的关系，经常遇到缺少有机联系、以偏概全，甚至有可能被误传的情况。从美学教学实践中，我深感广大干部、青少年、大学生需要美学教育，但作为教师，在传播中必须加强自己在美学原理上的继续教育，力求做到传播准确。每当遇到这种情况，阎先生总以他的研究观点给予我启示和纠正。

阎先生重视对美学原理的研究，参与了主编回顾百年中国美学研究丛书（原计划八本，最后成书为五本），并亲自撰写其中一本。全套丛书内容博大而扎实，涉及纵向的各家原理的介绍，对百年中国传统美学的整理和反思，对西方美学翻译的借鉴和研究，对审美心理、文学美学、审美教育、技术美学等的回顾与研究，对20世纪著名美学家的述评等，把质疑批评作为附录。他说："我之所以关注美学基本原理的研究，是因为我觉得应该建立一种真正属于中国的美学，把中国几千年传统积累下来的东西完好地继承下来。现在许多人从门外往里走，用西方人的理论套中国的美学，而不是像宗白华先生那样从门里往外走，吃透了中国美学后再参照西方美学。美学研究走到这一步已经到了一个关口，这个问题至关重要。"

作为一名美学教师，深感要学习阎先生的治学视野

我特别敬佩阎国忠先生的治学视野和探索精神，他曾和我说，他越来越感受到，西方美学史就是被融合在一起的各种版本的美学原理。美学史就是美学原理的变革和更新。美学原理不应仅仅是美学史的绵延，还应该是时代的审美精神的写照和审美实践的体现。他在研究古希腊罗马美学时曾打过一个比喻，一旦自己明确地选定了目标，就要义无反顾地向彼岸游去，而且尽全力游得远一些、潜得深一些。比如，前人只关注与美学直接相关的资料，他则旁涉到其他政治、经济、文化、宗教、艺术，乃至军事；前人只以一个个学者为中心做横向的描述，他则以思想为中心做纵向的梳理，从而使古希腊罗马美学自身及其时代融成了一个历史和逻辑的整体。我对他的这个比喻印象很深，记得还写过一篇人物特写发表，我在文中抒写了先生做学问的那种开拓、求深、无畏的治学精神。

我个人对写作障碍的理论研讨，涉及多学科和跨学科的研究，具有极强的综合性；对其现象的发展变迁，也必须放在具有广义的大文化背景中加以考察。

在我和先生交往多年的过程里，他不断和我谈到"宽厚"这个词。他说："拓展乃成其宽，积淀方达其厚。"无论做人、处事、做学问，都需这样。

先生的治学、做人、言行，一点一滴都体现出我看到的"宽厚"精神的体现。

从2016年2月10日本文写就起，至2023年癸卯修订书稿时，先生已奔九秩之年，学术精神依然如初，时而通话，询问我的健康与课题研究情况，提到想让我给他写一张"宽厚"二字的条幅，其实我也早就想赠他这幅字了，但始终不敢提笔。虽然我喜爱书法多年，但赠先生，总觉水平不足，却又惴惴，于是结合自己的实践经历，融之以情呈先生。没想到先生看到后十分高兴。这虽是一幅字，又是30多年的挚情，但更多的是先生给我传授的人文至宝，既有共性，又含个性，可为世代传承的人生哲理。

阎先生的过程思维研究方法对我的启示

阎先生的导师朱光潜先生在对过程研究中，经常使用的"综合""折衷"的思维方法史论结合。这种方法是将前人成果集中起来进行梳理分析、比较和重新加以研究并阐释的过程。因为,"每种学问都有长久的历史,其中每一个问题都曾经被许多人思虑过、讨论过,提出过种种不同的解答",需要人们去弄个明白并承继下来,同时,所有思虑过、讨论过,乃至被"认为透懂的几乎没有一件不成为问题",需要人们去进一步清理和解决。

事实上,美学许多最核心的问题,至今还在争论中,仍需要进一步思考和研究,比如学科定位、研究对象、基本问题、范畴体系和方法论。

100年来,中国美学把艺术对现实的反映和超越当作美学的基本问题,但在阎先生看来,美学的基本问题是人与自然、感性与理性的统一问题,艺术与现实的关系,只有在这个意义上才属于美学问题。所谓人与自然、感性与理性的统一,就是马克思讲的人的本质力量的全面发展,人道主义与自然主义的统一问题,无疑,这是比艺术与现实的关系更为根本的问题。

阎先生支持我跨学科理论研究

除了教授"美学原理"外,我还进入了跨学科写作障碍理论研究,这涉及写作美学的探讨。由于这一课题的系统理论思考带有一定的开拓性,阎先生对我的这一研究特别关怀,从1994年《写作障碍论》的出版,长达20余年中,阎先生感慨地说,对写作综合性的研究,包含了审美理论与写作障碍的关系,往深处想,可以进一步集中探讨"写作美学"的问题。阎先生虽然是一位美学家,但他从哲学和美学视野分析写作障碍的存在与克服的观点简明而深刻。

2012年10月7日,他在写给我的一封信中有下面的话:

> 庖丁解牛,风成骁然,可谓无障碍。无障碍,是一种秩序的把握,一种意志的贯通,一种境界的显现。既是真,也是善和美。无障碍是人的追求,达到无障碍唯一的路是克服和超越障碍,所以,无障碍的意义正在于呼唤人们去面对障碍。
>
> 黑格尔和马克思都讲,人的本质是自由。自由是什么?就是人意识到自己是有限的,无时无刻不处在障碍中,因此,将自由当作自己的目的,并形成了种种应对有限和障碍的学问。

写作不免会遇到障碍，因为写作本身就是障碍的产物。但是，如果没有了障碍，写作还有意义吗？还能激发人们的兴趣吗？这样说来你在书稿中所涉及的就不仅是一般写作的理论，而且是写作逻辑学、写作伦理学和写作美学。

不仅如此，在给我写这封信之前，2011年10月7日他联系自己多年来的写作实践，亲自写下了长达7000字的信件，堪称研究写作障碍理论的实践范例，被我收入《写作障碍研究——写作书简》中：

学诗：

　　读了《写作障碍论》，好像做了一次全面的"体检"，使我有机会对写作生涯中意识到的和未意识到的各种障碍做了对照。我发现，在你写的书中所列的障碍我都经历过，可以说，我是跨越着这些障碍过来的。直至今日，已经半个多世纪了，障碍依然伴随着我。不过，"魔高一尺道高一丈"，跨越的本事越高，障碍的难度越大，就像是跳高，横杆一次次向上移动，逼迫你一次次改变跳的高度。到了现在，"没啥好写"与"写不下去"固然不时还纠缠着我，但主要是由心理、素养、习惯造成的障碍以及环境、时间造成的障碍。虽已进入古稀之年，写作仍是我生活中的唯一，趁此反省一下自己，对消除这些障碍，从中获得更多的信心和乐趣或许不无益处。

　　记得第一次写作，是初级师范尚未毕业的时候，当时从刊物上读了一篇朝鲜的中篇小说，很有感触，便将它改编成了独幕话剧，在察哈尔省报副刊上发表了。不久，拿到了一生中第一笔稿酬。能够将自己的写作发表出来，而且有点收入，自然十分高兴，但说实在的，那时并不真正知道写作为何物，也似乎没有感到什么障碍。上了大学之后，犹如进了写作的世界，北大图书馆的藏书据说在中国仅次于国家图书馆，北大的老师大都是以写作闻名于世的，他们讲授的就是自己写作的。那时，每读一本书，就像闯进了一个崭新的世界；每听一堂课，就像受到了一次精神的洗礼。渐渐地我明白了：写作，说大了些，是一种浩大的，也是伟大的事业，是衡量一个民族文明程度的标志。我开始怀着崇仰和谦卑交织一起的心情学习写作，而此时面对的不再是一部中篇小说，而是成十部、成百部的图书和资料，是上千年积累下来的丰富的研究成果。茫茫文海无边无际，常常使我身不由己，不知所措。既不知道"写作什么"，更不知道"如何去写"。近两个月过去了，勉强完成了一篇论述陶渊明的文章，送给当时任中文系主任的杨晦先生看，结果，杨先生只说了一句话："看来，你走的还是前人的路子。"此后，大学几年，别的同学有的出了诗集，有的写了电影脚本，而我除了参与少量的红皮本《中国文学史》的写作外，没有再做新的尝试。

毕业之后，我被留下来给朱光潜先生做助教，这给了我一个极好的学习机会。当时朱先生正在撰写和讲授《西方美学史》，并翻译相关的一些历史资料，我有幸成为它的第一个读者，并有幸参与部分西方美学史的讲课。朱先生视学术为生命的治学精神和认真、严谨、求实、谦逊的治学态度，使我深受教育和感动。加之，我接触到的其他老一辈的先生，像宗白华、冯友兰、杨晦、游国恩、张岱年等这些标志着一个时代的写作的人物，他们为人的那种质朴无华、谦和平实，为学的那种刻苦勤奋、踏实不苟，使我每一想到写作心中就涌起一种崇高感、一种充实感、一种神圣感。我意识到了手中的笔的沉重，意识到了与真正的写作间的距离。

经过20余年的积累，1983年，我在北大出版了第一部著作《古希腊罗马美学》。这部书受到了各界的好评，我自己也比较满意，尽管今天看来需要做某些补充和修改。所以有这样的结果，原因之一是我知道这部书对于我自己，对于建设西方美学史这门课多么重要，我是怀着异常虔敬和谨慎的心情写作的；原因之二是我没有回避障碍，而是积极地应对障碍，克服障碍，我甚至把障碍看成是挑战，是机遇，是通向成功之路。仍然是茫茫文海，但我明确地选定了目标，义无反顾地向彼岸游去，而且尽全力游得远一些，潜得深一些。前人只关注与美学直接相关的资料，我则旁涉到其他政治、经济、文化、宗教、艺术，乃至军事；前人只以一个个学者为中心做横向的描述，我则以思想为中心做纵向的梳理，从而使古希腊罗马美学自身及其时代融成了一个历史和逻辑的整体。

以后，我的几部书的写作就比较顺利了。我甚至在克服和超越障碍中获得了巨大的快慰。然而，随着自己年龄的增长和环境的改变，障碍并没有向我示弱，相反却越来越难以对付。20世纪80年代初，学术的严肃性、神圣性是无可置疑的。北大课堂上看到的是求知的渴望；校园里听到的是琅琅的读书声。进图书馆必须清早排队；听讲座必须提前入座。但是，随着经济大潮的涌来，这一切都渐渐成为了过去。"研制导弹的不如卖茶鸡蛋的"，"动手术刀的不如拿剃头刀的"，在这种气氛下，我们的第一批美学专业研究生和进修生，有的"下海"了，有的到国外谋生路去了。一个我们已经留下来做教师的，临走前对我说："阎老师，我珍惜留在北大这个机会，但做教师，哪怕是教授，太清苦了。两个人住一间10余平方米的宿舍，没有厨房，没有卫生间，工资又那么低，我自己还可对付，结婚、生孩子怎么办？！"当然，这在当时还是个别的，写作，以及与写作相关的教师这个职业在多数人的心目中依然是神圣的，令人向往的。直到90年代初，我主编《西方著名美学家评传》的时候，顺利地邀请到30多位美学界朋友参与撰写，并且只用了一年多，上、中、下三卷200多万字的书稿就完成了，这证明了写作依然有着巨大吸引力和凝聚力。但是，20世纪中，北大的南校墙被拆除了，学校与商业、服务业连接在了一起。经济的大潮不仅冲进了学校的办公楼，也漫进了学校的所有系和教研室，甚至是学生宿舍。如何创收成为上上下下人们的主要话题。连我们这些以传授智慧为业的教师也在为办班煞费苦心。而下面一些学校，据我所知，有的把为当地经济服务当作教育的目的，重点培养所谓的应用型、技能型、市场型的人才。应试教育加上"应市"教育,学校遂蜕变成了以人为产品的企业。在这种情况下,写作没有消歇,依然存在,但只有少数还保持着写作的本色,多数则变成了谋生获利的工具。拿学位、评职称、获奖项、报课题成了驱动写作的直接动机。进入21世纪第一个十年了,北大一位教授对我说,"阎老师,你还在专心学术,可是学术界在哪里?已经不存在了!"这句话乍一听有点危言耸听,仔细一想,确有道理。学术界在哪里?无论学校,学术团体还是学术刊物,都充斥着浓浓的官场或商业的气味,任何一个"莅临"的官员都可以对学术指手画脚;任何一个"光顾"的大款都可以在学术面前自充风雅。像20世纪60年代那样全国性的严肃的美学讨论,再也没有了。像钱学森、季羡林那样能够称之为学界泰斗的即便还有,也是凤毛麟角了。这使我想起古代罗马朗吉弩斯的一句话:罗马没有,也不可能出现天才,原因之一就是罗马人从三四岁就从大人那里学会了如何赚钱牟利,知道三乘三减五等于四,八除二加八等于十二。比起政治,经济对写作的冲击显然更大,因为它不是从外在方面,而是从内在方面,从心灵上瓦解了人。恰像朗吉弩斯说的,钱是"拴在灵魂上的锁链",是无法阻挡地闯入灵魂中的"恶鬼"。当然,如果把尺度降低一些,不能说古罗马没有天才,只是没有像柏拉图、亚里士多德那样思想上的巨人,哲学上的天才。罗马人在法学、政治学、讲演术以及建筑学上的成就是举世公认的,而且,更为重要的是罗马人通过写作为后世的哲学、宗教、文化、艺术的发展做了铺垫。如果没有古罗马,就没有基督教,就没有但丁,就没有马基雅弗利,就没有古典主义和文艺复兴。今天,我们在经济、科技、商业上的巨大进步,说明学界还是有众多的人没有为外在的障碍所阻,奋力为学术的繁荣而拼搏。但是,像古罗马一样,我们遇到了由经济进步本身带来的巨大思想障碍,就是物质主义、享乐主义、实用主义和拜物教的泛滥。我们缺少一种精神,一种大写的人的精神;缺少一种哲学,一种以人的本质和归宿为主旨的哲学,而这将是比经济进步更艰巨更伟大的工程。

对于写作来说，这是来自外部的障碍，但也是出自内心的障碍，因为外部的只有转化为内心的，才成其为障碍。受西方马克思主义的启发，我开始试图换一个角度来思考问题：不是因写作而去克服遇到的障碍，而是为超越障碍而去写作。在我看来，迄今为止，中国的美学（我指的是中国当代美学）一直是"肯定的美学"，而中国更需要"否定的美学"。"革命的、批判的"，这是马克思主义的根本精神。你在书中也说，写作不仅要"反映现实"，而且要"变革现实"。为此，我先后写了《中国美学缺少什么？》《给实践美学提十个问题》《美·爱·自由·信仰》《超验之美与人的救赎》《审美活动与政治诉求——中西马克思主义美学对〈手稿〉的演绎》等多篇文章。我认为，美学是一门科学，也是一种意识形态。美学正是在科学地揭示审美活动本质中承担着它的意识形态功能。意识形态对于美学不是外加的，而是内在地含有的。它就寓于形式、肉体、模仿、想象、爱等审美活动的机制中。中国美学讲究的是美学作为科学的一面，强调的是它自身的完整性、系统性、逻辑性，而忽视或轻视美学作为意识形态的一面，因此，中国美学缺少与现实对话的话语和批判的、否定的精神；缺少对人的整体把握和爱这个理论维度；缺少形而上学的追问和相应的信仰的支撑。

而一旦转向这个角度，也就是一旦直面在许多方面已经"异化"了的现实的时候，就遇到了新的——来自思想、视野、情怀方面的障碍。正像你强调的，这里有个"突破自身局限"，"超越自我，淡泊功利"的问题，有个消除"常戚戚"的鄙屑之心，养成"坦荡荡"的"浩然之气"的问题，此外，还有个知识结构、思维方式、个性和习惯的问题。不过，障碍是一种召唤，我希望能永远听到这样的召唤。我不知道没有这种召唤是什么味道——那一定是异常的空落、孤寂和乏味吧！

……

阎国忠
2011年10月7日于北京蓝旗营

阎国忠先生从自身写作实践中的深刻体会，先后给我两封专题探讨信件，由于是他多年来写作实践中的思考和体会，可作为写作者研究写作障碍理论的范例；他的信，对美学研究者的写作也会有深刻的启发。我注意到阎先生信中的一段话引人三思：

> 今天，我们在经济、科技、商业上的巨大进步，说明学界还是有众多的人没有为外在的障碍所阻，奋力为学术的繁荣而拼搏。但是，像古罗马一样，我们遇到了由经济进步本身带来的巨大思想障碍，就是物质主义、享乐主义、实用主义和拜物教的泛滥。我们缺少一种精神，一种大写的人的精神；缺少一种哲学，一种以人的本质和归宿为主旨的哲学，而这将是比经济进步更艰巨更伟大的工程。

我认为阎先生这段话是指全民族的素质重建的迫切性与长期性，需要全社会参与。这是一个综合性素质培养与建设的系统工程。就写作来说，写作过程就是一个审美创造过程。写作者的审美修养表现在他的审美理想、审美情感、审美趣味、审美创造能力等方面。就是说，写作者应培养和提高总体综合素质，因为人的各种能力既相互制约又相互促进。人的审美修养也是与人的整体智能思维互补的，相对来说，又是各种修养的中心。为之，需要写作主体加强理论学习和多方面的实践，排除思维定式和经验主义的思维方式，重视思维、文化、审美多方面的培养，才会提高克服写作障碍的自觉性。

为了进一步拓宽我的视野，他引荐我认识宗白华先生和张岱年先生。我记得宗白华先生就文物研究的的话题谈道："中国的东西太丰富了，我们要特别注意研究自己民族的极其丰富的美学遗产。出土文物对研究美学很有启发。当然，学术研究也不能只局限于自己民族的文化，还要放眼世界文化；吸收一些西方的优秀文化。把中国的美学理论和欧洲、印度的美学理论相比较，从比较中就可以看到中国美学的特殊性了。"先生又说："我早年留学前也写过有关美学的文章，但肤浅得很，后来学习研究了西方哲学和美学，回过头来再搞中国的东西，似乎进展就快一点了；

当然，人类的思想发展具有相对独立性和继承性，需要批判地继承和发扬，从中找出中国美学发展史的规律来。工作量很大，我们做不完，要鼓励年轻人去做。"

张岱年先生对我的课题研究很关心，并为我的《写作障碍论》题写了书名。张先生说，你的书很注意写作主体的人文素质与写作的关系。给你举个例子，清代学者戴震受命纂修与农水有关的《河渠书》，不满足经过调查已占有的资料，为了经受得住历史的考验，多次参加劳动，走访农民，仔细观察灌田蓄水的各个环节，研之再三方动笔。这种深入实践，务实、认真的写作态度，很值得写作爱好者学习。作为写作主体，应重视自我道德素质的建设和培养自身的科学思维方式，坚持不断地学习和实践很重要。

我作为一名退休教授，所做的写作障碍系统理论研究是一个全新的课题，再加上老年病的困扰，困难重重，阎先生不时鼓励我，在《写作障碍研究——写作书简》出版时，在阎先生的引荐下，早在20世纪80年代有过交往，年逾九旬的杨辛先生支持我，并题写了书名。

阎先生关心地方省市美学会的思想和组织建设

从2009年开始，我筹划了太原美学研究会的建立，一直到2014年太原美学会正式成立，经历了诸多困难，得到了阎先生和徐碧辉老师的大力支持。征得阎先生的同意，在《太原美学》创刊号上发表了他的一篇至今仍有重要意义的美学论文《中国美学缺少什么》。阎先生在这篇文章前增加了一段引言：

《太原美学》创刊号上重新刊出《中国美学缺少什么》一文，作为作者感到很荣幸。我理解编者的意思是借此申明刊物的宗旨——立足于太原的现实对中国美学的现状和未来进行更深入的考量。

《中国美学缺少什么》主要是就理论本身讲的，其实，根本的问题是现实，现实所需要的，就是理论所缺少的。

《太原美学》是国内第一家地域性的美学刊物。我相信这是一块新的阵地，在这里美学将被置于特定现实中，现实成为思考理论得失的根据。同时现实将被置于理论视野里，理论成为探究现实利弊的尺度。我理解理论之所以居于指导地位，是因为理论超越了地域，是普遍的。而它之所以是普遍的，是因为立足于更广大的地域。太原是特定的地域，这只是就自然或人文地理学意义上讲的，但就经济学、政治学、社会性、文化学等讲，没有谁能够给它一个界限。现在还有谁把古希腊罗马美学看成仅仅是地中海几个半岛的美学呢？

但是，太原是这样特定的地域——从春秋前的名不见经传之地，到"襟四塞之要冲，控五原之都邑"的"雄藩巨镇"，到拥有现代工业、现代农业和现代科学技术和文化的大都会，太原将自己的名字深深镌刻在中华民族的文明史中，为人们留下了极其丰富的文化积存和宝贵的记忆，同时，太原正以自己独特的历史资源和地缘优势步入了新的"城市化"的行列。这意味着，太原不再仅仅是一种地域的名称，而且是一种文化的名称，经济和市场、科学和技术、生活和交往将像纽带一样把太原与周边的世界联结起来。环绕着太原的不再是原来意义的农村，而是大大小小的卫星城。太原将成为一个新的起点，让延续了2500年的文明史在更广大的地域中辉煌地展开。这样，我们就将面对无数新的令人震撼的经历和审美经验。

中国美学缺少什么？历史需要反思，未来需要展望，现实需要超越，心灵需要升华，这是美学应该回答的课题，也是美学得以立足的根据。

阎先生的这段引言，将对太原美学的发展有着重要的指导意义。

阎先生身上焕发着一种为了美学理论研究的执着坚守精神与大爱情怀

这些年，他的著作总是一出版就寄给我。他总说，我还不能算老，还要干下去。阅读、著书是很累，很辛苦。而其中也有很多乐趣，而且，只有这样活着才有价值。

但是，他太累了，有时经常彻夜不眠。他童心依然，一直保持着身体锻炼和艺术实践。今年春节，他还给我寄来一段自己独唱《国际歌》的音频。当我深夜打开，听着国忠先生沉稳、自信、苍劲的男低音抒发着一种人性追求自由解放的大爱情怀时，动情地流下了泪水。阎先生把大半生心力和精力全部投入对学术生涯的追求中，他是一位有着崇高审美情趣的大写的人。

我时时想到阎先生赠我的《走出古典——中国当代美学论争述评》，这是我最喜欢读的一本书。我经常默念后记中的一段话：

> 一种憧憬像梦一样出现了，于是化作一种情结，一种宿命，逼迫你去追逐它，实现它，为之付出自己的生命。这个课题从在我心中萌发之日起，已经过去很久，中间经过了种种的艰难，种种的思虑，种种的周折，但无论如何总是凝聚在我的心中，即便淡漠了，却不消褪，即便减弱了，却依然蛰守，所以我没有拗过它，终于把它塑造成形，让它出世了。

这段话体现出他在学术上执着的审美追求深深地影响着我。

与国忠先生多年来的交往中，我深感一个人没有这种认真、执着、深研的精神，就无法像先生所说的那样"把学问构成自己生命的有机因子"，"使生命在学问中升华"。

郑学诗
2016年2月16日

附：

与著名美学家阎国忠先生谈对自然的鉴赏从鉴赏自然中获取教益

郑学诗（以下简称"郑"）：阎先生，您是否经常想这样一个问题：进入工业社会以来，特别是进入后工业社会后，科技发达了，人类的各种文化需求得到了满足，但却感到社会无法满足人对自然的亲近和向往，而且越来越加剧了人返璞归真、返回自然的心理。

阎国忠（以下简称"阎"）：是的。直面自然，返回自然成了现代人的一种情结。之所以这样，是因为人工的世界无论如何繁华，毕竟受着人的智慧、想象、创造能力的限制，人永远不能满足自己，所以人永远需要从自然中获得灵性和启迪。

郑：好像到了近代，比如中国宋明时期，在西方是文艺复兴时代，人们开始有了返回自然的意向。

阎：对。作为这一意向的明证是中国山水画和荷兰风景画的出现。记得宋代大文学家欧阳修、郭熙把人的享乐分为"富贵者之乐"与"山林者之乐"，认为二者很难得兼，于是山水画的重要性就成了弥补这一缺憾的自然的代用品，艺术在很长时期内成了自然的一面镜子。

郑：可到了现代，由于主体性及技术理性的强调，艺术自身逐渐和自然拉开了距离。比如：由模仿到表现；由具象变为抽象；由现实变为荒诞。这样，人们从艺术中看到的是被扭曲了的自身，而不是自然。人们感到自然所给予人的喜悦和振奋是任何艺术无法比拟的。

阎：您说得好。人们在工业化中经过与自然长久的疏隔后真切地体验到人与自然是血脉相通的血缘关系。人的吃、穿、用都来自自然，人是吃自然的乳汁长大的，甚至人的思想也经常以自然为蓝本。没有了自然，人作为生物，便不能生存；作为理性的载体，也是一片空白。所以，自然是人的母亲；人是在模仿自然中成长起来的。古希腊人讲，人从蜘蛛学会了纺织，从燕子学会了建筑，从鸟的鸣叫学会了歌唱。现代仿生学证明，不少人的发明创造都是从自然中获得的灵感和启迪。所以说，自然又是人的老师；自然的雄伟、广漠、坚实、淳朴、清丽、委婉、平和、险峻、恒久，又是一种道德的象征，给人以激励与抚慰。

郑：林语堂先生曾把大自然比作一间"疗养院"，说它如果不能治疗别的病，至少可以治愈人类的狂妄自大病。

阎：林先生的话很幽默，当人望着100层高的摩天大楼时可能会有自高自大的感觉。如果想把这种虚幻的情感调整过来，最好让他将这幢高楼与任何一座山峰做比较，他会知道什么可以会有资格和什么没有资格叫"伟大"。

郑：所以中国山水画总把画中人画得很小。

阎：它的内涵就在于让人意识到他在大自然中的实际位置。不过，大自然不仅能治愈人的狂妄自大症，还可以治疗人的自卑症。比如，山峰、荒漠、天空、大海会使我们在崇敬中激励我们冲脱自我这块小天地，敞开胸怀去拥抱世界。

此外，自然还是人的朋友。人是在与自然交游中变得成熟的。你想，如果没有猫、狗，人们会失去多少乐趣？如果没有夕阳，老人怎会抵挡难耐的孤独？如果没有月光、树林、疾风暴雨、电闪雷鸣……人们那种无法形容和无以克制的激情又去哪里倾诉？

近来在美学理论上也开始了对自然美的反思。有一种看法，认为美学是"艺术哲学"，自然美长期被排斥在艺术之外，始作俑者是19世纪的德国哲学家谢林、黑格尔。我国学者朱光潜、吕濴先生接受了他们的观点。

郑：特别是进入20世纪后，由于生态问题日趋严重化，人们深感自然美的问题不仅涉及美的鉴赏，更涉及人对自然的态度。

阎：所以我们很需要在反思中重新审视自然美。

您可能记得，还在谢林、黑格尔之前，康德关于自然美的"直接性"的论述较之他的后辈具有更深刻的意义，可作为人们重新认识自然美的一个根据。康德在《判断力批判》中说道：尽管在形式方面艺术美可能超过了自然美，但自然美在这一点上是艺术美无法企及的，就是它能"单独唤起一种直接的兴趣，和人的醇化了的和深入根底的思想形式相协和"。这意思是说，无论自然美，还是艺术美，都必然与一种道德观念相联系着，不过对于自然美，这种联系是"直接"的。艺术美是"间接"的。因为艺术从来都不是由其自身，而是作为"自然的摹本"或"为引动我们的愉快而造作的技术"进入审美鉴赏的。而对自然的鉴赏表面看来有一点不如对艺术品的鉴赏，就是需要人走出去，而不能放在家里把玩。由于受着季节更迭、晨昏光照的变化，它永远是短暂、偶然而又不可重复的。但这一点并没有削弱人对自然美的兴趣，你看，当三峡的某些自然景观要消失的时候，多少人从祖国各地涌向三峡；泰山即将日出时，多少人彻夜等待，还不就是为了那美丽的一瞬，或追寻、或捕捉。正因为自然美是短暂的，所以它才具有一种永恒的魅力。那短暂的一瞬便永远定格在我们的心中,成为我们最珍贵的记忆;正因为自然美是偶然的,所以才越出审美定势,唤起我们的好奇;正因为自然美是不可重复的,我们才会意识到人工制品和自然之间不可企及的差距,才会激励我们从自然中汲取灵感,去进行真正意义上的创造。

郑:所以对每个人来说,道德观念的确立,意味着一种"醇化",自然靠自身的存在激发我们对道德的兴趣。

阎:是这样。艺术美的创造与鉴赏无疑根源于这种道德观念,但引动我们对道德的向往,只是"间接"的。康德没有解释造成自然美的"直接性"根源,但从他的表述来看,对自然美的兴趣,从客体说,来自自然;从主体说,来自道德。自然美直接就是自然与道德之间密不可分的关系的见证。自然美的存在向人们表明,自然不是别的,就是道德的基础;道德不是别的,就是来自自然的"绝对命令"。

郑:这就是说,道德是从人的生命活动中必然生成的东西。人从自然界中走来,并始终是世界的一部分。

阎:所以,对自然美的鉴赏就不只是五官感觉,甚至也不只是想象力的事,而是整个心灵、全部生命的投入,要求鉴赏者以自身的生命去体验自然的生命。当艺术远离自然的时候,它曾为创造了一个虚幻的世界,所谓"第二自然"而沾沾自喜,而它没有意识到,在一定意义上,它自身因此成为人直面自然,从自然聆受生动鲜活体验的障碍,我们从对自然美的鉴赏中获得多方面效益,就像我们对母亲、教师和朋友那样,可以用一个"美"字表达我们的感受,但这个"美"字包含多么丰富深邃的含义!

自然永远向我们张开双臂,让我们走向自然,从自然美的鉴赏中获取无尽的享受和教益。

2000年7月21日于北京大学承泽园阎先生寓所

下面我将从20世纪80年代起,经阎国忠先生为我介绍的著名美学家宗白华先生、国学大师张岱年先生、著名美学家杨辛先生、美学家徐碧辉教授等,陆续写出的人物专访和信件附于下面,还有在不同场合下结识的著名美学家蔡仪先生、滕守尧先生,以及我的老师马作楫教授也都作了人物专访。

第二节　是真名士自风流

——回忆美学家宗白华先生

在不少美学论著中，经常被放置案头的除了蔡仪先生的著作外，还有宗白华先生的论著和译文，尤其是《美学散步》一书，我几乎经常沉醉品味其间。那一篇篇或详或略、或短或长、富有哲理情思的文章，对文艺美学若干理论问题的论述，并没有做严格的逻辑分析或详细的系统论证，但每一篇又都那么引人思考和品味，既有深刻的学术性，又有广博的审美情趣，耐人寻味，亲切感人。中年后，特别喜爱这两位美学家的著作，可能与两位先生所持的人生态度有关。蔡先生是强烈的入世态度，而宗先生则是超然的审美人生态度。从宗先生的《介绍两本关于中国画学的书并论中国的绘画》一文中，就可以看到他这种人生态度的自白。他说："中国人不是像浮士德'追求'着'无限'，乃是在一丘一壑、一花一鸟中发现了无限，表现了无限，所以他的态度是悠然意远而又怡然自足的，他是超脱的，但又不是出世的。"他的学生和研究他的学者对先生的人生态度，都有着如是的评价，认为先生既有"纯洁、怡静、胸怀无私"的哲学家风度，又有洒脱、看轻身外之物的哲学家的韵味。冯友兰先生还情不自禁地称颂先生"是真名士自风流"。我敬重蔡仪先生的刚正不阿的战士品格，也十分敬仰宗白华先生旷达的晋人风度。

宗先生是我国五四时期著名的哲学家、文学家、美学家，是较早接受西方科学思想的人；

受老庄及康德思想影响较深，美学思想有一定的局限性；中华人民共和国成立后，在努力学习马克思主义哲学中一些局限逐步得到了纠正。他重视中国美感发展史的研究，在美学发展上走自己的路。但是，对这位在20世纪20年代就十分有名而又令人崇敬的一代美学宗师，我从未敢想在他逝世前一年还能够见到他一面，并亲耳聆听到他的教诲！1985年10月20日上午，在永安南里拜见蔡仪先生之后，我匆匆赶到北京大学燕东园，去向阎国忠教授告别。国忠先生是研究中世纪美学的专家、教授，相交数年，我很敬重他。

就在这一片片落叶飘拂的瑟瑟秋风中，我与国忠先生漫步走入校园，在未名湖的一角、宁静的朗润园中一间公寓里，拜见了久已向往的宗白华先生。

我们进门后，宗先生身着薄薄的小棉袄坐在躺椅上，一手拿着一张《参考消息》，一手轻轻地摘下了老花镜。虽说是89岁高龄的老人，微胖的脸上依然那样红润，微笑着，招呼我们坐。趁国忠兄向先生问候，我略略环顾四周：这是一间不大的起居室兼书房。旧式的书柜、书桌、床头全都放满了书。墙上挂着人物、风景油画。特别引人注目的是在堆满书的书桌上安放着一颗唐代石雕佛头，"低眉敛目，秀美慈祥"。宗先生见我注视着佛头，高兴地说："喜欢吗？"我连连点头。我深知先生很喜爱它，这其中还有一个典故呢。据说先生是在20世纪30年代得到它的，抗战时仓促离宁赴渝，临行前，别的东西顾不上带，但却不忘把佛头细心地埋在院内小枣树下。抗战胜利后返回，家中无存一物，他并不顾惜，发现佛头还在，他兴奋极了。我和先生说，保存得这么好，真不容易。没想到话一说出，引出了一下午的文物话题，本想请教先生有关文艺美学的话题，只好放下。

国忠兄介绍我从太原来时，先生很高兴。他说："50年代我去过山西，到过太原。遗憾的是在晋祠只隔着大殿的门看了看仕女像，进不去！"停了一下，又说，"山西出土文物很多，我从报刊、电视上不断看到山西有出土文物的消息。可考古学家只忙于考古，总来不及对这些文物去及时地深入研究；从审美的角度去研究考古的文章就更少。我们搞美学的同志，要好好利用这些无价之宝做文章。"当我把我了解到的山西文物出土情况向他介绍时，他听得很细致，还不时风趣地插话。"我还去过你们山西的云冈石窟,那么大的雕像,那么逼真的神态,那么美的衣纹……一个地下的煤,一个地上的文物,山西了不起啊!……不只是山西,还有陕西、河南等出土文物都很多,可据说有一些不发表,是没有研究出来,所以还得保密;中国事情多,有好多事都来不及研究,要是有的文物一辈子都研究不出来,就不发表了?"说到这儿,先生显得很激动,"西安的兵马俑,那么多人物,兵马保存得那么好,是 20 世纪最大的发现,世界第七大奇迹,是中国的光荣和骄傲。敦煌的东西也一样,不仅要收集、保护,也要研究、宣传,向全世界介绍,它们都是世界文明的瑰宝。"

那天,文物的话题,使他异常精神,当我们请他休息一会儿时,他只喝了一口水又说:"中国的东西太丰富了,我们要特别注意研究自己民族的极其丰富的美学遗产。出土文物对研究美学很有启发,山顶洞人时期就有穿孔的小石珠那么精美的装饰品了。当然,学术研究也不能只局限于自己民族的文化,还要放眼世界文化,吸收一些西方的优秀文化。把中国的美学理论和欧洲、印度的美学理论相比较,从比较中就可以看到中国美学的特殊性了。"先生继续感慨地说,"我早年留学前也写过有关美学的文章,但肤浅得很,后来学习研究了西方哲学和美学,回过头来再搞中国的东西,似乎进展就快一点了。当然,人类的思想发展具有相对独立性和继承性,需要批判地继承和发扬,从中找出中国美学发展史的规律来。工作量很大,我们做不完,要鼓励年轻人去做。"听到这儿,我忽然联想到宗先生早在 20 世纪 20 年代在《中国青年的奋斗生活与创造生活》一文中的一段话:"将来世界新文化,一定是融合两种文化的优点而加之以新创造的,这融合东西文化的事业,以中国人最相宜,因为中国人吸取西方新文化,以融合东方,比欧洲人采撷东方的文化,以融合西方,较为容易。以中国文字语言艰难的缘故,中国人天资本极聪颖,中国学者,心胸思想,本极宏大,若再养成积极创造的精神,不流入消极悲观,一定有伟大的将来,于世界文化上一定有绝大的贡献。"这热情的谈吐、豁达的胸怀、睿智的思考,把我引向了一个对美学事业追求的崇高境界。先生把希望寄托于年轻人,对中国的未来充满信心。

不知不觉,一个多小时过去了,宗先生谈意还很浓。国忠兄向我示意,我向宗先生表达了谢意,对他如此高龄这样健壮表示了钦佩。先生笑着说:"以前朱光潜、冯友兰先生比我身体好,现在我比他们好。人常说'人生七十古来稀',看来89岁不稀奇!"说完开怀大笑。这笑声划过了朗润园静谧的上空,使萧瑟的秋风增添了暖意,落叶也顿时染上了醉人的深红。

没想到,事隔一年,当我在飞雪中的京都,再次想去朗润园看望先生时,他已重病入院,时隔不久,又惊悉他带着"以幽默情绪超脱人生"的微笑逝去的消息。去八宝山送葬的那天,是漫天皆白的飞雪,我们正在西郊的教室里听课,约莫着汽车在路上的行进时间,不少同学在教室里站了起来面朝八宝山的方向。尽管风吼、雪舞,但我听到的是先生开怀大笑的最强音:

　　白天,打开了生命的窗,
　　杨柳丝丝拂着窗槛。
　　一层层的屋脊,一行行的烟囱,
　　成千上万的窗户,成堆成伙的人生。

　　活动,创造,憧憬,享受。
　　是电影,是图画,是速度,是转变?
　　生活的节奏,机器的节奏,
　　推动着社会的车轮,宇宙的旋律。

　　白云在青空飘荡,
　　人群在都会繁忙!
　　黑夜,闭上了生命的窗。

　　窗里的红灯,
　　掩映着绰约的心影:
　　雅典的庙宇,莱茵的残堡,
　　山中的冷月,海上的孤棹。
　　是诗意,是梦境,是凄凉,是回想?

缕缕的情丝，织就生命的憧憬。

大地在窗外睡眠！

窗内的人心，

遥领着世界神秘的回音。

——《生命之窗的内外》·宗白华

发表于《太原日报》1993年4月22日副刊，收入自选集《至乐集》（中共中央党校出版社2001年版），2007年收入北京大学新闻中心《宗白华怀念文集》。

附：宗白华（1897—1986）哲学家、美学家、诗人。江苏常熟虞山镇人。1916年入同济大学医科预科学习。1919年被五四时期很有影响的文化团体少年中国学会选为评议员，并成为《少年中国》月刊的主要撰稿人，积极投身于新文化运动。同年8月受聘于上海《时事新报》副刊《学灯》，任编辑、主编。将哲学，美学和新文艺的新鲜血液注入《学灯》，使之成为五四时期著名四大副刊之一。就在此时，他发现和扶植了诗人郭沫若。1920年赴德国留学，在法兰克福大学、柏林大学学习哲学、美学等课程。1925年回国后在南京、北京等地大学任教。曾任中华美学学会顾问和中国哲学学会理事。宗白华是我国现代美学的先行者和开拓者，被誉为"融贯中西艺术理论的一代美学大师"。著有《宗白华全集》及美学论文集《美学散步》《艺境》等。宗白华于1986年12月20日在北京逝世，享年90岁。

第三节　自强不息　厚德载物

——怀念国学大师张岱年先生

得知张先生于2004年4月24日凌晨2时50分在北医三院逝世这

一令人震惊的消息，是在当天早晨，我正在书房电脑前。一阵急促的电话铃声响过之后，北京的一位友人熟悉的声音断续说出了这一消息，随即放下了电话。顿时，我的脑子一片空白。这怎么会呢！无法形容的悲痛心情诉诸热泪，我下意识久久地望着书房中悬挂的张先生于1998年9月赠我的条幅"自强不息　厚德载物"体现中华民族精神的八个大字，先生的音容笑貌一齐浮现在眼前……

张先生啊，此刻虽然您生命的时钟已经停摆，但给无数尊敬、爱戴、关心您的人留下了多少永远无法弥补的遗憾！您的生日是5月23日，清华大学、北京大学、北京师范大学等单位已经准备好了在5月16日给您庆祝95岁生日的，仅仅差着30天啊！

要说更大的遗憾，还是先生本人在事业上的未竟，他曾和朋友们慨叹地说："要说遗憾，有啊，从'反右'到'文化大革命'耽误了我整整20年啊，许多计划未完成，许多目标未实现……"

他为自己立下的座右铭是"直道而行"，可是，在那个特殊的年代——从1957—1978年这21年里，张先生受"反右扩大化"的影响，遭受诬枉，"文化大革命"中又再次遭受批判。直道不通，他不能畅所欲言，不能从事学术研究成为他学术生涯中最大的遗憾；他受过批判，下放劳动过，在生理和心理的折磨中熔炼着自己。但是，他仍然保持着做人的那份骨气，即使在困难的处境中，他的脊梁也是直的。直到1979年1月北京大学党委宣布他1957年属于错划，予以改正，恢复名誉和待遇。在回忆这段时期的思想时，他说："'五十而知天命'，我年近50，竟遭此大厄，才知道人生确实有命存焉，实亦由自己当时狂妄不慎所致。在划入另册的时候，我依然自信是拥护社会主义的，仍然把自己的命运与中国的命运联系在一起。"张先生这段掷地作金石声的话，代表了中国不少热血正直的知识分子的心声。这也难怪他在74岁的高龄时实现了加入中国共产党的夙愿。此后的20多年，一直在争分夺秒，做最后的冲刺！因为他爱自己的祖国和人民，爱中国优秀的传统文化，爱哲学、爱真理，就不能顾及自己的健康。

早在20世记30年代，张先生就提出，中国传统哲学已经不能适应时代，需要更新，认为发展现代中国哲学的新思路"当是将唯物、理想、解析，综合于一"。他说的"唯物"即是辩证唯物论。"理想"是指中国传统哲学中的道德和人生哲学。"解析"是指近代西方哲学的逻辑分析法，即现在哲学界常说的中国、西方哲学和马克思主义思想三者的互动与结合。张先生的文化观是"综合创新"，他认为文化结构是综合的基础，文化创造是综合的动力，文化类型强调的是文化的主体性。因此，综合创新是辩证法的综合，是对所综合对象的进一步发展，是否定了旧事物以后出现的整体。他的哲学观也是"综合创新"，从更深层的意义上说，他的"综合创新"是将外来文化、哲学和中国文化创造性地结合。80年代，他进一步把综合创新论和中国特色的社会主义理论联系起来，强调思维方式的创新和民族精神的创新。90年代以后，他逐步完善了界定民族精神的"自强不息，厚德载物"的提法，认为"自强不息的哲学基础是重视人格的以人为本的思想。厚德载物的哲学基础是重视整体的以和为贵的理论"。他在中西哲学结合的问题上看得高、看得远，为中国文化、哲学的发展做出了重大的贡献。

但是，深入研究需要时间！需要下大力气把过去耽误了的20年夺回来！为此，他需要宁静和寂寞。他说："寂寞不也是一种境界吗？人，一旦进入这个境界，一切浮躁都得到了净化。"

但在市场经济下，越来越多的人日益认识到经济竞争的本质是文化的竞争。仰慕张先生，到中关园张先生狭窄的居室中访问的人越来越多，熟悉与陌生的人群川流不息。张先生的心态依然，诚挚、谦和而有求必应。但是，他的难得而又有效的时间却被占据了许多，又使他感受到"两难"的无奈。

与我相交多年的美学家、北京大学哲学系教授、张先生的同人阎国忠先生常和我说，张岱年先生学问大、气度大、豁达，而且毫无门户之见，有着一颗难得的平常心。我也曾幻想着，如有机会一定要见见先生。

1991年，当从反向思维的角度写成《写作障碍论》书稿后，我鼓足了勇气把书稿提纲和中心章节寄给阎国忠先生，阎先生认为这是写作学研究中的一个新角度，鼓励我修改后出版。这时我才提出能否请张先生看看的事。没想到，一周之后，接到了阎先生的信，除了寄回的我的提纲，竟有张岱年先生给我题写的书名。张先生喜欢这个思路，关心并支持后学，难得给题词，这是我万万没想到的。书终于在1994年由知识出版社出版，我留下了第一本，准备亲手呈给张先生。

1995年10月2日，国忠先生领我去中关园看张先生。轻轻叩门之后，身着洗得发白的蓝上衣制服，高大、善良的张先生打开门握着我们的手请我们进入，狭窄的走廊里、不足14平方米的书房的一切可以利用的空间里，东一摞、西一堆全都摆满了书，我们走近那套旧沙发时还要小心地跨过地下的一堆书。

1995年10月2日，作者（左）在北京大学哲学系张岱年教授（右）寓所书斋

家具陈旧而少，摆设随意。据说这套住房是"文化大革命"中被换的，因为房间太小，还忍痛卖掉了4车书和一个书桌呢！

他先请我们坐，然后把椅子转过来再坐下。他的夫人冯襄兰老师微笑着端上了茶。我小心地把书递上，他一边翻，一边连声说："书能出来就好，留下我看看，有时间再研究。"接着，他冲国忠兄说，"记得你是河北昌黎人吧！"又问我，我说是河北辛集市人。他的脸上突然出现了孩子般的笑容："我是沧州人，和纪晓岚是老乡！那咱们都是河北老乡了。"这种纯真心态的幽默，一下子就缩短了我们的心理距离。

那天不知为什么，张先生从看不懂现在的人写的字潦草难认入手谈起，反复地问："为什么我看不懂那些字呢？"他接着说，"我虽然居住在城里，可是却对有些新的生活方式不了解，有的电视剧、电影都不怎么看，只看电视新闻，但有的电视新闻有时也听不懂。"当然，先生的话是很含蓄的，暂短停顿之后，又幽默地说，"不过，理解现在的社会现象还是没有问题的。"接着又和我们谈了一些社会现象，这时，阎先生趁机给我和张先生拍下了珍贵的合影。我也给阎先生和张先生拍了一张合影。知道张先生珍惜时间，我们只好告辞了。张先生穿着只剩下一枚扣子的蓝大衣亲自送我们下楼，连连说："再见，再来！"以后，我又先后两次去看张先生，一次看到他依然垫着印蓝纸用红格稿纸复写稿件，我说，让年轻人打印就行啦，张先生说："惯啦，我不想多麻烦人。"1998年元宵节，我又去看张先生，屋里的书似乎比前年更乱了，家里坐着三个他的外国研究生，没时间招呼我，他显得很抱歉的样子，当我看到张先生还是那样健壮，十分高兴，问他平常吃不吃药，他笑着摇摇头。冯缳兰老师说："有时吃一些维生素，不吃什么药。"他顺手取出自选集和自传，签了名，并交到了我的手中，笑着说："留个纪念吧，老乡！"我十分激动，不知该说什么好，又不自觉地得寸进尺起来："张先生，要是有时间的话，给我写张条幅，作为我人生的座右铭。"张先生依然笑着点头，穿好那件只剩下一粒纽扣的蓝大衣送我出门，连连说："再见，再来！"

没过多久，阎先生寄来了张先生给我写的条幅："自强不息　厚德载物　学诗同志雅属　张岱年　一九九八年九月。"我知道，张先生希望我做一个具有民族精神的、有为的知识分子。我为有这样参天大树献出大片绿荫的精神导师而感到无比的庆幸。

后来很少有机会去北京，没想到竟是与先生的最后一面了，每天和我晤面的是先生给我留下的条幅与赠给我的他的著作上的题字，在条幅中体现出先生的那种深层哲理和他的令人尊崇的民族骨气。

他更把希望留给了青少年。他要青少年珍惜光阴，并深有体会地说："青年时期是每个人一生中最美好的时期。青年是民族希望的所在。在青年时期，要为将来的成就打下良好的基础。"要虚心，要敢于独立思考，但首先要注重"品格修养，对一个

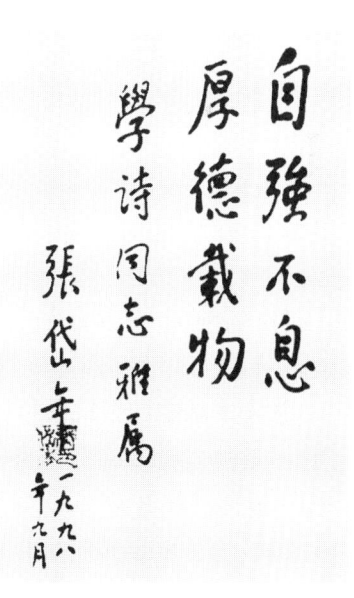

人来说,比知识更重要"。张先生本人的言行可说是青少年的典范了。洋洋60万字的《中国哲学大纲》就是他28岁写成的,还不到而立之年,就立下了"为天地立心,为生民立命"的宏图大志了。他有的是如火的心肠,追求的是一种不求私利的清凉境界。

写到这里,我不禁想到著名作家宗璞的一段话:"在荆棘中行走的人,很少认为自己是大勇者,只是有一种精神,一种志向,遂留下了名山事业。"张先生给我们留下的正是可贵的民族精神,是值得我们永远学习的。

发表于《太原日报》双塔周刊 2004年5月19日

附:张岱年(1909—2004),著名哲学家,北京大学哲学系教授

张先生给我题写的"自强不息 厚德载物"条幅。出自《周易》中的卦辞:"天行健,君子以自强不息(乾卦);地势坤,君子以厚德载物(坤卦)。"这是我国古代朴素的唯物主义的宇宙观的形象表述。民国时期,梁启超任教于清华大学时,以《论君子》为题作演讲,引用《易经》的"自强不息""厚德载物"等话语激励学子。此后,清华大学把"自强不息,厚德载物"写进清华校规,又逐渐演变成校训。

张先生从中国传统文化哲理精髓的角度题词,使笔者深感作为写作主体,重视自我道德素质的建设和培养自身的科学思维方式,坚持不断地学习和实践的重要。

1993年,为了出版写作理论专著《写作障碍论》(知识出版社1994年版),我去北京大学拜访了张岱年先生,请他审阅了部分书稿,之后,给我题写了书名。他顺便说,山西有一位于靖嘉教授,在"戴"学的相关课题研究上很有成就。我说,是我的大学老师,他很高兴。接着对我说,有机会,一定要读读戴震的有关著作(《戴震全书》张先生担任主

编，黄山书社出版。1991年夏在徽州师专举行了第二次戴震学术研讨会和《戴震全集》出版的首发式）。

张先生说："你的书很注意写作主体的人文素质与写作的关系。给你举个例子，清代学者戴震受命纂修与农水有关的《直隶河渠书》，不满足经过调查已占有的资料，为了经受得住历史的考验，多次参加劳动，走访农民，仔细观察灌田蓄水的各个环节，研之再三方动笔。这种深入实践，务实、认真的写作态度，很值得写作爱好者学习。"

第四节　猛志固常在　丹心终不歇

——怀念著名美学家蔡仪

每当元旦的钟声响过，我总是忘情地在电视屏幕前，沉醉在维也纳新年音乐会中，即使连续几个小时，也不想挪动半步。那确是一种无法形容的美的享受。可是，当今年元旦的钟声响过，维也纳音乐会的旋律回响在空间时，我的心却无法平静下来。和着优美的旋律，蔡仪先生那慈祥、温厚的神态，那闪烁着力的火花的双眸，时时出现在我的眼前。

先生是1992年2月28日去世的。从北京回来的朋友告诉我，先生逝世前虽然一直忙于《新美学（改写本）》第3卷（艺术卷）的修改，但元旦的维也纳音乐会，他却在电视机前坐了几个小时舍不得离开。第二天，他又顾不得疲劳，伏案写作。直到突然病倒被送进医院，他还不相信自己生病，和朋友们说："我这是怎么了，还有好多事没干完呢，看来，要赶快做才行！"作为受蔡仪先生美学思想影响较深的我，听到先生临终前的这一细节，难过的泪水和景仰之情一齐涌上心头。"猛志固常在"，丹心终不歇，他的一生，直到最后一息，都无私地奉献给了美学事业。我最早接触的美学论著，就是先生在20世纪40年代初写成的《新美学》。70年代中期，我重新学习1956年至1961年我国美学界论战文章时，对蔡仪先生马克思主义的客观美论的观点产生了极大的兴趣。一个

1985年10月20日,作者(右)与上海交通大学胡惠林先生(左)在美学家蔡仪先生(中)北京寓所竹园

偶然的机会,我和先生有过一段交往。

那是在1985年10月20日,离京返并的当天清晨,与先生有过交往的上海交通大学教授胡惠林先生约我一起去看先生。先生寓居永安南里中国社会科学院宿舍,当我们轻轻叩门后,一位身着蓝布制服、面红色润、身体健壮的白发老人开门向我们伸出手。他的握手是有力的,笑容是诚挚的。房间较小,但窗明几净,井井有条,沿墙是一排放满了典籍的书柜。窗外是一丛丛迎着阳光微微摇曳的绿竹。先生就在这小小的"知不足斋"中和我们攀谈起来。

由于我和惠林兄都在党校教学,先生一开始就语重心长地说:"在党校开美学课比其他学校更重要。要实实在在宣传马克思主义、毛泽东思想,要从浅显的地方讲起,要讲准。"我们深知先生当时讲这番话的深层含义。记得当时在美学问题上的争论,依然是比较混乱的。不少人丢开了马克思主义美学理论的探讨,去闯什么美学的"新"路。先生在谈到这方面的现象时,显得异常的激动,站起身来,急匆匆来回踱着步,用带着浓重的湖南乡音愤愤地说:"走什么'新'路?现在有些人所说的'新',其实都是旧的;哲学一乱,美学也跟着乱。"说到这里,他略略沉一下,望着窗外的绿竹,深情地自语着,"我所希望的是真正的马克思主义的大普及和深入人心,而不是假马克思主义的流行。"稍停一下,他又坐下,向我们平静地说:"当然,美是什么,在理论上是一个非常麻烦的问题,我还只是提出一点初步意见,只是一种尚待证明的假设。我并没有把自己看作一个美学家。我觉得,在学术方面要成为真正的一家是很不容易的。学术上成家必须具备'持之有故,言理'。"一边听,我们一边为先生的虚心和不懈的追求感动着。先生呷了一口茶,沉静地说:"我真想听到真正能运用马克思主义观点的人对我进行严正的批判。从20世纪50年代至今,30多年来,批评我的美学思想的文章不少,我只对3个人的文章作过反批评。主要是因为他们摆出了'马克思主义权威'的架势,而实际宣传的却是主观唯心主义的滥调,我只得给以实事求是的反驳。'予岂好辩哉,予不得已也。'不论立或破,都能做到有理有据,那就有一定的学术意义了。"讲到这里,他停了半响,给我们添了茶,屋子里静极了,甚至能清晰地听到窗外竹叶声。我们为先生做人的坦然和实事求是的崇高精神所感动。谈得累了,茶也几添几续,先生站起来笑着说:"看看我的竹园吧。"迎着午时的阳光,先生抚摸着绿绿的竹叶,他的女儿应我们的要求顺手拿起了相机,我们扶先生坐好,先生微笑着会意地点了点头,留下了一张留作永远怀念的合影。

  1986年,那是一个多雪的冬天。11月,我到中央党校美学师资班进修。一去之后便给先生写信,向他问候,没过两天,先生即复了信,叮嘱我好好学习,并希望我研究一下党政干部的审美教育问题。尽管功课很忙,我还是按捺不住想见先生的愿望,没有事先联系,冒着大雪,几乎用了大半天的时间才赶到了永安南里。轻轻地敲门之后,先生开门,看我满身雪花愣住了,急忙用手拍打着我的身上,向我伸出了他的手,我把一双冻得发僵的手往身后藏,什么也说不出。他把我的手拉出一只,用力地握着,那是一双滚烫的手,是任何冰冷都能被顷刻融化的手。顿时,我的泪涌向了眼眶,说了声:"先生!"进门后,才知道有客人在,我不想多打搅，求先生原谅我的冒昧，先生说，实在抱歉，想详谈再约。他说，"这次我希望的是，你要注意美学研究要结合现实，为社会主义精神文明做出贡献的问题"。在简短的谈话中，我又一次回首望着窗外飞雪中的竹，竹枝虽然挂满了雪，但却依然那样挺拔、青翠……以后，由于没有机会外出，一直没有见到先生。然而先生对山西的美学发展是十分关心的，有求于他的事，他非常认真地办。记得我受我的老师马作楫先生和山西写作学会秘书长任文贵同志、《作文周刊》主编周均衡先生之托，求先生为中国写作学会山西省分会的会刊《作文周刊》大学版"大学生"题词，他欣然应诺，不久便寄来了那端庄、敦厚而有力的三个大字。每当望着先生的手书照片，我总想到先生窗外的翠竹、雪竹。我忽然想到不知是谁说的一段话："不论是白天还是夜晚，我都会在心中珍藏着您给予我的那片燃烧的阳光。"

发表于《太原日报》1993 年 3 月 11 日，

本文发表后被收入《蔡仪纪念文集》

（中央编译出版社 1998 年版）

第五节　游于艺

——著名文艺理论家、美学家、文学评论家侯敏泽先生

侯敏泽（1927—2004），笔名敏泽，《文学评论》原主编、中国社会科学院中国文学研究所研究员。

我敬仰侯敏泽先生，从多年前订阅先生主编的《文学评论》开始，经常拜读他的文章，幸运而有缘的是，1986 年 12 月，我在中央党校理论部首届美学师资班学习，聆听了他开设的中国古代美学史讲座。

听侯先生讲课是一种享受。我很叹服他对史料引用的准确无误、随手拈来的惊人记忆。

下课后，我禁不住走到他的身边说："您的记忆力真强啊！"他微笑着说："现在不能和过去比了。有些看过的东西很想把它们背诵并记下来，却常常力不从心，即使背过了，很快又会忘掉，远远无法达到和儿时背诵过的东西那样记得牢靠。"

他接着说，"我的记忆形成，得感谢童蒙时期的私塾教育，我5岁进入私塾，一学就是五年。老师强调背诵，尽管早年我所背诵的东西，并不都是我能够理解的，但由于儿时的记忆特强，这些背诵过的东西到后来随着知识的增长和理解力的提高，以往不理解的东西理解了，像刻在心上一样忘不了，这对我后来的学术研究工作，真可说受用无穷。凡我幼时读过的古书，几乎都可以招之即来，想到就用，不必临时一一去查书，哪句话出自哪本书，以及哪本书的哪一章，等等，方便无比。

"可以说，我所受到的古文化教育对我的一生的影响不仅是深远的，而且是几乎无处不在的。童蒙期所受的语文教育其特点就是，把读过的书都吃进了，既吃进了语言，也吃进了文学，还吃进了哲学和历史。"

《写作障碍论》初稿写成，我想请他题词。1994年1月15日，先生给我寄来了题词"为独立特行高风亮节之士，铸凝时代民族之魂之文"。

题词深刻地阐明了作文与做人之间的关系。写作主体的人格建构、世界观、生活积累、审美追求、写作素质等多方面的总体素质越高，认识与表达对立统一过程的矛盾相对就越少，文章的社会价值和审美价值就会更高。

谈到写作障碍，他说，要多角度研究写作主客体关系，读一些相关的传统文化经典著作、当代国内外写作学科的论著及有关脑科学的发展论文。随后，又为我题写了"游于艺"的条幅。

敏泽先生学养深厚、平易近人。他那种勇于探索，辛勤耕耘，那种严谨的治学态度，永远是我们学习的楷模，他为当代中国文学、美学贡献了许多原创性的学术论著，成为当代中国文学理论批评、中国古代文论研究和美学研究领域的一位重要开拓者。

第六节　清凉天地，火热心肠

——著名美学家、美术史论家、书法家杨辛先生

惊悉我最尊重的著名美学家杨辛先生仙逝，我十分悲恸。近年来，先生十分关心我对写作障碍理论上的研究，并于甲午年年初为我的《写作障碍研究——写作书简》出版题写了书名。

2015年，在北大召开的一次全国美学家会上，又一次见到了杨先生，我将2014年7月出版的《写作障碍研究——写作书简》和深化的《走出写作障碍》一起赠给他，他十分高兴，握着我的手，连连点头，并与我合影留念。

"清凉天地，火热心肠"是杨辛先生1985年赠我的条幅。

清凉天地，火热心肠

——著名美学家、美术史论家、书法家杨辛先生

杨辛（1922—2024），重庆人，于2024年3月7日在海南逝世，享年102岁。杨先生是著名美学家、美术史论家、书法家。北京大学哲学系教授。中华美学学会顾问，中国紫禁城学会顾问，中国文化书院导师，中国东方文化研究会学术委员，山东省泰山世界遗产研究委员会泰山研究所名誉所长。中国书法家协会会员，中国美术家协会会员。2012年，被授予"2012年度第六届中国财富人物公益慈善终身成就奖""北京大学哲学教育终身成就奖"。2013年，被授予"北京大学杰出教育贡献奖"。

与著名美学家杨辛先生的几次交往，唤起了我多年前的一脉真情。与杨辛先生的交往是在20世纪80年代。

1985年7月29日中午，天空还飘落着零星的雨花，披一身夏日难得的凉爽，我访问了正在太原"全国高等院校第四期美学培训班"讲学的全国美学学会副会长、全国高校美学学会会长、中国人民大学马奇教授和全国美学学会常务理事、全国高校美学学会副会长、北京大学杨辛先生。一直谈到傍晚，两位学者毫无倦意。我请他们为省城自学美学的青年题词，他们欣然应诺。

杨先生的题词是：

学习美学是一件既艰苦又有乐趣的工作，它不仅能充实我们的美学理论知识，还可以帮助我们鉴别艺术和生活中的美丑。

还为我留下了"清凉天地，火热心肠"的墨宝，我珍藏至今。杨先生所说的在实践中提到自身的鉴别能力，正是写作者加强审美修养所需要的。

1986年，在北京中共中央党校理论部全国首届"美学师资班"进修

> 学习美学是一件既艰苦又有乐趣的工作，它不仅能充实我们的美学理论知识，还可以帮助我们鉴别艺术和生活中的美丑。
>
> 杨辛

时，作为他的学生，我们又一次相遇，他很念旧，对太原的见面记忆犹新。杨辛先生建议青年在学习过程中搞一点写作，要从点滴、局部开始，注意从小的积累入手，要坚持练笔。这是结合理论进行思考的最好训练。他提倡青年写作者还要自学一些美学知识。

他说："从整体上讲，学习美学一要史论结合。二要培养自己对一门艺术的爱好。艺术的部类很多，可以先选择一门，侧重一个方面；可以选一些最好的作品研究，也可以结合一些一般的，甚至低劣的作品进行比较。三要在学习美学的过程中有意识地培养自己的人生观。如悲剧中的壮美，在学习中往往被忽略。壮美从历史的发展上有它更重要的意义。因此，学习悲剧要放在历史发展的规律上去研究。人生的道路上总是有一些曲折的，人的品德往往在这里显出光辉，可以把曲折当作启示，可以把艰苦的工作当成乐趣，从而积极向上，热爱生活。学习喜剧也一样。"列宁讲，幽默是人的可贵品质。生活顺利的时候，人们有一种乐观开朗的优越感。对生活充满乐趣的人，也是一个有美感的人。

1985年8月13日，他在太原举办的全国高校美学培训班讲课期间曾去五台山考察，回来后，送我一张条幅："清凉天地，火热心肠。"其中饱含着耐人寻味的人文情趣：热爱生命，与天地精神往来的审美追求。

2015年8月15日，应美学家阎国忠先生的邀请，作为中华美学会会员，我有幸参加了由北京大学美学与美育研究中心为此举办的"美学的西方渊源与中国问题"的学术研讨会，在会上，我做了《长河探美潜游深——阎国忠先生的学术品格及其影响》发言（发言稿收入本次学术研讨会论文集《攀援美学高原前的足迹》第一编，于2017年5月由文化艺术出版社出版），后又收入《美与时代》专业杂志。时隔30年了，能参加这次全国美学家云集的研讨会倍感荣幸，而且杨辛教授就坐在我的对面，年逾90的他，依然与多年前的精神状态一样，幽默乐观。他向我招手，我拱手致意，并将由他题写书名，山西人民出版社于2014年7月出版的《写作障碍研究——写作书简》送到他的手中，他很高兴，并在会议休息期间与我合影。

由见面30年来，无论是数次交往、访谈，还是在中央党校理论部首届美学师资班听他的美学课，我深感他是一位执着、认真、乐观，热爱生活，平易近人，乐于助人，有着童心般的大爱情怀，有着崇高的审美追求，文化及艺术造诣深厚的导师。他的美学专著、书法艺术，闻名于国内外。

杨辛先生的书法作品强调自然之美，兼具画意，且气势磅礴，大多是表现对人生和自然的感悟。他认为书法的美不仅在于书写的好看，更重要的是和人的精神相通，用书法艺术诠释时代的民族精神！

2010年12月，杨辛先生在中国美术馆举办"美伴人生——杨辛书法展"。在展览开幕式上，他宣布展出的百余件作品全部无偿捐献给北京大学，把书画的艺术之美作为对母校的深情回报赠予北大师生。杨辛先生是一位慈善家。他说："进入晚年后，常有感恩之心，将之化为对集体、对他人的奉献精神，做到老有所为、老有所乐、老有所学，是个人晚年幸福的源泉。"2012年6月，杨辛先生出资100万元，在哲学系设立汤用彤奖学金、杨辛助学金，其中汤用彤奖学金占基金总额的60%，即60万元人民币；杨辛助学金占基金总额的40%。奖助金用于奖励哲学系学业突出的学生和帮助哲学系家庭贫困的学生完成学业。

杨辛先生常常表示："我的这个捐赠是'涌泉之恩，滴水以报'，一般所说的是'滴水之恩，涌泉以报'，而我的实际情况却是'涌泉之恩'，因为北大对我的恩情太重，我做一点事情非常轻微。"

2012年，因为在捐资助学方面的突出贡献，杨辛先生被授予"2012年度第六届中国财富人物公益慈善终身成就奖"。杨辛先生作为美学家，在研究美、创作美、传播美的过程中，一直在思考如何"从教育的角度来说，通过艺术品来进行教育，就是把美育和德育结合在一起，使得人们在欣赏这些艺术作品的同时，人生的境界变得更高尚"，"整个生命状态就是不一样的境界"。

为此，2013年，杨辛先生将珍藏的136件荷花艺术藏品无偿捐赠给北京大学，并捐资设立了基金规模达100万元的"杨辛荷花品德奖"，用于奖励品德高尚的学生楷模。这是北京大学首个以"品德"命名的学生奖项。杨辛先生希望，通过欣赏荷花艺术藏品，学生们可以同他一道，在欣赏荷花"出淤泥而不染"的高洁品质的过程中净化心灵，达到"品艺术而赞美，登泰山而悟生，赏荷花而好洁"的育人效果。

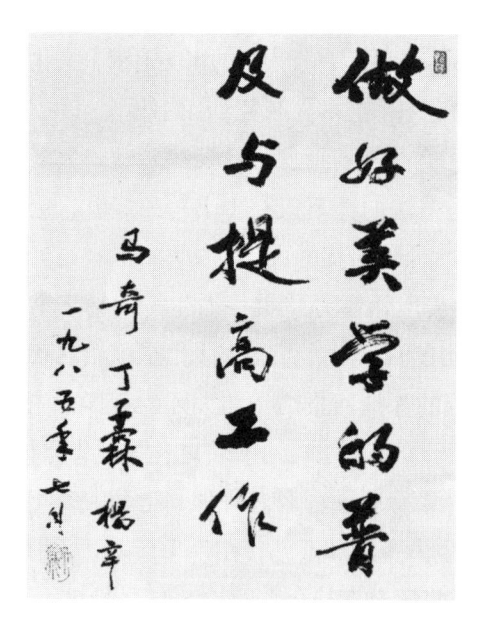

在杨辛先生的努力下，北京大学建成了校内首个以"荷花"为主题的艺术类展馆。2014年7月3日，由杨辛先生捐建的北京大学荷花艺术藏品展馆正式成为北京大学关心下一代工作委员会首个"立德树人教育基地"。

1985年，杨辛先生在太原期间，在培训班开课前，他和美学家马奇、丁子霖建议学会要做好山西，尤其是省会的美学普及与提高的组织落实工作，并联名题写了条幅。

第七节　挚情一生老益重

——著名诗人、作家马作楫教授

马作楫（1923—2017），山西大学文学院教授，著名写作理论家、诗人。

马作楫先生在大学中文系教授写作理论，写了一辈子诗，拥有丰富的写作理论与实践经验。马作楫先生是我上大学时接触最多的老师。多年来，他的谦虚、热情、平易和在诗歌写作上的执着追求，敦厚的师德和严谨的治学态度使我学之不尽。也就是在他的写作课的影响下，我在教学实践中喜欢上了对写作理论的研究。

马先生知道我爱书，喜欢藏书，有时去看他，他经常半开玩笑地对我说："你从上最老的山西大学附中就是我的学生，为了搞科研，经常把工资里的钱挤出来都买了书了，竟然成了藏书家，到底有多少书啊？听说你的书房乱得像个书库了，连过道也占了半壁，进你的书房还得过羊肠小道呢。"

他边说边沉思着，慢慢地吟诵着一副名联："于书无所不读，凡物皆有可观。"

隔了不久，2015年春节前，他赠给我上面的条幅。这是对我一辈子爱书、用书的最大的鼓励。但我做得很不够，按照他多年来对我的关心，我坚持每天读书，一直到今天，从未敢懈怠。

从1950年到1953年，又从1956年到1960年，我先后在附中、山西大学中文系听他的写作理论课，一直为他的思维和语言魅力所吸引。对我这个老学子，他一直把我做亦师亦友的朋友对待；我以感恩的心情，

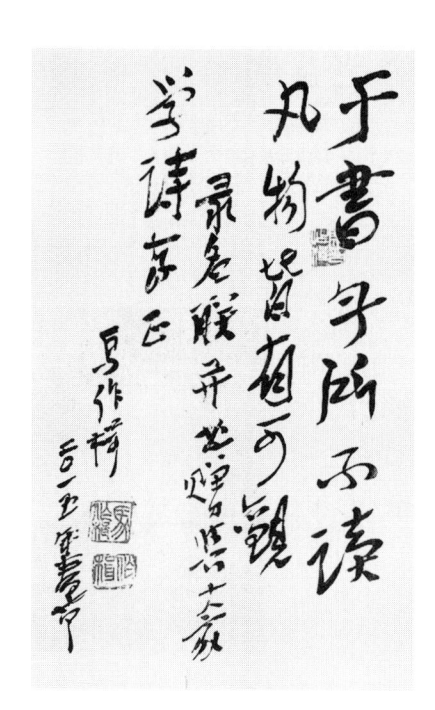

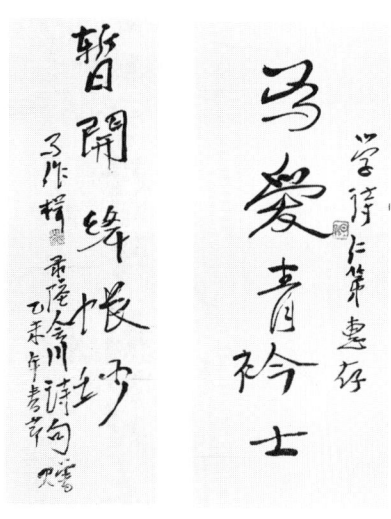

把先生当作我心中的一座高山。

2015年春节，他把他的文集赠送给我，并又题赠给我一副对联式的条幅：

> 为爱青衿士，
> 暂开绛帐纱。

这是马先生引用诗人路会川的诗句，而且上款称我为"仁弟"。从1950年上初中算起至今已67年的师生之情，随着岁月的流逝，他默默地关注着我对写作理论的喜爱，关注着我的爱好逐步发展到研究层次，集中于坚持写作障碍的专题探讨近30年之久的情趣过程。

我听校友、作家孙涛说，马先生去世前不久，他去看望他，马先生说，学诗写了一本好书。

23年前，当我的《写作障碍论》在知识出版社出版时，马先生对我的探讨做了肯定的评论，1994年5月3日，先生为这本原著题写了"写作者的真情实感是克服写作障碍的根本"的题词，为书增加了厚重的文化内涵与对写作思维研究的深层思考。

与此同时，先生还就我的书稿写了审读后的意见，并题为"执着的追求"，这可以说是对我的研究最早的评论。他认为这本专著既有对写作理论与实践的总体把握，又有深微的系统分析，这些都是难能可贵的，它也必将使写作规律的研究进一步引向深入。"我赞赏郑学诗教授对写作研究的执着追求，理论素养以及论析能力，我也衷心地祝贺《写作障碍论》专著的问世。"

我觉得，自己在认知能力和写作实践中的努力远远不足，马先生的鼓励是我研究的方向。

22年之后，深化原论的《走出写作障碍》经力所能及的修订，由山西教育出版社出版，又一次得到先生的肯定，但我深知，当今社会飞速的发展、写作的多元变化，作为一个社会人文研究工作者尚需与多个边沿学科的研究者相结合，否则，单一的社会学科的研究步伐永远跟不上，无法深入研究并揭示广义写作的本质。当前我的探索进展、书的出版，只能作为1994年原著出版后的一个历史阶段性的小结。

感恩于恩师的教导与指引，我将继续对这一课题做深入的开拓研究，以慰先生的在天之灵。

第四章 大文化背景下的理论探求

第一节　由无法逾矩的环境制约与走向社会

一、20世纪80年代大文化背景下的理想色彩

20世纪80年代，大文化背景下的理想色彩，使我想到了著名美学家李泽厚先生的话：

> 八十年代是一个启蒙时期，越往后看越会发现八十年代的可贵。八十年代是个梦想的时代，刚过了"文化大革命"，人人都憧憬未来，充满希望，怀有激情。

"文化大革命"之后，中国进入了"新时期"。80年代是"改革开放"的第一个十年，文化意义上的80年代，是一种精神追求自由的象征。因此，人生追求呈现出理想的色彩。人们的心灵自由飞翔，充满着回到童心的纯真情趣的想象……

1980年正好是我1960年从大学毕业后，在全国有名的太原五中从事教学的第20个年头。整日忙于教学和班级管理，时间一长，总觉得忙忙去去，读书的时间很少，一直想搞学科里某个点的研究。我是语文教师，最想研究的是具有综合性特色的写作。但是，既坐不下来，也深不进去。

作为省会城市，80年代初期，学会组织如雨后春笋。由于想参加自己觉得有学习机会的学会，学习理论来提高自己的研究能力，我先后参加了语言、写作、美学三个学会。业余时间都被占满了。

当时，语言学会和美学学会有时有学术活动，美学学会社会活动较多。一旦社会活动涉及学术，乃至是全国性的，那就很值得参加了。恰好，我当时在校参与了校史编写组，社会调查任务很重。

（一）走向社会遇到了社会科学家范若愚

那时正好有一位1927年9月至1931年9月曾在太原省立一中（太

原五中前身）求学的范若愚同志，中央党校副校长，来太原做地方史的研究，知道我正好组织编写母校校史，十分高兴，想让我帮他找一些有关历史资料，因为他在省立一中学习过，是久已闻名的社会科学家、我景仰的革命老一辈，我决定与学校的有关领导一起去采访他。

他住在并州饭店南楼二层。年已70高龄的范若愚同志正在接待来客，一听说我们是为编写校史而来，非常高兴，暂停了谈话，和我们一一握手，并且非常遗憾地说："我的两腿麻，站立有些不便。"

望着这位著名的社会科学家、中央党校原副校长、《红旗》杂志常务副主编，多年跟随刘少奇同志和周总理工作，德高望重的范老这样平易近人的态度，我们增加了景仰之情。他瘦削的面庞和行动不便的双腿却又使我们觉得不应当现在来打扰他。但是，范老那一双沉静而有神的眼睛看出了我们的心事，先开口说："这次回来，我还和省立一中（太原五中前身）的老同学去看了母校校址和当时党创办的'平民小学'原址（起凤街太铁一校'和海子边'招待所一带——笔者注），可惜已非旧貌，省博物馆的同志给我带来一张原址照片，我非常高兴。"

当我们把编写校史以来收集的有关史料、照片拿给他看时，他戴上了老花镜认真而激动地看着照片，他一边看，一边高兴地说："这都是我的同班同学呀，这些资料保存下来真不容易。"他的记忆力十分惊人，不少同学的名字、在校情况、某些细节，他都记得清清楚楚。当他看到王瀛（王海峰）同志有关资料，沉痛地说："王瀛同学是陕西神木人，我1927年入学时，他已是毕业班的学生了。我记得当时参加在自省堂（今儿童公园内'人民大会堂'原址——笔者注）召开的纪念黄花岗七十二烈士大会时，大会司仪说，现在由山西共产党代表王瀛讲话，会场里真是掌声雷动啊！"说到这里，范老拿烟的手指颤动，这既是校史又是党史的回忆，引出了一种自豪感，他接着说，"当时，太原的共产党有两个大本营，南大本营和北大本营。北大本营是'国民师范'，代表人物为徐向前、薄一波、程子华等同志；南大本营就是'省立一中'，代表人物有傅懋恭（彭真同志，省立一中学生）和王瀛。那时，真可说是一中的黄金时代啊！可惜的是，王瀛同志牺牲得太早了。"说到这里，他那一双和善的眼睛里闪着泪花，出神地望着茶几上风貌端庄的木本花九里香。那素白的小花散发出一缕缕幽香，似乎把我们也带到了那个时代。在整理王瀛同志的史料时，我们也不止一次地为他对党的忠诚及献身精神而激动。生命的年华，对他来说，仅有25岁，可是，却发出了无数的光和热，他曾是大革命前后，山西进步青年最敬佩的学生运动领袖之一。24岁时已经是中共临时山西省委宣传部部长兼学生运动委员书记了。1927年，他出席了全国学联大会和党的第五次代表大会。七一五汪精卫反革命政变后，中央负责同志瞿秋白派他到山西工作，同月在返并途中不幸被捕，11日在太原新南门外（今五一广场）英勇就义。一中，山西革命斗争的摇篮，你点起了多少革命的火种，培育了多少像王瀛同志那样党的杰出的活动家啊。

这沉思，几乎停留了半支烟的时间，范老才又慢慢地说："省立一中当时之所以是太原市共产党的南大本营，一是学生来源大半是从北平回来思想进步的青年学生。二来与当时的校长李玉堂（李贵堂）有很大关系。李校长是1906年建校以来的第2任校长（一直到1928年暑假由国民党市党部负责人思想反动的李汾接替），他治学严谨，思想进步。对学生学习要求严格，但从未干涉学生的进步活动，甚至在白色恐怖的四一二政变前后，他也从不帮助反动政府去整学生中的共产党。就拿省立一中当时为工人和贫民子弟创办的'平民小学'来说，李校长也知道是学生中共产党员领导的，仍然允许办下去，直到反动的校长李汾入校后被封闭。"说到这里，他向前探了探身子，"彭真同志就是'平民小学'的创始人，多年来，只要我们见面，他总要和我回忆起这一段生活（范老在'平民小学'中工作过一年）。这次我有事来山西，他还托我去文瀛湖畔看看原校址……"这种充满深情的回忆，反而焕发了范老的精神，茶几上的九里香散发出来缕缕幽香。"像当时李玉堂校长敢于支持进步势力，支持共产党的活动，是难能可贵的。"他又接着说，"老师中间，也有对学生影响大的，比如，当时校图书馆主任潘雪斋（张磐石）同志

（曾任中宣部副部长，后任林业部副部长——笔者注），就经常给同学们介绍进步书刊，支持同学们参加进步活动，有时，他本人也不顾危险参加一些革命活动。后来，由于阎锡山的通缉，1932年离并去北平。有不少从山西去北平的进步学生都受过他的帮助。他做了很多工作，在当时影响是大的。"范老的话使我们又一次对张磐石同志产生了敬佩之情。在调查校史资料时，我们也不止一次地听到当时的老校友对张磐石同志在省一中时对同学的影响的讲述。张磐石同志是"九一八"后从日本回到太原的。在省一中图书馆工作时，他曾有意识地订购了很多进步书刊，很喜欢和同学们接近。由于他参加进步活动受到监视，同学们担心他的安全，有时给他屋内扔纸条，要他注意或约他去谈心。张磐石同志记得很清楚，当时扔纸条的同学中，就有范若愚同志。虽然他在一中仅待了两个多月，可是他还是在校学生会的领导下，参加了向国民党省政府请求抗日冲打伪省长徐永昌办公室；后来参加打伪教育厅长苗培成之前，不少同学问他，像苗培成这样的人能不能打，他坚定地说："能，当然能。因为他们不抗日，也不让别人抗日！"这铿锵有力的语言，对当时一心抗日的热血青年将是多大的支持啊！

范老指着桌上的史料照片说，当时，学校还有不少进步社团，比如"时事研究社""见闻观摩社""美术学会"，还有太原社会主义青年团在一中创办的"青年学会"，都吸引了很多进步青年学生。说到这里，范老深深地缓了一口气，呷了一口茶，对我们意味深长地说："一个人，年轻的时候，跟上好人出好人，跟上坏人出坏人，李玉堂校长、潘雪斋老师以及下面要谈到的赵承弼同学对我的影响，可以说是影响着我的一生。我之所以在一生中能坚定不移地为党工作，和在一中受他们的影响分不开。……记得我刚到一中念书，还是一个15岁的孩子，个子不高。当时，高年级同学中有个赵承弼和我同乡，也是五寨人。他在长征时改名叫赵宝成，共产党员。当时在大北门街50号旧兵工厂内（是共产党省委机关的秘密工作地点）工作。因为是同乡，他看我小，又愿意接受进步思想，曾介绍给我读了一些如《共产党宣言》一类的进步书刊，使我对党很向往，对他也很崇拜。由于我个子小，年龄小，不容易引起校内反动势力的注意，我曾为他所在的省委机关传送过一些党内机密信件。当时，自己还不是共产党员，也就做了这么一些事，可是，却在我幼小的心灵中留下了永不磨灭的印象，影响着我的一生。"

两个小时很快就过去了，但是，从他那深思的眼神中可以看到，中学时代的生活勾起了他对一件件往事的回忆，牵动起淳厚的乡土之情，我们再三要他休息一下，再来再谈，但他谈兴仍浓。雨后的夏风吹拂着轻纱般的白色窗帘，也轻拂着范老头上的华发，范老呷一口茶，感慨地说："我是1927年冬天离开一中的。次年，反动校长一入校，省立一中和共产党的关系就完了，进步势力转到了'成成中学'……"接着，他又谈了很多当时山西党的活动的有关史料。

我们望着这年正七旬的革命老前辈，景仰中夹着无限的感慨，不禁想起1958年春他陪同刘少奇同志来太原访问时的一张大照片（当时见各报刊），那时的范老雄姿英发，正值中年。如今，年华虽已流逝，又虽经10年的折磨，但依然是一位斗志十分旺盛的老战士的形象。然而，就是这样一位令人尊重的革命老前辈，却从1966年6月开始被隔离，从1968年1月到1975年4月在昌平县被"四人帮"关进了秦城监狱达9年之久。在狱中，"四人帮"的爪牙不准他活动，不准他睡觉时翻身，多种疾病随时向他不断袭来，胃有五分之四被切除，牙也全拔掉了。出狱时，专案组交代范老的家属，说他活不了几天……但是，由于他对党中央的信赖、对党的事业的信赖，范老积极治疗，顽强地活了下来。作为中央党校的顾问，他积极地参与各种工作而忘却自身的病痛，就是有事在太原暂短停留期间，他仍不知疲倦地接待来客，审阅稿件，外出报告。从室内桌上、沙发上还可看到线装的《宋史》和《续范亭传》《阎锡山统治山西史实》等书刊。敬爱的范老啊，您疾病缠身仍日夜操劳，手不释卷，唯独忘记了自己。第一次接见我们，就谈了两小时又四十分钟，但是，来客一个接着一个，您还要谈下去啊！

范老十分关怀青少年成长，后来，为了校史的某些细节我又单独访问了范老两次，他都谈到了教育的重要性，都意味深长地谈道："精神文明重在教育。"又有几次谈到书法（范老养病期间每日坚持练书法）时，他以傅山为例，反复谈到做人的重要，说人品即书品。同时，我也怀着喜悦的心情得知，他过去写的《和青年朋友谈谈学习中的几个问题》马上就要再版了。

22日是他离并的日子。我去看他时，他又一次谈起了校史编写工作，他的眼睛里闪烁着一种和蔼、恳切而又坚定的目光。茶几上，洁白的花朵依然散发着幽香，一股暖流涌向我的胸口。再见，尊敬的范老！我们希望您为国珍重。

这篇报道刊载于1985年8月5日《山西日报》副刊上，这是我首次采访一位著名社会科学家，他让我懂得历史研究，尤其是研究历史人物的重要。

（二）机缘巧遇著名语言学家王力先生

机遇很奇妙，有时需要等，甚至长期，有时也会偶然出现。1983年2月下旬的一天，省语言学会会长温端政先生通知了几个学会成员作为工作人员，去参加在太原召开的"国家'六五'哲学·社会科学语言学科规划会议"，其中有我。在会议上，我有幸结识了久已向往、年逾八旬的著名语言学家王力先生。

北京大学著名语言学家周祖谟教授为照片题字

王力（1900—1986），字了一，中国语言学家、教育家、翻译家、中国现代语言学奠基人之一，散文家和诗人，北京大学中文系教授。曾任中国文字改革委员会副主任，中国科学院哲学社会科学部委员。

参加会议前，我写了一封短信，附上撰写的一篇有关晋阳方言的论文初稿，希望有机会请先生指教，在一次午餐后交给他。因为他太忙，我估计会议期间很难有回音。但到第二天的下午，先生托一位工作人员捎信，约我晚饭后见。我怀着激动之心应约，王先生谦和地笑着，肯定了我那篇文章的思路，并鼓励我说，晋阳方言的历史演变和发展规律的文化因素积淀很深，很有研究价值，需要做好长时间的努力。接着先生问我，最近看什么书，除了论文，还写什么文章，我说："正看您的《龙虫并雕斋琐语》，还对青少年在写作实践中存在的障碍做一些调查和分析。"他鼓励我说："写作是一个值得全社会关心的大问题，青少年写作尤其值得关注。不妨边调查、边分析，把研究和普及结合起来。古人有雕龙、雕虫的说法，在这里，雕龙指专门著作、雕虫指一般小文章。龙虫并雕，两样都干才好。"

会议期间，先生为我题写了他的旧作即事诗：

雕龙余事是雕虫，琐语重刊继论丛。岂计阳春与下里，何妨异曲亦同工。泰山青霭荡胸洁，邺水朱华耀眼红。翰墨生涯存至乐，明窗净几日曈曈。

癸亥之春　录旧作即事诗以应
学诗同志雅属　王力时年八十有三

先生在赠我的旧作即事诗条幅中抒发了"龙虫并雕"的至乐心态。王力先生的教导，使我坚定了在实践中，面向多数写作者出现的写作障碍，走调查与思考、研究与普及相结合道路的信心。

我遵循着王力先生的这个教导并思考着，在一次会议休息期间，和王力先生就这方面存在的问题谈了一些粗浅的想法。

王力先生首先建议，进入调查研究前，学习问题存在的国内外大文化背景有关资料和数据，先把重点放在国内青少年写作存在问题调查上。写好调查提纲。急不得，慢慢来。

王力先生一方面支持应用和普及，另一方面又坚持基础研究。他既写过长达 60 万字的巨著《汉语诗律学》和一部近 30 万字的《中国音韵学》，又有 3 万字的《音韵学初步》和《诗词格律十讲》出版。在几十年的辛勤笔耕中，他的研究在语法、音韵、词汇、诗律、方言各领域全面铺开，实践了"龙虫并雕"的主张。

著名学者周有光曾说：我国学者大都重雕龙而轻雕虫，重研究而轻普及，重过去而轻将来。王先生纠正这种重古轻今的传统偏向，正是现代化的思想解放。

王力先生在半个多世纪的教学生涯中，培养了大批语言学专门人才，为中国语言学事业的发展做出了重要贡献。1985 年，他将《王力文集》20 卷全部稿酬 10 万元捐献出来，成立了"北京大学王力语言学奖金"。1986 年 5 月，王力先生在京病逝，留下了珍贵的遗嘱："为这个民族想一点问题，出一点主意，做一点事。""要把为人类造福当作最大的乐事，最大的幸福。"

我经常在书房里，望着悬挂在中堂的王力先生书写的条幅，怀念并沉思着他在旧作即事诗中蕴含着的毕生高尚的审美追求和大爱的赤子之情。激励笔者加强综合素质培养，执着、自然地面对人生，在写作主体的实践与探索中，把写作作为融为"生涯"的重要内容和生活方式，去自由创造。

参加这次会议结识了国学大师王力先生，让我确定下来具有开拓性的课题：青少年书面表达障碍。

（三）在太原举办的"全国高等院校第四期美学培训班"的学习与采访

没想到机遇一个接着一个。1985 年 7 月 29 日中午，天空还飘落着零星的雨花，披一身夏日难得的凉爽，我和省美学学会的几个朋友激动地访问了正在太原"全国高等院校第四期美学培训班"讲学的全国美学学会副会长、全国高校美学学会会长、中国人民大学马奇教授和全国美学学会常务理事、全国高校美学学会副会长、北京大学杨辛先生和影响我一生的北京大学阎国忠先生。

马先生高兴地说:"这次来太原,一下车,看到迎泽大街的变化,很兴奋。修葺后具有民族形式建筑风格的并州饭店在广场宽阔的空间里展现了令人愉悦的风貌。别具一格的友谊商店的设计也令人感到建筑上的多样变化。太原的城市建筑体现了在变化中求整齐,也注意了个体建筑的变化、协调,符合形式美多样统一的规律,这是不容易的。"杨先生也插话说:"太原的建筑注意到现代化和民族形式的结合,很难得。发展下去,有可能成为全国第一流的城市。"马先生接着说:"确是不容易。你到深圳,楼房一幢比一幢高,像火柴盒,从外国来的人一进深圳,在国土上找不到中国建筑上的民族特点,找不到和香港楼房的差别,怎么能行?看来,现代化的建筑必须考虑到民族形式。"杨先生笑着插话说:"有的建筑搞民族形式只在屋顶上做文章。高层楼顶上架上一个琉璃瓦的小屋顶,就像一个高个子戴一顶瓜皮小帽。"马先生点起一支烟,在笑声中说:"建筑,主要是形式问题。有外部形式和内部形式(结构不光是实用)。现在各种颜色的贴面材料出现,改变了过去灰、红大一统的现象。像大连,瓦也分蓝色、淡紫色的,几乎每一个建筑都有它的特点。"

黑格尔把建筑放在象征艺术中,但建筑不能只追求政治上的象征意义。过去,听说有个火车站曾经为如何用火炬装饰争论得一塌糊涂。有的设计火苗向东,人们说不行,那是西风压倒东风;向西也不好;向南吧,又怕说倾向台湾;向北,又怕说倾向苏联。只好搞了一个向上,像个冲天的红辣椒的方案,后来也说不好,去掉了。

杨先生说:"山西搞城市建筑注意了雕塑艺术的作用。山西搞雕塑艺术是有传统的。这次去晋祠看侍女像,古代雕塑艺术成就确实震惊世界。侍女像中有一个侍女,身材虽然苗条,但面部却衰老。本来,面部衰老,身材不可能秀气,但古代的艺术家并没有自然主义的表现,显示了聪明和创造力。我们从这个侍女身上看到她年轻时代歌女的影子。山西的雕刻有悠久的传统,应当为城市建设拿出经得起时代考验的雕塑作品来。在省城的重点地方要有几个思想性、艺术性都很高的作品。"

马先生插话说:"山西名人很多,太原也不少。城市重点雕塑除了美化城市外,还可以每日每时对人民进行革命传统教育。苏联就很注意这一点。结婚时到烈士墓、英雄塑像前献花圈已经形成传统。他们的雕塑有的搞得很大。有一个纪念卫国战争的纪念碑塑在山头,很远的地方都能看到。我国雨花台的高大的烈士群雕和周围的环境融为一体,很成功。一个真正的雕塑一定要选好材料,乐山大佛很有名,使用的是红石,好多部分都风化了,很可惜。庐山、厦门的石头就好一些,抚顺用煤精搞雕塑,太钢如果出不锈钢,就可用它搞雕塑。搞重点雕塑不能急,可以搞群众性的设计竞赛,让更多的人参观各种雕塑模型展览,提出各种意见。因为它具有相对的永久性。"

杨先生接着说:"古代一位雕刻艺术家为了听取人们对他自己雕塑作品的意见,躲在塑像背后听参观者的评论,然后反复修改,改出后人民很满意。"马先生说:"优秀的建筑和雕塑是建筑家和艺术家的纪念碑。应当在人们公认的建筑和雕塑上留下他们的名字。此外,风格要多样一些,民族特征要更强一些。有的环境还可搞一点群众可以接受的抽象的艺术。"

马先生谈兴很浓,他笑着说,太原的气候好,城市建筑好,人们学习美学的劲头也很大。他很关心自学美学的青年。他说:"现在人们讲系统论、信息论、控制论,这些新方法不妨用用,但有的同志把系统论强调到与历史唯物主义并列的地步恐怕未必妥当。我赞成把它们都纳入历史唯物主义的补充的看法,在现代科学中不断发展丰富。搞学术研究的人可以作为研究方法来吸收,不能要求一般学习的人也来搞。"

青年自学美学的方法最根本的还是理论联系实际。坚持业余学习不容易,要学会坐冷板凳。要挤时间坐下来,不光用眼睛,也要动脑子,联系实际。即使自己有一点天赋,也不要以为自己就聪明,要把自己看得笨一点,那收获就要比自以为聪明的人大。要想学有成就,就得勤奋,不仅把别人玩的时间用在学习上,甚至把别人睡觉的时间用在学习上。"二十七八,电大、业大",还是可以亡羊补牢的。单纯为了考试拿文凭,什么也学不到。自学美学当然要有一点哲学基础,也要有一点艺术实践。

杨先生对青年自学美学的劲头十分赞叹,他结合自己的教学谈到自学中要注意不满足于一些经验上的描述,要从哲学上思考一些问题。还有的同学以为学美学只学一点美学理论就够了,其实还要注意学美学史。

马先生插话说，恩格斯就说过"学习哲学最好的方法是学习哲学史"，学习美学也一样。当然，史论结合，有时遇到经典著作很难读懂，比如《1844年经济学哲学手稿》（以下简称《手稿》）就需要反复读，读不懂，怎么办？列宁也说过，"读不懂，先放下"。我1960年读《手稿》，有一段就是先放下，读《资本论》以后，又返回来重读。

杨先生接着说，从整体上讲，学习美学一要史论结合。二要培养自己对一门艺术的爱好。艺术的部类很多，可以先选择一门，侧重一个方面；可以选一些最好的作品研究，也可以结合一些一般的，甚至低劣的作品进行比较。三要在学习美学的过程中有意识地培养自己的人生观。比如，悲剧中的壮美，在学习中往往被忽略。壮美从历史的发展上有它更重要的意义。因此，学习悲剧要放在历史发展的规律上去研究。人生的道路上总是有一些曲折的。人的品德往往在这里显出光辉，可以把曲折当作启示，可以把艰苦的工作当成乐趣，从而积极向上，热爱生活。学习喜剧也一样。列宁讲，幽默是人的可贵品质。生活顺利的时候，人们有一种乐观开朗的优越感。对生活充满乐趣的人，也是一个有美感的人。最后一点，杨先生建议自学青年在学习过程中搞一点写作。要从点滴、局部上积累。有这个积累和没有这个积累大不一样。凡有成就的人，都注意从小的积累入手，这是结合理论进行思考的最好训练。说到这里，杨先生回过头来对马先生说："我们也都是自学的嘛。"马先生说："我没进过大学的门，完全是自学的。"杨先生也似乎沉浸到对往事的回忆中，慢慢地说，自学是艰苦的，但充满了无穷的乐趣。

一直谈到傍晚，两位学者毫无倦意。我请他们为省城自学美学的青年题词，他们欣然应诺。马先生的题词是：

学习的方法主要在自学，自学的方法主要是多思，多思的目的在理解，理解的目的在联系实际。

杨先生的题词是：

学习美学是一件既艰苦又有乐趣的工作，它不仅能充实我们的美学理论知识，还可以帮助我们鉴别艺术和生活中的美丑。

窗外，不再飘洒雨花，凉爽的风轻轻拂面，马先生和杨先生与刚进门的北京大学阎国忠先生，又在谈明天的课程安排了……

发表于《太原日报》副刊 1985 年 8 月 13 日

参加"全国高等院校第四期美学培训班"的学习和采访对于省美学学会一个成员来说，是一个美学爱好者的新的起步。

（四）面对课题选择的自我审视

在接连访问了社会科学家范若愚，北大国学大师王力，美学家马奇、杨辛、阎国忠先生后，我稍息片刻，挑灯夜战，对语文教学二十年青少年阅读障碍形成，做了一次尝试的阶段性分析。

1. 对课题，顺应机遇，多方比较，及时总结

青少年阅读与写作思维偏向的倾向长期存在缺少科学的引导，特别是片面追求升学率对青少年写作的某些误导所造成的缺少真实情感、模式化、形式化，没有了个性化的作文。

这个话题并不新鲜，但是却长期存在，问题严重，形成的原因也很复杂。应当引起教育界和全社会去深入研究。对青少年写作来说，除了障碍表现在读写关系和写作实践两个方面。目前，社会上大量的作文写作指导丛书多是从正面引导——怎么写才好，缺少为什么写不下去的原因研究。青少年阅读障碍形成的原因分析思路：

（1）接受信息的被动性：随着时代的发展，青少年接触的信息量日益增多。古今中外的知识面越来越宽了。基础知识、各种专业知识、相关知识，特别是思想教育，如何做人的书籍，无边无沿。就连课内的书：课本、读本、参考资料、相关知识资料也读不过来。至于浩如烟海的课外书就更多。讲座、各种电子网络书籍、超出青少年年龄段的五花八门的书真的是没有时间读，老师布置的课外书（科普知识、诗词鉴赏、名篇名著）更读不过来，于是，造成了被动接受相关或不相关的大量信

息。这是造成青少年阅读障碍的第一个原因。此外，由于主课的作业量大，没有时间细致观察身边的生活，经常出现写不下去而生编硬凑的现象。到初中毕业前，功课一忙，再没有时间去读书了，只好在假期读一些。但是，喜欢阅读长篇书的青少年，反而在写作中出现写不下去的情况。许多小朋友都有过同样的经历。

（2）动手写作的被动性：从目前整个社会来看，为了加强青少年素质教育，长期以来，有关部门大声疾呼普通教育要减轻学生负担，批判应试教育的毒害。不少学校在努力提高教学质量的前提下去减负，取得了一些经验。但是，由于应试教育的影响，至今学校不得不注意升学率，片面追求升学率的现象越来越严重了，学校各科作业有增无减；课外，家长怕孩子校内学的知识不扎实，将来考不上好学校，只好花钱给孩子请家教，在周末、假期花钱到社会上的补习班去补课。大家知道其中有不少下岗职工，经济困难也很无奈地花这份钱请人补课。好多小朋友们下学回到家，晚上都来不及复习功课，匆匆忙忙吃过饭，就去做作业，做完作业已经是11点左右了，困得眼皮都睁不开，哪有时间再去课外阅读？到周末，本来要休息两天，又得外出补课。这就把课外自己的阅读空间也占了。目前，国家正在进行新教材改革，又存在一个教师与学生磨合与适应的过程，作为过程，还不能操之过急。

分析了这两个原因之后，就来谈谈克服阅读障碍中的误导。

①明确阅读目的：学生的个性差异和趣味爱好的不同导致阅读书目的不同，收获也各异。所以，广泛的阅读是形成学生写作个性化的素质基础。阅读的目的首先是补充、丰富课内知识，拓宽课外知识，从而不断提高自己的基础素质、综合素质，并学会运用逐步形成的观点去分析问题，表达自己的感情和认识，而绝不是简单地模仿。

②要学会阅读：不少学校虽然强调读，但缺少科学的主次安排，缺乏具体指导。青少年学习期间正是打基础时期，虽然好多知识都要学，但要做到以下几点。

A.必须围绕学校所教授的课程，在完成对课程的复习、预习、作业的情况下，在教师的指导下去读有关的书，不少书是对自身素质的长期影响起作用，不是马上就立竿见影的，比如名著。但据我们统计，85%

的大中学生因为名著太长、读起来吃力、太难而不读，学校也缺乏引导。

B.学校要努力提高课堂教学质量，让学生听懂、学会，在课堂、校内自习上消化，努力使学生不去社会上补课。

C.对于那些可知可不知的知识，在课堂认真听，动脑子能够解决的，就不要过分依赖某些功利性很强的、分散精力的课外书。比如高中高考前的什么试题精选、详解、题库、宝典之类就带有明显的功利性。现在，书店里技能性、实用性的书占多数，什么写作速成、作文词典之类的书大多是骗人的。

D.教师在大量理科作业量面前无法提倡写日记和读书笔记。

E.现在，学校主要引导学生以读知识性的书籍为主，而思想教育方面的书，比如革命英雄人物的故事、思想修养方面的书刊，提高自身总体素质的书读得少。

2.青少年写作障碍形成的原因及克服途径

这是一个值得研究的大课题，一来，作文本身是一个学生多种素质的综合反映，素质高，对问题的分析综合能力强，语文素养好，生活功底好，语言基础好，写出的作文就有个性。简单来说，要想提高写作能力，首要的是提高孩子们的个性心理能力和科学的思维能力。

从社会影响来讲，历来，对中学作文的重视与否，还是看高考。高考一贯重视作文。题型不管怎么改，作文的比例和要求越来越重了，现在是60%。在所有的学科考试中分数弹性率最高。做好了，一下就提高十几分，做坏了，一减也是十几分，对总分的影响太大了。分数一高，老师、学生、家长都从实用主义的角度考虑问题，担心学生的作文写不好影响总成绩，考不上好学校。其实，何止是影响升学？随着社会的飞速发展，一个人的口头表达和书面表达代表着自身的总体素质，越来越重要了。申奥时中国代表团的大会发言，不仅时间要求短，还要求使用英语，既要简明又要深刻地让世界了解中国，又不能出现语言上的问题。我国代表团出色的发言，在会上大获成功。

从目前青少年存在的写作障碍来看，面对给条件命题，一是缺少生活积累，综合思维、认识能力、分析能力不强，经常审不清、把握不准题；二是由于平时各科作业太多，作文量很小，阅读少，口头练习、书面练习都练得太少，缺少平时的大量积累和实践，一进入考场，头脑空空，再加上做完前面的基础题后时间紧张，只好拼凑、模仿，甚至抄袭一些过去的文章、语言的积累，草草完成，写成的作文没有个性，没有真情实感，毫无新意，千人一面，成绩自然不高，有的同学因为平时练得少、积累少，经常出现写不下去、写不完的现象。

怎样克服青少年写作障碍？

（1）首先要提高学生观察生活、认识生活的敏锐能力。写作是一种综合性的练习，不是记住一些好的词句，生搬其他文章中的几段话就能写成的。阅读固然重要，但是生活才是写好文章的唯一源泉。现在，不少学生由于困难地游荡在无休止的作业海洋中，缺少生活积累，模仿和抄袭现象很严重，无法进入写作的个性化状态，对提高写作能力不利。

（2）引导学生学会思考分析问题，学会运用科学的思维方法分析问题。

①学会求同存异的比较手法。同一种体裁的典范文章可以读好几篇，找出相同中的不同。比如同是写景的文章，有的是以记叙为主，景中寓情；也有的写景文章是写景中有议论；也可以在多篇不同体裁的文章中找到表现手法和语言使用的相同之处。都要细细地研究它的不同。同样地，我们在观察生活中也注意到，材料是大量的、丰富的，但又是分散的、非典型的，得要你在比较中进行选择，也有一个同中求异，一种异中求同的问题。

②学会角度的选择。实际上，我们现在所想到、所研究到的问题，大部分都是前人已经发现过、研究过的，所以，我们只不过是重新加以研究而已。这就是变角度。从创造学的角度看，创造是已有知识的重新组合。目前，学校的写作教学缺少科学思维的教育。

③学会对某一个具体的过程的分析。任何一篇文章都要求作者体现对一个在题目规定下如何开头、如何展示中心内容、如何结尾的分析与综合。开头总起内容，出新出奇是很难写的，但不要过于想怎么新、怎么奇，那要浪费很多时间，想得出当然好，想不出就先自然地往下走。中间部分是个重点。记叙文、说明文还好一些，论说文就难了。毛病就出在论点加例子，论不起来。这就是平时分析能力上不去，分析是内在

的，不是外加的，必须对分论点理解深刻才能进入分析过程。这要平时多努力。文章的结尾要有总括性的主题深化，要有力，不是形式，而是文章的有机组成部分。

④学会借鉴而不是抄袭。

A. 要引导学生读典范文章，好文章，但要提倡以学短篇为主。短篇只有一个中心，结构不复杂，语言也简明，学起来接受较快。

B. 引导学生初学时可以模仿但不能抄袭的自觉意识。

C. 要引导学生不要相信文章写法之类的书籍，都是讲形式和机械搬用。现在书店里光是作文写法的书就有1000多种，不要浪费这个钱。高考的作文题是谁也猜不出来的。

⑤要引导学生把学习写作和文章朗读与背诵联系起来，每一次写完都要出声地读，通过读，进一步会发现文章中的标点、用词造句中的毛病，更能显示是否表达出了汉语的韵律、节奏之美。通过背诵，会积累大量的语言和篇章的材料，为语言的运用和创造准备了材料。现在的问题是一切为了考试，在课堂上把这些应有的语言训练大都省略掉了。

⑥写作卷面问题：主要是平时的养成，既要快，又要规范，还要整洁。卷面同一个人的脸面一样。比如，高考作文阅卷要求卷面整洁、字体美观、标点格式正确。

⑦引导学生写作要紧密结合现实、反映现实。在目前，这种重要的源流关系学生很难解决好。

⑧克服写作障碍的根本是要在文章中体现自己的真情实感。提倡中学生写性情作文是对的。现在的问题是中学写作教育，功利性太强了，无法体现求真、求实。

1983年年底，我被调入党校，属本科制，大学后干部教育，进入教学与科研相结合的教学生活。1985年，我参加了全国党校系统首届语文教学年会。

人一生精力有限，虽然想做一些事，但能做成一件事也很不容易。从在20世纪80年代做了由面到点的艰难抉择后，我拥有了空间，开始进入了确定课题后的研究状态。

二、20世纪90年代大文化背景下的传播与著述
——美学研究生活化趋向

20世纪90年代，中国在价值、思想、经济制度上与世界逐步接轨，中国的社会现代化也有了很大的进步。到2001年已经迈入现代工业化社会的门槛，思想意识形态和人民生活方式都发生了很大的变化。

20世纪中国文化的最大的转变在于改变了中国和世界的关系，提出了中国如何完成现代化，成为一个繁荣昌盛的强国这一伟大命题。

经历了90年代初的沉寂，1997年十五大以后，社会舆论氛围逐渐宽松化。1998年，很多过去长期不能出版的书籍涌现市场，互联网进入中国，在制度宽松以及技术革命的双重影响下，2002年左右，中国的思想文化进入一个繁荣的历史阶段。加入世贸组织、成功举办奥运会以及世博会，让中国拉近了与世界各国的距离。互联网、移动电话和出境旅游的兴起，让中国人的生活进入审美化。

但是由于种种因素导致改革中的问题也不少，如政治体制改革迟缓，腐败日益严重，社会对立矛盾长期不能得到消除。通货膨胀和通货紧缩，居民日常生活受到很大影响；科教文卫及住房领域，过度依赖市场化，加重了民众在改革中的负担，农村改革进展较慢，农民收入改善不大；等等。这些问题长期难以得到纠正，增加了解决难度。

在国内，随着市场经济的发展，通俗文化迅速扩展，国企改革引发的"下岗潮"，充满了大中城市的农民工，激活了"大众"文化的迅速生长。人们的审美意识大众文化转向了紧贴泥土烟火气的生活美学，日益渗透寻常百姓家。

人们逐渐地认识到中国美学关注的重点是在人赋予物的意义的层面上讨论"美"。中国人要在身心高度相关的"艺"中领会思想之乐、道德之乐，要把艺术创作的过程、欣赏自然景色的过程，乃至日常的普通事物和行为都转化为"道"去思考。

中国美学认为，美不在外物，而在人心当中呈现的意象，这个观念体现了中国美学重视心灵。这个"心"不等于与"客观"相对立的"主观"，不是被动反映的"意识"，而是具有能动作用的意义生发机制。柳

宗元有一句富有哲理的话："美不自美，因人而彰。""彰"就是显现，美因人而彰，就是通过人的心灵照亮万物，使之在人的精神世界当中呈现为美。

因此，中国美学的"美"是广义的，渗透人生的各个方面，中国美学与其他学科之间的关系同样如此。从多学科的互动和国际交流当中产生出的新问题、新角度、新方法也越来越多。有助于打破学科之间的壁垒而激发创新的灵感，有助于哲学与社会科学源源不断地取得创新。

中国美学的广泛性、综合性还特别体现在注重审美与现实生活的密切关系。中国老百姓在平凡的日常生活中，经常营造一种美的氛围。这种诗意的氛围，可以体现中国人在日常生活中的审美情趣。

当代人类社会生活的一个突出的问题，就是人们的物质追求与精神生活之间失去平衡。200年前，哲学家黑格尔在海德堡大学开始他的哲学史的讲演时，曾经对他那个时代轻视精神生活的社会风气感慨万分。

他说，"现实上很高的利益和为了这些利益而作的斗争"，"使得人们没有自由的心情去理会那较高的内心生活和较纯洁的精神活动，以致许多较优秀的人才都为这种环境所束缚，并且部分地被牺牲在里面"。黑格尔所描绘的19世纪初期的这种社会风气，在人类进入21世纪的时候，不仅重新出现，而且显得更为严重了。无论是发达国家或是发展中国家，都面临着一种危机和隐患：物质的、功利的、技术的追求在社会生活中占据了压倒一切的统治的地位，而精神的活动和追求则被忽视、被冷淡、被挤压。如此发展下去，人就有可能成为没有精神生活和情感生活的单纯的技术性的动物和功利性的动物。因此，从物质的、技术的、功利的统治下拯救精神，就成了时代的要求、时代的呼声。当代美学应该回应这个时代要求，更多地关注心灵世界、精神世界。

（一）关注美育的"三个一工程"
——访问中国社会科学院博导滕守尧教授

退休后的第二年年底，机遇悄然而至。我有幸参加了福州召开的20世纪最后一次全国美育研讨会。会上，我以人民代表报兼职副刊编辑的名义，访问了中国著名美育专家、中国社会科学院博导滕守尧教授。

和中国社会科学院滕守尧教授先生第一次见面，是在1986年北京中央党校美学师资班，听先生讲《审美心理描述》，当时，书稿还未出版，我们为能先听为快感到荣幸。他在课堂上给同学们留下了信息新、功底深、学问大、治学严的难忘印象。走下讲坛，他又给我们留下了儒雅的风度和坦诚的微笑。之后，书出版了。我几次把书与笔记对照，在字里行间中，和着先生的微笑，寻觅着共鸣，总想有机会再见到先生，但又总没有机会。没想到，事隔多年后，能在南国榕城福州与他再相遇。当时，我正参加市里一个科研项目，虽然忙，但还是请了假，为的是见一下滕先生。会上，由于拜访他的人很多，我只能挤他的时间，晚上专门拜访他。他是中国社会科学院哲学所研究员、博士生导师，又是中华美学会副会长兼秘书长，还是北大兼职教授、南京师大特聘兼职教授。长期从事中西美学比较、艺术批评、美育研究。

我们的话题是从美育开始的，因为我已听说他受聘南京师大，抓美育的"三个一工程"的事；也听说他还参与了教育部关于义务教育阶段

国家艺术教育标准的研究与制定，并主持了这项国家课题。

他说，美育的"三个一工程"，第一个是指编一套涵盖美学理论、艺术教育、艺术设计三个领域的丛书，介绍发达国家最先进的理论与实践经验，1997年开始已陆续出版。因为过去美学的失误是脱离生活，艺术教育也严重脱离美学的指导，只是一种工匠式的激发教育，所以教育者缺乏艺术修养，不懂艺术批评，不知道如何评价大师的作品。由于学校忽略了这一点，学生欣赏经典作品的参与感就不强。

第二个是要搞一套美育示范教材丛书。南京师大已建立了美育中心，并在周围建立30个实验基地。由当地最好的幼儿园——大学组成。通过实验，以求形成最佳的美育教育。第三个是准备开一系列美育理论讲习班，培养高素质的教师。我边听边感动。滕先生是在把世界上最先进的对美育的理论思考结合我国的实践，在国土最好的实验基地上踏踏实实地做起来，摸索中国特色的美育教育，实在是功在千秋、德及子孙的大事。他意味深长地说："我们要对过去的园丁式艺术教育反思，进入对话式教育。"教育的最终目的是增加人的智慧，而智慧既不等于先天的智力，也不等于后天学的知识与技巧，只有各种知识在人的头脑中由"自我"的作用，"运动"起来，并在这种"动态"中，与构成"自我"的各种要素相互对话、碰撞、交融，最后出现"火花"，才产生出智慧。他又说，大师们早就说过，艺术本身就是一个开放的结构，长期接触艺术的人就会通过一种"异质同构"作用，使人的心灵结构贴近"智慧"本身的结构。说到这里，他引用了英国美学家赫伯特·里德的话："通过创造和欣赏美好的事物和艺术品，人的情感就会结晶成美好的形式。"具有这种心灵结构的人也就是知识经济时代最需要的人。

总之，多种不同要素相互作用，共生共存，达到一种可持续性发展的道理，不仅适用于自然的发展，也适用于精神的发展，在这方面，艺术提供了榜样。面对文化生态遭受到严重的破坏，他认为，发展美育和艺术教育就成了保护文化生态、保护精神家园的关键。多少年来，滕先生就是这样一步一个脚印地在开拓着美育的新天地。

我十分尊重他。3月，由我任副主编，有关青少年素质教育的一本书要向全国专家学者约稿，我第一个想到了滕先生，当时他正来往于北京与南京之间。但我相信，只要联系上，属于青少年素质教育的事，他肯定会支持我的。

他终于答应了，并把《艺术与可持续性发展》第一稿寄给了我，我又从文章里得到感悟，将书名定为《点燃智慧——专家学者谈青少年素质教育》。我相信，当这本书出版后，广大读者将会对艺术教育有更深刻的认识。

2000 年 5 月 5 日

注：《点燃智慧——专家学者谈青少年素质教育》一书于 2000 年 9 月由中共中央党校出版社出版发行。

在这一时期，在国家重视审美教育的大好形式下，我写了一些有关美育的文章，这里选了一篇。

没有美育的教育是不完全的教育

在一个面向现代化、面向世界、面向未来的历史趋势下，科学教育已显示出它的重要性，同时美学在教育中的重要地位也亟须我们重新认识。

现在，教育方针中"德、智、体、美、劳"并存，体现了全面发展的各个层面，但在执行中，不少同志对"美"在教育中的地位，对美育的社会性在认识上依然有误区，把美育仅仅当作音乐、美术教育的同志大有人在。当然，凡是学过美学的人都知道，美学研究的对象是以艺术为中心，但也包括对社会美、自然美的研究。美育的目的不仅要我们接受并实践艺术美的教育，最终在于形成"以人为本"的综合素质教育思想，也即要塑造具有高度审美修养和具有远大的审美追求的全面发展的社会主义新人。这就是审美教育的社会性和它的重要地位。全民的审美意识提高了，人们分辨美丑的能力敏锐了，心中孕育了对美的向往与追求，社会对丑与恶的现象予以严厉的斥责，而把弘扬真、善、美作为一种风气，社会的不断进步才有可能。

前不久，中央电视台举行的赈灾义演，形成了全民族在洪灾面前，军民筑成新的血肉长城的"万众一心"的崇高美的气势。谁能否定美育这种巨大的社会审美效应呢！因此，审美教育应当是一种人格教育，是关系到民族素质的大事，是精神文明建设中的一个极为重要的内容。在培养跨世纪人才的社会实践中，必须把美育放到应有的位置。

在中共中央、国务院《关于深化教育改革全面推进素质教育的决定》中，第一部分第6点集中谈道："美育不仅能陶冶情操、提高素养，而且有助于开发智力，对于促进学生全面发展具有不可替代的作用。要尽快改变学校美育工作薄弱的状况，将美育融入学校教育全过程。"由此可见党中央对德智体美全面发展的全面关注，对美育教育的重视。审美教育的普及，虽然涉及整个社会，但还得注意从小抓起，而且抓得越早越好。从小学开始实施审美教育，培养孩子的美感能力和创造性思维能力远远超出在美术课、音乐课上进行审美教育的作用，在各个学科中都有一个审美教育的渗透问题，它的潜移默化的手段，浓厚的感情色彩，是其他学科的教育手段所无法达到的。实际上，德育教育中就有着心灵美的内涵；智育教育中就有着形象思维与抽象思维互补之美，语言文字之美，哲理之美，联想之美，推理中的简约、规律之美的内涵；体育教育中也有着健美、造型美的内涵。简言之，它是一种"按照美的规律来塑型"（马克思语）的作用。

所以，德、智、体、美、劳既有区别，又是相对统一的互补的综合整体。最近几年，一些从事普教工作的同志，包括不少家长，对学生进行的"美育"实际上变成了一种"特长"教育，"本领"教育，一种急功近利的"功利教育"。这就违背了美育教育非功利性的根本目的，也就无法谈到由应试教育向素质教育的转化。再说，进行审美教育，需要有一个较好的审美氛围。每年中考、高考刚过，一些补习班总要对未入学的学子们进行纯智力补课。即使是一般学校也依然弥漫着一种重分数、轻素质教育的舆论与氛围。大部分学生缺少审美素质教育所造成的缺少艺术修养，缺少对美丑的分辨能力的终生不足，又有谁去对它充分地估计。老一辈革命家年轻时的艺术修养对他们终生都有极大的影响，世界无数著名科学家对审美素质教育也非常重视。照现在这样重智力教育，缺少全面素质教育，特别是在校园中审美趣味贫乏，怎能做到全面发展？比如不少中学生听不懂交响乐，又没有人教授这方面的常识，他们只好带上"随身听"，无时无刻地（甚至包括在课堂上、自习时）听通俗歌曲。就连音像书店的营业员也感慨地说："磁带（尤其是通俗歌曲的选辑）销售量最大！"

在校园中花一点时间去宣传美育，搞一些审美实践活动吧！敬爱的周总理就是在早年求学时受南开剧社活动的影响，以后一直热爱文学艺术，成为一个艺术修养极高的国家领导人。毛泽东主席"在马背上哼成的"诗词所给予人的鼓舞，作为诗史而百代流传。

当我们满怀信心跨入21世纪的征途，看到党中央如此重视全民族的审美教育，这体现了国家对全民族审美意识的提高，事关民族素质的战略眼光，它关系到全民族的进取向上的崇高审美境界的高扬。普教战线的同志们应意识到没有美育的教育是不完全的教育。美育，作为一种教育，它的社会作用已远远超过了一般的艺术教育，而关系到人整体素质结构形成的一个极为重要而又严肃的话题。

1998年10月

（二）深化写作障碍理论研究与著述

如果说我在1994年出版《写作障碍论》，是出于教学的需要和自己多年来在写作实践中对一些写作难题的关注所引发的前期思考，20年后，修订与出版《走出写作障碍》，已把写作障碍的存在与社会大文化环境、多学科的渗透、教育机制、写作主体与客体等因素联系起来分析和研究。

写作障碍理论的研究涉及视野很广，长达20余载的岁月中，我曾努力对一般写作障碍做多角度的思考和认识，并力所能及地去找出相应的克服途径与规律。

在研究写作障碍时，我注意到文学写作与实用写作虽互有交叉，却是两种性质不同的写作类别。实用写作障碍比较容易克服，而文学写作障碍即所谓"意不称物，文不逮意"，则是一个永远无法彻底解决的大难题。

主体与客体的时空距离永远存在，文学写作的种种障碍，便因此而层出不穷。

这一时期，我在做兼职编辑期间，广泛地做社会调查英特网以来书面表达障碍的种种问题。社会进入日新月异的网络时代，阅读和写作走向多维空间，写作的社会作用日益凸显，已经关系到民族素质的整体提高。写作实践中很多新问题需要重新分析和研究，对写作规律的深层研讨迫在眉睫。

目前学界关于写作主体的研究更多侧重于社会化的影响和对构成因素的分析，在认知深化、人的总体素质上做文章，这虽然是重要的一面，但社会与写作者个人的互动关系的描述，仅凭调查写作者的经验与得失的概括，做到客观、准确，困难还很大。所以，对我来说，只能就自己的认知，逐步对现有的探索，做出力所能及的拓展与延伸。在继续学习与研究的基础上，在听取各方面反映与意见过程中，不断产生了一些新的想法，踏着时代的印痕，我先后对原书稿做了总体调整与若干增补与修订，更名为《走出写作障碍》，准备出版。

与此同时，与关心这一课题的朋友们做进一步探讨；或做一席之谈，或以书信交流，久之，积累了七十余封以此为话题的书信和部分访谈录及学习笔记。来信多系海内外著名专家学者、一线作者在不同时间、不同阶段、不同角度的体会，都是多年来亲身经历的结晶，均为难得而又珍贵的范例。可说是这本书撰写中调查研究的互补成果，对这本书的构思深化，有着重要的研究和借鉴价值。于是，在《走出写作障碍》即将出版面世时，也将这些珍贵的书信，加入编者附记，以内容归类，以时间为序，集结成册。分为"关于写作障碍理论的探讨""关于创作实践与写作障碍的克服""关于读写教学中的写作障碍研究"等几个部分，编入《写作障碍研究——写作书简》书稿中，交由山西人民出版社审定出版。希望书信中的深邃思考及思想火花，能为更多的写作爱好者所共享。（该书已于2014年由山西人民出版社正式出版）

1. 进入干部教育的理论思考

1983年年底，我被调入党校，我的书面表达障碍课题研究对象除了青少年，又介入了成年人的表达障碍研究的内容。

1985年，我参加了全国党校系统首届语文教学年会。我撰写的《写作是一门科学》一文被收入年会文集。这篇论文是我遵照王力先生边调查、边分析、边总结的阶段性探讨对写作学科做了进一步的综合性认知。

写作是一门科学

问题的提出

写作这门课程，目前已在各级各类学校受到了普遍的重视。它不仅是一般高等学校文科类各专业的一门重要的基础课，也是一般理工农医类各专业开设的公共课程；党校系统和各成人教育部门也普遍开设，并给予了高度重视。

写作课在当前之所以受到普遍重视，主要是因为时代的发展对人们的书面表达能力提出了更高的要求。不仅提出不断更新知识，还要求把文化科学技术的最新研究成果用空前的速度和广度传播出去，而且由于传播工具的日益现代化，就要求传播效果更准确、更严密、更有条理。因此，如何引导人们认识写作的重要性，研究如何尽快地提高写作能力，就成了写作理论研究的重要课题。

但是，长期以来，传统的看法，只把写作当作一种工具，不把写作当作一门科学来对待。认为"文无定法"，需"日积月累"之功。"苦读五车"，方能"下笔如神"。这种看法强调多读、多写是对的，但它认为写文章需要"意会"，不能"言传"，为文可以"无师自通"，又是不对的。这种论点的实质是说写作不是一门科学，没有什么更多的理论可言。因此，只能靠摸索，靠品味，靠"悟"，靠下苦功夫。确实，要想写好一篇文章非在思想修养、知识和生活的积累、书面表达等方面下苦功不可。但是，还必须承认，写作是有一定规律可循的，写作是一门科学。

数千年来，我们的民族积累了极为丰富的写作理论。从《典论·论文》《文赋》到《文心雕龙》，都闪烁着历代经典作家对写作规律探求的光辉。但也要认真总结近半个世纪以来写作实践及其理论研究的规律，努力探索并创造出具有中国特色的新的写作理论体系。特别是我们处在一个科学高度发达的时代，由于政治、管理、生产上的分工日趋精细，表现在写作上的应用的特点也越来越突出，应用文体的划分也越来越细致。诸如新闻写作、科技写作、科学与环境写作、经济管理写作、财经文书写作、理工农医写作、司法公文写作、广告写作等应用文体应运而生。显然，对于应用文写作的理论研究的现状已经远远落后。又如，现代科技的发展要求"人机对话"，这样，对口语表达也提出了更严格的书面表达要求。一篇文章，一次谈话，不仅要注重文采，还要研究语音与文字的关系。因此，对口语表达理论的研究也提到了写作理论研究的日程上。在写作实践中诸如上述新课题的出现，都是写作理论研究的重要对象，都要去探求它们的规律。此外，还要注意在写作实践中不断开拓新的领域。

写作的自身规律

写作这门学科，既然是对写作实践活动的经验总结和理论的概括，它就有着自身特定的研究对象和系统的理论体系。而且还和一些相邻的学科有着密切的关系。

写作研究的主要对象是写作的内容（材料的来源、主题的形成）和形式（结构、表达、语言）的辩证关系，即研究认识事物并用书面语言表达事物的规律和方法。整个写作过程都充分地体现着思维的缜密性、多重性和反复性。

所以，一般提到写作这门学科的性质，都认为它具有综合性、实践性。显而易见，这里所说的"综合性"，是指无论写作的内容或形式，都不单纯是一个表达问题，与平时的思想素养、知识和生活的积累等非表达因素有着十分密切的关系。应该承认，积累是重要的，但习作者在生活实践中的积累，不仅是量的增加，而且要求习作者时刻注意在生活实践中培养敏锐的观察力和深入分析问题的能力，从而达到质的飞跃，以丰富自己的感情。

除了对生活的积累，还应注意对各种文字资料的积累。去多读书，扩大眼界。党校学员多数从事党政工作，阅读范围一般囿于政策及文件、应用文之列，面不宽。但在知识爆炸的时代，则要求领导干部能够获得更多的信息与知识，还包括文艺作品。因为，一部好的文艺作品，可以使人更好地了解生活，帮助人认真思考，从而振奋精神，改进工作，还可以提高描写事物的表现力。比如，日本经济界人士就十分重视我国古代经典名著《三国演义》《西游记》《孙子兵法》。当然，阅读要有主攻方面，主要还得使自己积累的知识和自己研究的课题挂钩，不断注意新思想、新资料的储存。

所谓"实践性"，是指学员通过写作课所学的知识和自己自学到的各种写作理论如何运用于写作实践，并转化为自身的写作能力。因为只有进行写作实践，才能使知识与能力的关系趋于统一。但是目前写作教学的问题是：知识与能力之间的关系不够合拍，有时还有脱节的现象。表现在教的方面，愿意多讲少改，以批改作文为负担；表现在学的方面，愿意多听少写，以多写作文为负担。当然，主要的还是教的方面，写作知识的讲授还存在重复、杂乱的现象，缺少在照顾系统性的基础上突出点的方面，在讲解知识的同时总以规律的教法研究。当然，这既是教材本身的问题，也是写作教学和训练的方法问题，写作实践还需加强科学性与系统性的安排与指导。

党校学员入学前已有较长时间的工作经验和写作实践，但又缺乏写作经验的理论化、系统化。党校写作教学的目的，就在于通过教学与写作训练，把学员过去工作实践中的写作经验理论化、系统化，并上升为规律，从而能够自觉地用以指导自己的写作实践，较快地提高写作能力。

因此，党校的写作教材中基础知识部分的讲授要不同于一般大学文科的讲法，应多从方法论的角度去点拨，进行写作训练，也应打破命题与限定时间的框框。事实上不少学员对课堂上写作知识的讲述早已感到不足，他们已经突破校园一般练笔的范围，从社会这个大课堂汲取广泛的题材进行写作，有的已得到社会的承认，无论从文章的思想性还是从语言论述上，都具有一定的水平。

在具有一定写作理论和实践水平的学员面前，党校的写作教学的重点应当放在哪里？有一定写作实践的学员，如何"理论化"？

对于党政干部说来，学习写作，还是一个培养富有条理、精密敏捷的思维能力的过程，一个掌握深入观察、深入分析客观事物的科学方法的过程。

因此，"理论化"首先要紧紧围绕观察和分析这两个构成写作能力的基本因素做文章。要引导学员进一步掌握科学的观察和分析的方法。其次，要加强思路的科学训练。如何使思路条理而又有新意，自然而又不做作，这里面也有一定的科学训练方法。最后，党校学员虽然有一定的语言基础，但也存在违反遣词造句的规律的现象。

总之，要根据学员的特点，因材施教，有所侧重。

写作与相邻学科之间的关系

写作学科的综合性和实践性，决定了写作与哲学、心理学、美学、语言学、逻辑学以及文艺理论、自然科学等许多学科的关系。这种关系正好从侧面说明了写作是一门科学，有着广泛而深刻的理论基础。

观察与分析是写作的基本因素。但观察与分析能力的形成是通过长期的哲学修养逐渐培养起来的。一个人是否能够正确地观察、分析事物，必须具有一定的辩证唯物主义思想水平。而写作，正是基于观察生活、捕捉信息，对材料分析综合，提炼加工，并以相应的方式予以文字表达等多方面能力之上的一种综合能力。具备这种能力，不仅要有思维的能力，还要善于思维。比如我们常说，写文章要避免一般化，努力写出新意。就是说需要习作者从多角度，甚至从相反角度去剖析问题。这个多角度，就是在事物发展的不同层次上，向纵横两个方面延伸思考的主体思考。学会这种思考，就可以全面、正确地去观察，去分析客观事物，去努力挖掘事物的本质。这就使我们认识到学习哲学对于写作的重要性。

写作与心理学也有着密切的关系。写作是"用书面语言来表达思想的言语活动过程"（《心理学词典》），这个过程，正是人的心理活动的过程。人们在书面表达形式中贯穿了感觉、知觉、记忆、想象、思维、感情、审美、意志等要素。因此，应该在写作教学中引导学员把心理学中的有关知识运用到写作过程中去，准确而又细致地体现人的心理活动。

写作与美学的关系也十分密切，生活是写作的基础。在社会生活中，我们不仅要用政治的和科学的眼光去观察、分析那些本质的、有意义的事物，还要注意那些具有审美意义的事物，并用准确、鲜明、生动的书面语言去表达它们。这就要求学员在平时培养审美的习惯，并能从美的角度去观察生活、反映生活，使文章的内容和形式具有审美价值。

学会从美学的角度去观察事物，说出它所以美的原因并不是一件容易的事情，需要多方面的知识与素养，需要较高的审美能力。这种审美能力和一般认识能力的最大差异就在于需要有高度的创造力和想象能力。而这种能力正是开拓型干部知识结构中需要纳入的一个重要内容。要引导学员读一点美学理论，努力扩大审美视野，学习既要能正确地观察生活，又要艺术地去观察生活。

有人把写作和文艺理论比作孪生兄弟，因为只有通过文学作品和文艺理论的研究，才能深刻理解写作的基本原理。当然，写作理论并不等于文艺理论。但写作理论的研究必须同文艺实践及其理论概括相结合，才能获得更加丰富、具体的内容和更加完美的表达形式。

鉴于科学由分析走向综合的整体化趋势，还应注意在分析客观事物时，把辩证唯物主义认识论的方法论和自然科学的方法论结合起来，学一点系统论的基本思想。实际上，写作的过程就是习作者自我控制的过程。从观察、选材到提炼主题，篇章结构的组织、语言的表达，无不贯穿着人的自我把控。不过，写作中的思维的控制更复杂一些。因为在整个写作过程中并不是单一的思维在起作用。除了逻辑思维，还有形象思维、灵感思维在起作用，三种思维纵横交错，而又多重反复。我们平时在写作中也积累了一些表达经验，但要想办法把要表达的经验纳入正确的方法之中，写作中自我控制得是否得体，还要看习作者的知识结构是否合理，特别要注意知识结构中辩证思维知识部分的积累。因为写作本身是一个创造性的过程，而创造性的劳动一定要进行辩证的思维。这正是人的观察、分析事物、表达事物，能以产生正确的自控能力的关键。

这样看来，要使自己的表达能力有较快的提高，必须注意多种科学的知识对写作科学的渗透。把这些知识综合运用到写作过程中去，写作水平就会发生质和量的变化。

写作是一门年轻而又古老的学科，需要研究的项目很多。但从党校系统写作课的特点来说，研究的重点应当放在进一步从思维科学的角度去探求写作的自身规律，进一步探求在理论写作中如何培养学员进行理论的思考，进一步探求学员在写作过程中重视思维的缜密性、多重性、反复性的特点。

2. 对书面表达障碍研究思路起点的反思

最早对书面表达障碍思路起点的讨论，是1986年在中央党校学习，与文史教研部陈宇飞先生经常谈论的话题，重点多涉及文学创作中的障碍。后来我回到太原后他给我回信又谈确立课题的角度选择不易。他在1994年9月7日给我的信中说：

> 记得还是1987年在北京时，您偶尔谈起过这类问题，当时的踌躇满志似仍在目前。1988年在太原我们又谈过此题，而且已经细化了不少。当时您委托我回京在中国作协的支持下做一番调查，专门研究作家的障碍状态问题。回京后小子不揣冒昧地拟了调查提纲，但由于各种原因，此题搁置了起来。
>
> 研究写作障碍的发生状况，是一种有益的尝试，当然亦有相当的风险。风险在于障碍的状态和发生的位置（暂且用这一名词）实在难以描述和采集到，搞不好人家不会承认你认真研究和刻意描述的就是障碍状态。益处在于这是一个研究的空白领域，怎样做都可以当作前进。我们关注障碍的发生状况和发生的节点所在，是对写作的整体状态的全程考察，顺畅态也许不难描述，但障碍态描述就要难得多。我想你意已成，当有一些收获的喜悦吧。但不知为何，您将当时我们所讨论的文学创作障碍研究避开了，而较多地关注了一般性的写作障碍研究，这之中也许有不少苦衷吧。
>
> 倒不是非要借机发什么感慨，只是偶尔翻检旧纸片，发现了当年写下的《创作心理障碍、非障碍状态调查》（提纲），才深感自己是多么蹉跎时光。一面为自己曾那么有年轻的冲动和敏锐而自豪；一面又为当时的粗陋和浅薄而好笑。好在年轻人的粗浅并不十分地可笑，同时，又深为没能展开这一很具价值

的研究项目而感到遗憾。

没能把这个题目做出来,原因很多,或曰懒惰;或曰条件不够;或曰做了别样事情。但从今天再看它,方知学术视野的局限和相关知识的欠缺才是真正的拦路虎。首先,文学创作不同于一般性的写作,是一项创新性的劳动(排除抄袭),而构成创新性劳动的内在机理和外在条件极为复杂,以一般的学养和研究条件其实根本无法展开这类的课题。研究"障碍"的障碍所在,一要有量的保证,需要多少个案才够用,才能说明问题,心里没数,怎样去采集个样本也是个大问题;二要有质的保证,被调查者如不能认真参与,只是敷衍了事,得来的材料就几同废物。广义地说,所有创造性和接受性活动都有障碍状态存在,只是表现在创造性活动中更为明显罢了。细究下去,创作活动中的"写不下去""笔涩""难抒胸中块垒",欣赏活动中的"没兴趣""弄不懂""陌生"等个例,都属障碍状态,也都是可入手的题目,而且可以深入地开掘下去,化出许许多多子题目。

如果我们把眼光专注于创造性活动,再集中于文学创作,就会发现有更多的问题出现。文学写作与一般性写作的区别,恐怕在于其障碍态更难以描述,而且仅仅做状态描述、节点捕捉还不够,还要对障碍态的生成机理做细致深入的采样、梳理和研究。这种生成机理包括社会因素和心理、生理因素等极其复杂的构成条件,非一般性的研究描述可以解决问题。而且要采集的样本数需要量很大,量小了无意义,大量的作家样本又如何去采?实在是难。就是能采到,我们的研究手段也根本不够,何来研究?

研究创作的障碍所在,是有积极意义的。但障碍竟出在何处,是以怎样的机理妨碍创作的顺利生成的,它的社会因素和人的心理以至生理因素是如何构成的,都可以做一番深入的研究,课题领域几乎是无限的。而如果只在外部的什么社会环境、生活体验和所谓内在的创作心理之类问题上打转儿,真正的创作机理就永远搞不清楚,创作障碍问题也就永远会在迷离之中。不过,我有时想，这种机理也许根本就搞不清楚。谁能设想最终可以用什么神经生理学、神经突触节点刺激原动力，甚至分泌液、肾上腺素激励之类来解释创作行为呢？也许还是有人将来能做这类事，但我不行，这点确定无疑。也许社会还是认定创作首先是社会环境所催生的，是社会、群体、个人的社会化行为，与社会的教化、个人的际遇、修养乃至勤奋有关，即使涉及心理也是具有强烈的社会化影响和因素。

我曾向一位医学专家探询人的情绪、情感产生的机理问题，这与创作机理的生成也有一定的联系。他显然对此类问题很感兴趣，感到颇能刺激他的思维活性。于是就交流起来，但结果亦可料想——根本就切入不了问题的核心。关键在于情绪是如何发生的，激励它的内在机制是什么，它的起始点在哪儿？情感的起始点在哪儿？谁可以或用什么方法能够捕捉到？其过程如何描述？与人的心理状态是怎样的关系，与人的神经系统如何联络、互通、重叠？没有人能够跟踪描述创作者的所有激发、思索、冲动、实施的过程，难道在他们身上贴满电极片？日夜、常年跟踪他们，然后做出什么曲线？而这样做了其实意义也不大，一个个体只能作为个案，谁又能把所有的创作者都做一番此类调查，在所有人身上都接满电极！其实，最难做的还不是接电极之类的劳什子，而是社会与个人的互动关系的真实描述十分困难，而那些多思的作家们的心思简直就无法描述，连他们自己都没办法说清自己的创作状态是怎么一回事。我们对他们的调查和描述，到现今为止，都还只能听他们做的所谓创作经验谈之类，这其实既不客观也不准确。实际上，这些经验谈什么的最多也只能捕捉到关于创作的片迹只痕，其他便都是空话和胡扯了，那些貌似经验的词句下面处处是陷阱和机关，一旦你要追问下去，他们可以为你做无尽的解释。对于真正的研究，这些东西只能做空白看待。这样看，学科知识的缺欠也只是问题的一个方面，还有更多更大的问题我们无力解决，所以还是不能进入实质性的研究。

从当时自己设计的十五类大问题和所包含的数十个子问题看，我还没有意识到根本的问题是什么，都是在重复过去的陈旧问题，在绕圈子。可能有的点开掘下去是可以触及问题的根本的，但切入点无法确定，一旦错了，离题渐远，反而更糟糕。

这个题目是可以做下去的，但课题设计一定要独到精致，不怕题目小，只怕深入不下去。课题组成员构成要"杂"一些，学科太近的人扎在一起，互相激发闪光点的机会大大地减损了，反为不妙。如果有机会，我们把这一课题再做起来，这里面可以关注的问题几乎是无限的，切入点则要认真选好。或者，再轻松一点，我们可以在以后还来讨论这类问题，不谈接电极，也不谈什么社会因素，谈谈创作是否可以给人带来欣快感怎样？

附记：怀念20世纪80年代，我在北京大有庄中央党校理论部首届美学师资班学习时，和宇飞在校园内多次讨论写作障碍的研究课题，后来又因为各种原因而暂时中断的情景。我现在只能以抱愧的心情回忆，作为此信的附注。

随着岁月的流逝，忆昔25年交往，多年友情，倾注在对写作障碍的理论探讨上。每一次见面，每一次倾谈，总使我受益匪浅；每每怀念，总是深情难忘。

1988年他来太原，我们又一次见面，我当时想利用他在京工作的方便，从研究作家的障碍状态这一角度切入，先在中国作协的支持下做一番调查，并委托他回京后在原有讨论的基础上拟出调查提纲。这些，他都尽心尽责做了，而且做得很细、很好，并有初步调查的设想计划。但由于各种原因，此题却搁置起来。他动情地说："深为没能展开这一很具价值的研究项目而感到遗憾。"

我之所以避开文学创作障碍研究的切入点，绕过障碍去关注一般性的写作障碍研究，从根本上来看，还是我学术视野的局限和相关知识的欠缺障碍。我们的研究对象涵盖了写作过程的应用文和文学创作两个方面的共性与个性、规律与问题。前者虽相对有章可循，障碍状态也依然存在，而后者，作为文学创作，属于创造性思维写作，其障碍状态极为复杂，有时复杂到说不清的地步。以我这样的学养和现有的研究条件很难延伸课题的研究，所以，我只好先进行一般性的写作障碍的调查与研究，然后再看能否创造条件进入文学创作障碍研究的学习与研究空间。于是，回太原后，我把重心先放在一般性障碍的调查上，在教学之余，边调查、边思考，借鉴经典作家和当代专家学者对写作理论研究的新思路与实践经验，尝试对一般写作障碍做进一步思考。

1991年，我初步形成了一定的思维视角和理论构架，写出了《写作障碍论》初稿，于1994年5月，由知识出版社出版。没想到，这本书先后获得了省、市两级社会科学研究优秀成果奖。这虽然是对这一具有开拓性课题研究的鼓励，但我深知，这才刚刚起步。所论虽然对一般写作的创作过程障碍的本质进行了一定程度的探讨，并对不同阶段中的障碍做了一些具体描述和概括，但因缺少跨学科的多种实验手段，对障碍产生的深层机理，写作者的生理、心理、环境等因素的构成分析，由于视野障碍，无法形容其间的差距。特别是没有能与宇飞先生在文学创作障碍研究这一写作理论中最难探讨的部分中合作，形成了整体研究中的严重不足和缺憾。

我与他身居两地，又都有科研任务，何时会有机会在文学创作障碍研究这一难点上做进一步的探索？事过多年，文学障碍写作的课题依然是一个需要从跨学科理论研究的难题。

附：陈宇飞，中央党校教授，主要从事城市文化、文化建设问题研究。开设过"城市化进程中的文化问题研究""文化软实力与城市竞争力""人文的城市""中国特色社会主义文化建设的若干问题"等课程。主持国家哲学社会科学基金项目"城市化进程中的文化动力与文化行为研究"，著有《明代绘画史》（合著）等。

三、当代大文化背景下的情趣探求
——审美情趣大爱情怀的重塑

全球化时代需要与过去不同的世界观。过去，从个人看国家，现在是从世界看自身。随着改革开放和社会主义市场经济的不断发展,我国社会意识出现了思想的相对独立、选择、多变、差异等多样化不确定因素的趋势。

中国的特殊性就在于当我们构建市场经济体系尚在篱笆还未扎紧的过程中,就与世界一起迎接了信息时代到来,使得全世界通过互联网与卫星联合在了一起。

发展中的问题与矛盾:一方面处于发展的黄金期,另一方面又处于矛盾众多存在,民众对腐败深恶痛绝、贫富悬殊不满的状态。

中国面临着在发展中,或由于历史遗留、或由于来自主客观两个方面存在的困难,缺乏经验和教训的总结,出现了一些困难和负面影响。

中国古代有"多难兴邦"的名言。还有一句话,"无强敌外患者国恒亡",这句话是孟子讲的。在历史中看到,很多国家,恰恰是他们在面对所遇到的各种重大内外挑战的环境当中,通过解决它所面临的那些复杂问题和困难,结果使国家一步步走向繁荣和复兴的。

当今世界,文化与经济和政治相互交融,在综合国力竞争中的地位和作用越来越突出。改革开放以来中国变化很大,我国的大众文化亟须完成一个超越,努力建构自己的文化自信。

市场导向的负面影响:低俗化。其产生的原因:一是市场导向的负面影响。以最少的付出获取最大的经济报酬成为一种价值追求,同时对人们的精神文化生活产生的负面影响,增加了生活压力,人心也引以浮躁。二是受全球艺术发展趋势的影响。西方发达国家由精英文化向大众文化、从严肃艺术向娱乐文化发展的倾向影响迅速扩展,同时出现低俗化、庸俗化。

从面上来说,当前出现的各种负面社会现象、各类事故等灾害,涉及就业、居住、婚恋、入学等方面出现的潜规则式的弥漫性腐败,人与艺术方面的艺术商品化等诸多方面的物化、异化现象。自然之爱、社会之爱、艺术之爱被蒙上了功利色彩的面纱,美也被严重地物化。

虽然在社会大转型的历史阶段,出现了竞争中的不平等现象。爱与美被物化,人们追求爱与美与自由的心态,受到了制约和影响。但在历史长河中,人类对美与爱的追求从未停止过。从古至今,真正的美与爱常常只是一种理想。而恰是这种理想成为支撑人生命的精神柱石。每个人都有过爱的经历和美的体验，都有过追求自由的意愿。所以，美与爱是最普遍受人关注的现象。现实生活中的人总是受到来自外在的或内在的各种情况的制约，关键是作为社会的人不能不受限制。因此在存在着不确定因素下的大文化背景中需要直面现实的反思：

（一）调整思维视野和审美心态——从历史发展过程的角度，全面、辩证地看待现实矛盾和人与现实的审美关系。

（二）真正需要反思的问题是：要深思"活着"的含义。学会生活，学会走向情趣人生。

人最宝贵的东西，一是珍惜生命，二是热爱生活，拥有丰富的心灵；需要学会正视现实，追求爱与美诗意般的生活。向压力挑战，创造种种条件，战胜种种困难，突破种种障碍，让自己活得更美好。

（三）爱与美的最高境界是诗意。诗意是人栖居的本质，人如果没有了诗意的爱，就看不到美，大地就不再是家园，生活就会变得平庸，不再有幸福，对大爱与美的追求才是民族素质重建的精神支柱。

（四）加强自身的审美教育：没有任何活动能像审美活动那样，需要调动人的全部潜能和能力，包括理性与非理性，意识与无意识，感觉与超感觉，使人的机能充分协调起来；没有任何活动能像审美活动那样需要打破所有将人类分割开来障碍的阻隔，包括种族、阶级、地域、职业的，使人们在"通感"的交流中彼此融通起来。生命是个自我完善的过程；任何一个心灵在与自然的交往中都在不断地净化着。生活实践告诉我们，无论任何时候、任何地点，人或人类不会没有美和爱，不会拒绝美和爱。美与爱的追求，对于建设具有中国特色和谐社会来说，是民族素质重建的精神支柱，真正符合人性的文明。

在振兴和崛起的当代历史阶段，我国取得了诸多卓越的成就，但也确实存在着作为过程的利益冲突及一些负面效应。

可是，我坚信，祖国14亿人民的民族精神，具有5000年文明历史，一直追求着大爱和大美，经历过无数大灾大难的国家和民族，热爱祖国，自信面向光明的美好未来，我们的党和人民有能力逐步解决自身的矛盾和重重困难，我们自信地说：世界上没有任何力量能够动摇我们伟大祖国崛起的意志，没有任何力量能够阻挡我们通向建立和谐社会的坚定步伐！

在当代大文化背景下，从1999年后半年开始，山西医科大学将我聘为兼职美学教授，长达十余年。我还为有关单位、学会开设了不少美学讲座，如情怀，审美创造力等。

第二节　开拓对情趣追求的多元思考与实践

——文学艺术创作的生命：情趣

一、从"趣"引出的话题

（一）从"趣"说起

早在先秦两汉时期，东汉许慎在《说文解字》中解释："趣，疾也。从走，取声。"此处，"趣"是形容词，"急忙、快走"之意。

"情趣"一词最早出现在《后汉书·刘陶传》："所与交友，必也同志；好尚或殊，富贵不求合；情趣苟同，贫贱不易意。"

商务印书馆1979年版《辞源》对"情趣"的第1解为"志趣，志向"。例即《刘陶传》中此语。其第2解为"意味"。

作为审美含义走进人物品评和文论是在魏晋。进入唐宋，"趣"的审美含义已作为审美活动中文艺作品，尤其是诗词作品的一个重要评介的标准。至明清，文论、诗论、词论、画论、书论更将"趣"作为审美的核心概念与人文精神结合广泛应用。

汉唐以至20世纪末的文献文章中所用"情趣"一词，其义大体均未超出《汉语大辞典》所举范围。

审美意义上的"趣"，主要受道家"道法自然"的影响。"趣"和"道"紧密结合。道家的从遵循自然规律为主体的审美情感的发展，提升了情趣内涵的人文追求，庄子以"趣"观世界是一种顺乎天性、追求自由的精神境界。这种观点长时期影响着历代文人的个性与情怀。到唐代，诗歌创作兴旺，诗人以"趣"入诗比比皆是，"趣"作为审美概念在诗人的创作中受到重用，"趣"被诗歌评论家称为诗歌的重要审美要素，是品评和研究文学艺术作品的一条重要的评价标准。至明清时期，标树"性灵"，"尚趣"除了在文论领域得到发扬，在书画领域与人文教化中均得到了前所未有的重视。

（二）情趣，情与趣

作为复合词的"情趣"，"情"与"趣"内涵多重，所涵盖的内容更广泛，如"兴趣""意趣""理趣"，等等。它们之间的关系更体现了天人合一的人与大自然的对立统一，已经关乎整个民族素质和审美情趣的追求和人生态度。

对"趣"的追求不仅仅体现在文学艺术中，对日常的审美趣味也有其指导意义，引导着创作者的审美风格，与日常生活紧密结合的审美趣味。情趣有高雅与低俗之分，我们要追求高尚的审美情趣。情趣是衡量人综合修养的尺度。

情趣是情感与趣味的统一，只有情感而无趣味，或只有趣味而无情感，不可以称为情趣；情趣是人的最自然最素朴的心理诉求；情趣因为有感情，而感情是人所共通的，所以虽是个人的，却能获得其他人的同情或共鸣。

一般来说，嗜欲、癖好即使说是一种趣味，与情感无关，而与生理上的满足或心理上的刺激相关。常常由外在的因素引起，纯属个人。情趣和理智、意志密切相关，随着经验和知识的积累可以有所改变，有所拓展；嗜欲或癖好则排斥理性和意志，其所带来的兴奋是短暂的。如酒具有刺激性、成瘾性，但进入一定境界的饮酒另说。

我国是酒的故乡，酒文化的发源地，是世界上酿酒最早的国家之一。酒的酿造，是中国劳动人民集体智慧的劳动结晶。

关于中国的饮酒和酒礼，是以孔子为代表的"以礼论酒"理念，酒在礼乐活动中被赋予庄严而神秘的礼节色彩。而庄子提出"饮酒以乐"的思想，在于饮酒过程中，追求自由、忘却生死利禄及荣辱、注重人生价值之所在。

饮酒的意义远不止生理性消费，酒作为一个文化符号、一种文化消费，用来表示一种礼仪、一种气氛、一种情趣、一种心境。在人类文化的历史长河中，酒不仅是一种物质存在，更是一种精神文化象征。因此，古人云："饮酒者，乃学问之事，非饮食之事也。"古今智者，把饮酒视为人生最重要的事情之一。大多都是从饮酒的境界中识世界，悟人生，即中国传统文化所推崇的酒与饮酒者的素养。"醉翁之意不在酒"——饮酒的境界和趣味。著名作家林语堂幽默地说"好饮之人所重者不过情趣而已"。

中国传统文化十分重视耕读传家，诗书传世。与此同时又很重视诗与酒的关系，把酒作为一种文化，成为文人生命中的一部分。诗酒结缘，也成为中国古典文学，特别是诗词艺术走向辉煌的传统之一。在古代文人眼中，酒能激发灵感，诗能提高饮酒的境界，酒助诗兴，诗借酒力，借酒抒怀。小则解喜愁，大则抒志趣，以增豪情壮志与情操，深悟生命的真谛。从古至今，诗酒交融，随着人民文化生活的丰富多元，情趣追求的高尚淳朴，家国情怀的认知日益深邃，诗酒文化融入人间烟火之深，扩展于大千世界之广，酒文化充满了爱与美韵味。

情趣是生命的底线，生命的每一展现都伴随着情趣。情趣的发展历史是人走出自我、确立自我、实现自我的一部历史。从情趣的视角观察社会，会发现情趣是快乐的核心，如果说缺乏情趣的日子只能称为生存，拥有情趣才是真正的生活，只要有一颗追求情趣的心和创造情趣的才艺，就会使时光雕刻出富有生命力的诗情画意。

（三）志趣与审美情趣

兴趣是一种短暂而容易转换的情绪倾向，尤其是在青少年时期的好奇心追求下把握不定的心理驱使。随着年龄的增长和思想的逐渐成熟，情感倾向相对稳定时，伴有不同程度的"意志力"参与出现，会有进入兴趣的最高境界"志趣"的需要。这里的"志"字，就是"志向"。一旦人把兴趣作为志向来追求，就会拥有无穷的动力，转换成生命中自律尺度的主动探求与把握。渗透在人的心理选择和行为中，相对进入兴趣与情趣的高级阶段。

志趣泛指人们的审美理想及审美情趣，包括人们在审美过程中的趣尚、趣味以及对艺术美的认识、理解、要求等。志趣所在志必高远。儒家的"舍生取义"观就是面对一种崇高的理想追求，即使献出生命也在所不惜。就是因为"志趣"而产生的最高层次的价值观决定的。因此，审美情趣，是人们根据自己的审美观，对自然、社会生活中的各种现象和事物，以及艺术作品的审美价值，做出审美评价和态度。它主要表现为人们审美选择的取向。人们审美趣味不同的原因不仅与每个人的社会生活条件和社会实践有关，而且与他们自身的审美素养、审美观和审美理想有关。培养良好的审美兴趣是审美教育的一项重要任务。它以人们的实践经验、思维能力和艺术修养为基础，以主观某种取向的形式形成和发展对客观美的理解和评价。它不仅具有个体特征，形成过程中的持续性、反复性、转化性，而且具有社会、时代和民族特征。

二、我的历史人物写作情趣：以行书刻碑的首创人物
——唐太宗李世民

唐太宗李世民（599—649），唐代皇帝。唐高祖李渊次子。隋文帝开皇十八年十二月（599年1月），李世民出生于李氏家族的京兆武功（今陕西武功西北）一个很有名气的陇西士族。据说，他父亲李渊给他取名"世民"，是取"济世安民"之意。父亲李渊在北周时以七岁幼龄袭封唐国宗，后来在隋朝做官。李世民的家族又是一个带有浓厚的北方少数民族血统的家族，他的祖母、生母，以及他日后所娶的妻子长孙氏，都是北方少数民族。李世民排行第二。

隋末，李渊先后任山西河东慰抚大使、太原留守，负责镇压今山西地区的农民起义和防备突厥，李世民随父在晋阳（今山西太原西南）。当时农民起义的力量日益壮大。李渊、李世民父子看到隋朝即将灭亡，于大业十三年（617）在晋阳起兵，接着南攻霍邑（今山西霍县），西渡黄河，攻取长安（今陕西西安）。太原起兵之初，李渊以长子李建成为陇西公、左领军大都督，统左三军；李世民为敦煌公、右领军大都督，统右三军。

攻克长安后，李渊立隋炀帝孙代王杨侑为帝，改元义宁，是为恭帝。恭帝进封李渊为唐王，以李建成为唐王世子；李世民为京兆尹，改封秦国公；封李元吉为齐国公。义宁二年（618），李世民徙封赵国公。三月，隋炀帝被杀。五月，李渊即位，国号唐，建元武德，是为唐高祖。李渊以李世民为尚书令。不久，又立李建成为皇太子，封李世民为秦王，李元吉为齐王。在唐朝统一全国的过程中，李世民军功甚多，功业超过李建成和李元吉，但身为次子，不能继承皇位。太子李建成亦知李世民终不肯为人下，于是以李世民为一方，以李建成、李元吉为另一方，展开了争皇位继承权的斗争。武德九年（626）六月四日，李世民发动玄武门之变，杀死李建成、李元吉，逼唐高祖李渊退位，自己称帝，是为唐太宗。次年（627）改元贞观。唐太宗即位后，居安思危，任用贤良，虚怀纳谏，实行轻徭薄赋、疏缓刑罚的政策，并且进行了一系列政治、军事改革，终于促成了社会安定、生产发展的升平景象，史称贞观之治。贞观二十三年（649）唐太宗病危，令长孙无忌、褚遂良在其身后辅佐李治。去世后，葬于昭陵。

古晋阳是唐太宗李世民及其父李渊灭隋发迹之地。贞观二十年（646），一直把太原当作自己第二故乡的李世民东征高句丽归来已逾五旬，遥想18岁起兵，由晋祠神祠处发迹，故地重游，思绪万千，在贞观二十年正月二十六日大雪的难寐之夜，亲自撰写了《晋祠之铭并序》，用来报答神恩，给晋祠留下了最为珍贵的文物。

晋祠铭，俗称唐碑，碑质青石，方座螭首。额高128厘米，宽135厘米，厚30厘米，碑身高195厘米，宽120厘米，厚27厘米，为行书。行28，满行57厘米，字径3厘米（《山西碑碣》山西省考古研究所山西人民出版社1997年版）。方座螭首额书飞白体"贞观廿年正月廿六日"。碑阴列长孙无忌等七位随行功臣的亲笔签名。全碑共1203字。碑存晋祠北隅贞观宝翰亭（也称唐碑亭）内。贞观宝翰亭在唐叔虞祠的东南角，初仅一楹，西向，清乾隆三年（1738）扩建为三楹，改为南向，邑令周宽题"贞观宝翰"横额。亭内左碑，系唐太宗亲自撰写的原石，流传至今的唐碑受自然的风雨侵蚀，碑下部字迹漫漶，笔锋失真，乾隆三十五（1770）年，杨二西从民间找到原碑拓片，请族孙、书法家杨育摹钩了一通新碑，立于唐碑之侧，供人对照赏读。为保护文物，新旧两碑均禁止拓印。

碑文大体分为四个内容：首先，他提出"兴邦安国"须是亲信贵族，认为"非亲无以隆基，非德无以启化"。其次，歌颂了唐叔虞的"承文继武，经仁纬义"的功德，并对晋祠圣景的山水风光做了优美生动的描绘和评价："悬崖百丈，蔽日亏红，绝岭万寻，横天耸翠。霞无机而散锦，峰非水而开莲。碧雾紫烟，郁古今之色；玄霜绛雪，皎冬夏之光。"唐太宗掩饰不住自己对晋祠绝美风光的赞叹，认为蓬莱与昆阆虽说是仙境，但与晋祠的神奇富丽的建筑相比大有逊色："金阙九层，鄙蓬莱之已陋，玉楼千仞，耻昆阆之非奇。落月低于桂筵，流星起于珠树。"再次，碑文内容写隋炀帝的残暴统治，激起"四海翻波"，神人共怒，他父子统一中国正是顺民意，尊天命。最后，碑文说，刻碑是为报神恩"克昌洪业，实赖神功"——"龙兴太原，实祷祠下，以一戎衣成帝业"的神功。结尾诚祝"天地可极，神威靡坠，万代千龄，芳猷永嗣"，期望唐王朝万代永存。

碑文行书开头部分可能出于报神恩，虔诚之至，用笔结体有些拘谨，开篇以后，情之所趋，笔力洒脱，奔放遒劲，骨架雄奇，字里行间渗透着唐代建国的勃勃生气；刻工刀法洗练，充分表现出原书法的气势与神韵。被评价为行书楷模，是仅次于《兰亭序》法帖的瑰宝。碑文中的40个"之"字书写风格各不相同。清人齐羽中评曰："其书气象涵盖，骨格雄奇，盖俨然开创规模也。"

李世民是我国历史上一位杰出的帝王，他不仅将封建社会推向鼎盛时期，而且身体力行地倡导书法，促使唐代书法成为我国书法史上辉煌的一页。他本身在书法艺术上也造诣很深。他自撰自写的"唐碑"是我国现存最早的一块行书碑，具有开创意义，对研究中国书法艺术有很高的价值，同时，也是一篇融其政治思想、文学、书法艺术于一体的杰作。

李世民酷爱书法，他曾广泛征集各种流派的书法作品上千卷，多次诏令用重金四处购求王羲之真迹，得其真行290纸，草书2000纸。在各种书法流派中，最叹服晋代王羲之的《兰亭序》，他说："观其点曳之工，裁成之妙，烟霏露结，状若断而还连；凤翥龙蟠，势如斜而反直。玩之不觉为倦，览之莫识其端。心慕手追，此人而已！"据传，他听说王羲之的书法珍品真迹《兰亭序》已由王羲之的七世孙智永传给了弟子辨才和尚，便多次派人索取，但辨才和尚反复推说丢失。于是李世民派对书法也很有研究的监察御史萧翼扮作书生，和辨才和尚接近。萧翼假借与辨才和尚谈书论字，并有意拿出几件王羲之的书法作品让辨才和尚看。辨才未识破他的计谋，不以为然地说："我有一本真迹更好。"在萧翼再三追问下，辨才悄悄地告他说是《兰亭序》的真迹。萧翼故作不信，辨才这才从屋梁上小心取下给萧翼观赏，萧翼一看，果是真迹，随即纳入袖中，并向辨才出示唐太宗的"诏书"。辨才方知上当。李世民得到真迹后大喜，尊为神品，时时观赏，精心临读，以至入迷。虽说这件事的传说传奇色彩很浓，但足以说明他对王羲之书法的痴迷程度。李世民临摹的《兰亭序》，据说可以乱真。除此以外，他还令当时的书法名家赵模、冯承素等人临摹数本，分赐给他的亲贵近臣；还令诸王子临摹，每帖要写500遍。唐太宗生前对《兰亭序》多次题跋，爱不释手。他还亲自为王羲之写传记，临终时，他又嘱儿子李治要将《兰亭序》随葬昭陵。所以，传世至今的《兰亭序》都是唐人摹本或刻石、拓本。尽管如此，人们仍能从中看到王羲之书法艺术的风姿和神采。

李世民常在处理政事之余，临习王羲之书法，也经常临习初唐四大书法家之一的虞世南的书法。虞世南就在宫中任职，唐太宗一向很尊敬他。唐太宗常与虞世南论书，"以书师虞世南"（《宣和书谱》）。唐太宗书法师承魏晋，《书小史》称其"工隶书、飞白，得二王法，尤善临古帖，殆于逼真"。

李世民书法艺术的主要作品有：

1.《温泉铭》：唐太宗为骊山温泉撰写的一块行书碑文，是行书入碑的代表作。存48行。此碑立于贞观二十二年（648），即唐太宗临死前一年（原石早佚）。清光绪二十六年（1900）发现于敦煌千佛洞石窟，现藏于法国巴黎图书馆。《温泉铭》笔势圆劲流利，中锋用笔，多用藏锋，雍容严正而又奔放。俞复在帖后有跋："伯施（虞世南）、信本（欧阳询）、登善（褚遂良）诸人，各出其奇，各诣其极，但以视此本，则于书法上，固当北面称臣耳。"对其评价极高。此碑书法不同于初唐四家的平和，而有王献之的奔放。有人认为太宗书法在大王和小王之间,但从作品看似乎更多的还是得之于王献之。著名书家启功先生评《温泉铭》:"烂漫生疏两未妨,神全原不在矜庄。龙跳虎卧温泉颂,妙有三分不妥当。"并非过誉之词。

2.《晋祠铭》:全称为《晋祠之铭并序》(日本二玄社有影印本,也在晋祠)。杨宾《大瓢偶笔》云:"今观此碑,绝以笔力为主,不知分间布白为何事,而雄厚浑成,自无一笔失度。"清钱大昕云:"书法与怀仁《圣教序》极相似,盖其心摹手追乎右军者深矣。"清人王佑作诗赞曰:"平生书法王右军,鸾翔凤翥龙蛇绕,一时学士满瀛州,虞褚欧柳都拜倒。"碑文书体飞逸洒脱,骨格雄奇,笔力遒劲,对研究行书的书法艺术特点有很高的价值。

唐代以前写碑,是先将石碑立好以后,写碑人立于碑前直接在碑面上挥写。从宋始,才先写于纸上,双钩上石,然后再刻,原稿仍可保留。唐以前的人写字时席地而坐,一只手执简册,另一只手悬肘挥写,到后来才将纸平铺在桌子上,然后进行书写。唐代以前的写碑,大多用隶书和楷书。自唐太宗李世民用行书写《温泉铭》和《晋祠铭》后,就逐渐开始用行书写碑的风气。因此,唐太宗李世民的杰作《晋祠铭》成为行书入碑的一个划时代的标志。

李世民对书法的贡献,还在于他的书论。李世民试图通过官修史书制造舆论,确立王羲之书法艺术的历史地位。李世民亲自执笔写了王羲之《晋书·王羲之传赞》,热情洋溢地赞扬了王羲之:"所以详察古今,研精篆素,尽善尽美,其惟王逸少乎!"

宋代《墨池编》记载,唐太宗李世民有四篇书法理论文章:《论书》《笔法》《指意》《王羲之传论》。如他在《论书》中总结自己的书法实践说:"今吾临古人之书,殊不学其形势,惟在求其骨力,而形势自生耳。"在《指意》中,他又强调了书法实践中感悟的重要:"夫字以神为精魄","及其悟也,心动而手均,圆者中规,方者中矩,粗而能锐,细而能壮,长者不为有余,短者不为不足,思与神会,同乎自然,不知所以然而然矣"。其中"不知所以然而然"是说"无意识"在挥毫中的重要作用。在《论书》中他把作战兵法实践结合书法表现,找出了二者的契合点,首创了"以阵喻书"独特的书艺审美观:"朕少时为公子,频遭阵敌,义旗之始,乃平寇乱。执金鼓必有指挥,观其阵即知强弱。以吾弱对其强,以吾强对其弱,敌犯吾弱,追奔不逾百数十步,吾击其弱,必突过其阵,自背而反击之,无不大溃。多用此致胜,朕思得其理深也。今吾临古人之书,殊不学其形势,惟在求其骨力,而形势自生耳。吾之所为,皆先作意,是以果能成也。"由此来看,李世民是把书法当作一门贯通一切的艺术在研究。唐太宗在以上所选《论书》中谈及习书心得,说自己年轻时,指挥千军万马,对军旅之事了如指掌。在指挥作战时,观敌阵即知其强弱。以我之弱对敌之强,以我之强对敌之弱。敌犯我弱,追奔不过百数十步,我击敌弱,必突过其阵,从背后反击,因此多用此法取胜。于是就想到书法艺术与指挥艺术二者有异曲同工之处,书法中的结字笔阵,也如战场上的兵阵图。所以,他得出学习书法的要义:"今吾临古人之书,殊不学其形势,惟在求其骨力,而形势自生耳。吾之所为,皆先作意,是以果能成也。"这说明唐太宗把战争艺术实践联系书法艺术的表现的深刻感悟,也正是老庄"弱之胜强,柔之胜刚"的哲学思想的形象体现。

唐代帝王大多数爱好书法,如太宗、高宗、睿宗、玄宗、肃宗、宣宗及窦后、武后和诸王等。唐太宗李世民在帝王中除了是卓越的军事家、政治家,还是一位卓越的书法家。在戎马生涯中,他稍有闲暇便挥笔泼墨。他开创了用行书入碑的先例,堪称古今帝王书法之冠。如他书写的碑刻《晋祠铭》《温泉铭》就是他出色的书法艺术作品范例。由于唐代帝王酷爱书法艺术,特别是太宗李世民的以身作则的榜样,对唐代书法的发展起了重要的推动作用,因此唐代书法广为盛行,书家林立,众派纷呈。《唐朝叙书录》说:"(贞观)十四年四月二十二日,太宗自为真、草书屏风以示群臣,笔力遒劲,为一时之绝……十八年二月十七日,召三品以上赐宴于玄武门,太宗操笔作飞白书,众臣乘酒就太宗手中竞取。"

唐太宗的书法作品,存世者无,但据记载,他的书法特点是"露白"(犹如枯笔扫过,墨间留有条条空白),更显笔力的雄健有力。

值得指出的是,李世民并没有将书法的提倡局限在宫廷之内,而是通过行政手段来推动。如首创设置"书学",作为学习书法和字学的学校，列为唐代最高学府的六科之一。再如，铨选人才的四种方式中，第三种就是"书"，即考试书法，把书法列入教育和取士的一个重要方面。此外，崇尚王羲之，起到了书风引导的重要作用，成为唐代书风演变的关键转折。

本文原创首发于太原美学学会《太原美学》会刊

三、我的文学艺术写作情趣

（一）随笔和散文选

随笔是我最爱的一种写作形式。内容几乎全部来自日常生活，使用第一人称方式，随心而写，不拘泥于文体，不局限于内容，也不讲究形式，保持着朴实无华的最自然状态，对字数没有什么要求，一般比较短小，所以喜欢写随笔的人很多。

对我影响最深的随笔著作是《蒙田随笔集》。蒙田是文艺复兴时期的法国作家，随笔的开创者。

1. 回忆在《抗敌报》工作的日子里（回忆录整理）

侯培元、李芳昭、张志坚口述，郑学诗整理

那还是1938年6月至7月初的时候，张志坚、康存怀、侯培元同志在原籍生活困难，无法生活下去，出于对国民党的痛恨，对共产党的向往，在薄俊生同志（已故，当时已是《抗敌报》印刷工人）的引荐下，离开家乡，徒步到五台山附近金刚库（寺院）晋察冀军区司令部，说明了我们愿意为党工作的愿望。当时，天已黑下来了，吃过饭后，司令部接待我们的同志派了警卫和我们一起走到大干河村海慧庵——抗敌报社所在地。社长邓拓同志放下工作，热情地接待了我们，希望我们好好工作，他给我们的印象是热情而平易近人。编辑周明同志把我们分配在庙内东南拐角

邓拓遗像

上的钟楼内住宿。记得当时报社的成员是：

社长：邓拓

编辑：周明、顾宁（已故）、丁一、陈春森

工人：朱文秀（已故），薄俊生（已故）、张效舜、孟汉卿、康存怀、张志坚（呈祥）、侯培元、康建勋（已故）、康吉升（已故）、孙书琴（保定文化局副局长）、徐宝堂（已故）、孙惠忱（已故）、王书明

学徒：史金保

当时社长邓拓同志兼主编，工作很忙，除报社工作外，还是农民干校的教员，经常给农民干校上课，还是聂荣臻同志的秘书，经常给聂司令员起稿，有时外宾参观还得担任翻译等，一天也睡不够一两个小时的觉，但他精力充沛，生活在工人之间，非常俭朴，威信很高。

这是一幅记录《抗敌报》十分珍贵的照片。左为正在工作中的侯培元

《抗敌报》就在这样的条件下，在海慧庵大庙编辑、印刷、出版。印刷机只有一台，是从冀中买回来的四开机（脚蹬），排版，有一副小五号字（很不完整），还有半副四号字，其余的字用木刻条子，做版的工人有四五人，隔日刊，每天出一次。由于条件简陋，印刷设备缺这少那，编辑、工人、校对每天工作时间要以十几个小时计算。

同年9月，日寇进犯五台，于是报社搬迁至平山县土楼子村。侯培元同志是从海慧庵最早出发、担任打前站的一员，转移时是由邓拓社长带队通过榆林坪到达平山土楼子村的（当时那里无敌人）。

到了土楼子村后，报社人员增加了一个副主编——刘平；一个搞总务的——刘景汉。

在这一段时间里，工作条件仍很艰苦，没有一定的工作时间，邓拓同志除了有时和我们一起工作外，经常是夜以继日地审编稿件，此外，工作人员中间的一些思想矛盾和钻进报社敌特的活动，又给邓拓同志增加了工作负担。

那时工人中，除了从山西来的几位同志外，还有从河北来的，双方有一些矛盾，邓拓同志曾通过个别谈话，做了很多耐心细致的思想工作，本来是可以解决的，可是，敌人知道了报社内的这一矛盾，使用了河间人张惠，以工务长的名义，打入《抗敌报》（张惠原在《冀中导报》工作），张惠到《抗敌报》后，利用工人中省籍不同引起的宗派矛盾，竭尽挑拨、破坏之能事，做了很多坏事。

比如说，《抗敌报》的工作作风是当天的任务当天完成，有时夜班完了，还未休息，又上白班，没有拖拉作风，张惠来了以后，故意拖延，记得有一次军区要印粮票，他故意拖时间说需要一周才行。但工人没有按照他的要求办，第二天就印出了，还有，故意在报纸上出文字差错。记得有一次，一篇文章里应当是"不怕敌人反扫荡"这样一句话，结果校对时，故意丢掉"不"字，甚至在敌人扫荡，由土楼搬迁阜平马兰乡的路上，张惠还故意把机器、纸箱丢在路上。

日本特务张惠在《抗敌报》不到一年的时间内，活动嚣张，破坏严重。面对特务的破坏，报社人员十分气愤，但是，当时邓拓同志却对他十分重用，和他关系很好，我们不能理解，有时还有埋怨情绪。

其实，邓拓采取的是欲擒故纵的计策，故意让他暴露，张惠自以为特务活动未被发现还扬扬得意呢，他原来从日本特务组织那里接受的任务是在社里建立了特务组织再走，但军区发现后，把他以到冀中铸字炉工作为名义调出，走时，邓拓同志还让他骑着自己的马，派警卫护送到军区保卫部，一到保卫部，军区的同志就逮捕了他，后处决。参加张惠搞破坏的特务组织，在报社搬迁到阜平马兰乡时有六人被扣，其中赵长在保卫部就被处决了，此外还有李宝如、冀清棣、王书明、孙书琴、孙惠忱（已故）。

在阜平马兰乡时，又从冀中来了一部分人，增至30多人，充实了工厂人力。编辑部增加了李晓白同志，还有一个小鬼——9岁的郑国强。报纸依然是隔日刊，两天四版。

在马兰时，正值敌人扫荡，曾多次防止机器被炸，坚持出报而转移，报社的工作人员既要出报，又要转移机器，还要打游击。任务繁重，生活艰苦，又处于危险的境地，但是，由于邓拓同志指挥有方，损失较少。

在困难时，邓拓同志总是以身作则，在1942年困难时期，邓拓同志每天只吃一些玉米面糊糊、高粱面窝头，还要节省出窝头给难民吃，抽榆树叶烟，他非常关心工人的生活和安全，一次工人李芳昭同志病了，邓拓同志亲自派人去看，敌人轰炸时，邓拓同志亲自带队指挥转移。

1940年，《抗敌报》改为《晋察冀日报》，这时，铅字由老五号改小五号，是从晋东南带来的，为了运这些铅字，在平定还遇上了"红枪会"，丢了些铅字，当时聂司令员抓住了"红枪会"的头头，经过教育，放了他们，带回了铅字。

由于缺铅字太多，第一期经过四五天的苦战才出刊，当时，工人们没有一点休息时间，四五天都没睡觉，在创刊会上，彭真同志讲了话（当时彭真为北方局的书记），大意说，为了报纸的出刊，报社的同志没有睡觉，报纸是嘴，没有嘴，就不能向人民讲话。

《晋察冀日报》是当时全国的模范报纸，虽然困难很多，停刊最多也没有超过三天，后来成为日刊，订户很多，光送报员就有80人。当时报纸很受人民欢迎，人民一天看不到报纸心里就着急，敌人想搞到一份《抗敌报》就需要花几百元。一次刘润涛同志被围，为了不让《抗敌报》落到敌人手里，把《抗敌报》吃进肚子里。

1942年，由于工作需要，侯培元、李芳昭等同志被调至晋察冀军区画报社，张家口解放后，留在河北阜平北石家寨子弟兵报社工作，1948年，又被调往华北军大报……

附：邓拓，福建闽侯人，乳名旭初，学名子健。1937年赴晋察冀边区任《抗战报》社长兼主编。1945年主持编印《毛泽东选集》。新中国成立后任《人民日报》社长兼总编。1955年任中科院科学部委员。1958年调任北京市委文教书记。1960年其兼任华北局书记处候补书记，主编《前线》。1966年5月18日逝世，著有《燕山夜话》等。

2. 母亲节随感
——最美的哭声

人来到这个世界上，眼还没有睁开的时候，带给周围听觉空间和心理空间的是最响亮的啼哭。与这哭声形成同步的是产房内医护人员和母亲无法形容的喜悦，以及产房外彻夜等待的亲人的激动。当然，最愉悦的还是成功分娩后的母亲。

浑身带血的婴儿健康有力的哭声，是对经历了十月怀胎剧烈阵痛后极度劳累的母亲最大的安慰，看着这爱的结晶的生命延续，她禁不住流出了激动的泪水并展示出胜利的笑。这泪水和婴儿划破长空的哭声组成了世界上生命的交响乐，演奏出世界上最美的生命降生的春之歌。

看着这张谁也无法看到自身的拉开生命序幕第一页的照片，我们首先应当感谢的是母亲，她给了我们生命。

喜怒哀乐贯穿了人的一生，是每个人在生命的旅途中都会经历过的情感。巧妙的是，人的出生和生命终止前后呼应，都有一个"哭"的空间氛围——婴儿出生时健康呼喊的哭，母亲和亲人激动和喜悦的哭；人死亡引发亲人的哭更带有对逝去的人一生事业与生命价值的情感留恋。

不过，人们不忍心看到经过一生劳累满布皱纹的母亲，希望永远能看到母亲青春永驻，哪怕是在最后的告别仪式上。遗憾的是希望与现实在亲人的心中和视觉上的希望是无法同步的，所以，每一个人最后的瞬间也只能带着美容师修饰过的面具离开这个世界。

纪念母亲节，我怀念母亲。她的无私坦荡、慈祥善良、自强自立、刻苦认真、无私牺牲等高贵品质和崇高的审美人生态度，都是值得我们永远学习并传之后代的精神财富。

2017 年

3. 回乡日记
——寻根之旅

多年来，每个年底，我总要买一本年历日记，以随笔的体裁用第一人称记录生活，时间长了，日记就成了我生活中的重要组成部分，记录现在，或回溯过去，或反思自我。所以也是一种自我教育的过程，保留日记能够看到自己不同时期的状态，了解自己思考与成长的过程。除了记录一般生活外，有时还可以怀念形式，写出专题日记。比如，父亲和我两代人都有着浓厚的乡愁心理。

中央城镇化工作会议曾提出——让居民"望得见山、看得见水、记得住乡愁"。"记得住乡愁"这句话，深深地勾起当代人的一种怀旧思绪，触痛了大众的渴望、呼唤与思念。今天，之所以形成全社会对乡情的关注，是因为社会的飞速发展，人们对传统文化的重新认识和反思远远不足，住在现代化的建筑群中被割断了人与自然的关系，移动信息的快速传播，丢失了人际交往的人情礼俗；单元式的家庭结构，使中国传统社会中的"仁义礼智信"的价值观很难延续。我们的文化自觉和自信出现了困惑，视野的障碍迷失了自我的自觉认知。

在共性高速一体化发展的大环境下，许多在异地打拼的人感到没有归属感，失去了自我的根，作为一个普通劳动者，理应重视在浮躁的社会中寻找自我，提升自身对本土文化和民族价值观的热爱，并拓展为对历史、对社会、对民族、对传统的反思，要"诗意地活着"。在全球信息化时代，需要有和过去完全不同的世界观，对一切事物都要重新估价、重新审视。在物欲横流的社会里，除了事业，还要有一种审美境界。虽说审美活动没有直接的功利性，但却是人生必须的，当有了审美追求后，视野的开拓，就有了对祖国、对民族的热爱，就有了四海为家的归属感。于是，一种"根"的自我意识的全新的审美生活态度就会随时徜徉在人们的心间。

父亲和我两辈人，都属于远离家乡、有家回不去的"漂"族，但乡情浓郁。因此，我下决心于2016年八旬之年归乡祭祖，给自己，也给儿孙一个交代。以下的这组回乡日记，是毕生几十年中唯一的一次返乡，存入书内，留下难得的深厚怀念。

我的老家在河北辛集市新城镇顺城关北街。

新城镇位于河北省辛集市东南部，从明代开始便是束鹿县（今辛集市）县治所在地，康熙年间出版的《束鹿县志》记载，"新城周围六里零140步，高2丈，底宽2丈，顶宽数尺，有城门4座，角楼4座，垛口860个，炮台20座，窝铺32个，护城河一道，宽深各2丈"。古城内曾有文庙、魁星楼、文昌阁、慈云寺、玉皇庙等古迹。随着时间的流逝，城内大量的古建筑都消失在岁月中，只有残存的两座老城门仿佛还在诉说着历史。

新城镇位于河北省辛集市，总面积55.54平方千米，有7641户，人口为23707人，拥有耕地63647亩，辖新城东街、新城西街、新城南街、新城北街、兴隆庄、圈头、白龙丘、路过、大李庄、贾李庄、后杜科、沈家庄、郝家庄、前杜科、曹家园、满家湾、张家村、董家屯、常家屯、李家屯、徐家屯21个村。镇政府驻新城北街，明天启二年（1622）滹沱河水淹没旧县城，束鹿县治遂迁于此，将新圈头、河此集、小西天等村圈入寨内，定名新城，取新县城之意。1944年县治（日伪）迁往辛集，新城仍保留原名。抗日战争初期，属束鹿县。1940年将新城划属束冀县，1942年路过、圈头、白龙丘、兴隆庄划属深束县，抗日战争胜利后，1946年属束鹿县。1949年新中国成立后，属束鹿县6区。这里1951年办互助组，1955年成立初级社，1957年建高级社。1958年实行人民公社化时，属新城金光人民公社新城管理区。1961年公社规模缩小，将新城管理区划为新城公社，1982年改称管理委员会，1984年5月复置乡。1984年8月改镇。1996年12月，合并大李庄乡仍称镇。

父亲曾生于斯，长于斯，劳动于斯，因家庭困难，孝敬母亲，由我大爷分工，他在家乡照料老人家事，我父亲外出打工挣钱养家。

从我大爷给我父亲的信件（见下面附家乡信件原件）记载中可以清楚地看出父亲从小外出打工的原因。

胞弟手足：天涯地角，劳燕分飞。弟不远千里而谋生，亦只为家庭间经济与衣食的逼迫，而使之不能欢聚，家庭共乐天伦。……兄在家中毫无所能，而弟等在外受风霜劳碌为家正钱，兄不正一钱，花钱之事，全靠胞弟，兄实觉惭愧。……（原信中"正钱"的"正"即现在通用的"挣"）

就这样，父亲从学徒到苦力、到雇员，四处奔波，处处节省，大半辈子都为了孝敬老家母亲，接济家乡一家并养活自己家，自己却过着清苦的日子，直到失业，疾病缠身，生活无着，仍不得不外出打苦工劳累后半生……种种原因，回家的愿望无法实现，抱憾终生。

2016年6月，我和老伴、儿子在亲友，新城名医张闯先生，著名书画家李永健先生等帮助下，决定返乡，作一次寻根之旅。

下面，发表的是我的几则返乡日记。

学诗原创摄影日记793期，麦收前的寻根之旅，家乡行之一：

麦收前，6月3日至5日，我偕家中一行三人，回到故土——河北省辛集市新城镇北街顺城关老家。

我长这么大，从来没有回去过，但父母在世时日益增长的乡愁，深深留在我的心中。如今我也近在八旬，需要给老人的遗愿，给自己、给家人、给后代一个交代。经过一段准备，选择了麦收前，天气还未热起来的时刻。3日早9：54乘车，13：10抵辛集。这时，张闯大夫已派小杨师傅早

早在那里等候,待驱车到达北街已是午后2时。这里的照片显示了丰收的麦田,古老城门的历史遗留和父母亲生活的院落。

学诗原创摄影日记794期,麦收前的寻根之旅之二:

我作为郑氏家族中父亲郑润生大人的后裔,尽管从未回家,但真诚、热心的乡亲们也十分关心家族在外漂泊、日夜思念家乡的游子。

一下车,乡亲们一拥而上,掺扶着、询问着。张大夫给我一一介绍。按辈分,先介绍家族中辈分最高的六叔和六婶,由于事先与六叔通过话,有一种说不出的信任和亲切,我紧紧地握着他的手。尽管他年纪比我小,但论辈分,他就是我的六叔了。来接我们的乡亲除了家族内的,还惊动了村长、书记和一些街坊邻里。激动的泪流个不止。我捧着父母亲的照片,虔诚地直奔父母亲出生、生活的宅院,进入客厅,与六叔、干部们一起畅谈此次回家圆父母和我们两辈人的归家寻根之梦的缘由。之后,便端着父母合照的遗像和大家在院内合影,准备在院内即将举行的郑氏家族历史上首次寻根祭祖仪式。

学诗原创摄影日记816期，麦收之前的寻根之旅之三：祭祀寻根仪式。

下午2时半，我捧着父母遗像随同大家一起，走到院中。院内早已准备好了供桌。我将遗像放置中间。上面已有部分供品。我将在辛集买的供品及酒摆上。

由于这次我的回乡祭祀礼仪活动是郑氏家族历史上的首次，引起北街顺城关有关方面的重视，郑氏家族直系的乡亲基本上都参加了。

会议由郑氏家族辈分最高的六叔郑增凯老人宣布：祭祀仪式正式开始。新城名医张闯先生宣读了新城顺城关郑氏后裔寻根祭祀前言：

中华姓氏，源远流长。五千文明，起于炎黄。洪武十迁，历尽沧桑。燕赵移民，源于洪洞。扎根束鹿，重建家乡。城关郑氏，溯于郑庄。晋冀两地，兄弟情深。饮水思源，落叶归根。端午将至，岁在丙申。寻根祭祖，功德无量。上慰先贤，祖德弘扬。下启后嗣，子孙瞻仰。同盼福祉，再敬心香。百代薪传，万世流芳。

接着，我焚香偕全家行跪拜大礼，并朗读祭文。这篇祭文稿是我融入心血写成的。用小楷毛笔，按标准的祭文格式抄在宣纸上。展示了双亲的人格、经历及对子女的教育和历史阶段中的生活艰难以及多年思家的梦想。读时由于渗入真情，我不禁对天呼唤："爸、妈，我带着你们回到你们出生、生活的故土了。回到家了。这就是我们的家，我们的根。"早晨，我们坐着车，天空还飘着雨花，午后，天放晴了。我们好像看到双亲脸上绽开笑容。

学诗原创摄影日记817期,麦收前的寻根之旅之四:访问长辈。

祭祀仪式之后,乡亲和村里有关干部陪我一起拜访了郑氏家族的长辈。先是去六叔家认亲,我们鞠了躬。孩子行了大礼。昕昕小时只见过奶奶,爷爷去世得早,今天他有了六爷爷和六奶奶,自然很高兴。

接着我们又去拜访了89岁的郑福生老人,老人身体强壮,声如洪钟,当他看到我的双亲相片时,说父亲就是"福"字辈的福根。说起拜访时的礼品习俗,在启程前,就有亲戚告诉我,对这样年高望重的长者,应当选当地老字号盒装小四样表示尊重,我顺便又带了山西的礼品醋。返回六叔家坐定,认了亲的叔婶给我们煮好了饺子,真像回了家一样。这时已经是4时左右了。再坐一会儿该是郑氏家族祭祀仪式后第一次隆重的欢迎晚宴了。张闯大夫是个细心人,他在网上看资料,了解到我今年虚岁八十,赶忙告诉我,农村讲过虚岁,而且是提前过。我说我很少过生日。可六叔觉得欢迎晚宴也可以加进这个内容,成了双喜临门,不更好吗？连蛋糕也是他老人家亲自去买的。说到酒，这样的宴会更是必不可少的。但我在辛集下车，竟然买不到汾酒，当地人不认。我只好买了这儿上席最受欢迎的洋河酒。宴会氛围很好。连最初的联系人之一郑君也被邀请到会了。一年多前，为了打听家乡电话，最早接电话的派出所高凤鸣、张建波同志始终因公务繁忙未能参加。

饭后，我们全家又回到举行仪式的老院歇一宿。不管心情如何激动，也得睡着，因为事先安排，明天一大早，六叔开车陪我们拍古城风貌呢。

学诗原创摄影日记818期：

一大早，不到4点就醒了。据张大夫说，早起拍新城风貌大约需三个小时。六叔起得很早，我们吃过中田准备的早饭后，六叔开着电动车，走遍了新城的田野、东西古城门、清真寺和清真寺街，家乡变化太大了。中午，文联刘立生主席、副书记、政府宣传口小马，以及两位书法家在一起，举行欢迎宴会，欢迎我回到家乡。

学诗原创摄影日记819期：

下午，参观了全国著名重点中学辛集中学，并向学校赠送了我的著作和书法作品。由张校长接待，参观了校园。辛集电视台魏主任在百忙中亲自带着他的团队连着两天做了跟踪采访。

学诗原创摄影日记820期：

寻根之旅举行了祭祖仪式，圆了双亲回乡之梦后，紧接着的就是为家乡做点事，著名书法家李永健先生热心联络，但因面临高考，原来已经准备好搞两次美学讲座，就转到建华中学，给全校部分教师、干部做了一次美学讲座《中国当代美学发展趋势的文化思考》。讲座后，是笔会。著名书法家李永健和我应邀写了一些条幅作为留给学校的纪念。之后，冯校长为我们设宴送行。

学诗原创摄影日记821期：

临行前，我在六叔宅门外采集了故乡的一瓶水和一抔土。参加了家族亲人凑份子举办的送行宴。六叔亲自买来生日蛋糕、卿儿把生日之冠给我戴在头上。六婶连夜亲自做了新棉花、新被面的被子。家族亲人热心地送来了田里的新小米、亲自包的粽子、酥糖，等等。我深深地融入两代人的乡愁中，眼前闪回着父母生活过，但看不到父母亲原住宅旧貌的小院，也没有看到曾祖父作为武举留下的168斤重的大刀和石锁。六叔说他举过，举不动，现在留下来的那块仅存的石具，我让中田留着，上面四角的四个石兽已破，十分可惜。但这毕竟是父母亲生长、生活过的院子啊。

学诗原创摄影日记822期：

再见，89岁的郑福生老人，你那深刻的记忆，使我第一次知道，我父亲那一辈人起名是"福"字辈，大名润生，在村里叫福根，福生老人接着对我说："你们这一辈起名是'喜'字辈。"他指着我父亲的照片，谈到年轻时的交往，深沉地想念着，还不时点点头。

学诗原创摄影日记823期：

六叔、六婶，从老家回来之后，我们最想你们时就摸摸盖的被面，那是六婶一针针缝成的。知道我喜欢素，您专门上街挑选被面，您那热情爽直的性格，使我们一见就是家人之感。六叔在家族中以他正直、担当而说话更有权威性，从我们全家迈进老家第一步，您就和亲属、村长、书记等相关人员带头在大门外等候，接着又为我主持了郑氏家族历史上第一次祭祀仪式，接回家又认了亲，使我们觉得有了依靠。

我们全家都挺喜欢六叔院里的那两株过根的枣树。

学诗原创摄影日记 825 期：

这次回家，我带着妈妈生前未了的一个思念。记得母亲在世时，与家乡通信中经常提到代问的有增斌妈的孩子，二羊子、二强、进学、进考等一连串的近亲。这次回家我见到了他们后一代。他们听到这个细节时，均为之动容。

学诗原创摄影日记 826 期：贵人。

这次寻根之旅处处遇到贵人，张闯大夫是新城名医，患者如云，昼夜不断，但喜读书撰史，他写成出版了有关束鹿县的一本史志散记时，在网上查到我是家乡人，研究写作理论，通过微信与我联系，知我思乡情重，对我的寻根之旅十分关切、支持，做了全面、细致的工作。友情加亲情，走时我到他那里告别，使我在新城又多了一份亲情的思念。

学诗原创摄影日记 827 期：

举行完祭祀仪式，我真想为老家做点事，著名书法家李永健先生做了大量的联系工作，是我此行的贵人。

学诗原创摄影日记 828 期：

这次寻根之旅，辛集电视台做全程跟踪采访，一直到讲座及笔会结束。年轻的魏主任的辛勤与他精干的团队那种忘我的劳动给我留下了难忘的印象。

学诗原创摄影日记 829 期：

我给辛集中学赠书赠字时，书抄了校训："学不忘国，学不忘民。"这是全国校训中唯一留给我最深刻印象的话。

学诗原创摄影日记 830 期：

再见，故乡，当我和全家早晨起来登上六叔家的屋顶，看到日出时的那一瞬间，我们的心都被乡情融化了。

附一：公元 2016 年 6 月 3 日，新城北街顺城关郑氏后裔，来自山西的美学家、作家郑学

诗教授寻根之旅。我作为郑老的朋友，着手安排寻根事宜，圆满完成寻根梦想。事后总结：

寻根圆梦，阖家团聚，寿世安康，福喜久长。

寻根圆梦：本次为"寻根之旅"，也是"圆梦之旅"，俗话说："落叶归根"，根在哪里？根在束鹿新城北街顺城关，"寻根"是中华民族传统美德。

阖家团聚：寻根圆梦与亲人团聚，阖家欢乐，突出了一个字"合"。

寿世安康：在"根"的地方过八十大寿，蕴含您对寻根愿望八十年的期盼，彰显了"寿"的意义。

福喜久长：父亲又名福根，您又名喜长，父子名合一寓意为"落叶归根，福喜久长"，说明这是两辈人的寻根梦，终于（圆梦）实现了。

世侄：张闯
2016 年 6 月 8 日

附二：

为郑氏家族后裔郑学诗教授寻根祭祖题

张　闯

冀晋两地本同根，
同胞情深异地分。
时隔数载无音讯，
榴月相聚（寻根）梦成真。

4. 却望并州是故乡
——恩师潘缉熙先生二三事

作为燕赵原籍的我，久居并州，从中学学习和大学毕业后从事教学数十年的美好时光，都是在百年名校太原中学、太原五中度过的。我庆幸自己曾有过如此优越的学习和工作环境，对母校老师和 56 届同学的思念，使我感到生命的充实和富足。

20 世纪 50 年代，为了筹建太原中学（五中前身），山西千方百计从全国各地"发掘"回不少在社会上享有很高声誉、德高望重的名师，还调来了不少新大学生。我们高13班的班主任潘缉熙老师就是从北京师范大学历史系"发掘"回来的新大学生。她1952年被调至太原五中任教，1955年，中央要求山西省派出5名教师去越南从事华侨教育工作，潘缉熙老师就是其中一名。1958年，她圆满完成援越任务奉调回国，被安排在北京中国新闻社任编辑。由于山西教师奇缺，山西教育部门希望援外回国教师回到山西。中国新闻社劝她留下，但深厚的五中情结，使她坚决要求回到五中。一直到20世纪80年代，工作长达24年。后来，由于工作需要，1980年8月她又被调回母校北京师范大学历史系任教至退休。但身在北京的潘先生经常思念太原五中和她的同事、学生和朋友，在这里，有她心的牵挂，留着她从年轻到中年走过的每一步。有时她给我来电话，吟诵唐代诗人刘皂的"却望并州是故乡"诗句。

我有幸一直和潘老师保持联系，是因为我和潘老师既是师生关系，后来大学毕业后回母校任教，又和潘老师是同事、邻居，如家人。潘老师的爱人、北师大武尚清教授曾口占七言绝句一首，讲到这种缘分："五中师生又教工，教文教史本同宗。青出于蓝成凤愿，伏骥京华望晋松。"武先生的第三句实不敢当，但第四句却反映了潘老师对母校、对太原前景的美好祝愿，希望第二故乡永如松树般朝气。

翻开记忆的第一页，是从潘老师在课堂第一面开始的。留着短发的她，穿着洗得几乎发白的蓝上衣，和善而纯情。在叙述历史事件中清晰的纵向思维，评论中的客观态度，语言的京腔京韵，准确、简洁，使我们这些刚刚进入高中的孩子们听得全神贯注。下课后，大家不约而同地说，老师讲的当堂全记住了。半个多世纪之后，同学们的每一次聚会，大家的回忆依然还定格在第一堂课对潘老师的印象。我崇尚潘老师对祖国的热爱，严谨的治学态度，教学的认真，生活的简朴，对学生的温暖。我的教学生涯很多方面都在模仿她。我记得，听完第一课后，回到家里，第一件事就是查字典，看看潘老师名字的含义，当我从字典上查到"缉熙"是光明的意思时，暗暗说，如果有一天当了老师，也要像她那样。

在她探求光明精神的教导下，班里同学都在不断进步着。但到高二，使我们自豪而又难过的事发生了。1955年5月，尊敬的潘老师去越南从事华侨教育工作。得知此事，班里同学都连着几天吃不下饭睡不着觉，女孩子哭成一团。那几天，我第一次感受到了什么是孩子心中的真情。临走前，她低低地对我说："你写的那张座次表我留着做个纪念。"我感谢老师，别看是一件小事，我的自信心就是从那时增强的。小时，我不爱说话，学习一般，还有些不自信。为此，潘老师家访过，鼓励我的字好，让我写一张座次表。下学后，我接连写了六七张，选了一张交给她，老师微笑着说："像这样做事，什么事做不好呢？"

还有让我们感动不已的事，是第二任班主任张海山老师多年后和我们去看生病的李祯同学，李祯泣不成声地说出了当年潘老师每月从微薄的工资中拿出一些钱资助他。后来，潘老师去越南后，又嘱托张老师继续，一直到毕业。这一切都是在默默中进行的，半个世纪内都无人知晓。"当时我生活困难，没有这两位老师，我上不完学啊！"虽然李祯早逝，但他留下的这句撕心裂肺的话，使我们对老师的崇高的师德更加向往。她具有光明含义的名字和她对学生真情的爱，指引着我们每一个学子的人生航程。

还有一件事，数年后，潘缉熙老师打电话给阎守胜同学，说张海山老师建议，请她回忆一下高中时和苏联同学通信事。朱乃铉同学也给我回忆了当时情景和寄来一些照片。

大约在1954年，我们高二时，当时中苏关系很好，我们高13班收到了来自乌克兰一所中学的信，希望能建立通信联系。我们很高兴，班里要阎守胜同学具体负责，开始用中文回信，但太困难了，需要把信寄到莫斯科找人翻译才能明白。当时班里的俄语水平不高，我们借助字典，大体能读懂他们的信，远不能用俄语写作。有一两次班里把信先寄到莫斯科中国驻苏大使馆，请他们译成俄语，后来，刚从大学毕业的王步瀛老师，俄语水平很高，帮我们翻译好，直接寄到乌克兰的中学。其间，作为礼物，我们寄给他们五中的校徽，他们看不懂上面的字，要我们解释。我们还拍了一些反映我们学习、生活的照片和他们交换。对方也寄来过反映他们生活、学习的照片，都是黑白的，相当于5寸大小，比我

们寄去的尺寸大得多。后来到高三，功课比较忙，和他们通信的事，好像是转到王老师任班主任的班。这件事，始终留在我和我们班同学的记忆中，作为太原五中和国外交流的开始，在校史上也是有历史价值的。

到老年，高龄的潘先生童心依旧，前些年，每年大年初四，在京的同学都去北师大看望她，并和能联系上的同学共同祝福潘老师、武老师健康长寿！最近几年，年龄和身体原因，聚得少了，但大家依然怀念恩师潘先生和她的老伴武教授。

潘先生对母校的历史，也经常怀念。2011年，我出版了历史人物传记《革命先驱高君宇》。从三晋出版社拿到的第一册，还能闻到油墨香味儿的时候，我就寄给了潘老师。当她看到这本书的时候，十分高兴，鼓励我要继续不断地深入研究母校的百年校史。

最近几年，同班同学、在北京的朱乃铉，经常去看望潘老师。他说，老师的那种亲和力和顽强的学习精神，使他感动。直到上个月10日，他还和潘老师通过话。

万万没有想到，11月25日，省中医院韩履祺同学，突然打来电话，告诉我说，五中白枫老师，刚从北京回来，让他转告我，说潘老师于本月10日晚，因病去世；武先生，也于凌晨走了。这是一个自天而降、让人无法相信的消息。我急忙又一次地让韩大夫落实，又急忙给北京的阎守胜、阎紫璇同学打去电话。他们既不知道，又不相信，都和我一样，觉得不是事实。尽管我们毕业63年之久。但潘老师那慈善、谦和的面庞，动情的语言，经常就在眼前，在梦中浮现。潘老师啊，您虽然轻轻地从云中来，又默默地驾鹤飞去，但您桃李丰硕，一生无私奉献的博大母性情怀，是我们做人的楷模，永远活在我们的心中。

5. 他耕耘在金秋
——访漫画家苗地（1926—2017）

6月的北京，动辄汗出。当我在花仁路附近一幢楼的一个套间里稍稍坐定，刚要掏出手帕擦汗时，一把蒲扇、一杯自制的桔子冰水已放在了我的面前。这在此时的京都恐怕是最美的享受了。苗地同志看着我三口并两口地喝下冰水，眼镜后面一双和善的眼睛闪出了幽默的神色："好些了吧？"说来奇怪，热很快退了。我连连点头。他笑了。

看不出他58岁，微黑而健康的肤色、结实的肌肉，倒像是刚过中年。爽直的个性，平易的风貌，一见面如遇慈祥的长者，话题从心扉中自然流出。

苗地原籍山西河曲，三岁离家，在太原度过了他的童年和学生生涯。他从小就喜欢画画和书法，尤其喜欢漫画。他对国画的热爱也是从小就开始的。当时，他听说麻市街"蔚成德"药铺有一位老大夫擅长画牡丹和公鸡，这位老大夫练画从不间断，他也风雨无阻地去看。老大夫见他这股劲头，满心欢喜地让他跟着学。从此，他经常为老大夫磨墨，跟着他学画。

所以，直到现在，他还那么喜欢画牡丹和鸡。

1946年，他从太原中学毕业，考入山西大学教育系。北京刚解放，他又考入北京华北大学美术系。在"华大"就读期间，除了学习专业课，他画了大量的速写和连环画。他还亲自为同学、后来成了著名歌唱家的郭兰英编画过《郭兰英传》连环画。他速写功底好，几笔下去就能抓住人物特征。

1950年起，他到人民日报社工作，一直从事漫画编辑和创作。现在，他和江帆主持编辑的《讽刺与幽默》，发行量最高达150万份。说到这儿，苗地欣慰地说："漫画受人欢迎啊！"随手又递给我一杯冰水，"你知道日本三大社会支柱的提法吗？除了现代化科技、现代化生活，第三就是现代化漫画。日本漫画报刊印刷数量大得惊人，到处都能看到。法国也很重视漫画。可以说没有一本书没有画。很多技术性、知识性强的书都有漫画插图。如把原子、病菌等画成小孩的形象，使抽象的东西人格化了，人们一看就懂。""就是说，漫画在一切艺术中形象性最突出？"我冒昧地问，苗地点点头："漫画的形象性突出，表现在变形和夸张的美。我国的漫画夸张得还不够。国外只承认我们的漫画是变形而不是夸张。"他低下头，看了一下鱼缸中游动着的金鱼，用手在桌上勾画着。"变形和夸张是漫画突出的特点。只要变形、夸张得好，就能体现出漫画艺术形象的美。对丑的形象的艺术表现也要这样。过去有人总认为漫画不能登大雅之堂，是小摆设。其实，好的漫画作品就是艺术品，完全可以悬挂室内，与其他艺术品媲美。"

说到这儿，他顺手从书桌上拿过一本最近出版的日本漫画册让我看。"外国漫画家的作品有些画得很好，内蕴很深，但他们也总要画一些迎合低级趣味的漫画。我们不能这样，必须让读者看了有所受益，得到教育，情趣一定要健康。现在，随着科学技术的发展，文化生活水平的提高，人民需要艺术，强烈地追求着美。我去怀柔农村，不仅环境，室内陈设都很美，中堂上也挂上了名画家的作品。人的审美能力强了，漫画的艺术表现手法不提高，群众通不过啊。"

谈话中，他不时流露出思乡之情，不时提到在山西的老同学、老同行。他笑声琅琅地说："我这个人，从没感到老之将至，仿佛越来越精神了。"

夜色早已爬上了窗口，北京城一片灯海。他用手抚了一下依然是黑色的头发，富有诗情地说："我当然要勤奋地工作下去，即使将来离休了，还打算画一些系列性的漫画，画一些国画呢。"一席肺腑之言，更令我肃然起敬。我不禁想起了"老牛自知夕阳短，不待扬鞭自奋蹄"的诗句。苗地的大半生是在漫画园地勤奋耕耘中度过的，而且还要继续耕作下去，永无止境地探索着。

他耕耘在金色的秋天里……

发表于《山西日报》副刊 1984 年 7 月 5 日

6. 沉默的圆明园

在游人如堵、车似长龙的北京，想找一个安静的去处并不那么容易。

当北海的湖面上还残存着冰碴儿，游人就荡起了双桨；当香山的蝉声刚刚消逝，游人就开始寻觅红叶了。熙熙攘攘的人群充塞着空间，面对京华众多而又迷人的景物，人们慕名而来，却又匆匆离去。

然而，也可以独辟蹊径，去圆明园。这座当年曾是万园之园的一代胜苑，倒是一个十分静谧的所在。我沿着一条条环溪罗布的小径向前走去，还可找到这座水景园林曾是迷人忘返的一处处遗址："正大光明""九州清晏""镂月开云""天然图画""碧桐书院""慈云普护""上下天光""杏花春馆"……现在，这里却成了村落、田野、荒滩，默默地躺着断石、片瓦、残垣。这里的一草一木、一景一色，无不沾满着历史的泪痕。但是，这静默空旷的废园，依然在历史的空间中显示出它碎人心腑的悲壮美。

勤劳伟大的人民一次次在它的面前涌出泪水，他们修筑了部分道路、桥涵；清理了园内的西洋楼等几处建筑遗址；进行了绿化，举办了园史展览……部分整修过的景物已改换了荒凉的容颜。原来象征道家传说中的东海仙山的"福海三岛"，碧绿如镜的湖面又舒展地微笑了；取材于佛经的"珞迦胜景"，仿印度宗教的建筑"舍卫城"，又恢复了梦幻一般的美的风貌。这些去处，游人经过，依依不舍，慢慢地离开。但他们却在原"长春园"遗址内的"海晏堂"和"远瀛观"前长久地停下来。他们的心像停止了跳动，脚像生了根。这里是一组中西合璧式的欧式宫苑。建筑细部的雕饰大部是中国传统的花纹。眼前虽然只剩下几根残破的石柱，原来精细的雕刻仍依稀可辨。1856 年 10 月 6 日，英法联军强盗们洗劫时的凶相，弥天浓烟大火的噼啪声，一个个金碧辉煌的屋顶的倾塌声，在这座沉默而又空旷的园林上空，在游人的眼前和耳旁显现着、回荡着。我慢慢地弯下腰，抚摸着刻工精细的断石上的美丽花纹，顺手捡起一片琉璃瓦的残片,上面烧化了的孔雀蓝色的印痕斑斑尚存。同行的人看着它无言相对,长久地沉默着。民族的自尊心和耻辱感随着沉重的叹息声,一齐喷出了喉咙。

此刻,我走上前,一遍遍抚摸着石柱上的花纹,然后默默地,三步一回头地向西走去。一排排高大的白杨,一块块交错的阡陌,一条条弯曲的小路,向前伸展着。不一会儿,走到前湖北岸,这里是"九州清晏殿"遗址,而那正对圆明园大门的中路,就是"三一八"烈士的墓地,只见素白的塔形纪念碑在荒草丛中渐渐显出它高大的碑身。纪念碑设计得庄严简朴。碑上铸刻着"三一八烈士之墓"几个凝重的大字,碑座上用工整的字体刻写着烈士的姓名、年龄、籍贯和身份。银白色纪念碑前放满了用金黄色的野菊编织的花环。那是一种朵儿虽小却有着极强的生命力的花,这种花在圆明园里到处可见,并没有引起游人的注意。但它出现在纪念碑前,却是人民对先烈最真挚的祭奠。

啊!圆明园的地面上默默地躺着被外国侵略者摧残了的祖国灿烂文化的精品,涌上我心头的是一种民族耻辱感;圆明园的地下默默地安睡着"真的猛士",他们又激发起我的民族自豪感。

圆明园啊,圆明园,请原谅人民不把你全部修复起来吧,因为你的遍体鳞伤还要留给世世代代去进行历史的思考呢!

1985 年 10 月 21 日于北京大有庄
发表于《山西日报》副刊 1985 年 11 月 21 日

7. 第一次

第一次把白云踩在脚下,是在鹧鸪山——位于四川省西北,海拔 2400 米以上的地方。阳光时隐时现;云,满眼满天,慢慢地飘浮。我站在山巅一角,脚下就是波涛般起伏的云海,抬手即可采到随意移

动的云朵。无边无沿的开阔感，把我不适的喘息压下去了，但清冷异常，方觉"高处不胜寒"。身着夏天单薄的衣衫，如临严冬。

　　第一次觉得路漫长，是在川西无边的草地上。那是红军走过的地方。除了干热的风、茂密的草、零落的藏包、悠闲散步的牦牛之外，只有一望无际的蓝天，和远处千年不化的雪山。腿走乏了，一步也不想迈；汗流干了，用舌头随便一舔都是盐。这时，多想躺一躺。可是，没人这么做。因为，过度的疲乏，一躺就很难再站起来。我们只好坐车，一直坐到傍晚，才"走"出草地。

　　人生的路漫长，那要比单调的草地丰富得多了，但却时时也有"累"得迈不出脚，皱不完眉头的时候。一开始起步还感觉不到，越往后走越累。但如当年红军走过草地一样，还得靠信念和毅力，有了它，就有可能克服种种困难，就有可能走出生活中某些"草地"的泥沼，迈向宽阔的大道。

　　第一次觉得强烈的生命力在空间的奔放，是在九寨沟"诺日朗"瀑布前。那飞流直下的万斛珍珠，那巨大轰鸣、汹涌澎湃的气势，无论是谁，只要站在它的面前，都会被震慑，感到那就是生命的象征。我喜欢不停流动的水，更喜欢急流状态下的瀑布。"诺日朗"在藏语中的含义就是"生命"。我喜欢这毕生从未见过的生命之泉，它自天而降，以无比巨大的冲击力，每分每秒都在洗涤着人世间的一切污浊，使人返璞归真，蕴发向上的力量。

第一次心扉一派宁静，是在黄龙的原始森林，这里未经砍伐，杳无人烟。刚迈出脚，野兔一闪；才回过头，雄鹰展翅。那高耸的灌木群、一望无际的塔松的幽静与壮美无法形容。我只能远远地望着、望着，眼中的树与心中的树融合了、融合了，都那么绿、那么幽深。凝聚到心房的是，远离尘嚣从未有过的静谧中的崇高。

1988 年 8 月 17 日
发表后收入《至乐集》中共中央党校出版社 2001 年版

8. 心的牵挂
——荷思

步入社会，品味人生，不时会在心理上形成某些牵挂。真情的牵挂少而美，令人思念，有时也美中有痛，成为萦绕终身的心结。

面对大自然百草世界，我最喜爱给人以清纯之美的荷。我喜爱从春到冬观察美丽的荷短暂一生的变化，用镜头拍摄出她一个个不同形象美的瞬间定格画面，从荷的自然美的变化来感悟人生。于是，荷的身影越来越成为我心底的牵挂。一幅红荷的艺术摄影作品，在居室壁上悬挂长达数十年之久，我至今仍常常驻足其前。

对荷的牵挂，从每年春天就开始了，一直陪伴着我走过四季。

在和煦的春风里，荷从水底顶出的小绿团开始，到慢慢长成高擎在水面上的一把把绿伞，由初露尖尖角到盛开，红白相间的莲花如珍珠镶嵌其中。微风拂过，塘里轻微的水声如歌的行板，叶片起伏的裙角轻轻的厮磨声犹如古琴般的旋律。红红的荷系着长长的线描织成的绿色长裙，其唯美高雅的身姿，雕塑般伫立远望，如婷婷少女，自信而优美，微笑着、舞动着，散发出淡淡的清香，弥漫在荷塘上空，令爱莲者不忍离去。我曾有一首应和诗描绘荷之美——学诗雅和耐泉老人《并州晨荷》（七绝）："七分荷叶四分红，拂拂清凉扑面中。侧畔怡神融画境，馨香缕缕似春风。"

秋风起，天变凉，荷渐渐失去了春夏令人难忘的风采。讴歌生命的绿一天天地减褪着，一片片花瓣，也被阵阵秋风吹落，飘落在叶片、水面上，画出了"花自飘零水自流"的令人心碎的诗境。

我在晋祠大寺荷塘拍的作品

年复一年,我总爱在秋日傍晚、汾水之畔的荷塘边漫步。夕阳余晖中,满池绿荷已被秋风染成古铜、暗绿的底色,形成厚重、古朴的基调。被收缩了的叶片,被折的叶梗,依然坚挺屹立,与寒风抗争。抽象多姿的线条,现出版画般简洁风采。尤其在秋雨中,总会令我下意识地想到李商隐的诗句:"竹坞无尘水槛清,相思迢递隔重城。秋阴不散霜飞晚,留得枯荷听雨声。"(《宿骆氏亭寄怀崔雍崔衮》)和白居易"大珠小珠落玉盘"似的残荷旋律!

过去,在民间有"春不看落花,秋不观残荷"的审美忌讳,那是怕"荷叶枯时秋恨成"的睹物伤情心理吧。但大自然的规律不可违背。芳华过后自凋零,"花落花开自有时"。在秋风中,在遗憾里,秀美的荷眼看着一天天离我们而去。

难道说,残荷留给我们的仅是凄美和叹息?

实际上,荷一天也没有离开我们,世间事物总是在转化着,叹息的同时,人们从残荷的根部掘出如玉般的白藕时,才感受到残荷竭力抗寒风,母性般的牺牲精神,一心守候着的果实,是她的儿女。虽然在生命最后,形式枯萎,没有了春夏的花红和象征着生命的绿,却结下了艰难玉成、纯白色的藕。爱莲的朋友啊,此时,你是否在餐桌上再次发现了荷的身影——美味的藕片,你会为荷的生命力而百感交集。

这种百感交集的感悟联系人生的思考,你会觉得:每年都要走完四季的残荷,并不意味着生命的终结,她抗争着生命的重负,她演绎着不畏生死的审美追求,她守候着生命中最珍贵的结晶,她孕育着严冬之后初荷的新生。写到这里,我联想到著名诗人艾青的诗句:"它是用自己悲惨的灰白，去衬托新生的跃动的鲜红。"残荷谱写的是一曲夕阳下最美的生命之歌，讴歌的是一种悲壮而寄寓着充满希望的大美。

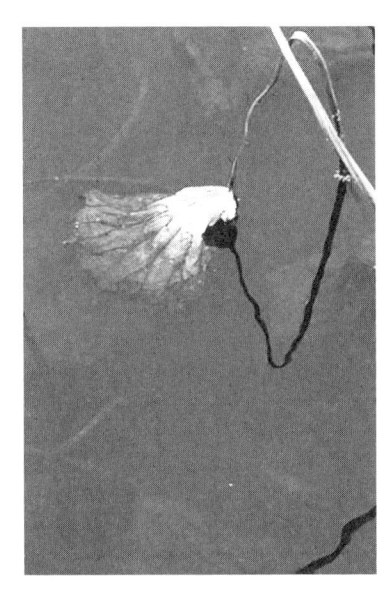

这是我在晋祠拍的残荷

9. 城市空间美漫议

天南海北的人聚在一块，总不免要谈到家乡的美。谈得最多，又最能引起人们自豪感的，莫过于城市的美，又不约而同地集中在城市的建筑美上。什么长安街、雨花台、外滩、二七广场……扯上三天三夜，谁能说尽自己生活过、看到过的城市建筑美呢？

我到过许多城市，我爱祖国名城的建筑，但不知为什么，特别喜爱太原的建筑。或许有更浓的乡土之情吧，但也未必全是。它确实美。当你走出车站，随着人流步入站前广场时，你立即会被一条宽阔、笔直、平坦而又"远上白云间"，一眼望不到头的壮美的大街吸引住。它是迎泽大街，太原人民的骄傲。它不仅雄伟，而且秀美；不仅宽阔，而且深邃。谁不知道它有"长安街第二"的美称，但也有人了解，在设计过程中，也参照了法国巴黎著名的爱丽舍田园大街的布局；它是反映太原文明的一面镜子，它是太原起飞的象征，它也是反映发展中国际建筑走向的窗口。

如果你翻阅一下当代国际建筑资料，就会发现：当代国外建筑沿着两个方向发展。一方面是提高它的实用价值，侧重在建筑的科学性和合理性上；另一方面是提高它的文化价值，强调建筑在文化生活中的作用，具有民族化的倾向。迎泽大街的建筑则是当代国际建筑趋向这两个方面的结合，既运用了现代建筑技术，也探索着现代建筑技术与民族化风格的结合。

著名美学家李泽厚在谈到城市环境美时，曾认为城市环境美学，就其实质说，是一种技术美。他在一次谈话中表述过这种看法，认为形式美与生产力、与技术进化的程度密切联系在一起，因此，随着社会生产力的进步、技术的进步，形式美也有很大的变化。先进的工艺材料、能源和生产力的各种情况，使社会生活和生产的节奏、韵律不一样，使人的视听、感觉和要求不一样，形式美也就有不同。迎泽大街作为技术美与艺术美结合的产物，形象地展示了一座发展中现代化城市的内在审美追求与科技发展水平。

追求"天人合一"是中国传统文化突出的特点，我们的民族十分强调审美主体与审美客体的和谐统一。城市空间建筑群与环境的有机结合，正好表现了人与自然的和谐与统一的关系，随不同地区、不同时代而呈现出风格殊异、丰富多样的美姿。浓缩在迎泽大街上建筑物的现代化和民族形式的结合，正好显示着发展中太原的时代美。1985年8月，我曾访问过来太原讲学的著名美学家马奇，他在谈到太原的建筑美时情不自禁地说："一下车，看到迎泽大街的变化，很兴奋。修葺后具有民族形式建筑风格的并州饭店在广场宽阔的空间里展现了令人愉悦的风貌。别具一格的友谊商店的设计也令人感到建筑上的多样变化，太原的城市建筑体现了在变化中求整齐，也注意了个体建筑的变化和协调，符合形式美多样统一的规律。"他在谈话中特别强调了城市建筑的空间构图美。

研究城市空间美，主要看建筑是否在空间中展示它美的构图。也就是说，研究城市建筑的美，不能仅仅把观察点放在建筑物的形体、线条、色彩、光影上，还要研究它表现在空间构图的关系上。因为建筑物的建构，首先要想到的是人的生存空间和人际关系的活动空间，它的使用价值是先于审美价值的。所以，城市建筑的美充分反映了功利和感知的统一。迎泽大街的美，在于它宽阔的空间为建筑群提供了合理的空间存在与其他建筑物的有机联系，同时又呈现出静穆、清新、秩序、气势的美感。

不论是谁，观赏景物，总喜欢选择角度、选择合适的观赏点。迎泽大街那宽阔的空间里，可以找到多种视点、多种角度。实践证明，观赏点越多，视野也越宽阔。当我们仰视塔式建筑友谊大楼时，会从仰视中产生一种崇高感。建筑物坚实底座的主体部分，连接着两端抛物线般的外廊，把视线自然引向高空，黄白相间的浅色调，使一种开阔、向上、挚雅的美感油然而生。再选择平视点，改建后的并州饭店和省供销社大楼，具有民族特征的石绿色的屋顶、乳白色的外观，带给人的庄重、宁静感让人难以忘却。此外，像冲天矗立的三晋大厦，凝重、浑厚的天龙大厦，都为这条大街在蔚蓝色天空的广袤背景下，勾画出了高低起伏、变化多样、参差错落的天际轮廓线。这使我们想到了"美是距离"的观点。相隔一定的距离去看美的事物，才能说出真切的审美感受。从这个角度说，美是空间。你能想象，把上述这些美的建筑物放到狭窄而又拥挤的商业小区，也是美的吗？

太原有条食品街，那是仿古建筑最集中的一条街。民族形式不可谓不鲜明，建筑构架不可谓不精心，色彩勾画不可谓不典雅，但街道之窄，建筑物密度之大，使人产生不出任何心理空间。本来是美的建筑，却看不出美，有的只是窒息感。如果再去桥头街、柳巷走走，挤在一起的一个个店铺，使得本来就窄的空间更小了。人流在这万头攒动的小街上几乎全面滞留、凝固。说来也怪，一些商店，根本无视这种令人难以忍受的环境，在几乎没有距离的街道上，修建高大的建筑物，由于只注意局部美，不注意建筑物群的整体美，不考虑人行走向的角度，反而鹤立鸡群，本身也显得不美了。对比之后，你会感到，无论从人的生存、活动或观赏哪一个角度（当然，这里强调的是观赏角度），你会概括出，城市空间美实际上就是一种建筑审美心理空间的美。你同时也会感到，在当代，人与自然环境的关系，虽然应当是现代生活和大工业生产的结合与统一，但是人需要的首先是空间的美，一种秩序感、开敞感、层次感、节奏感的审美空间。

人们不能容忍只重视经济效益而忽视审美环境的综合统一和谐美的

一种畸形的商业建筑心理。

恩格斯曾对不同时代的建筑艺术做过如下的比喻：希腊的建筑是灿烂的、阳光照耀的白昼，回教建筑如星光闪烁的黄昏，哥特建筑则像是朝霞。恩格斯的比喻，形象地说明了建筑艺术必须有它的艺术个性。

看了迎泽大街建筑艺术形式美的多样统一，再去解放路，缺乏起伏变化的楼群就显得单调。如果再去新建的居民住宅小区，一幢幢清一色的楼群，除了相似还是相似。别说建筑群无法体现个性，住惯了这种宿舍，恐怕连人的个性发展也要受到影响。为了多盖一幢楼，多解决一点无房户的苦恼，有时甚至在楼中间有限的空间中再建造楼，毫不犹豫地把原有的花坛和憩息的亭台无情地拆掉。楼与楼之间咫尺之距相隔，言谈话语相闻。劳动者疲累终日，得不到空间感、舒适感的调谐，有的只是封闭在家中有限的文化娱乐的"老死不相往来"的堵塞感，怎会形成审美的超脱感及愉悦呢？

美的本质是人的实践和客观自然的规律性的统一。人在社会实践中改造着客观环境，环境又反过来改造着人，不仅是生理的，也是心理的。因此，对城市空间来说，不管是自然环境，还是人造环境的审美因素都不能忽视。住在城市里的人，多数要在城市里度过一生，怎能不与日常环境的美紧密联系在一起呢？

日常环境的美对人的审美理想和审美趣味的发展变化每时每刻都会产生出潜移默化的审美教育作用，尤其在青少年时期。美籍华人物理学家任之恭，他的中学时代是在太原文瀛湖畔省立一中度过的，每回祖国，必到那里看看；在太原居住过的著名语言学家朱德熙，时常怀念多年前住过的朴实平易的小街——前所街。在一次全国语言学规划学术研讨会上，他曾和我动情地谈起那条小街，那样的环境，使他经常联想到简朴的美的价值。

随着一幢幢平地而起的高楼，不少有幸住进楼内的居民，面对楼群，一定有"楼观沧海日，门对浙江潮"的开阔感吧！比起四合院的"抬头不见低头见"的无审美距离感，真是天壤之别了。眼前的高楼远眺，是一种引人想象的"心接江海"的空间感，一种激发人审美理想的向往感。比起文学艺术的审美教育作用来说，要更经常、更直接、更亲切。可以说，城市空间美的艺术就在身边随时可见的审美教育对象上。

日常审美环境就是这样，日复一日、年复一年地"润物细无声"地在形象地改变着审美主体的审美心态……

1989 年 8 月
发表于《火花》杂志 1989 年第 8 期

10. 苏州全晋会馆

沿着苏州护城河边的仓街往北走，在一路 200 多米的小桥流水人家的江南秀色中，径直到了中山路的中张家巷口。一座具有山西建筑特色的苏州全晋会馆出现在我们眼前。苏州历史上曾先后有过 260 多处会馆公所，但留存至今较为宏大且具代表性的当数全晋会馆。栅栏里的石碑标明，2003 年 11 月 22 日，中国昆曲博物馆正式在全晋会馆挂牌成立。2006 年 5 月全晋会馆被评为全国重点文物保护单位。

明清时期的苏州是江南商品经济最为繁荣的地区。大量的山西商人来到苏州后，不仅遇到了环境不熟、语言交流不便等困难，而且遇到了苏州地区激烈的商业竞争。为了巩固自身的商业利益，山西商人广泛联络寓苏晋商，会馆，就成了山西商人联络感情、交流商情的重要场所。

全晋会馆始建于清乾隆三十年（1765）。1860 年，太平天国忠王李秀成自天京（南京）东征，势如破竹地逼近苏州，溃败的清军在城外纵火，延烧三昼夜。"山塘七里繁华梦，赢得姑苏一炬红"，全晋会馆，也同样被付之一炬。

太平天国运动失败后，晋商们在中张家巷选址重建晋商会馆，从光绪五年（1879）至民国初年，陆续修了 30 多年，才有了今天的规模，显示了当时晋商雄厚的实力。事实上，从清咸丰年间到民国初年，正是在苏州的晋商事业发展最繁盛、实力最雄厚的时期。在苏州发起建造全晋会馆，集资的大多是票号的商人。当时在苏州的晋商以从事金融业为主，主要是票号和钱庄。山西平遥日升昌最盛之时，恰恰也是晋商在苏州最盛之时。因此，这座新建的规模宏伟的全晋会馆，完全反映了当时在苏晋商生意兴隆、财源丰厚的历史。

全晋会馆原占地 6000 平方米左右，后因各种历史原因，现存 3000

平方米左右，至今四块界碑犹存。坐北朝南，分东、中、西三路。中路由头门、戏楼、正殿组成，是会馆迎宾、祭祀、演戏酬神的场所，建筑为宏伟庄重的庙堂殿宇式样，具有明显的山西建筑特色。馆内建筑融北方粗犷豪放的风格和江南玲珑典雅的特色于一体。

戏楼往往是晋商会馆古建筑群中的精髓所在，是最为精美的部分。戏楼正殿遥遥相对，和东西两侧的游廊一起围出了一所大院。每遇皇帝诞辰、国家大庆、关公诞辰及忌日，均要举行隆重庆典或祭祀仪式；每当经商者生意兴隆时，也要举办庆祝娱乐活动。戏台便是当时的演出场地，这种酬神会戏非常隆重，所请戏班必为当地的梆子名班，如果当地没有好的梆子戏班，其常常不惜重金，千里迢迢将家乡的名班和名伶邀来演出家乡戏，为远离家舍的山西商人交流乡情、排遣寂寞。这种活动不仅对当地戏剧文化产生一定影响，而且使山西戏剧得以吸取异地戏剧文化，促进了两地戏剧文化的发展。苏州会馆的戏台是苏州现存古戏台中最精美的一座。一百多年以前的设计，现在看来，依然科学合理——观众可以随意选择座位，视线都不会被包厢或戏台的柱子遮挡；戏台三面敞开，观众又可以从多个方位欣赏表演；藻井的扩音效果，使演员自然的嗓音可以清晰地传递到剧场的每一个角落，产生余音绕梁的音响效果。当年，柬埔寨西哈努克亲王和莫妮克公主就曾在这里饶有兴致地观看昆曲和评弹。

著名学者余秋雨在《抱愧山西》一文中说："现在苏州有一个规模不小的'中国戏曲博物馆'，我多次陪外国艺术家去参观，几乎每次都让客人们惊叹不已。尤其是那个精妙绝伦的戏台和演出场所，连贝聿铭这样的国际建筑大师都视为奇迹，但整个博物馆的原址却是'三晋会馆'，即山西人到苏州来做生意时的一个聚会场所。说起来苏州也算富庶繁华的了，没想到山西人轻轻松松来盖了一个会馆就把风光占尽。"

除却中路的三大建筑，会馆的东西两路则由鸳鸯厅、楠木厅、庭园、书房、客房等组成，为客商议事、寄宿、存货用房，类同苏州第宅建筑。东路共四进，面阔都是三间，依次为门房、厅堂和前后楼，楼房之间以厢房贯通，供短期来苏州联系事务的晋商寄宿存货，以及在苏州破产失业的晋商借住。西路建筑庄重朴实，筑有两厅一庵。楠木厅和鸳鸯厅为晋商们交流商情、相互借贷、调剂资金的洽谈场所；万寿庵是停放已故在苏晋商灵柩之处，每年由山西派专船将灵柩迁回故土。

晋商不仅为苏州带去雄厚的资金、丰富的商品，推动了苏州社会经济的发展，而且也把具有山西特色的优秀文化带到了苏州。它为后人研究明清时期苏州社会经济发展状况提供了有益的参考。在苏州碑刻博物馆，你会在琳琅满目的碑石中不时看见"会馆""公所"的字样，足见这些组织在当时社会生活中的分量。

为山西电视台撰稿

11. 读《山西晚报》，尤喜副刊

我和《山西晚报》结缘，源于1999年7月的一天。一位在山西日报社任职的朋友告诉我，到年底12月1日，一张四开的《山西晚报》即将面世。他说："这张晚报是《山西日报》报业集团属下的第一大子报，也是全国唯一一家以省名命名的晚报。"当时我订《山西日报》已数年，听到这个消息很高兴。晚报发行后，他送给我一份，对我这样一个长期喜爱读报、存报的人来说，弥足珍贵。我当即回家给岳父母看，作为20世纪30年代在《晋察冀日报》(现《人民日报》前身)工作的报人，他们回忆起报纸在抗日战争、解放战争中的重要作用，更加激动。返回太原后，他们依然每天读报，更爱读版面玲珑信息量大的《山西晚报》。

我读《山西晚报》，尤喜副刊。那时，版面也发过我写的一些散文。出于专业思考，从1982年起，我在《山西日报》发表了一些专访、论述类篇幅较长的文章。

将读写结合，把读《山西晚报》变为生活的一个重要内容，是在退休之后。因身体原因，我很少去单位，宿舍外无专门信箱，附近又没有出售《山西晚报》的地方，有一段时间没有坚持订阅，但仍不断零星购买。《山西晚报》"读者至上"，定位于普通百姓，以关注民生、注重服务、引领时尚为越来越多的广大读者所认可和喜爱，我迫切想拥有专用信箱，便于及时看到心爱的报纸。于是，我向报社有关部门反映了这一问题，很快得到解决，我又一次订上了《山西晚报》。有些年，报纸自办发行，发行网点遍布省城大街小巷，还在临汾、晋城、大同设立分印点，保证了当地读者看到当日报纸，而且不断改版，让文字立起来、图像活

起来的直观性、审美性增强后,《山西晚报》在读者心中是一道美丽的风景。

数年来,我在博客和微信刊发了数千期《学诗原创书法摄影日记》,其中有不少随笔、诗歌类图文,从审美实践的角度探讨审美创造力,得到了不少关注。《山西晚报》副刊申屠道先生十分关注社会审美教育,曾对我做了专访,以《80岁老教授郑学诗,用"摄影日记"阐释身边的美》为题,发表在2016年12月21日《山西晚报》"文化·关注"版。当我关注科技人员审美素质培养,在"高创讲堂"第二期开讲时,报社又派出记者辛戈对培养科技人员发现美的能力专题讲座予以报道。除此之外,副刊还陆续刊发了我的一些审美随笔及诗文。我注意到,报纸还十分重视文化报道,近期的"千里走黄河"非常精彩,我作为一名美学传播者和研究者,深深感受到黄河之行的壮美。

我爱《山西晚报》!向日夜辛勤、马不停蹄的全社人员致敬!

第15版:子夜
2018年12月23日

(二)读诗词札记三篇

1. 读李梦符《渔父引二首》(其一)

渔父引二首(其一)

李梦符

村寺钟声度远滩,半轮残月落山前。

徐徐拨棹却归湾,浪叠朝霞锦绣翻。

这是一幅由静静的拂晓而至波影翻动、朝霞初升的多彩画面。

在这首诗里,诗人为我们描绘了一个恬静的破晓。诗人乘舟返程的路上,为眼前的景物所迷:半轮残月怀着惜别的神情慢慢向山后隐去,村寺报晓的钟声划破夜空,消失在空旷的河滩。诗人趁酒兴、听晓钟、观残月、孕诗情,慢慢拨动船桨,只怕惊动了这沉静的美,流连忘返,却又在不知不觉中驶向河湾。这时曙光中满天红霞随着浪花起伏,天空、河水一派绚丽，好像在翻动锦绣。诗人面对此情此景，心潮连着诗兴，一起涌上心头。

前三句，无论是回响的钟声，还是山前残月，或是沉浸在美景中诗人拨桨的神情，都是朴素的白描勾勒。音的传递、月的渐隐、船的缓行，呈现出一种静穆的美，并在"徐徐拨棹却归湾"一句中引出景美情深的忘我心境。

结尾一句，一反前三句之白描手法，浓墨重彩之笔好像自天而降。多彩缤纷的霞光在"共长天一色"的碧波中翻动，形成极有气势的动态美。"叠"的活力感，"锦绣"之光彩照人，融入了诗人情感的大起大落，使全诗在动与静的刻画中得到了完美和谐的统一。

古代绘画，常见工笔与泼墨结合，于泼墨中见细微，以显出多样统一的美。今读李梦符之词，听觉、视觉、动觉同展示在一个秀美与壮美的自然美的空间中，更使寓景之情细腻而又豪放。诗如其人。南国水乡之秀、生活气息之浓跃然纸上。

2. 读王维《山中送别》

山中送别

王 维

山中相送罢，日暮掩柴扉。
春草明年绿，王孙归不归？

山中送别了友人，傍晚我关上了柴门。春草明年又会重新发绿，可是，远游的友人啊，你还回来吗？

王维的情景小诗，几乎篇篇都是这样，看似通俗平淡，明白如话，但仔细琢磨，却又境界精美，情深如注，味外有味，令人反复推敲，乃至爱不释手。

古代写送别的诗甚多，大多刻意于离愁别绪上抒写。可是，王维的这首诗，却无一句铺陈离别之词，而且在篇首已点出与友人"相送罢"，以下则着重抒写别后相思之深，及留下的寂寞和惆怅。只从"掩柴扉"

这一行动就已充分体现了人物内心难以掩饰的深情。以"送罢"开篇，以盼归终篇，在诗的结构上采用了跨越时空的写法，从白日相别，跳跃到日暮，又从日暮跳跃到想象中的来年，这种大跨度的蒙太奇结构给读者留下了大量的空白所产生的意识流却是"扉掩于暮，居人之离思方深"（唐汝询《唐诗解》）的无穷的潜台词。

王维的处理方法正是"道是无情却有情"的非联系性的形象思维表述手法。首句把本应情笃谊深的送别写得情深难离，却用了一个表面看来毫无情味的"罢"字轻轻带过，接着便突然写到黄昏时的"掩柴扉"。这一举动，与白天送友人并无联系，但每天黄昏关柴门这一平常的举动却与今日不同，这在天天都相同的动作中的不同，正是诗人要读者思索与品味的。朋友白天远去了，黄昏前的思念自然是苦涩的，但天黑下来轻轻地关上柴门之时，才意识到朋友确确实实不在眼前了，那种再无知音倾吐的孤独感会让他形成辗转反侧、夜不成寐的苦闷，才使他感到不可一时无君。诗句中给读者留下的想象是无穷的，一个在黄昏中"掩柴扉"的"掩"的动作，饱含了满怀关不住的思友之情，在轻轻的关门动作中，我们似乎感到了诗人手的颤抖以及欲滴的泪珠在滚动。

诗的三四句是从《楚辞·招隐士》"王孙游兮不归，春草生兮萋萋"句点化而来。

原辞意是慨叹春草虽又生，但游子却久去不归。王维在这首诗中的引用并非直用原义，而是说与友人分别的当天就担心友人是否能再返回，引人深思。俞陛云在《诗境浅说续编》中说："所送别者，当是驰骛功名之士，而非栖迟泉石之人。"如是，诗中人的离思，包含着内心的思想斗争，可能与友人在仕途所见有所争议，但因才能禀赋相似，又希望友人能于闹市中深悟，早日返回山林。

于小视角、小题材中显示古代知识分子所关注的大文化、深哲理，而又寓于平淡、朴实的诗情表达之中，这正是王维诗歌的一大特色。

3. 读许浑《谢亭送别》

谢亭送别

许 浑

劳歌一曲解行舟，红叶青山水急流。
日暮酒醒人已远，满天风雨下西楼。

"谢亭"，又名谢公亭，故址在今安徽宣城县，为南齐诗人谢朓任宣城太守时所建，并在这里送别过他的友人范云，由此，后来也成了当地有名的送别地。"劳歌"，即送客时唱的送别之曲，因为"劳"是指劳劳亭，故址在今南京市南，是有名的送别地，所以也称送别的歌为"劳歌"。

这首七绝是诗人许浑在宣城送别友人后写的。此中离情非写送别本身，而是写别后之情。其特色为"以景结情"（刘永济《唐人绝句精华》），看不到"更作伤感之词，而离情自见"（刘拜山《千首唐人绝句》评解）。

从结构来看，一、三句先后写友去、人远，是叙事；二、四两句以不同的时空景物烘托离情。诗的开始是在劳歌唱罢后，带着醉意，解开缆绳，千言万语不能再说，只得望着离舟一点，顺水前行，营造了一个送别时的"剪不断，理还乱"，"无可奈何花落去"的深情氛围。二句犹如影视蒙太奇，切入了深秋时的两岸美景：两岸青山，遍是红叶；一江秋水，滚滚前流。诗人眼前收不尽的美景也化解不了离别之悲。青山、红叶、绿水中反倒处处有友人一点点远去的身影。所以二句的写景是对离情的烘托，起到了强烈的反衬作用。

后两句中的情景做了大幅度的跳跃。由阳光下的青山绿水跳到日暮。友人已走，诗人却醉酒而卧，待至酒醒，已是暮色苍茫，只余水流天际，友人已到遥远的某地。第四句接写景物之变换，朦胧暮色之中忽而"满天风雨"，自己才怀着离情别绪下西楼而去。满天风雨的结尾与前之青山、红叶、绿水形成一个色彩上的反差，但却都寓有"以景结情"，使我们联想到了于"急流""风雨"中诗人内心起伏不平的离愁别绪。

（三）书法与摄影

1. 书法与诗

无论是书法家，还是广大书法爱好者，都十分热爱古典诗歌。可以说，中国传统书法和古代诗词是姊妹艺术。

书法家和诗词作者本人，也经常书写古典诗歌来寄托心志，抒发感情，并努力以自己的书法审美视角去进行审美实践，力求在书写某一首诗的书法作品中写出诗的意境来。

历代至今，任何一个书法家或书法爱好者，不仅爱好、研究诗，有时还写诗，经常用书法抄写诗词名句；有不少诗人本身就是书法家。比如李白、杜甫、白居易、苏轼等大诗人都是有名的书法家，他们不仅书写他人的诗和自己的诗作，并在诗中都有着对书法的赞美和看法。古代的一些诗人、书法家给我们留下了不少书论、诗论，其中有很多理解是相通的，不少有关诗的理论完全可以用到书法艺术的表现和鉴赏中去。比如严羽的《沧浪诗话》中就有"盛唐之诗，如鲁公之书，既笔力雄壮，又气象雄厚"。刘熙载的《艺概》中也有"司空图之二十四品，其有益于书也过于书品"的论述。可见诗歌与书法的关系密切不亚于诗歌与绘画的关系。苏轼评论王维的诗歌"诗有中画，画中有诗"，虽是说与诗画的关系，用书法书写诗，如果能写出诗味，这幅书法作品也就有了画意了。

书法与诗歌比绘画与诗的关系还有更深一层的关系，因为，不管书写者是书写自己的诗作，还是写别人的作品，都离不开中国象形文字自身的形、音、义整体的综合概念（现代书法的理论和实践看法不同）。二者的关系应当看作：如何在运毫书写时，把诗的意境潜移默化地展现在点、线的自然、巧妙、艺术的组合与挥发之中。书法作品虽是尺寸之幅，却能使观赏者在有限尺幅线的变化中，感悟到无穷的寓意空间和审美通感的愉悦。

以往，爱好书法艺术的人，常年在读帖、临帖中借鉴并寻求传统书法书写艺术的规律。而书家根据多年来的实践经验，通常建议要细心揣摩，并提倡在书写中尝试运用"曲""藏""真"三种笔法。

"曲"中蕴含着运笔中无穷变化。一般是运用欲左先右、欲下先上的反向笔法。书艺越高,笔法越富于变化,所以有"十曲五直"之说。但是其所指不仅仅在于用笔,也在于笔式,甚至包括字的姿态结构在内。大书法家王羲之在长期的书法实践中发现了书法贵"曲"的奥秘,他说:"若急作,意思浅薄,笔即直过,久为无力。"在强调下笔注意"曲"时,也要注意"直"。首先是指书写时的心态所蕴发出的气势,但并没有绝对的曲和直,诗与书法同样,一首好诗的语言表达艺术,可以说多是"曲写入微"。

书写还贵"藏"。善于用笔的人,爱用藏锋,通篇看来,感到"笔外有味"。所以,藏锋的含蓄表达,是对书法的普遍要求。唐代书法家虞世南说:"君子藏气",即指书法要内容刚劲、自然,藏与露也不是绝对不相容的。用笔过程既不能只藏不露,也不能只露不藏。二者也要巧妙而自然地结合。

但相对说来,在表现上偏重某一倾向性,还是经常见到的。唐代大诗人李白有些诗作的诗句偏"直",像"黄河之水天上来,奔流到海不复回"(《将进酒》);杜甫的诗含蓄、深沉,偏"曲",如"飘飘何所似,天地一沙鸥"(《旅夜书怀》)。内容不同,意境不同,要看用什么书体去写才能把握好不同的意境,所铺设所需的书写造型不可能有什么定型的规律。

书法还贵"真":一切艺术既讲"去雕饰"的自然美,又要讲遵循"法度"规范之美。不讲法度,感受不到遵循一定的规律而又在它的制约中求得变化之美,过于拘束于法度,又嫌约束的障碍因素过多,达不到放开心襟,力求达到自然美的最高境界。习作者需要长时间潜心琢磨如何在规范与限制中达到相对的自由。

书法练习者平时用书法抄写诗,怎样才能表现出诗的意境?首先,在书写某一首诗的过程中,要注意笔墨的变化,笔法、笔力、墨色、整体结构,都要与诗的意境相结合,这是一种把握用笔用墨规律与自身艺术素养以及长期实践感悟的多种因素的综合表现,没有长期的书法审美实践和多方积累不易达到。其中最难达到的是根据诗的意境,反复推敲到底运用真草隶篆哪一种字体的书写,才能做到内容与形式的高度和谐,这是一般书法爱好者所感到困难的。比如,我们书写清人"雕盘大漠寒无影，冰裂长河夜有声"这样音画境界如生的诗句，只能努力通过在点、线的笔法变换中揣摩与诗的气势、意境、哲理相类似的节奏和韵律。因此，书法爱好者除了经常不断读诗，提高自己的鉴赏能力外，还必须经常持之以恒地用心读、临各名家碑帖，尝试用不同的字体抄写不同的内容、不同意境的诗歌，并揣摩二者在内容与形式上的关系。

  用书法去写诗，难在书写的艺术形式要与你表现出来的诗歌意境达到同步的美，要求达到情与理的统一。可是，书法是只有抽象的点与线的变化的艺术，只能在点、线的变化中寓情，在情中体现出哲理和线的艺术规律之美，只有把涉及法度和意境的"曲"、把涉及形与神的"藏"、把涉及情与理的"真"三者有机地综合运用，才能努力达到情理的相对一致，达到完美是很难的。书法的修养最高的审美追求莫过于能否达到"无法即法"的书品境界。不少人深感尽一生努力也很难达到。这需要每个有志于学好书法的人，尽可能多地接触典范碑帖，反复临摹、反复研读、反复揣摩，在前人不同的字、不同的笔法、不同的墨色变化中探讨相似之处，又要学习在他们的相似中看出艺术个性的不同，重新加以研究，同时还要研究近现代书法家的书法艺术特色体现出来的相关的特色，尝试参悟古今经典书法艺术中一些带有共性与个性的审美规律，并把它们渗透在线的造型表现艺术中。仅仅是单纯的练是不行的，提高对诗书画综合艺术的学习和互补的研究，有利于提高审美观察的敏锐性和艺术悟性，才是根本。

发表于《人民代表报》2002年1月10日第4版

  在我的日志中，书法晨课与临帖栏已融入我的生活，和我的脉搏一齐跳动。年逾九旬的老八路军岳母也十分喜爱书法，到晚年，一直到百岁去世前，依然坚持不懈地阅读和练字。（学诗拍摄）

  文友石柱是考古学家、书法家，他的书法和画受古代岩画影响，风格洒脱、简洁、厚重。

  奔九年龄，越来越意识到在写书法作品时，将文化、情趣、形式美法则融入书艺的重要。我多次看到用竹笔写出的藏文在用笔上饱含着多样统一的变化规律，灵动而巧变，以及具有工艺性的特征。我没见到过竹笔，试着用毛笔写了一幅观音心咒，作为将藏文书艺的多样统一的形式美法则融入汉字书艺中的尝试。

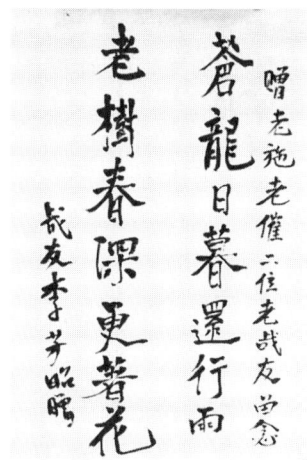

在多年爱好书法的过程中，我结识了著名书画家袁旭临先生和张鸿文先生，并与之成为多年好友。

20世纪80年代初，我到党校任教后，不断听朋友们说到袁旭临先生的书法艺术在省内外、国内外受到广为赞誉的事，他的字不仅三晋人士公认，不少作品已在国内外获奖，全国约有20家省市博物馆、纪念馆、美术馆、风景区刻石和收藏他的作品，还有不少作品陆续在国外参展、获奖或被收藏，我为他骄傲。

我和旭临兄的心交始于退休后，一个偶然的机会，在我住院时，他和一位老乡去看我，因为我们所在的单位都是一个系统的，有不少话题大都是相似的。我跟他会心地说："你要是不当领导干部，在书艺上的成就可能会更大，你的书法功力很深，潜力无穷。"他笑着摇摇头："未必，你是研究美学的教授，在党校工作多年可能深感思维的综合性、视角的多样性、实践的社会性的重要吧。从审美文化的角度讲,我在市文化局这 14 年,涉足文化艺术管理、文化教育等方面工作。工作上下左右多头,又累,但我却借这个空间进入了文化界,能从多元的文化广角看问题,而不像过去单纯从单一搞书法的视角看问题;较前相比,看问题更具综合性,更全面,更深刻了。"

自此以后,我成了他那狭小的书斋兼画斋里的常客,经常探讨书论、诗论、书法教育论;谈论当代书法社会性中的问题。谈得累了,他就拉一会儿琴,或听听金丝雀动听的鸟鸣,或是我为他拍一两张人像摄影,两人皆颇感愉悦。

多年来,除了书法,他还作画、篆刻、作诗,特别是从小就喜欢读古典诗词,经常沉浸在诗的意境中。他知道我酷爱古典诗词,也读过我的一些习作和读古典诗词的学习札记,我们经常在谈论一首诗的意境时会半天沉思感悟。他让我看他多年来积累的自己创作的诗篇。那书写工整、正在润色的诗集《秋歌晚唱》诗稿,凡乡情、友情、画情、世情、咏志等数百篇。视角宽阔,语言淳朴;诗风高雅淳厚,富有哲理,色彩鲜明,意境深远。一次谈到忘情处,他感慨地朗诵了《退休感句》(写于 1999 年):"鸟鸣还归听林间,/尘网一扫成云烟。/四十年来无此乐,/笔墨伴我度休闲。"朗诵完后,我们几乎都望着窗外悠闲自得、迎风起落的树枝,没有应答,都感受到退休后卸掉重负,一种期盼有"此乐"而获得的松弛感。突然,他起身,捋袖,铺纸,研墨,挥笔,一气贯注完成了一幅得意的草书作品。

我还记得,去年 6 月在晋祠博物馆,《袁旭临书毛泽东诗词草书长卷展》引起的轰动,10 天参观者突破 2000 人。当我站在长卷旁由粗看进入细品时,感悟到古人说的"书者,散也。欲书先散怀抱"名句的丰富内涵,从整体上直觉地感到他在书写时进入了无我之境的心态。我问他:"听说你写这幅长卷用了近 40 天的时间。正式写来可能不会有这么多时间吧!"

旭临兄说:"是的。但是长卷里还有许多不尽人意的地方,都是情还未散尽的缘故。你刚才说的那句古语中的'散'至关重要,也最难。所以我在写巨幅长卷的过程中,目的不仅是练习技艺,主要是练习感情,寻找感悟点并努力寻求'无法即法'的境界。过去从儿时起长年攻研楷书，进而行书、隶书、篆书；这几年，我开始向草书攻坚了，除得益于省城贤达徐文达、林鹏诸先生外，历代古碑名帖如黄山谷、怀素、张旭、'二王'以及近代林散之等的经典名作，更是时不离目，作为日课加以研究。日日积累，就是想在一次大规模的练习过程中融会利用，并求得有新的发现。我感到在完成一幅长卷作品时，只有集中一段较长的时间无拘无束地挥洒，感情才能'散'开，才能达到随心所欲。"

旭临兄的可贵之处就在于此。他总是长期不懈地在前人的规范中临习、研究，又在书法创作中探索新的突破的境界。但是，每每谈到此处，他总意味深长地说："任何一幅成功的书法艺术作品，要想达到更高的境界，放开，并融入感情的前提，是要在长期坚持对书法艺术经典作品刻苦学习的基础上打好厚实的功底，这个功底不仅是书法艺术的功底，也为踏实学风、创新思维的形成、踏实做人自律的形成打下了坚实的基础。有了这个基础，人品、书品、真情、书艺就会在书法艺术的作品中综合地反映出来。产生有法无法、无法有法的效果。这非一日之功，需要长期努力积淀。"

我理解他所说的"长期积淀"，是指任何一个书法家首先都要有的一种自身民族的传统文化情结（当然民族性也是在世界多种优秀文化遗产的继承与互补中发展的）。也就是说，书法艺术创作者需要用毕生的精力反复积淀民族的传统书法艺术审美文化精华作为基础，才会有所发展和创新。

他在他的《砚边偶得》书论笔记中写道："要坚持书法民族性的艺术观。学书要多学'源'，少学'流'；多向纵向看，少向横向看。纵观我国历史上无数书法艺术的经典，都是我们取之不尽，用之不竭的宝藏。而忘掉书法民族性之'源'，只看横向，随波逐'流'地变，只会迷失方向，'变'成东不东西不西，四不像的'作品'。自然，书法上的'变'是绝对的，但还是在自身传统基础上的坚持民族性的渐变。这个渐变是由书法的内在规律所决定的。实际上就是要坚持在书法民族性基础上的创新与发展。"这段话道出了旭临兄艺术审美追求的个性，与对书法民族性的重视。

他经常爱写也爱说"秋水文章不染尘"的诗句。我想，它是旭临兄书法创作在执着地坚持继承正规、传统书法的道路上思索、开拓，在秋天收获的季节中辛勤的耕耘者的形象写照……

2003年元月

与鸿文先生也是多年好友了。我就他的书法作品写过几篇文章，总的印象是：清新淡雅，质朴无华。

这里附我发表于《光明日报》题为"厚朴平实　自然天成"的文章：

书法家张鸿文先生在山西人民出版社出版了《老圃寒花集》。这本书法集既无序言，也无后记，只有几句"卷首碎语"，表明了他做人与对待书法的态度——写字是写学问，写修养，写性情，写自我，认为抒情达意才是书法的本质。作为老友，我反复品读，深感鸿文先生"以情循法"的行书书法作品已经形成厚朴平实独具特色的书风。

鸿文先生这种书风的形成，见于他历来重视自身内在精神与气质的培养。在规范与超越之间，主张要在书法创作中抒发性情，将其渗透到自己的艺术创作之中。

当然，这种境界是很难企及的。鸿文先生认为，其不易，就在于一幅书画作品要能让观赏者感悟到作者塑造的形象中对人生、对艺术的理解的那个自我，难就难在书法内在美的这种体现是很难达到的一种高境界。这个境界，需要书法家重视内在美的培养，靠一生不断地学习去积累，始终把重视做人放在第一位，陶冶素质，舍弃私欲。他谈到自己的感受时，总要提到李叔同先生晚年那种没有任何杂质的空灵，是因为他胸无一丝系累，才能在作品中体现出没有任何雕饰的"平淡天真"。

当前，书法艺术在群众中大普及、大提高，行书这种典型的实用性与艺术性二者兼美的书体，依然是当代书法史上的主流书体。鸿文先生重视经典的碑帖学习在一生中所起到的典范而又潜移默化的指导作用，在创作之余，苦临碑帖，重在"二王"。虽说"二王"行书是后世行书"风格"的主要源头，但当代人重视书法审美内涵的丰富、多变，多元吸收十分广泛，书体创新形式也多种多样。因此，当代书坛重视主体精神与艺术形式之间的内在的多重契合，重视艺术的"抒情"性。

鸿文先生重视法度，但又不为法度所束缚。他认为过于讲法度，受法度制约，放不开，就把字写死了；法度的学习和训练，到一定程度就要由入到出，上升到一个能写出一种精神、写出一种性情的层次。这在他的行书创作中表现得很充分。他认为，书法家从重视规范到走出规范，再到个性化创作的过程，不仅仅是碑帖学习在一生中所起到的典范而又潜移默化的指导作用，知识与文化的积淀和运用莫过于带有个性化的意蕴与法度高度融合，形成"无法即法"的境界，那是一种"曾经沧海"的阅历和各种相关学科知识学养综合形成的美感。

鸿文先生的行书书法品而有味，除了做人的自律严己，一直把书法当作学问来做。他很注意向艺术的各个门类学习和汲取营养，他喜欢诗词，喜欢音乐，这对丰富他书法创作的艺术内涵有很大帮助。从多角度汲取营养并捕捉灵感，不断丰富自己的艺术观，使他的行书书法艺术更加自然脱俗，更加自在。

发表于《光明日报》2017年12月29日第15版

除了老年书法家友人外，我还有一位年轻的书法家友人邱连成先生。连成老师1967年生，中国书法家协会会员。社会公认评价是：多年来他在书法上的谦虚、勤奋、善思是他书法成功的关键。

早年从教，后来进入工厂从事宣传。历任厂电视台台长、宣传部副部长。工作之余，临池不辍。人到中年又北上北京求教于崔胜辉老师门下。两年下来，一洗俗尘。崔胜辉老师说："老邱最大的优点就是谦虚听话。"成人求学最怕固执己见，很多人到处拜师，但守着已有成见不肯改变，终是白白浪费时间。连成老师常常自称白发学童，谦虚好学之心由此可见。他练字勤奋，肯下苦功。一本《李谋墓志》不数月间已熟烂于胸。又好老子《道德经》，能全文背诵，于其中奥义也多有领悟。验之于书法也常有所得。《书谱》云："若思通楷则，少不如老。学成规矩，老不如少。"

诚然，连成于书法，最擅小楷。起初专攻王献之十三行，又参以钟繇。后经崔胜辉老师指点，转而学魏碑。由《李谋》而及《元绪》等诸志。其用笔劲挺，如锥画沙，与时下多用方笔侧锋者颇不相类，故多受青睐。

留存他们的人品与书品的创作态度,以备经常思考与学习。

2. 我与摄影

我爱摄影。从小学四年级开始,下学的路上,在家附近的开明照相馆橱窗前总能看到我小小的身影。有时还会用铅笔画照片中的人。但真正拿起相机,是在20世纪80年代初,我买了一台139的小相机,用来工作采访和记录生活用。到90年代中期,在著名摄影家郑新先生指导下,开始使用进口胶片机,再往后使用卡片机。进入90年代末,开始把重点放在风景、人物的艺术拍照上。到当代进入手机摄影时,到了一种随意拍摄的时代。我很少学习拍摄理论,凭过去学习古代绘画留白风格,八大山人的构图特点,用自己的直观思维融入情与文化因素定格瞬间。

从20世纪80年代末,由于过去的审美情趣和爱好的延续,我拿起了照相机,想在摄影的审美瞬间定格的实践中继续增强审美文化积淀,开拓视野,去发现美。

后来,当我知道阎先生对摄影文学也有研究,十分高兴。阎国忠先生认为:"摄影文学不同于过去的带插画的章回小说,带文字说明的连环画、卡通画,不同于传统的中国题诗画,这个不同就在于它是由摄影与文学结合构成的一个整体,而在这个整体中,摄影与文学又都具有相对的独立性。它们之间的关系是相互发现、相互阐释、相互擢升的对话性关系。摄影文学中的摄影与文学在创作过程中,总是一先一后,一个是直接面对生活或自然,一个则是面对已经完成的艺术品。这就是说,一个从生活或自然中去发现,并把它艺术地再现出来,一个从已有的发现中去再发现,从而把欣赏者的目光引导到某一个特定的视角上。当然,创作不会是一蹴而就的,很可能还要反馈回来,前一作品由后一作品的启发而又有新的发现,于是不得不作进一步的修改。"

他提出了"螺旋结构论":"摄影文学作为艺术整体不是平面结构,而是像遗传基因一样的螺旋结构。它们不仅在互相发现和互相阐释,而且在互相攀援和擢升。摄影中包含的诗意启迪着文字,文学中蕴孕的画面照示着摄影,当在摄影文学中碰撞在一起的时候,它们都因这种碰撞

而净化了、升华了。它们既是自己,又不再是自己。"

阎国忠先生经常观看我的摄影日志,他还写过一篇《读郑学诗摄影作品有感》的短文:

> 近读郑学诗湿地摄影作品数帧,感悟颇多,总结一下,有三个回归,一曰:回归朴实。看那湿地、丛林、芦苇、野鸭的风景,都朴实不过,没有做作,没有娇嗔,没有喧嚣,但就是这种朴实,向世界宣告了自己无可替代的存在,告诉人们,还有一种美,是人类永远无法拒绝和无法企及的。二曰:回归自然。看到湿地、丛林、芦苇、野鸭,我们庆幸终于逃离了水泥、钢铁、玻璃、塑料的围困,发现这才是我们的家,它们不仅是我们的观赏物,而且是我们的朋友。我们放下了所有的面具,无忧无虑地和它们一起对话,一起游戏,一起歌唱和起舞,那里的风好像从我们身上掠过,那里的涟漪,好像在我们心中漂移,我们好像置身其中,就像垂钓在湖边的渔翁,漫步在杏花

村的游客。三曰：回归自我。所有的湿地、丛林、芦苇、野鸭，都那样怡然自得，各得其所，竟然让我忘记了摄影家和我自己。其实，那里既寄寓着摄影家的心血和期待，也渗透着我的情绪和向往。镜头是摄影家的眼睛，他用他的镜头说服我，使我的眼睛也明亮起来，看到了我不能看到的景色，于是我、摄影家和自然发生了共鸣。我发现了我自己，——摆脱了所有束缚之后的赤裸裸的自己。我真诚地庆幸，我属于自然，和自然有一种亲情式的感情；庆幸我没有忘记自然，保持了回归自然的意愿和热情；庆幸我还能够骄傲地喊出："我是自然的儿子！"

2017年5月7日

1988年，在四川九寨沟诺日朗瀑布前

谢谢阎先生的鼓励，我每次在湿地，或在群山中的忘情，均如先生所说，在那个瞬间，我似乎找到了一个"摆脱了所有束缚之后的赤裸裸的自己"。

进入当代，为了拍摄，我节约开支，先后买了佳能和索尼相机，拍片虽然效果好，但外出总觉不便，于是也进入了手机的使用。我听到朋友告我说，原来住同院的小兵兄弟把相机都送人了，不管拍什么，都用手机。

他于2015年退休，在"退而不休"坚持设计工作的同时，又开始研究手机摄影，创作了大量作品，微信朋友圈便是他的主要展示平台。他说："手机摄影就是我现在最大的爱好，也算是老有所乐、老有所为，我会用镜头记录下正能量的东西。享受摄影乐趣的同时，还能向社会发挥一下我的余热。"他说，"手机摄影最大的优势在于它的便捷性，脑子中也少了摄影参数和其他条条框框的干扰，我能更专注于画面本身。""变焦基本靠走，手机是固定焦距，我可以移动我的位置改变拍摄距离实现'变焦'，有些不方便，可总能拍出不一样的作品。"生活中的任何场景都会成为他创作的题材。当然，手机摄影也有很多不足和局限性，他认为手机镜头最大的制约在于焦距，只能用固定的焦距去创作，但是这也练就了他用定焦拍摄的技能。"拍摄完成后，我就用手机里的软件简单调整一下亮度等基本的参数，有时候还会剪裁进行二次构图，除此之外，便不会进行再多的操作。"他几乎每天都有创作，现在，只要有时间，他便会用手机拍摄。我真为我有样的老邻居而骄傲，我的孩子普洱从他身上学到不少拍摄经验，已经远远超过我了。

（四）我的诗歌写作情趣——诗作选38首

余大半生著文多，诗词少，20世纪70年代前诗词作品大多散佚，近年来留存也很有限，大多为交谊、随吟，无所严格入律，但我对诗歌的喜爱及偶自提笔，已成为一种常思欲抒的情趣，虽系爱好，难称诗作，留存仅为怀念人生百味耳。

1. 戊戌正月初一致宋珏娴大夫

    灵魂相认溯长河，千载今逢百草缘。

    古今哲思一语悟，何须红楼析道禅。

    2018年2月16日

2. 大寺秋雨

漫天秋雨听琶声，如入松涛撼心胸。

荷塘万斛珍珠跳，花叶频舞洗尘情。

2018 年 7 月 8 日

3. 20 世纪 80 年代曾登庐山听得松涛弥久难忘，时回响于心。欲诗之，但仅得一句，"峰谷松涛藏画卷"，40 年后，为词学大家裕祯仁兄偶见，情动之，以"腹间心浪漾诗魂"补，为之合楹，圆多年未遂之梦。

2019 年 8 月 8 日

4. 致友人

激情、执着，

向往、追求，

谁感到过疲倦，

谁想到过忧愁？

只希望幸福属于自己；

只希望欢乐环绕左右。

为了事业，宁肯彻夜不眠；

为了追求，宁肯把个人置之脑后。

朋友，

我们的青年时代，谁不曾这样生活！

阅历增添，

华发早生，

我们开始把生活诅咒：

是你，给欢乐注入了烦恼，

是你，给幸福滴入了苦辛；

是你，给真挚蒙上了面纱，

是你，给激情融入了冷漠；

是你，给向往增添了色彩；
是你，给追求引出了疑惑。
……

朋友，
莫心烦，
莫诅咒！
别只从反面感悟，
还是——
"先天下之忧而忧"。
为了中华的崛起，
为了民族的振兴，
为了祖国的富强，
华夏的子孙谁个愿意落后！

别看皱纹记入了年轮，
别看银丝爬上了头，
去掉面纱，
还是一颗金子般的心；
去掉冷漠，
有的是志同道合的朋友。
调好色彩，
事业依然是一幅美景秋收。
摒弃疑思，
信念，坚定不移地恪守。

啊，朋友！
别陷入世俗的泥坑，
要驰骋在开拓的征程。
要知道，

排除了个人烦恼的欢乐才是欢乐，
尝够了苦辛的幸福才是幸福。

也许，
早上醒来，
又一条皱纹爬上了额头，
可是，
再摸摸胸口，
在那里，
还是跳动着的赤子之心与生命搏斗。

1983 年 6 月 21 日

5. 天仙子·雨怀

　　无边丝雨洗夜空，默默寻落梦犹醒，春去惜泪染离情。望晨星，析留景，往事似处异求同。

　　玉推珠移叶尖挺，红橙绿黄聚彩虹，心随飞絮觅春踪。风稍定，人思静，看尽落红诗满径。

1990 年 4 月 29 日

6. 无题

　　有意与无意，无形与有形，
　　存在与意识，求全与牺牲。
　　且戴滤色镜，牢记大系统，
　　学识极有限，人学是无穷。
　　多历无字书，冷眼沧海情，
　　世事无完美，何自圈魂灵！

1990 年 5 月 8 日

7. 给——

　　告诉我，晚霞，

你身披五色云裳，
冉冉地飞向黛色的群山，
眼中是喜是泪？

告诉我，远山，
此时你静卧在金边彩衣里，
等待着彩云的吻，
可知这是瞬间的甜蜜？

告诉我，飘忽的风，
当大地消失了最后一点光影，
在树梢、波纹中，
是否还能看到你的笑容？

          1990 年 5 月 12 日

8. 给——
你是——
轻盈流淌的山泉，
素朴地笑着，
舒展着旋律的曲线。

你是——
自天而降的飞瀑，
万朵白梅，
盛开在幽深的山岩。

你是——
无边的大海，
浪尖冲天，
惊涛裂岸。

我愿——
做一朵浪花，
融入你博大的怀抱，
汇入你无染的心田。

我愿——
做一朵雪莲，
仰游在深谷的急流，
在你心底展颜。

我愿——
做水雾中的一丝飞沫，
聚成迷蒙的彩云，
向你张开童稚的笑脸。

1990 年 5 月 21 日

9. 生日礼物

苍穹构架屋顶，
彩霞铺设四壁，
绿茵是脚下的行板，
席梦思在云片上飘动。
飞逝的星球从窗口闪过，
广袤的太空蕴藏着"真"的永恒。
信息的火花频频闪现，
阳光与星光交辉互映。

紫檀书桌上永是一轮明月，
至乐斋的书香悠悠忘情。
虽说术业有专攻，

研讨的中心还是人生。
　　世俗旋涡湍急波涌，
　　正好炼就火眼金睛。
　　挺胸迎风，
　　永带高贵的笑容。

1991 年 3 月 4 日

10. 乃铉同窗六十华诞祝寿诗
　　西北高原数载行，海河新港几驰骋。
　　闲游网海巡寰宇，心怀华夏搏一生。
　　迎泽湖畔听呵护，千思万念恩师情。
　　同窗挚友喜相聚，笑看儿女已长成。

1999 年 6 月 12 日

11. 岁月啊岁月
　　八月的阳光炎热，
　　八月的夏天似火。
　　可这热，热不倒盼望同学聚会心情的急迫，
　　这火，却燃起了同窗们对岁月的怀念和无法等待的寂寞。

　　半个世纪前，我们曾迎着太阳把希望去追，
　　　　　　　我们曾满载理想向理想放飞，
　　　　　　　我们曾在前进的道路上执着又执着。
　　半个世纪后，我们在刻着皱纹的额头里——
　　　　　　　清理着我们的经验、教训、收获，
　　　　　　　怀念着我们的友谊和手足之情，
　　　　　　　歌颂着我们伟大的祖国。

　　我们多么盼望着和同学们相聚啊，
　　高唱着《二十年后再相会》那首令人心醉的歌！

高唱着《二十年后再相会》,
眼里的泪水是兴奋,是苦痛;
          是激动,是鞭策?
谁没做过同窗的梦,
谁能忘记手足之情?
相聚在21世纪,
我们的开拓、进取意识、气韵
仍不减当年,
我们的健康依然是鹤发童颜。
让光阴见证我们这一代人岁月的体会,
让时光见证我们的辛勤和汗水!

2007年2月12日

12. 学诗寄北京酣泉兄(四言)

学诗今晨接读酣泉老人七绝后,情不能已,即兴抒怀,寄京都兄长。

寄北京酣泉兄(四言)

昨夜未眠,君诗晨观,涕泪沾衣,乡愁点点。
京都并州,情系两端,乡土之思,黄叶窗前。
梦中汾水,时盼兄健,夕阳晚霞,何处心安。
病攀崛围,童心依然,风走湿地,长啸云天。
至乐斋内,网络键盘,未了文思,电波频传。

2007年10月8日

附:酣泉老人诗[①]

寄太原学诗兄弟(七绝)

久盼梦中汾水流,忽思山右晋阳秋。

---

① 酣泉老人,名程裕祯。男,汉族,1939年生,山西太谷人,教授、诗人。1963年毕业于北京大学中文系文学专业,又入北京外国语学院(今北京外国语大学)学习法语,成为国家最早专门培养的对外汉语教师之一,曾在老挝老中友谊学校和意大利那不勒斯东方大学任教。曾任北京外国语大学中文学院、国际交流学院院长兼海外汉学研究中心和国际汉语教学信息中心主任,并担任多种社会学术职务。

窗前黄叶纷纷落，应是人间点点愁。

2014年9月，酎泉老人曾为我出版的《革命先驱高君宇》写七律一首。

13. 七律·读《革命先驱高君宇》寄郑学诗教授[①]
汾水寻常入梦流，金戈铁马晋阳秋。
乱云消散英灵在，寰宇清宁胜迹留。
君子立言垂邈世，吾曹衔志泽神州。
此生书得一方史，不羡班超定远侯。

14. 梅心竹韵雅和：
七律·和酎泉老人《高君宇》
迅如光电亦风流，大吕长萦尧舜秋。
剑吼青萍图奋起，情悭红叶怅淹留。
经纶未就身先死，主义初张事未休。
千古铭言宣烈士，太平世界道同求。

15. 雨思　五律
　　——念酎泉
月落梧桐雨，声声汇叶尖。轩窗思故土，异地念酎泉。
裕既乡情重，诗何不怀燕？空杯邀远客，涕泪满衣衫。

2007年11月14日

[①] 高君宇（1896—1925），山西娄烦人，中国共产党早期领导者之一，中共山西党团创始人与组织者，与邓中夏等人领导了五四运动，并参加了中国共产党第二次代表大会，为五名执委之一。因积劳成疾于1925年3月病逝于北京协和医院，葬于北京陶然亭，时年29岁。太原市委党校郑学诗教授所著《革命先驱高君宇》一书，钩沉史海，忠于史实，再现了高君宇光辉短暂的一生。

16. 等待与期待

　　——小学校门速写

　　寒风立街口，子孙暖心头。

　　四季日驻足，只盼成气候。

2007年12月16日

17. 学诗雅和酐泉老人：《并州晨荷》（七绝）

　　七分荷叶四分红，拂拂清凉扑面中。

　　侧畔怡神融画境，馨香缕缕似春风。

附: 酐泉老人原诗：

　　题学诗摄影作品《荷韵》（七绝）

　　绿衫飘逸玉颜红，疑是天仙莅水中。

　　夏日清凉唯此境，不须翘首盼秋风！

2008年7月19日

18. 请给我一片云

　　——致博友凝静

　　我喜爱静，

　　哪怕是瞬间的一丝。

　　我爱眺望蓝天，

　　经常在流动的云朵中寻觅，

　　妄图得到片刻的安宁。

　　我曾在四川鹧鸪山顶上采下了一片白云，

　　种在心扉，

　　希冀有永驻一生的心里平衡。

　　哪里有绝对的静，

　　相对的静，

都是无数个动态的瞬间组成。

我只能握住相机，
抓住某个动态定格。
记录下断续的人生。

空即是色，
色即是空，
可谁又能避开这多变面具的过程！

难得糊涂，
又难得清醒。

2009 年 1 月 24 日凌晨

19. 双牛壶里大乾坤
——念发小明耀

灯火阑珊会天友，海畔细品绿绮[①]音。
平平淡淡融心境，双牛壶里大乾坤。

2009 年 1 月 25 日

20. 晨起梨花坠银装
——酎泉老人和学诗

学诗：近日很忙，还些文债，试和一首：
　　晨起推开一面窗，玉花飘落绣银装。
　　冬苗尽享棉绒暖，恣意偷偷吸水忙。

附：学诗原诗《晨起梨花坠银装》
　　昨夜梧桐枝枝醉，晨起梨花坠银装。

---

① 绿绮：古名琴。

莫云迟雪覆初绿，天意丰年耕耘忙。

2009年2月18—19日晨太原大雪

21. 情到深处淡如菊
　　——赠友人

国庆节前。江南友人看到我拍的秋菊，和"情到深处淡如菊"题，通话"醉谈"人生"两难"。又延伸他的评论："人淡如菊，心雅似兰"，补成四句，成诗《随感》一首，以答谢挚友：

情到深处淡似菊，心如止水雅胜兰。
梅兰竹菊虽君子，布衣无求好延年。

2009年9月29日

22. 让友情永远沐浴在和煦的春风里

亲爱的朋友，
当我迎着乍寒乍暖的春风，
望着蔚蓝天空中自由飞翔着的小鸟，
陶醉于春色魅力的时候，
我好想好想写首诗送给你。
春风告诉我，
这又是一个充满无限生机的季节。
远离冰封的大地又焕发出了她无比的生命力，
每个人的命运又会涌现出新的追求、新的契机。
那难以形容的春色之美啊，
又给一切生命赋予了诗情，增添了画意。

亲爱的朋友，
让我们手牵着手，攀登巅峰，奔向草原，走向大海，
一同凝望漫天的朝霞吧！
你看，那春天的霞光，灿烂无边；
火一般的朵朵彩云，点起了令人难以控制的心绪，

焕发起我们向生活挑战的勇气。
我漫步在长满春草的路上，尽管有时还有崎岖不平；
荆棘，抑或夹杂在草与花丛之中。
但春色给我带来的是无限的企盼，我不会止步，更不会轻言放弃。
匆匆岁月，纵然使我们早生华发，带走了我们的青春年华，
可却永远带不走我们的童心和执着追求的真情。
我沐浴在春风里，披着彩霞，去攀登每一座雄伟的高山，
我披着飘飞的春雨，漂流在波涛滚滚的大江大河里。
在美丽的阳光照耀下，
我还会忘情地拥抱那五颜六色的黄土地。

亲爱的朋友，
我请春风做我的绿衣使者，
捎去我对你深情的思念，
让友情永远沐浴在和煦的春风里。

2012年3月27日

23. 致带雪的落叶

你，在雪花飘飞的阵阵寒风中，
紧紧护住了赖以连心的枝干，
但最终还是被一阵抗不住的夹雪寒风吹落了。
随风飘落中，
你瞬间又闪回着经历了的四季。
由半粒米大的嫩芽，到茁壮墨绿挺拔的躯体，
到令人喜爱泛红的叶片，
你顿时觉得自己依然焕发着与生命搏斗的抗争力！
那些游人们用相机在你面前寻觅着你的美丽，
拍了，走了，走了，来了……
但他们谁能想到，
蒙蒙的冬雨洒在你身上和你的泪珠融在一起的痛，

以及在告别四季中与母亲心连心的无尽思绪:
如今,飘落的雪花又想把我压在身下,
让一派洁白覆盖着落叶世界五彩缤纷的美丽,
可,雪啊,你可知当你被阳光吮吸,
冬叶的大地,又显现出多彩的面庞。
此刻,尽管你依然在我的身上覆盖,
可我却看到了阳光正在升起,
不一会儿,我又会展现深红的魅力!
瞧,这片带雪的枫叶多美!
我却深深地叹息。

2017年3月《山西晚报》

24. 错位的托钵僧
时光天泉荡俗尘,荷风四面笑浮云。
虽无缰绳舟亦系,钵中意溢只留韵。

2017年6月22日

25. 生命之绿

　　——致平则

　　书生平凡心，笔端拥青春。

　　饱蘸生命绿，挥洒 5G 林。

2019 年 6 月

26. 观画偶记

　　凌晨偶观网上画，无序乱弹耳。

　　天高无雪又无风，绿绮韵飘万卉生。

　　断章续得千载影，星球寻梦太空行。

2019 年 6 月 6 日

27. 偶得

赠桥安

　　习字送童友，拜石博古间，红楼梦环绕，书墨半生缘。君斋藏雅石，吾屋满书签。读写谱心曲，何得一瞬闲。偶自一惰懒，散步踱后园。稍息杏树下，举目望云烟。夏雨忽如注，游思欲飞天。

　　桥安友赠藏石，喜之，即兴一首。

2019 年 6 月 13 日

28. 致劲松

结友莲座下，治印铭刻心。

数载返宝斋，精进依辛勤。

二度重携手，重续文墨因。

2019年10月19日

29. 诗思偶得

——赠俊杰同窗

寒窗苦读坞城路，岁月凝华三晋间。

乌发银丝六十载，初心挚情毕生连，

桃李遍植黄河地，园丁荷锄心安然。

童颜赤子书卷气，精神养生顺自然。

瞬息万变观发展，天地精神世代传。

2019年11月7日

30. 无题

——致传行

揉碎多年痴，激活片刻通。攀援拓无尽，化雪倾刻融。文田苦耕耘，华发笔不停。春风醒万物，枝头双鹊鸣。无常含机过，回眸悟人生。

2019年11月11日

31. 随感

夜半不寐观 2020 年首降大雪,感慨系之。

天使挥袖舞山川,漫天皆白尽诗篇。

心融自然颂雪纯,汾水长流迎鼠年。

己亥小寒

2020 年 1 月 6 日

32. 随感

立秋逢二青,相约大龙城。火炬燃童心,美景醉赤枫。并州大舞台,万树梨花融。忘情咏三晋,朝晖映前景。

2020 年 2 月 11 日

33. 夜雨偶思

一夜风吹雨,晨欣湿润间。无力涉汾水,自享庭院闲。珠跃虹流叶,步移墨带香。尽感夏之美,有烦不问天。老来向愉悦,指寻雨滴甜。

2020 年 3 月 23 日

34. 芳草天涯心

——赠王芳

夜读入凌晨,仲景籍未合,开窗面朝霞,又思张锡纯。

多载步杏林,辨证且思忖,研拓实不易,望闻问切寻。

鲜活生命里,健康系终身,不忘时珍言,诊断精细准。

弘扬大中医,传承万代根,一生存志远,芳草天涯心。

2021 年 3 月

35. 医理苦研垒

——赠阳蕾

凡尘一阳蕾,待得雨露催。

朝霞曙光升,微开笑百卉。

杏林自举步，经典刻心扉。
医患本一家，万症验积累。
京华苦研垒，只求体春回。

2021 年 3 月

36. 念冬生
冬生雪中梅，傲霜寒不畏，戎马报国志，熔炉百炼锤。
怀才又多艺，无私奉社会，老来南国频，亲人日夜陪。
深情忘岁月，相濡以沫随，星夜常不寐，梦里红楼会。
难忘湖畔绿，浪花越舟飞，少时立志心，举步几首回。
画笔重调色，创意融九州，朝霞映七彩，愉悦满江醉。

2021 年 2 月 5 日晨

37.【学诗原创摄影日志6944】怀念太原解放之三：应部队老友宋志秀介绍、广元川陕甘红色文化研究会之邀，创作纪念徐向前元帅诞辰120周年诗歌《布衣元帅颂》并用六尺宣书写发给研究会。

布衣元帅颂
——纪念徐向前元帅诞辰120周年

三晋英豪生五台，布衣元帅土气在，颜值温雅名儒将，外刚内柔方本色。

戎马一生战南北，大仗硬仗冲在前，带病指挥担架上，党的使命大于天。

山间马背不离书，紧跟时代信息研，年逾八旬学外语，心灵手巧趣多变。

爱好广泛好书法，吹拉弹唱曲自乐，自制木料工具箱，缝补手工不惧难。

手织一件毛背心，一穿就是三十年，常思时念长征艰，顽皮小猴陪身边。

毕生鏖战沙场外，万缕柔情伦理间，家之慈父以身教，公仆精神代代传。

广元川陕甘红色文化研究会会员　郑学诗
2021年10月14日

38. 散文诗

晚秋遐思

我爱秋天，她是收获的季节。

展望秋色，赤橙黄绿，色彩斑斓，到处弥漫着枝叶与泥土的芬芳，置身于秋实广袤，如入画般的梦乡……

漫步荷塘，阳光依旧灿烂，而已经失去了往日亭亭玉立韵致的荷，没有了花之绚丽，叶的生机……

"荷叶生时春恨生，荷叶枯时秋恨成。"（李商隐诗句）凋零的残荷虽残犹美，依然显示着它顽强的生命力！

秋风萧瑟，淡黄的树叶随着寒风，飘落在树根旁，躺在泥土上，又回到了母亲的怀抱。

在一阵阵西风中，树枝上仅留下几片迎风而立的叶子，眺望着远方。

美是多彩的，又是易变的。日出，日落，黎明，黄昏，都是一种特定时空中瞬间的美。人们"恨"着美的短暂，又企盼着美的长存。交替、矛盾、无奈。在历史长河中，虽然理想与现实总是显现着"两难"心境，但作为审美主体的人却又总是对未来充满憧憬，为之追求，为之献身！

生命，就是这样拥抱阳光，留恋晚霞。在过往烟云中徘徊，在不断净化自身的反思与实践中完善自身，在顽强的讴歌与抗争中延续着……

2023年10月

（五）读得最多而写得最少的短篇小说

父亲虽然没念成书，但特别喜爱读古诗，每天吟诵，常对我说，"你读诗最好能做些笔记，记下心得"。

父亲除了要我多读诗，写写札记外，还要读读短篇小说。他的一生只买过一部《聊斋志异》短篇小说，常读不懈。

回忆青少年时期，我在课外有两大爱好：爱读小说，爱画画。受苏联文艺影响很深。那时正是中苏关系十分友好的年代，苏联时期影响力极强的文艺作品《战争与和平》《静静的顿河》《钢铁是怎样炼成的》等经典名著已进入中学生的视野。除了小说，苏联的《三套车》《红莓花儿开》《小路》《莫斯科郊外的晚上》《山楂树》等经典老歌以其特有的深沉、悲壮、唯美的特色一直跨越岁月，受到我国一代又一代民众喜爱。尤其是我们这一代人当时读苏联小说，看苏联电影，听苏联歌曲已形成风气，融入心灵。

受父亲的影响，我也读一些短篇小说。喜爱欧·亨利的短篇小说。最爱读的是他的文集《热爱生命》，以后又读引人哲理思考的契诃夫短篇小说。父亲不断给我们讲聊斋故事，他说，他最信鲁迅先生对《聊斋志异》的评价："独于详尽之外，示以平常，使花妖狐魅，多具人情，和易可亲，忘为异类，而又偶见鹘突，知复非人。"蒲松龄就是借着向世人讲述神仙鬼怪等奇闻异事，把黑暗的社会现实与个人遭遇的不幸的人生态度都叙写到作品之中，意义就很重要了。

父亲说："别看你上了中文系，能读懂《聊斋》可不是一件容易的事情。"比如，蒲松龄在书中插了一篇短到只有3句话、25个字的超短故事《赤字》，一般读者看后，都说不懂。且看原文：

顺治乙未冬夜，天上赤字如火。其文云："白苕代靖否复议朝冶驰。"

小说前两句交代时间与事件，一看便知。顺治乙未指的是顺治十二年（1655），按旧历，当年为乙未年。

顺治十二年冬的一天晚上，空中突然出现一行火一样颜色的文字。

其文曰："白苕代靖否复议朝冶驰。"后面这10个字，不了解背景可真看不懂了。据《顺治皇帝大事年表》载，顺治十二年的朝中大事主要为：山东、河北、河南、湖北、甘肃、浙江、安徽、青海、陕西等地非涝即旱，朝廷免去了这些地方的税赋，当然，也有赈灾。除了灾荒，还有匪患。

《清史稿·世祖本纪》："十二年春正月戊子，官军败贼于玉版巢，又击藤县贼，破之。"这里的藤县，就在山东（蒲松龄是山东人）。这一年，顺治皇帝还下诏，要求官员体恤民生，真实反映民情。这个诏书就是上面提到的《顺治大训》。所以，后面句子的意思是：是否用白苕（山药、薯类食用物）代替其他物资赈灾，平息叛乱，安抚百姓？请速报朝廷商讨后再定。

因为当时手头缺少这一段史料，我多半年之后方基本弄清。

隔了好一段时间，父亲偶然问我："你也试试写个短篇？"由于各种原因我很难作答，虽然喜欢读，但始终没有长期深入生活底层，所以形不成一种主动介入的情趣。一直到20世纪90年代，受城市居民住宅建筑中迎新与怀旧情结的心理矛盾触动，我才试着写了一篇：

乔迁前后（短篇小说）

楼，楼群，远处淡淡的群山前，全是楼。

蓝天、远树、云影在楼海中移动，静穆而空旷。如果没有飘拂着的一条条黑色的烟带，该是多好的一幅画儿啊。

一连七天了，在六层楼阳台的一角远眺着的老王头，每个黎明都是在这儿过的。一起床，披上衣服，在栏杆上一靠，就是个把小时。

没人敢惊动他。小孩子上学路过前厅，蹑着脚尖，轻轻地带上门走了；儿子吃过早点，屏住呼吸，迈着碎步出去了，老伴小心地关上厨房门，收拾碗筷。

住惯了大杂院，习惯了抬头不见低头见的热闹，习惯了有限的空间，一搬进楼，又是最高一层，那种从未有过的开阔、豁亮，对过去狭窄空间心理撞击的那种激动劲儿，就甭提了。这会儿，谁愿意去打搅这位有权威的一家之主呢，还是让他享受一下登楼远望的乐趣吧！

他沉思着，喷出的一个又一个烟圈中，不完全是激动的喜悦，却是寂寥中的烦躁。这不，好端端满身是劲儿的身子骨儿，一沾年龄线，就让下来了，劲儿往哪使去？

搬家，是件大喜事，可搬进来的七天七夜，他辗转反侧，更留恋原来的大杂院了，爱聊天，没伴儿；爱串门，对门全家一上班，连个人影也见不着；爱种点蔬菜果木的他，也只能俯视楼下的绿色而叹息不止。最麻烦的还是水，如果不是半夜两点以后起来接，一天也见不上一滴。

为了盛水的用具，搬家前一天，老王头遭到了全家人的骂，包括勇勇——他最疼爱的小孙子。搬进楼的第一天，没人再吭气了，一大早，勇勇刚爬起床，就跑到老王头跟前，噙着泪说："爷爷，别生气，奶奶他们说了，还是把它搬回来吧！"

老王头看着纯真的孙子，无可奈何地笑笑。

"当然！"他暗暗地说。

那是陪伴这个家度过了42个春秋、高1.4米、黑油油的大水缸，还有一副扁担，两只水桶。扁担被磨得发亮，水桶不知漆过了多少遍，大水缸永远是黑中透红，敦实憨厚。

搬家那天，老邻居都凑到老王头家里，围坐一起，不舍多年邻居之情，互祝乔迁之喜。三杯过后，谈得最多的是年轻人，都主张轻装上阵，扔掉一些旧物杂什，自然也说到了老王头的缸。老王头件件舍不得，但最钟爱的还是那个水缸。甭说他了，就是从小围在水缸边玩大的邻居们，也都觉得不带走它怪可惜的，可带上它，谁也说太笨了，往哪儿放？再说，都这年头了，走到哪里，一拧龙头，水哗哗直流，谁还用它存水，或许最后连给人都没个好放处呢！唯独老王头不吭声，盯着缸，狠命地抽着烟，从擦得光洁照人的黑釉上，看着全家人所经历过的酸甜苦辣的影像。这位66岁、干了一辈子铸工的老人的泪，溅落在缸沿上，他舍不得啊！他难过，他烦躁，但他暗暗嘱咐自己：别发火，搬家讲个顺当！

几个喝饱了啤酒的小年轻人，越说越带劲：

"旧的不去，新的不来嘛！"

"高楼没水就没水，你爸爸当了一辈子铸工，安个水箱还不是一碟小菜！"

"就你们家那个破水缸，摆到新家不让人笑掉牙！"

"为家庭现代化干杯！"

哈哈哈哈哈……

年轻人说得高兴，老年人听不顺耳，老王头猛抽一口烟，咳嗽不止，他突然想见九号院的小庆子，今天怎么他没露面呢？

"谁再胡说,我敲他的头!"人还没进门,如雷般的声响,已把屋内的杂乱全镇住了。

门推开了,这位和老王头共度40个春秋的好友小庆子站在那里一动不动,颤抖的手指着几个面色红紫的年轻后生,什么话也说不出。后面是他的老伴凤妹子,她一声不响地从一个布包里拿出了一条像是刚刚买来的红绸子。小庆子一步一拐地捧起红绸,走到水缸前,把绸子系在缸上,捂着脸失声痛哭。

凤妹子,这个57岁从不爱多言多语的妇女,也开了口,"平时,你们谁也不想听过去,一说,你们还嫌烦。小四子,你哪会想到,这个缸,救过你爷爷的命。1948年,咱们从河南逃荒到太原,遇见的第一个收留咱们的就是你王大爷,三天没喝上一口干净水,是你王大爷从这个水缸里舀出了一瓢清水,我和你爷爷喝着,比蜜还甜啊。1949年春天,阎锡山抓壮丁,又是你王大爷把你爷爷藏在水缸里躲了两个晚上……"

"老伙计,把缸留给我吧!"小庆子几乎是乞求地,双手摇着一动不动的老王头,"留个纪念,要不,下一辈人,没个比较了!谁还知道苦是个啥!"

老王头用他粗笨的手,抹了抹小庆子脸上的泪,勉强点点头。

在一边猛醒过来的年轻人,没等长辈再说什么,一拥而上,把系上光荣绸的缸抬起来。周围的人脚跟脚地也跟着走出去,七上八下地把已经上了车的其他东西都搬了下来,一辆大卡车上仅放着一个系着红绸的大水缸,小庆子千恩万谢,一定要和凤妹子坐在上面陪坐。

街上看到这个场面的人,面对地下堆满了东西和车上只剩一个水缸和两个老人的空荡荡的情景,不解地摇着头。只有在这条街头住了多年的邻居们长久地目送着远去的汽车,一动不动……

在震耳欲聋的推土机面前,一片片旧房倒下去了,西库街一派工地景象。或许,明后天,自己住了50年的院子一下子坍成平地,冒起一座高楼吧。远处,有人举着小红旗摇晃着,又一座楼址在测量了。

他确实同情小庆子,缸被要走了,可过去的一切他都没有忘,他舍不得,但他又觉得搁在小庆子那里,倒也放心。

现在孙子缠着要水缸,可怎么好?

老伴、儿子、朋友们装好了最后一车东西，走了，他在一间间空屋里绕过来、走过去，小庆子家、林胜家、李瑞家，都是他常走动的地方，都是抡锤搞铸造的老一辈铁哥儿们，现在都散了。不知为什么，他又绕回九号院小庆子家。他和这个从河南逃荒来的童年伙伴有多少辛酸的往事值得回忆啊。

"爸，给！"是儿子的声音。

递过来的是一个遍身油腻的小铜油灯碗，连捻儿都在，老王头揉揉眼，目不转睛地看着，手在抖动，这不是小庆子的"传家宝"吗？没想到趁小庆子不注意，他的后代厌烦了这个破玩意儿，就这么随便地扔了！40多年前，他和小庆子这两个穷孩子在这盏灯下搓过麻绳，糊过纸盒，吃过豆饼和着野菜的饭，为了灯油，他俩经常到郊外采箆麻籽，有时高兴了，还用细铁丝串成点着了玩。别看家穷，油灯多会儿也擦得亮亮的。

他看看灯，顺着墙根一屁股坐下去，掏出手帕用力地擦着油灯碗，滴下的泪，唤起的记忆，把油灯碗擦得重新闪出了青铜的亮光。

"爸，走吧！"

是的，该走了，地上的土都坐热了，天也渐渐暗下来。

儿子扶起了他，他又一次环视住了大半辈子的地方，骑上了车，慢慢地蹬，爷俩没说一句话。骑到楼门口，上了楼，等敲门时，他感到从未有过的累。

门开了，站在灯下的竟是小庆子！

"庆子！"老王头一下子精神起来，高兴地摸着衣袋，掏出了那个闪着亮光的油灯碗！

"大哥！"小庆子狠命地捶着老王头的肩。

"爷爷，你看！"勇勇做着神秘的鬼脸。

客厅的左角，摆着的那个系着红绸的大水缸，缸盖上放着的是老王头最喜欢的一盆朱顶红。长长的花秆顶端是刚刚绽开的朱红的花还带着淡淡的一点清香。虽然和长沙发放在一处很难说是协调，但却十分别致。

"你不是……"

小庆子忙把他的嘴堵住，把他拉到摆满了饭菜的桌前，老王头一高兴，倒了满满两大碗酒。咕咚、咕咚，老哥俩一口气喝下去了！

他俩带着酒意手拉着手，摇摇晃晃地推开阳台门，眼前已是万家灯火、遍地银星的世界了。

发表于《太原日报》1990年2月4日

附：作家李彦乔文学评论书信（部分）

郑老师，您好！

拜读了您给我的信与您在1990年发表在《太原日报》上的小说《乔迁前后》，不由得就想说几句话。您的小说《乔迁前后》用散文的语言给人们讲述了一个动人的怀旧故事。小说向我们揭示了现代与过往、新与旧必然会产生碰撞这样一个并不陌生的主题。这种碰撞是意识的，是心灵的，不能以新与旧、好与坏的比较作为取舍依据。由旧到新的角色转换必然会触及几十年的心理积淀，这个转换过程也就必然会非常痛苦。水缸与油灯这两个道具在过往的生活中都曾经担当过重要的角色，它们甚至曾经关乎过人们生命的存续，所以，难以割舍就成为人之常情而不足为怪。但新的生活虽然还有诸多的不如意，但毕竟是巨大的进步。用水龙头代替水缸，用电灯代替油灯，这是科学发展的必然，是不以人们的意志为转移的大趋势。那么，旧有的一切也就只能像小说开头所写的那样，主人公"一连七天"甚至在更长的时间里望着"楼群"而想着"大杂院"。失去与得到的权衡与取舍也只能让时间来了断。

有一个司空见惯的现象非常值得研究，那就是越老的东西仿佛越值钱，比如文物，我想其中一个重要原因大概是文物承载着历史的记忆，人们通过文物可以感知其存在的那个时代。所以，当人们走向现代的时候，就有可能把旧有的东西作为过往的符号加以保存，以寄托自己对逝去生活的忧思。那么水缸、油灯之类成为纪念也就不难理解了。

总之，《乔迁前后》这篇小说所蕴含的寓意是丰富而深刻的，它触及了人性中普遍易于怀旧的那种情结。也就是说，人性并非完全都是喜新厌旧的。从某种意义上说，怀旧或许才是人性中带有本质特征的东西。

当然我写这封信的目的并不是要评价郑老师您的小说。我是想通过这篇小说来说明您对生活深刻的理解与对生活现象游刃有余的把握，但后来您舍弃了，而走向了对写作这个现象的理论剖析与研究。我认为一个人只要在某一领域有所发现就足够了。您对写作障碍理论的探讨，可以说开创了写作学中的一个全新的领域。

顺致

  著安！

您的学生李彦乔

2013 年 6 月 26 日

（六）文艺评论选

1. 一花一鸟 妙得其真
——《中国当代花鸟画小品集》前言

  在中国画发展的历史长河中，花鸟画是与山水画、人物画并重的三大画科之一。比起人物画和山水画的形成与发展，可追溯到 7000 年前的陶器上就出现了简单的鸟鱼图案，可说是我国最早的花鸟画。唐代张彦远《历代名画记》就记载有魏晋南北朝时出现的不少花鸟画家。

  花鸟画虽渊源久远，但形成和成熟较晚。从现存包括墓室壁画和帛画等美术史资料中可以看到，花鸟画在唐以前仅作为人物画中的背景而存在，没有独立成科。到五代后，才迅速发展开来，至北宋形成发展中第一高峰；宋人小品工笔花鸟画，成为此后至今历代效仿的楷模。宋代开端的文人画，审美对象更以花鸟为主，其最高成就均体现在花鸟画方面。到明清又发展为写意和大写意两类。代表人物有明徐渭、清朱耷。近现代能代表中国画最高水平的，如任伯年、吴昌硕、齐白石、潘天寿等中国画大师，都是以画花鸟画为主的画家。其原因，是在书画艺术表现重意的宋代文人画兴起后，其立意、技法突破约束的自然、随意，都可以在花鸟画中找到充分的表现空间。无数精粹小品都体现出艺术造诣上的高度成就。画家往往在随意挥洒中落笔成珍。花鸟小品画令观赏者感到轻松自然而富有情趣，随意入画的一花一鸟，不仅美化了生活，也培养了观赏者健康的审美情趣。

  与其他画品比较，花鸟小品画流传下来的作品历代数量为多。其原因与花鸟画从取材到入画，大多是小品画创作，画幅小，易于流传。此外，也与历代不少画家以画花鸟画为主有关。特别是文人画兴起与发展，花鸟小品成了一些文人借笔寄托情怀的题材。北宋起，宫廷画院的花鸟画作品满足了宫廷上层社会的要求，而不是画院的画师，主要靠卖书画作为生活的主要来源，也同时满足了社会的一般需求，这也是花鸟画数量多、流传广、具有民众性的一个原因。据记载，当时汴梁市集就有卖字画的摊点，以后发展到画店的出现。还有，中国花鸟画的取材范围比较宽泛，虽以花鸟为主，又不仅仅限在花卉和禽鸟上，还包括与民生息息相关的兽类、鱼藻、树木、竹石、果品、蔬菜等；野草、昆虫、禽鱼，也都被画家或工笔、或写意，栩栩如生地表现在咫尺画幅之中。

中国传统花鸟画从表现手法上来分，一般分写意、工笔两类，写意又分作大写意、小写意。工笔又分工笔淡彩、重彩、没骨法三种。

宋代工笔花鸟画可说在中国花鸟画史上占有最辉煌的一页，留下来的花鸟小品画最多。与其他朝代比，是中国工笔绘画史上的高峰。许多流芳百世之经典作品，特别是宋代花鸟画的"以形写神""缘物寄情"的探索精神，工笔细腻的表现手段和方法，独特的美感，依然影响着历代画坛的发展。宋徽宗赵佶的《枇杷山鸟图》的一种独特的情趣抒发，历代情波余味无穷，即是典型一例。再如傅山画花鸟小品，画竹石、松柏、乔木，立意超俗，寄寓深刻。他爱画竹，更爱画窄幅竹。《风竹》只画一竿，逆风而立，突出了仁人志士在复杂的历史环境中的叛逆性格。他的花鸟画虽然很少，如《花鸭》《青蛙》，看来是小题材，但都移情人格化了。看来，小品画所追求的是立意的、形式的、笔墨及色调的情趣。因篇幅小，一幅小品画都寓有某一情趣的特色。

在花鸟画写实技巧已全面成熟的宋代，对形神兼备、写实精神引起了高度重视。将花鸟画的形似与神似的统一纳入完美的审美高度追求之中。这就要求画家重视观察与写生。像宋徽宗赵佶就在宫苑中养了许多珍禽异卉，经常深入观察，因此他的花竹翎毛画逼真而出色；一些著名的花鸟画家也严格到要求自己能够表现出审美对象的极细微处。而小品画无疑是展现这些不厌其精的微距镜头的最佳艺术空间形式，特别是花鸟虫草的主题，能把自己的情感通过特定的花鸟表达出来，给花鸟赋予了独特的艺术生命和一定的社会象征意义，如梅兰竹菊。但最重要的原因是，宋代由于帝王的亲自参与提倡，并提出注重提高画家的人文修养，才促使当时的花鸟小品绘画艺术人品与画品并重。

花鸟小品画的出现，还要从扇面的出现谈起。魏晋时期，一些有名的书画家在扇面、册页和屏风上作画，不仅具有实用价值，而且成为一种具有形式美的袖珍艺术品，实用与审美并存。

近代画家齐白石、张大千、徐悲鸿、傅抱石、李可染等都在作扇面画上显现出他们的不凡功力。齐白石具有鲜活生命力的虾，无论从神韵还是墨趣均佳，已家喻户晓。潘天寿的小品简而雅，于通俗中含浓浓的书卷气。从他们的花鸟小品画中均可看出大师们的非凡功力，花鸟小品画虽小，却承担着寓审美情操的大学问。

在中国画的品类中，花鸟画一个突出的特点是陈设性。面临时代的变迁，国人的生存环境和生活习惯，特别是审美习惯和对艺术品陈设的要求，无一不发生着巨大的改变。每一个时代的这些变化，都会要求传统花鸟画作品在艺术风格上的革新，去打破传统花鸟画构图规律和种种程式，在多样式、多风格、多流派的时代潮流中的多角度追求中，体现一种对中国花鸟画全新的现代审美感受。

在当代，有的画家的现代花鸟画，开始尝试在创作实践中淡化和改革传统花鸟画用线的观念，运用一种和面结合在一起的带着某种光感、若有似无的线条。这些线界定着某种造型，形成某种艺术表现空间，也显示了某种光感。这不仅是技法上的某种革新，更是一种观念性的革新。

此外，花鸟画的创作，在内容上还要探讨运用以大众喜闻乐见的祝福吉祥为基调的形式。民俗文化中的"福、禄、寿、喜"，是中国花鸟画艺术千百年来永恒的主题。传统的民俗文化，通过花鸟画艺术以象征与关联等表现手法，形象地表述中华民族千古永恒的审美追求。

但是，一些新文人画家在继承中国传统文化和艺术精神的同时，却出现了走入商业化的一种实用功利倾向，一批粗俗、简单、媚俗、小巧的花鸟小品画"作品"和临摹"作品"不断挤入艺术市场。面对艺术上的这种商业化倾向，一切有着艺术责任感的花鸟画画家，应当在从古代经典作品中汲取养料，并以现代人的审美情趣来拓展新花鸟画的审美视野，努力探索当代人的审美心理需求，在"立意"上下功夫，在观察生活上深化审美感触,创造出具有新时代美感的作品,画出有健康向上的审美情趣,继承并发扬传统花鸟画的精品,并大胆创新,使中国现代花鸟画的"新文人画"成为具有鲜明时代现代意义的文人画。

2007 年 11 月于至乐斋
发表于《中国当代花鸟画小品集》山西人民出版社 2007 年版

2. 咫尺林泉　意高境高
——《中国当代山水画小品集》前言

从人类在大自然界诞生开始,就跟赖以生存的自然环境——山水结缘。山水不仅是人类生存的空间,也是利用和改造的对象,更是吟诗、入画、抒情的人化自然。人们对山水不仅出于感恩,而且把山水人格化,成为自身最高审美追求的一种情感依托。

在各种赞美大自然山水的艺术形式中,中国画特有的画种之一的传统山水画其基础是国学思想:儒家的"仁者乐山、智者乐水",和道家的自然与人融为一体的观念,而后者更是传统山水画学理论的精神源泉。传统山水画在魏晋南北朝时已逐渐从人物画中分离出来,形成独立的画科,山水画家们将自然四季的晴雨、寒暑、昼夜的无穷变幻形成的美感,抒之于情,挥之于笔。发展到唐代已完全成熟。但六朝到唐代山水画笔法大多古拙。到李思训、王维等逐步完善了山水画的画理、画法、章法(构图),构成了中国山水画的面廓。五代的荆浩、关仝一扫陈规,使山水画出现了创新局面。到宋代,范宽、李成山水画法已经达到了成熟完美的境界……

在 21 世纪社会转型时期,艺术多元化并存。西方艺术思潮的各种观念和手段对中国画的渗透,已使山水画发生了很大的变化。面对转型的新时代,经久不衰的中国山水画依然保持着它独特的传统审美个性,其内核仍然蕴藏着无比深厚的艺术生命活力,它总是以"笔墨当随时代"(石涛语)的历史步伐开拓着在融合中西文化的精髓中创造性发展自身的征程。在当代中国山水画的发展中,可喜的是一批有远见卓识的中国山水画画家在强调绘画性的同时,更加注重山水画中的人文精神、人格意义的体现。

然而，在当代中国山水画的发展中，不少山水画家存在着一种浮躁的心态，和不重视生活、不重视传统、不重视对基本功全面扎实磨炼的实用主义态度。历史悠久的中国山水画"搜尽奇峰打草稿"，扎实锻炼笔墨功力的好传统逐渐被一些"画家"丢掉了。不夸张地说，一些画山水的画家，画泰山的未必去过泰山，只靠临摹和拍照资料去画山水。所以，一方面，现在山水画的普及和提高工作比前些年确实活跃得多，另一方面，我们也得正视粗制滥造的东西也很多的情况。

"齐白石93岁高龄的时候，他给老舍先生画桂林山水，在正景中间，画一个农民扶犁耕地，画首题道：'逢人耻听说荆关，宗派夸能却汗颜，自有胸中甲天下，老夫看惯桂林山！'这是老人一贯的艺术态度，也为他几十年的艺术实践所证明。他十分重视民族艺术传统，但决不被传统所压倒。他是既钻进去，又打出来，检验传统的准则是生活。生活与传统，是后者为前者服务，而不是削足适履，让前者屈从于后者。"（《大匠之门——齐白石》，《文汇》双月刊1984年）中青年是当今山水画坛的生力军，应当学习齐白石那样"重视民族艺术传统，但决不被传统所压倒。他是既钻进去，又打出来"的对民族传统的科学认知度，在对当今中国山水画发展的探索与思考中继承传统，并开拓创新。

要发展中国画的创作，要从多个画种之间的关系做综合考虑。不仅是山水画，还必须在人物画、花鸟画普遍普及和提高的基础上，才会有更大的发展。从另一个角度说，中国山水画发展到近代，把诗、书、画、印综合成为一幅作品之不可分割的有机结合，这四种艺术手段，各自有它的独立审美价值，又互补互渗。此外，中国古典园林艺术是世界景观设计艺术中最丰富的遗产之一，它综合了多种艺术形式，如山水画、书法、建筑、雕塑、植物学、园艺学等，特别是山水画小品，集中地反映了中国的传统美学思想。所以，一个山水画家综合性形象思维的积淀和形成，与画家具备的综合素质和综合能力、艺术修养的能力有着密切的关系。实践证明，画到最后还是比修养的。但最主要的，还要依靠画家深入生活，努力创作实践。

如今，一些画家宁肯把力气花在大画制作上，却不易做到见笔见墨。著名国画家黄宾虹曾提出著名的、影响深远的"笔墨"问题，他声言，

"笔墨"不是仅为"形式",笔墨精神即中国艺术精神之所在。黄宾虹说:"鄙意以为画家千古以业,画目常变,而精神不变。因即平时搜集元、明人真迹,悟得笔墨精神。中国画法,完全从书法文字而来,非江湖朝市俗客所可貌似。"他认为"笔墨"与山水的关系应当是:"以山水作字,而以字作画。……凡画山,不必真似山,凡画水,不必真似水,欲其察而可识,视而可见也;故吾以六书指事之法行之。"(《黄宾虹传记年谱合编》)。中国画历来讲笔墨,并把笔墨和讲修养、讲悟性连在一起,这些要求相对在小品中都能得到体现。中国画中的小品,是相对于艺术创作而言的。中国历代绘画史上许多著名画家在创作大型绘画的同时,绘制了大量的小品画,这些小品画虽不如大型作品那样气势,但更多体现了作者率真自然、主观创意性强、雅俗共赏的特点。中国画自古不以幅面定优劣,大作虽不乏精品,而小品也多有佳作传世。小幅微,却更易把握笔墨的要旨。

一般来说,小品多为文人墨戏,多带随意性,易见出画家真情和个性,无做作之感,因此历来被世人珍视而收藏。实践证明,艺术水平的高低关键在于质量,不在画幅的尺寸。中国画历来讲求意境和情趣,而以小品入画可以涵养画家的审美心态和笔墨功夫。在中国绘画史上,凡可称谓大家的,小品画都画得极好。一个有成就的国画大师必然是小品画的高手。

小品山水画的盛行始于南宋,这与当时山水画风格的转变,特别是构图的山水画图式上打破了北宋全景式的布局方式,取山水之一角,创造出一种空间旷远迷蒙的构成样式,为山水画小品的创作创造了新的艺术空间。盛行宋代的小品画,其规格不定,有方有圆,画面虽小,但画家毫无轻心率意,多为精品。画幅虽小,表现的东西却很多,小中见大,意境深远,可谓咫尺之幅,却境界万千;虽说是咫尺林泉,却意高境高。可谓"画之简者,其神骨韵气则不薄"(王铎语)。傅山在《题自画山水》诗中写道:"觚觚拐拐自有性,娉娉婷婷原不能。问此画法古谁是?投笔大笑老眼瞪。法无法也画亦尔,了去如幻何亏成?"(《霜红龛集》卷六《题自画山水》)他追求的是刚健,反对的是柔媚。他讲的"法无法也画亦尔"与石涛的"无法而法乃为至法"都表现了一种不断追求变化的审美创新意识。

但是，对一个成熟的画家来说，国画小品山水画只可作为一个值得研究的重要课题。作为一个探索型的画家，应该学会将在自己的小品画实践中积累的审美经验和笔精墨妙的技巧运用到主题性大创作中去。

对于更多的新一代山水画家自身来说，他们已体会到，笔墨是画家自身学养的外化。绘画的风格差异恰恰体现在笔墨之中。他们的作品具有强烈的生活气息，再没有过去文人画中脱离时代的印痕。同时，他们又非常重视吸收近代艺术的新思想、新技术，不再拘泥于传统山水画在材料上的约束。在艺术形式上，几乎都采用了与传统山水画不同的表现方法。从探讨当代艺术形式的革新到美感接受上，认为既要重视视觉上的感受，也要重视从作品中传达出画家对现代意识的探索与表达的审美心态。因此，水墨山水艺术不仅是维系中华民族精神的一种传统艺术表现形式，更融入了现代意识、现代生活、现代艺术形式、现代媒介等全球视野的现代观念。他们的作品都具有突出的艺术个性和一定的创造性，审美情趣呈现出勃发的现代生气。对于艺术创新，他们的感受是：要努力开创新时代山水画的意境美。对山水画家来说，除了自身的理论和实践的逐步完美之外，还有对全社会进行中国画艺术素养的教育问题，责任重大而又艰巨。

时代快速发展，由笔、墨、纸、砚构成的文房四宝在书写工具中逐渐被电脑键盘取代，汉字的书写，青少年一代不再重视，书画艺术虽则普及，但多数无动手习惯的坚持。在中西文化碰撞、交流、互补的过程中，唤起民族重视传统山水画所蕴含的独特的审美情趣、审美方式、厚重的文化精神，形成当代中华民族的热爱大自然、讴歌大自然、描绘大自然的崇高审美追求。

2007 年 11 月于至乐斋
发表于《中国当代山水画小品集》山西人民出版社 2007 年版

3. 钓鱼与休闲文化

钓鱼是一项集运动与娱乐、健身与修养、动与静相结合、情趣高雅的一种综合性体育活动。对钓鱼人来说，涵盖着多方面的文化含量。同样是钓鱼人，有的为了鱼，有的为了钓，有的为了结果，有的为了过程。感受截然不同。但不管是谁，一旦进入钓鱼过程，他就会由起初单一的实用的功利性，逐渐变为重视过程，增加文化含量的审美性。我们不妨从钓鱼的历史发展上来看：

钓鱼起源于古代先民的生产活动，是古代渔业生产项目之一，是一种古老的人类获取食物的手段，约出现于旧石器时代晚期。有着突出的实用性。在距今四五十万年的猿人遗存物中发现有各种鱼类遗骨。新石器时期的遗址中，鱼骨的发现就更多了。近几十年考古发掘，发现了大量的石器和用兽骨磨制的刀、齿、镞以及很多鱼叉和鱼钩。陕西省西安半坡村仰韶文化遗址发现的骨制鱼钩和黑龙江小兴凯湖岗上出土的骨制鱼钩，距今大约有6000年的历史，是我国发现得最早的钓鱼文物。黑龙江的宁安遗址、河北唐山市的大城山遗址、内蒙古自治区包头市的阿善遗址等，都发现了许多骨制鱼钩。这些鱼钩的造型多样，其中有的在钩尖下面磨出了倒刺，多数鱼钩还磨有拴钓线的槽，可见那时的垂钓活动已具有较高水平。古代捕鱼方法很多，最早是手捉、石砸。后来学会制造工具后，又出现了射、叉和钓等方法。

竹制钓竿的最早文字记载，见于2000多年前的诗歌总集《诗经》《季风》，有"籊籊竹竿，以钓于淇（淇，指黄河的一条支流，位于今天的河南省北部）"的诗句，说明早在春秋战国时期，人们已经使用竹竿垂钓。

钓鱼从生产领域跨入文化生活之中的转变基本原因，是渔业生产发展的结果。新石器时代中晚期，广为采用网具捕鱼，就使得钓鱼在整个渔业生产中成为一种辅助性的渔业项目，慢慢被淘汰，由单一的谋生手段发展到集谋生、娱乐、休闲、健身、养生等多元功能上。钓鱼活动的形态与功能的变化，是人类社会发展和文化变迁的一个重要表现。

商周之际，《尚书大传》记载："周文王至磻溪，见吕望（吕望又称姜子牙，人称姜太公）钓"。姜太公之"钓"完全脱离了渔业生产的性质，不在于得鱼，而进入某种哲学思考。渭水钓鱼，实际上是等待时机。自遇到周文王，吕望从此放下钓竿，辅佐文王和武帝，打败纣王，成为历史上有名的功臣。"姜太公钓鱼，愿者上钩"的典故即此含义。

《离骚》作者春秋战国时期楚左徒屈原，在楚襄王时期被令尹子和上官大夫陷害，放逐江南。他经洞庭湖溯沅水到辰阳、溆浦等地，又沿湘水到达汨罗江，投江而死。在放逐期间，屈原曾垂钓于资水，至今湖南桃江县还有屈原钓鱼台遗迹。

唐代诗人岑参《渔父》诗："扁舟沧浪叟，心与沧浪清。"描述渔父于清波间泛舟，钓的不是鱼，是在钓鱼活动中融入像水一样恬静的心境！

唐代文学家、哲学家柳宗元酷爱钓鱼，他在《江雪》一诗中写下脍炙人口的佳句："千山鸟飞绝，万径人踪灭。孤舟蓑笠翁，独钓寒江雪。"柳宗元诗中的寒江雪独钓意境，已经成为中国古代优秀文人骨气、视野、胸怀的典型形象了。

南宋大诗人陆游晚年回到故乡绍兴鉴湖边，他在《鹊桥仙》词中写道"一竿风月，一蓑烟雨，家在钓台西住。……时人错把比严光，我自是、无名渔父。"甚至到了想当渔夫的地步。

垂钓心态还能引发钓鱼人对世界万物的深刻思考，积累并发现有益的思维方式，上升到某种方法论。比如"任凭风浪起，稳坐钓鱼台"，就是比喻人不论遇到什么险恶的情况，都要自信，不动摇。

唐代大诗人李白一次到宰相府做客时报号为"海上钓鳌客"，宰相好奇，问道：大诗人在东海钓巨鳌，用什么做鱼钩、钓线才能把它钓起来呢？李白放声回答：用天上的彩虹做钓线，用弯弯的月亮做鱼钩。宰相追问：可你又拿什么做钓饵？李白答道：用世上不讲道义的奸佞小人做钓饵。举座皆惊，为李白的一身无畏的正气赞叹。

中华大地有数不清的河流、湖泊、小溪，为垂钓提供了无边的自然钓场和丰富的鱼类资源。古往今来，吸引了无数钓鱼爱好者。特别是高科技的发展给人们带来的城市喧嚣、各种压力，人们日益产生返璞归真热爱大自然的审美心理，他们在业余时间向往走向江河湖海，享受生机勃勃的野外生活情趣，垂钓作为其中一项活动已风靡世界。

钓鱼能使垂钓者变得坚韧、顽强，因为这是一件吃苦的锻炼，赶赴钓场，有时还要克服交通、路程的困难，去跋山涉水。

钓鱼又是一种很好的健身运动：甩竿，投钩……或站或蹲，全身都能得到均衡的锻炼。

最重要的是，钓鱼需要一种排除浮躁的宁静心理。当钓鱼人在岸边静观鱼漂动静时，是一种离开喧闹、空气污染的城市，置身于青山绿水、鸟语花香的自然环境，呼吸着新鲜空气，沐浴着柔和阳光的状态，就会下意识地精神高度集中，排除一切世俗功利烦恼。既养心，又对健康有益，适合男女老少，还能经常食到自己钓的鲜鱼，岂不悦哉！

中国老年学会主办"创造与共享——首届全国
老年文化高峰论坛"，优秀论文奖

4. 贵在坚守业余
——评《任远黑白木刻集》

前不久，见到俊英同志刚出版的《任远黑白木刻集》，看到这本记录着他从20世纪60年代到90年代大跨度的生活历程、艺术探索的结晶近60幅作品，不禁想起《美术耕耘》杂志主编赵荆同志为他写的代序中的一段话："他是用他的刻刀和木版，运用着黑白对比和线与块韵律之美来锻造着他的诗行的。"这个评价是客观而深刻的，它准确地反映了俊英同志毕生的艺术审美追求。

但是，我想说的是，俊英同志更为可贵之处，是他的这种审美追求的审美实践活动，都是在他的业余时间里挤出来的。如果没有记错的话，他和我都是20世纪60年代从高校学习出来的，只不过他在学习前，50年代初就开始工作了。刚认识他时，他在太原报社工作，是美术编辑，发表作品时用的也是他的名字，"文化大革命"以后，发表作品时改用了笔名"任远"。后来有一段时间未见，听说他又在一些部门、单位任领导工作，一直到现在的山西省美术学院的书记兼副院长。在这漫长的岁月里，繁忙的行政工作、会议、活动，占用了他大量的时间，耗费了他十分珍惜的本可用来进行艺术创作的精力。可是已届六旬之人，至今没有一丝病容和倦色。艺术追求精神一直那么执着，使他顽强地向一切可能利用的时间"进军"，用刻刀和木版迎来了一个又一个黎明。我曾劝他，有时也要松弛一段，珍惜身体，他却摇摇头，感慨地说："不行啊，老朋友，我学的是版画专业，却搞了一辈子行政，再不挤出时间去学习，去搞点东西，危机感就更重了。艺术追求应当和着时代的脉搏同步前进！"说这话的时候，他又在习惯地眯着眼望着黛色的远山，下意识地把随身

携带的小构图本掏出来,飞快地用笔勾勒了偶发的灵感闪光。然后接着说,"我只能坚守业余,还要不断地知识更新。"我知道他这句话的分量,挤时间业余创作,又要达到较高的艺术水平,还要能反映出版画艺术发展中中西文化碰撞、相融的艺术新探索,这确实不容易。

他没有辜负了他在中央美术学院学习时,他的老师、著名版画家李桦先生对他的期望。多年来,他一直探索着、开拓着、前进着,而且在平凡的生活中不断地发现着能够体现出生活本质的美并成功地锻造于黑白艺术中,不仅刻出了时代新风,也刻出了自己的风格。

由于他多年来艺术实践中思想情感的倾向性和艺术追求的个性,一些评论家认为可以用"拥抱时代,笔中寓情,我在其中"来概括他的创作风格。

当无标题音乐、绘画风行一时,俊英同志仍然坚持他的标题版画。综观他的近60幅作品,无一不闪烁着时代的音符,即使是一幅静物、一角风景,也都是他鲜明的思想情感倾向。展开他的《人民代表》,从华灯下俯视人民大会堂广阔的一排排粗黑的台阶上走着陆续登上台阶的人民代表,你会从耳畔听到在音域宽广的偌大的钢琴键盘上弹出的一个个强而有力的音符,那是一曲歌颂主人翁的钢琴交响乐。没有刻意的技巧追求,只有在宽阔的空间里面与块的朴素有力的对比,使我们嗅到了现实生活中的朝气。

在艺术风格上,俊英同志始终赞同并毕生为之探索李桦先生的教诲:"宁愿少要一点豪华的外衣,而多保留一点朴素的实质。努力去展示一种奋发向上、朝气蓬勃的精神境界。"

在毕生努力追求这种境界时,他牢牢记住木版固有的特点,努力在面上去表现线,而不是离开面刻意去追求线的变化。他跟我几次谈到古代书籍的木版插图,完全是刻掉面而留下的白描线,说完后又总是幽默地摇摇头:"以刀代笔总不是最佳方案吧,我还是主张要全面体现出木刻的特点，充分利用面，并在面上去表现线。"《山区行》，他这样做，并在线的刻画上充分借鉴了传统勾勒手法，呈现了一种淳朴的空间氛围美。其他如《路漫漫》《晨曲》《向阳花》《新生》《收获季节》《歌》《夜深人静》《深夜》《碧波情语》《童趣》等，几乎凡是充分利用面来展示线，达到面线内在有机统一的作品，都恰到好处地突出了黑白木刻的特点。其中，最典型的莫过于《童趣》，在黑黑的板面上，中间是用"点"刻成的圆弧，一个小孩在和一头小羊比力。俊英计黑当白，把空白当焦墨用，用极省俭的空间、少量的线，把小孩和羊的形象准确生动地表现出来，形成了一种力场的美，于质朴中见力度，于平淡的画面中蕴寓着深邃的意境。

　　他不刻意追求线的变化，但却自然体现了线的表现美。所以，他的线简洁而概括，秀美而具有概括力，甚至蕴藏着丰富的信息。

　　《路漫漫》的画面并不复杂，只是在画面的右下方刻有在沙漠中行进的几匹骆驼，而远处起伏的沙丘漠海，一律用传统绘画中的线细细勾勒而成，却营造出了广阔无垠的沙的世界。他喜爱传统绘画艺术中的线，他和我多次谈到古佛像衣纹、古壁画中线的运用，还谈到书法草书中线的变化。这在他的作品中都能找到相应的审美渗透。

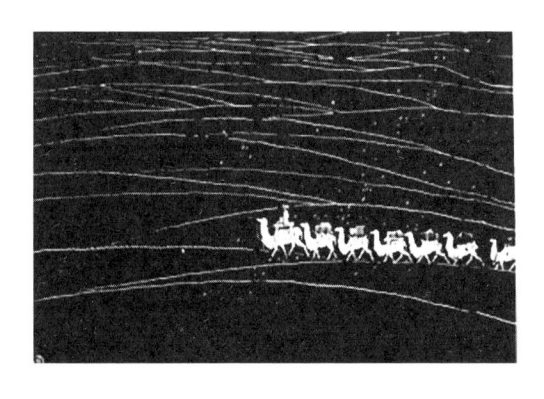

　　看过俊英同志版画作品的人，都能从中感受到一种节奏的韵律感。《林海》是一幅描绘绿色长城的作品，他像吟歌大海那样，用海浪般的具有和谐节奏的波纹线来精刻林海；为了加强线的内在的韵律感，又从纵向刻出了飞向远方、充满搏击神态昂首振翼的大雁群。绿色的林海本是生命的象征，大雁又是从大地的绿色怀抱中升腾。这不禁使我想到郭沫若先生的著名诗句："地球，我的母亲！"

　　俊英同志版画的另一特点是，注重外在的拙朴与秀美形式的统一，于自然、质朴中求变化，没有一幅是着意讲技巧的，那么朴素，有时朴素到返璞归真尚待"开发"的程度。《春归》刻画了一名伤员,漫步在早春树下的场景。护士的手势、伤员吃力而自信地学步作为背景处理,而充盈画面的是生机活现的丁香。树的造型、树枝的处理近乎是一种不完善的拙朴,但仔细品味,拙于表而秀于中。伤员病愈后的起步,不亦如这拙朴的造型一般可爱吗?写"春归"实际上是生命的新的开始。

看俊英的画,又是一种美的享受。正如赵荆先生所说,他的版画作品总是充满诗意的。被选入《中国现代黑白木刻选》中的《晨》,历来为评论家所称道,在朝阳下骑着自行车的人飞快地奔驰,点、线、面、体正反交错,一轮朝日于黑白的对比中闪烁着朝气、活力,刻画了一幅城市奏鸣曲。

俊英同志就是这样的于简洁的线中蕴含着丰富的内涵,于平淡、质朴中显出活力,于节奏的变化中谱写韵律,于黑白的对比中展示广阔的色阶,于强烈的时代感中着浸透着全新的审美追求,于平凡的事物中揭示生活的本质。他的大半生都在冷静地审视自己、反思自己,有几次,他和我谈他自己的几幅作品,深思地摇头:"如果是现在,我可能会那样处理,可能会更好一些!"

是啊,人的认识不是一次完成的,任何物化的成果都是遗憾的艺术。俊英同志可贵的是,敢于正视自己认识上的不足,敢于无情地剖析自己。

当然,面对这样一个有成就的版画家,也不能说他在艺术追求和实践上是完善无缺的。相对说,也有他不足之处。那就是:虽然他的作品于质朴中蕴含着力度,但力度仍嫌不足;虽然于平淡的事物中反映了生活的本质,但深度仍嫌不足;虽然他力求在有限的画面中去展示无限的生活哲理,但令人品味的回旋度有时尚弱。这三方面做起来确实不易,或许是苛求吧!

但是,我想,我说的这些不成熟的意见不单是对他本身的某些不足而言,俊英同志是一个正直的、有责任感的版画艺术家,日前正是他创作成熟的秋收季节，多一点严格的审视，就会给人民培植出更多的美的花朵。

发表于《火花》1995年第4期

5. 一分耕耘　一分开拓
　　——记花鸟画家徐晋平

　　近年来，花鸟画家徐晋平的国画作品不仅在省内画展和出版物上引起了广泛的注意和研究，国内一些评论家对他的作品也倾注了关注和评析。著名画家王朝瑞先生在看了他的国画作品《荷花》后高兴地说："徐晋平的荷花不复古不泥今，线条夸张，墨意淋漓，为荷花的创作走出了一条新路。"

　　王朝瑞先生所说的"不复古不泥今，线条夸张，墨意淋漓"概述了徐晋平花鸟画的创新特色。用徐晋平自己的话来说，"我作画最大的特色是不受任何传统约束，无门无派"，这大约是他的花鸟画不同于常见花鸟画的原因。在我看来，徐晋平的花鸟画虽说有不受任何传统约束的画风特色，但多年来，他早年学习传统国画、油画所受的中西传统绘画艺术潜移默化的影响是他开辟自己独有风格的创作的丰厚土壤和创新思维的前提。

　　作为朋友，我一直注意他的艺术创新的轨迹。多数人仅知，他最早是学油画的，他首先是一位油画家，他把西画追求主体与环境色丰富而统一的色彩关系用于国画花鸟中，于是他笔下画出的国画花鸟小品出现了一种全新的花鸟空间关系。但是熟知他的朋友们会告诉你，他在学习油画之前，一直喜爱传统花鸟画，并广泛学习和感悟中国花鸟画语言与语境的奥妙。通过学习，他深深感到自隋唐到当代，历代花鸟画家对中国花鸟画语言和语境的探索从来没有停止过。无论是五代的"黄筌富贵、徐熙野逸"，还是宋代绘画的崇尚写真，元代"文人画"的借物抒情，清代吴昌硕的线的大气、精到，都给他留下了极深的印象。到近代，他喜爱林风眠的中西融合，齐白石、潘天寿的贴近生活和简洁等，都对他创作花鸟画的多元发展思路提供了宝贵经验。通过多年来的学习，他确立了在传统底蕴基础上不断探索具有现代中国花鸟笔墨语言的努力方向。

　　徐晋平所说"不断探索具有现代中国花鸟笔墨语言"，不仅是他个人的感悟，也是所有花鸟画家共同的努力方向。中国画语言即笔墨，是区别于其他画种的一种特殊的绘画语言形式，具有传统程式、形式、法则、规律的规范，还具有独立的传统审美价值和笔情墨趣。其笔墨精神，体现了传统文化、哲学、审美追求。尤其在中国花鸟画重意象、意趣、意境的突出特色中的笔墨学问，都是值得后代画家去继续探索并开拓的。

画家徐晋平正值中年，受过正规的高等艺术院校和研究机构的艺术规范教育和理论研究的熏陶，所以在艺术实践和艺术理论研究上，属于研究型画家。在水墨画到西画审美的综合性实践的碰撞、互补中，做过不少新的探索，并不同程度地进行了一些前沿相关理论的研讨。所以，他的作品具有突出的艺术个性和一定的创造性。如前所述，他起初学的是油画，作品《小院》《假日》曾分别入选"第二届、第三届中国油画展"。后来转而水墨，主攻花鸟，又专攻荷花一路。作品《香远益清》获"当代中国花鸟画大展"创作奖，《放晴》获"山西省第十二、十四届美术作品展"一等奖。但是在他专攻荷花的基础上，他多角度地把石榴、八哥也同时作为点写的对象。如果说，在他的画中，荷花作为品格的象征，飘逸的线条描绘出清纯中的高洁；火红的石榴粗犷的枝干，体现了画家内心的激情；浓墨的八哥则留下了受八大山人影响，体现心境，抒写自我的一种意象。在笔墨语言上，我们看到了画面上荷花秀丽夸张线条的美感；石榴枝干上线的力度和冷色点入，创造了空间色彩层次变化多层次的奇妙效果；八哥的用墨在整体画面上亮度提升，点亮了画面的魂。把西画的写实，国画色彩的以虚代实，珍惜冷色，做到了以线的变化为主，重意重色、重彩不重、浓而不艳、中西相融、形意浑然天成的中国画特色元素的综合体现。

近年来，徐晋平作画之余很重视小品的创作。当他看到画坛流行把力气花在大画的制作上，不看重中国画小品的浮躁风气浮现时，曾感慨地说："历代画家都有体会，画小品不易，因为它要在咫尺之中见笔见墨，见笔墨外化的文化积淀，见修养。所以，容易显现画家无做作之感的真情和个性。由于以小品入画可以涵养画家的审美心态和笔墨功夫，我这些年来特别注重对小品的研究和实践。"

在谈到画家自身的文化涵养时，徐晋平反复谈到画家自身在社会复杂的大文化环境中，在21世纪转换时期过程中，排除浮躁，深入生活，守住宁静的审美心态的重要。他认为：在不断探索、不断拓展中研究中国特色的审美表现形式的发展，笔下自然会永远流淌真情。

徐晋平很忙，虽说为中国美术家协会会员，担任山西省美术家协会副主席，山西省大众书画院常务副院长、秘书长，《人民代表报》主任编辑，《水墨视界》艺术研究院副院长兼秘书长，北京李少文艺术工作室创作部主任，董寿平艺术研究会副会长等很多职务，精力充沛，忙而不乱，职务之余，耕耘不止，成果多多，但作为朋友，我还是劝他珍惜自己，为一生的艺术生命增光添彩。

2010年5月于至乐斋

本文发表后，收入《徐晋平花鸟画作品集》

山西人民出版社2010年版

6. 纯真的唯美记忆
——著名人像艺术摄影家李明先生《纯真年代》审美意识研究

李明先生人像艺术摄影集《纯真年代》的主旨是通过对近现代农村女子在田园牧歌般的不确定的典型环境中生活细节的生动组合，讴歌了她（她们）对友情、爱情，对未来美好生活如梦般幻想的纯情，吟唱着对中国淳朴的古老文化诗化的留恋和憧憬。他曾感慨地对我说："其实我们每个人记忆里最深的东西，莫过于少年时期短暂的青春萌动的印痕，那种天真无邪永驻心扉的思绪情愫让人没齿难忘。"

任何一个时代总有那个时代的鲜明烙印。在一个多元化和经历了复杂变迁的时代，面对物欲的诱惑与腐蚀，保持以前那种单纯与真诚是很难的事。然而，历史总是在对比和慢慢回味中前进的。数不清的历史长河印记，又使人们从有形的物的追求的反思中，开始怀念朝朝代代都曾经有过，看来无形却又能让心灵寄托的纯真情感。但往往越是浮躁的时候，善良的人们越想返璞归真，怀念纯真。因此，这本情景性肖像摄影集的问世，越发具有深刻的现实意义和深远的历史反思意义。

无论是作为著名人像摄影家，还是一贯保持着学者型独立人格的李明先生，带着这份纯真的挚情，在改革开放的大背景下，依然深情地眷恋着在工业文明和商业文化不断侵蚀着古老乡村的中国广大农村的变化中对往事的回顾,李明执着地描绘着他梦中的美丽山村和朴素、柔美的女儿们,让那精致的画面寄托着他对青少年时代,对农村人文空间的纯情回味。

李明先生一直以他的刻苦努力探索摄影艺术的前沿与发展。当今的摄影艺术,早已从纯技术、纯具象逐渐演进到技术与艺术的融合、具象与意象相得益彰的一门新兴艺术。李明先生人像摄影艺术更是在追求像外之像、像中之情、不尽之意上下功夫。李明先生的这组《纯真年代》,似乎就是在诠释着摄影家们的这种审美追求的无形演变,攀登着并不断发展着具有相当难度的摄影艺术这一至高境界。这册摄影集延续了李明先生一贯的艺术风格,即用摄影手段表现绘画内容,这种风格的特点就是比一般摄影作品更多了一层叙事性和绘画性,从而更增强了作品的情景故事感和美术绘画感。摄影集中所选作品,不仅仅是一幅幅出色的人像摄影艺术作品,更是一幅幅极富诗意、把油画色彩和中国画构图高度融合并将绘画与摄影艺术巧妙互补再创造的艺术结晶。

翻开李明先生的这组《纯真年代》,扑面而来的是恬然娴静的画中人和淳朴原味的乡土气息。有人说,中国的乡土社会已经消失在躁动的社会变革中,大型机器的隆隆声正碾压着封闭乡村质朴的神经。不过,在李明先生的摄影作品里,这一切似乎全未发生。在寂静的旷野中,美丽的乡村庄似乎还在沉睡着;蒙昧初开的少女还带着原始的幽怨和寂寞,莫名地期待着;新婚宴尔的少妇在冬雪中依然在彷徨和憧憬着。这一幅幅画面虽是摄影家的幻想与精心制作,但作品的深刻内涵,牵动着普通人在现实的对比中,厌恶了浮躁后心底深处对最质朴柔情的怀念。

学美术出身的李明先生对古典主义大师的表现技法兼收并蓄,融汇中国传统文化的艺术语言,将摄影创作的基本技巧与作品的情致结合起来,以大黄、大白、大黑及大红等几种主要颜色的对比与渗透,实现了画面凝重而不呆滞、强烈而不生硬

的艺术效果，具有一种含蓄而动人的内在美。

李明先生的摄影，于静态中展现动态，在稳重中挥洒灵秀，从色彩中寄托内涵，犹如一坛陈年佳酿，洋溢着欧洲文艺复兴时期艺术风采的醇厚，回味着中国宋代工笔流韵的清香。

民间的大红、阳光、静穆的黑、美丽的农村女儿是李明在这组《纯真年代》中反复使用的道具，这样的集合，让读者在慢慢翻动这本摄影集的人物形象的艺术表现中，找到了摄影家创作中与之对应的审美追求与风格，即唯美的、古朴的、乡土的、纯粹的、温情的、宁静的、祥和的……认真观赏，您还会发现，在作者纯唯美的探索和深化的过程中，人物情感表达上淡化了忧伤，凸显了年轻女子在时代大潮到来前的孤独、困惑与渴望幸福未来的意念。除了风之寒、雪之冷，还有阳光的灿烂，春风拂煦的《微风吹过》，桃花红、梨花白的《梨花雨》秀美意境，《心在融化着严冬》《天上有朵白白的云》的痴情向往，更有少年人向往未来，徜徉于幻想的《小鸟》《越飞越高》的无限追求。

有人说，乡村是人类最初的家园，也是人类最终的归宿。即使躯体漂泊在都市，最后的灵魂依然要回归乡野，也是李明先生挥之不去的情结，他绘画创作的情感皈依所在。

对浓郁乡土气息的眷恋，使李明对具有中国传统文化审美意蕴的乡土题材的把握游刃有余。他十分善于抓住人物表情和肢体语言，及最符合主题的细微变化，来为他所述说的一个个动人故事情节进行演绎。如同说戏的导演，他总能让人物瞬间进入最佳状态。对造型的偏重，导致摄影家不仅着眼于大局整体处理，而且十分强调色彩的丰富和变化，表现技巧娴熟精湛，向人们展现了一个质朴清新的新古典主义艺术世界。

俗雅相间的审美情趣及深刻的哲学思考跃然于他的画意摄影作品中。在光与影的处理上，他借鉴了油画的表现手段，既慎重又力求表现艺术个性，以立意为中心，根据选择对象的不同，充分利用如侧光、背光等不同的光线来强化画中的主体部分，取得了与画面主题相拥相融的戏剧性效果。这种光与影的布局不仅有利于从有限的画面空间到无限的想象画面的微妙拓展，而且对光影的处理有着一种由内而外的兼容性倾向，使读者在观赏时产生一种身临其境的参与感。由此也可以看出，著名油画家伦勃朗对他的影响。他把伦勃朗大师的光影艺术表现规律巧妙结合并互相渗透，创造性地运用到他的摄影中，拓展了"画意摄影"艺术探索的表现手法。

在构图上，他借鉴了中国画立轴散点透视的构图方式，形式上具有中国古代画家的东方式的审美追求，在内涵上展示得更多的却是画外之多元丰富空间。有时还在严肃的主题内运用幽默的细节，形成画面的趣味中心。作品《从前有座山》是一幅儿童人物抓拍的作品，题目选自广为流传的儿歌《从前有座山》。画中人物是一个随意坐在椅子上、看书入迷的小女孩，背景是模糊的剪纸寺庙，映射着题目的意境，但给与读者深刻印象的是孩子专心致志的神情。作者使用了顶侧光，头部和额头的光是书的反光，光影界线明显，形成了丰富的立体感。

李明先生在选择细节刻画人物中，不仅运用了含蓄的眼神，他更善于把画中的每一个道具和细节都激活起来，赋予与人物心理相对应的审美内涵，使欣赏者如临其境，进入多角度的思考，从而深化了主题。在作品《梨花雨》中，画面上飘曳的白色落花仿佛在下着雪，似雪似花，似雪非雪，似花非花……一位红衣女儿靠在枝干倾斜的梨树干上，形成一幅不对称的三角形构图。重心虽不稳，但却让人感到新奇，有变化；女儿专注地给心爱的人绣着心绪，乃至把红头巾都掉落在地上。远处的一片片红色的桃花依然清晰可辨，与前景的模糊的片片飞花互为映衬，飘落的梨花在视觉上的反差，更像是梨花之雨，暗自点题；黄色的绣品成为画面上的亮色，烘托了主人公的柔美之态。从构图来说，左下角空白处的静物提篮、掉落的红头巾，与红衣相呼应，反而显得均衡有致了。

这里，我们仅仅举了几个典型的例子，如果细致地品味李明先生的每一幅作品，你都会感受到善于抓细节的成功典范。李明先生对我说，从平凡细微的动作中表现人物的不同气质是一件不容易的事，需要敏锐的观察力和发现能力，而这两种能力的培养要靠长期的文化积累和修为。李明先生自己也说，他是把摄影艺术当作绘画艺术来创作的。当他端起相机之时，他是用一个画家的目光去捕捉画面；当他做后期制作时，更是用一个画家的心灵深入地构图设色来完善他的摄影作品，以此来实现他追求的完美之梦。

李明先生的画意摄影作品受到很多人的喜爱，究其原因，是因为他的艺术追求体现了一种强烈的民族特色，这种特色并非是表象的形式上的附从，而是作者发自内心的从民族精神层面上对艺术理解的一种结果。

作为一名真正意义上的人像摄影家，李明先生首先有着丰富的中西文化底蕴，有着敏锐的观察能力；他还有着一双美学家的眼睛，不仅善于发现美，并且长于创造美。

当反复品味全册每一幅作品时，你都会感到他作品中厚重的人文色彩，独特、灵动的细节构思，严谨、大气的空间组合，画意中细腻而又具有经典油画色彩的风格。每一幅都渗透着真情，凝聚着心血和他自己深切的审美感受，通过精美的形象表达出耐人品味的审美意境和深邃的哲理。综观全集所选作品，无论从形式，还是内涵，都称得上是精品。

李明先生的成功，在于他坚持走以民族文化为主的画意摄影之路。我坚信，李明先生创作中国元素唯美画意摄影创作，继续以他独特的中西艺术风格高度相融的中国特色画风走向世界。

2010年12月14日

附：李明，国家摄影高级技师。供职于山西省国税局办公室。自幼喜欢绘画，石家庄陆军学院毕业，进修于清华大学美术学院装潢设计系，主攻人像摄影。摄影及美术作品多次参加国内外展览并获奖。出版有《李明人像艺术摄影作品集》《漫画税法》等多部摄影美术画册。现为中国摄影家协会会员、山西省美术家协会会员。

（七）晋阳古代书法名家及其文化特征

晋阳（今太原）位于山西中部。是北方的政治、经济、军事、文化重镇。在漫长的历史发展过程中，晋阳受北方黄土文化的熏陶，铸造了它重民族气节，重雄美追求的坚强勇敢、豪放质朴、憨厚包容的地域性民族风格。这也同时影响到晋阳书法艺术的审美内涵。

晋阳书法艺术的早期发展，见之于山西出土的多种商代、周代青铜器上的铭文。秦汉以后的晋阳书法，可考者有1961年太原市东太堡村出土的西汉时四件钟器中的两件，其上均有铭文，俱为隶书，反映出早期隶书的基本风格。此外，山西历史上每一时期都涌现出一些著名的书法家（包括非晋籍书法家），他们的墨迹珍品流世，给山西传统文化增添了十分宝贵的财富，对山西书法乃至全国书法艺术的发展都具有重要影响。我国历史上第一位有建树的河东女书家卫铄（"书圣"王羲之曾从她学书）的成就和影响，确定了卫家书法与"南帖北碑"源与流的关系；北魏代郡（今代县一带）书法家穆子容，历来被认为是颜真卿书法的蓝本。这两位书法家均在中国书法史上占有重要地位，他们的书法艺术自然会对晋阳书法产生深远的影响。

基于太原在中国历史上的重要地位，在不同的历史阶段，太原地区各类书法名家辈出，有关资料录入典籍者78—95人不等。《山西书法通鉴》（柴建国著，山西人民出版社1999年版）就著录有知名书法家78人。

1. 晋阳书法家的代表人物

（1）王濛（309—347），字仲祖，小字阿奴。晋太原晋阳（今太原市）人。官至司徒左长史。工书法、绘画，以正书、草书闻名。《晋书》有传。

（2）王坦之（330—375），字文度，东晋太原人。王述子。历任抚军将军、从事中郎、侍中、左卫将军、中书令、北中郎将、徐兖二州刺史等。工书法，"善行书"（宋陈思《书小史》），作品有《惶恐帖》传世，《晋书》有传。还有王浑、王济（王浑子）、王述（王坦之之父）、王修（王濛长子）等，均为以书法传世的家族书法家。

（3）王远，生卒年不详。太原人。宣武帝永平二年（509）任太原典签。王远书《石门铭》刻于北魏永平二年（509），是北魏著名的摩崖石刻之一，书风超逸。康有为将其列为"神品"，云："石门铭飞逸奇浑，翩翩欲仙，若瑶岛散仙，骖鹤跨鸾。"清康有为《广艺舟双楫》将其与《爨龙颜碑》《灵庙碑阴》列为三"神品"，在书法史上占有很高的地位。

（4）狄仁杰（630—700），字怀英，唐并州太原（今山西太原西南）人。武则天时期宰相，杰出的政治家。狄仁杰每任一职，皆心系民生，不畏权贵，政绩卓著。身居宰相之后，辅国安邦，在上承贞观之治，下启开元之治的武则天时代，做出了卓越的贡献。卒谥"文惠"。工书法，多受虞世南影响。《旧唐书》《新唐书》均有传。

（5）王知敬，生卒年不详。太原人（见唐窦蒙《述书赋·注》。一说怀州河内（今河南沁阳）人）。武后时官麟台少监，曾官太子家令。唐代书法家。工画，书法工草书、行书，以正书名世。张怀瓘《书断》称："知敬工草及行，尤善章草，肤骨兼有，戈戟足以自卫，毛翮足以飞翻，若冀大略宏图，摩霄殄寇，则未奇也。"窦蒙《述书赋·注》谓："知敬工正、行，善署书，与殷（仲容）殊途而同归，兼善草书。"又称："洛川长史德政二贾碑，即知敬之迹，极峻利丰秀。"清人孙承泽《庚子消夏记》评价他的书法"遒美可爱，精妙绝伦，不逊虞、褚"。传世墨迹有《少林寺金刚经碑》《李靖碑》。

（6）王维（701—761），（据陈铁民《王维年谱》，文收氏《王维新论》，北京师范学院出版社1990年版）字摩诘，祖籍太原祁县（今山西省祁县）人，其父迁家蒲州（今山西永济县），遂为蒲人。官至尚书右丞等，故亦称王右丞。王维是唐代有着多种才能的大诗人、大画家、大音乐家。他的诗歌创作在中国文学史上占有同李白、杜甫一样的重要地位，同时也在书法（主要是隶书、草书）的实践和理论研究上有着重要的成就。《书小史》称其"工草隶"。

（7）白居易（772—846），唐代伟大诗人，字乐天。自号醉吟先生，晚年署名香山居士；曾官太子少傅，世称白傅、白文公。李商隐给他作墓志铭，称他为"太原白公"，先世太原人。因祖父时举家迁至下邽（今陕西渭南东北），遂为下邽人。世人多知白居易为伟大诗人，对其书法艺术的评价知之者较少。被《宣和书谱》高度评介为"不失书家法度"的白居易书法，却为文名、政声所掩。

（8）温庭筠：（约801—866），名岐，字飞卿，太原祁县（今山西祁县）人（《旧唐书》说是太原人，而《新唐书》则谓温为并州人）。后定居于雩县（今陕西户县），靠近杜陵，所以他尝自称为杜陵游客。晚唐著名诗人，温庭筠诗词俱佳，以词著称。历代诗论家对温庭筠诗词评价甚高，被誉为花间派鼻祖。与李商隐齐名。创作颇丰。可惜其集不传，今所见温庭筠之诗词，唯《花间集》《全唐诗》《全唐文》中所保存者。后世认为其书法具有突出的审美个性，董其昌《容台集》有"米元章从此入门"句，认为其书法可为米芾书法的入门之阶。《旧唐书》《新唐书》均有传。

（9）王诜（1048—1104），字晋卿，太原人，后徙居开封。尚英宗赵曙女魏国大长公主。为北宋著名书画家。官左卫将军、驸马都尉、利州防御史、定州团练使等，56岁逝世，谥荣安。诸子百家、诗文书法皆通。尤精于山水、墨竹。书法善用钟鼎篆籀笔法作正、行、隶、草书。"行书奇怪，非世所学，自成一家。"（黄庭坚《山谷集》）与黄庭坚、苏轼、米芾为友。《宋史》有传。

（10）米芾（1052—1108），太原人（后南迁），北宋著名书法家、画家、书画理论家、鉴定家、收藏家。初名黻，30岁后改名为"芾"。字元章，号鹿门居士。因曾迁居襄阳（今属湖北），号襄阳漫士，有"米襄阳"之称。晚年定居并逝世于润州（今镇江市）。因在城东筑室，名曰海岳庵，又号海岳外史。还有中岳外史、溪堂等别号。徽宗时召为书画学博士，赐礼部员外郎，世称"米南宫"。因其颠狂不拘的性格，人又称"米颠"。由于他在书法上的开创性，书史上称他"妙于翰墨，沉着飞翥，得王献之笔意"（《宋史》）。米芾曾对宋徽宗说自己的书法为"刷字"，可称有自己独特书风的书画大师。与苏轼、黄庭坚、蔡襄并称为"宋代四大家"。

（11）王安中，生卒年不详，字履道，号初寮居士，宋中山阳曲（今属太原市）人。进士及第。政和中为御史中丞。宣和元年（1119）拜尚书右丞。后拜检校太保、建雄军节度使、大名府尹等，卒年59岁。为仕清正。安中为文丰润敏拔，徽宗尝宴睿谟殿，命安中赋诗百韵以纪其事。诗成，尝叹不已，令大书于殿屏，凡侍臣皆以副本赐之。有《初寮集》七十六卷传于世。"书法清峻"（陶宗仪《书史会要》），自成一格。《宋史》有传。

（12）米友仁（1074—1153），原名尹仁，字元晖，小名虎儿。原籍太原。米芾子。累官至工部侍郎，敷文阁直学士。秉承父学，工于书画。其书风"笔力能扛鼎"（黄庭坚）。《宋史》有传。

（13）郭冀，生卒年不详。字羲仲，自号东郭先生，元太原人。工诗与书法。书法得"二王"笔意，书风阳刚而不傲，且灵动劲宕。

（14）李倜，生卒年不详。字士弘，号员峤，元河东太原（今太原市）人。官至集贤院侍读学士。大德中，出为临江路总管，后为延平路总管，两浙盐运使。工诗文，善书画，尤以墨竹最著名。"笔墨皆超脱不群。"（明赵琦美《铁网珊瑚》）李倜书跋陆柬之《文赋》二则为其代表作品。

（15）周经（1439—1510），字伯常，明阳曲（今太原市）人。明天顺四年（1460）进士，改庶吉士，授检讨，成化中历侍读中允，侍东宫讲《文华大训》。孝宗立，进太常少卿，兼侍读，弘治二年（1489）擢礼部右侍郎、进吏部左侍郎。弘治九年（1496）为户部尚书。为人刚直，好强谏。宦官、贵戚皆惮而疾之。正德五年三月卒，年七十一。赠太保，谥文端。书法空灵朗逸。著有《周文瑞集》。《明史》有传。

（16）傅山（1607—1684），初名鼎臣，字青竹；后改名山，字青主。室名与别号多个。明末清初阳曲（今太原市）人。精通经史、诸子，兼诗文、书画及医学。独辟研究诸子之先河。重民族气节，人品书品合一。书法诸体皆精，尤擅正行草书，为一代宗师。他的书法被时人尊为"清初第一写家"。顾炎武说他"萧然物外，自得天机"。傅山所倡"学书之法宁拙毋巧，宁丑毋媚，宁支离毋轻滑，宁直率毋安排"的"丑"学书论，具有开创性。他生前留下大量著作手稿、墨迹，不仅由各地图书馆、博物院等单位收藏，而且被众多私人辗转珍藏，散佚在国内外各地。著有《霜红龛集》四十卷等。《清史稿》有传。

（17）傅眉（1628—1683），字寿髦，一作寿毛，又字竹岭，须男；自号小檗禅、我道人、眉道人、糜道人。清阳曲人。傅山子。常为父代笔。书法通贯于篆、隶、真、草、急就、唐贤诸家；著有《我诗集》十卷（山西省图书馆藏咸丰四年寿阳王氏刻本）。《清史稿》于傅山传后附传。

（18）阎若璩（1636—1704），字百诗，号潜丘，清太原人。自高祖迁至江苏淮安。精通训诂、考据之学，著有《古文尚书疏证》八卷，为清代汉学研究的开山之作。与傅山、顾炎武等交谊甚深。工书法。作字规范严谨，笔力沉实，有学者风度。《清史稿》有传。

（19）傅莲苏，生卒年不详，字长房，号岩裔，清阳曲（今太原市）人。傅山孙，傅眉子。顺治十七年（1660）贡生，曾官灵石县训导。书法作行草，古隶，深得父、祖之法，形神颇相类。

（20）杨二酉（1705—1780），字学山，号西园，又号恕堂、悔翁，清太原晋祠人。雍正十一年（1733）进士，进入朝廷翰林院，。改庶吉士，授编修。历任贵州、山西道检察御史，工部、兵部给侍中等职。特别是在出任台湾巡察御史兼理学政期间，政绩卓著。他弹劾专横跋扈的镇台总兵章隆，免除台湾多年赋税，减轻人民负担，促进生产，教化民风，修筑城池，加强防务，并解决台闽粤间因学额之争引起的矛盾。至今，在台湾还保存着乾隆五年（1740）台湾人民为表彰杨二酉的功绩所立的《学宪杨公兴行海东书院碑记》。杨二酉对山西的地方文化保护和建设起到了积极的作用。乾隆十六年，即公元1751年，杨二酉被休致回乡，致力于对晋祠的保护和对晋祠文化的研究。先后对舍利塔、水镜台、水母楼、柏月山房等重建或修复，扩建了唐叔祠，复制了唐太宗晋祠铭碑。特别是他总结并撰写的晋祠内外八景诗，对晋祠的保护研究产生了深远的影响。杨二酉书法工正、行、草书。书风遒美清丽。师法"二王"，兼取黄庭坚、米芾、赵孟頫诸人意境，著有《柳南诗抄》。《清史稿》有传。

（21）折遇兰，生卒年不详。字佩湘，号霁山，清阳曲县（今太原市）人。乾隆二十四年己卯（1759）、乾隆二十五年庚辰（1760）联捷进士。历任正宁、会宁、浏阳、普宁、揭阳等县知县，所至均著政声。诗文书法各自成家，书法于颜真卿书风吸收较多。尤喜隶。著有《看云山房诗钞》二卷（山西省图书馆藏，嘉庆十七年刊本）、《折霁山稿》（山西省图书馆藏乾隆二十九年看云山房刻本）。

（22）申兆定，生卒年不详，字图南，号绳斋、铁蟾，清乾隆时阳曲县（今太原市）人。乾隆二十五年（1760）举人。官陕西定边县、湖南衡阳县知县。精文字之学。工诗词、书法、篆刻。著有《秦汉互当图说》《涵真阁汉碑文字跋》。

（23）杨埨（1743—1826），字大田，号损斋，又号雪谷，别号者亭，清太原晋祠人。杨二酉之族曾孙。书法工妙，有曾祖风。乾隆三十五年

（1770），邑侯周宽奉檄修葺晋祠，并碑亭。杨二酉乃购原拓本未损者，延埴摹刻，复旧观，为人所称诵。

（24）乔人杰（1740—1804），字汉三，号荫堂，清徐沟县（今太原市清徐县）人。乾隆三十年（1765）举人。历任广宗，宣化、大兴知县，顺天南路同知，安徽凤阳知府，安庆知府，江西督粮道，天津道，永定河道，清河道，擢福建按察使，转布政使，移湖北按察使。卒赠太子少保。其书法采诸家之长。行书《与二兄大人书》笔墨清峻流畅，绵里藏针。

（25）牛映奎，生卒年不详，字聚五，清清源县人。乾隆五十九年（1794）举人，曾在安徽省的东流（今东至县）、全椒、宿松、怀宁、亳州、无为、巢县（今巢湖市）、六安等州县任州县官，后升颖州知府，所至处皆有政声。在巢县时，牛以全家性命保其境内人民无反乱，保全了数以万计的百姓。他清廉耿直，任职多年将自己的家产全部倒贴了出去，并负债累累，时有营茶的富商，感戴牛之恩，打算以万金为牛祝寿，被他坚决谢绝。在皖30余年，每调动，老百姓焚香送迎，尊他为"牛青天"，络绎于通途。民间尚流传有颂诗："自古重龚黄，循良名不朽。继起有伟人，争传牛太守。争迎郭细侯，福星来金斗。清慎勤居先，累达艺兼有。男皆视为儿，女皆视为妇。罔极等昊天，此之谓文母。"书于清嘉庆七年壬戌（1802）的行书《文赋》六条屏为其流传墨迹。共五百言，一气贯底。结字工正，圆笔精美，清朗宜人。

（26）贾克慎，生卒年不详，别号阆柴，清阳曲县（今太原市）人。嘉庆二十五年（1820）举进士。历官翰林院侍讲，贵州学正，湖北正考官，鸿胪寺卿等。工诗文、书法。正书规矩于欧阳询。

（27）乔松年（1815—1875），字健侯，号鹤侪，清徐沟（今清徐县）人。出身书香、显宦之家。祖父人杰为湖北按察使，嗣父邦宪为翰林，生父邦哲为遵化州知州。道光十四年（1834）举人，道光十五年（1835）进士，授工部主事，再迁郎中。咸丰三年（1853），以知府发江苏，除松江，调苏州。咸丰四年（1854）授常镇通海道。咸丰六年（1856），署两淮盐运使。咸丰九年（1859），兼办江北粮台。同治二年（1863）为江苏布政司使，旋擢安徽巡抚，同治五年（1866）调陕西巡抚。同治十年

(1871）授河道总督，疏治黄河，多有善政。光绪元年（1875）卒，60岁，赠太子少保，谥勤恪。著有《论语浅解》四卷、《萝藦亭札记》八卷等，又辑《纬捃》14卷、《乔氏载记》2卷，均刊行。书法意蕴深厚，用笔、规矩多循鲁公，然又不拘于古法，个性鲜明。行书《与绂翁书》代表其特色。《清史稿》有传。

2. 晋阳书法家的文化特征

（1）不少书法家出身名门望族，形成家族书法家现象

比如两晋时期太原的王家。有王述、王濛、王济、王浑、王坦之、王修、王绥等。不仅仕有政绩，书法均著称于世，《晋书》有传。其中，王浑与王济、王坦与王述、王濛与王修为父子书家。

再如清代杨氏家族有杨二酉、杨朝阳、杨永阳、杨弁阳、杨一阳、杨堉、杨容等，皆工于书法。

还可细分，有祖孙书家：如清阳曲人傅山、傅眉（子）、傅仁（侄）、傅莲苏（孙）。

有父子书家，如宋太原人米芾（父）、米友仁（子）、米尹知（子）

有兄弟书家，如唐王维（兄）、王缙（弟）等。

出现这种现象，是因为这些家族大都是书香传家，世代皆有深厚的传统文化素养和积淀，有引导其世世代代对书法教育的爱好并长期进行教育、实践的家传，所以，才形成书法艺术世代传承的现象。但是，书法艺术作为一种历史文化遗产，为后人所承传时，有严格的规范。在当时儒学教育思想的影响下，书香传家的家庭培养孩子必须学的就是国学和书法。评判一个人是否有文化，首先看的就是字写得如何。由于从小就接受这方面的严格教育和训练，就充分发挥了书法的教化功能。自幼习诗书，广临碑帖，为其日后在书画艺术上取得瞩目成就，奠定了良好的笔墨功底。如魏晋间书法家有一个很明显的迹象，就是家族式文化的调控。晋时的王氏家族书法的兴盛，延续三百余年，和亲缘血缘承传密不可分。一方面保持了家族艺术的特色，另一方面也影响了社会上其他的家族。

（2）古晋阳历代的书法家中，有不少书法家既是思想家、政治家，又是文学家、画家

比如，作为诗人的书法家，他们对书法的积极参与与热情并不亚于诗歌。唐代书家640多人，著名诗人全在其中，可是他们书法艺术的成果往往被本人的其他成就和声名淹没，应当引起后人的重视并深入发掘研究。

王维是唐代一位有着多种才能的大诗人、大画家、大音乐家，同时也在书法（主要是隶书、草书）的实践和理论研究上有着重要的成就。《书小史》称其"工草隶"，但传世书论及书法佳作甚少。

再如唐代著名诗人白居易，他在文学创作上，积极倡导新乐府运动，《与元九书》是他的诗论纲领，在文中提出"根情、苗言、华声、实义"的观点。但人们对他的书法艺术知之者却甚少。现存墨迹，见于《宝刻丛编》《金石萃编》《金石录》《石刻名汇》《宣和书谱》《淳熙秘阁续法帖》《星凤楼帖》《咸淳临安志》《苏州府志》《舆地纪胜》等著录和某些出土文物。他所书的诗歌、书札、碑志等共十余种。多作于53岁至63岁之间：

①给元稹的书札及《春游》诗。从书札中有"到杭州已逾岁时"句，可知是白居易到杭州上任（长庆二年，822）一年后所写。约长庆四年（824），53岁。其时他正在杭州做官，心情甚佳，诗兴也浓。运笔自如，于魏晋挥洒之风中含壮年奋发之姿。给元稹的《春游》诗（原载《元稹集》）乃同期作品，书风相类，书情与诗情高度融合，堪称佳作。

②《与运使郎中状》（见《淳熙秘阁续法帖》）。书写时间约为大和六年（832）十一月前，诗人61岁，是写给韦应物的信。因系公函，所以书写工整严谨，一丝不苟，用笔结字如出魏晋。很显功力，可知白居易青年时代在楷书上下过苦功。

③《与刘禹锡书》。写作时间约在《与运使郎中状》书札之后。信中有"前月二十六日崔家送终事毕"句，约大和六年（832）八月。当时白居易61岁。从书札内容看，这封信是白居易连续接到诗人刘禹锡3封信后的回信。拓本分6面，共547字，因系友人来往信件，情系笔端，没有局限于一种笔体。运笔始为楷书，后激情流淌于行楷夹杂的挥洒之中，

自然淡雅，魏晋之风飘然笺上。这在古代信札的书体中并不多见。

④《瞻恋帖》。书于长庆三年（823），52岁。帖述"时公私稍暇，守愚养拙，聊以遣时"，可见其在官场屡遭排斥。但已到知天命之年的白居易早已看透朝政的昏暗，所以从其笔墨中，我们看到的是用笔自如、节奏轻捷，感觉不到他丝毫的悲观情绪流露。

⑤《楞严经册》。约为白居易晚年抄写佛经之作。作品落款"香山白居易书"，可为晚年墨迹之佐证。白居易是大和三年（829）回归洛阳，与香山寺结香火社缘，从开成五年（840）后，白居易诗文署名才见"香山居士"。之前，均署"太原白居易"。因此，白居易书写的《楞严经册》的时间应在840—843年65岁左右时的作品。这时的白居易，看到当朝党争之日益激烈，朝政之日益腐败，无法实现"兼济天下"之宏志，只得进入"独善其身"的半官半隐生活。所以，在经卷的抄写上，体现出老年白居易在宗教信仰上追求的虔诚、沉静态度，笔法丰富内蕴，笔力凝练稳重。

对白居易书札、经卷、诗作的书法作品的评论多见于宋人，宋徽宗制《宣和书谱》评曰："观其《丰年》《洛下》两帖与夫《杂诗》，笔致翩翩。大抵唐人作字，未有不工者。如居易以文章名世，至于字画，不失书家法度。作行书，与时流相后先。盖胸中渊著，流出笔下，便过人数等。观之者亦想见其概。"苏轼在《天竺寺诗序》中评曰："先君言虔州天竺寺有乐天亲书诗，笔势奇逸，墨迹如新。"从宋人对他书法作品的评论，可知他有深厚的书写功底，体现出规范的书家法度，笔下多"学问文章之气"（黄庭坚语）。

北宋著名书画家王诜绘画精于山水、墨竹，亦工诗词，有《王晋卿词》一卷。书风独具一格。与黄庭坚、苏轼、米芾为友。清吴其贞《书画记》论其书法云："观其书法，纵笔如悬针，横笔如画沙，走绕盖作流水波。结构紧实，锋芒凛凛，如快剑斫阵，迥与平日有殊。或因酒兴相助耶？不然，何入神臻妙至此？"但书法珍品流传也不多。

（3）古晋阳著名书法家特别重视人品与书品的合一

历代书法评论家非常重视人品与书品的合一。西汉时扬雄就提出了"书为心画"的著名观点，认为书法艺术作品是书家思想意识、德行、品藻的反映。这一观点对后世产生了深远影响。清代的刘熙载在《艺概》中也说："笔性墨情借以其性情为本。"成功的艺术品与其人品的修养、文化积淀是融为一体的。

人品与书品的统一是古代品评书法的标准之一。要求书家在提高笔墨技巧、探索书法艺术形式美规律的同时，更要修行自身的思想道德品质、文化品位，多方面完善自己，将人的生命品质和人的自由创造能力融入作品之中。这正是晋阳书家人品、政声、书品的共性特征，其中的突出代表是清代著名书法家傅山先生。

中国书法艺术在清代前期基本沿承了明末的书风，郑振铎先生指出，"满州人的入关，并没有打乱了这个悠久的艺术传统"，"但明末遗民像弘仁、傅山……却寄悲愤于画幅，自有其枯瘦奔放的作风"（见郑振铎《伟大的艺术传统序》）。在当时书坛上，对书法艺术的研讨出现了上溯"二王"、董其昌和师承米芾、王铎的两股潮流。在诸多书法家中，傅山具有强烈的民族意识、独特的审美个性和超前意识。

傅山，明末清初思想家、著名学者、医学家、书画家。在文化上，是一位在总结批判前代文化，竭力倡导批判和创造精神的社会启蒙的先驱。他38岁时明亡，此后终身以侨民自居。顺治十七年（1660）起，他隐居于太原城南的松庄，自号"松侨"，专心治学、书画、行医，并与顾炎武、屈大均等著名抗清人士交往。

傅山博通经史、诸子。在诸多学术领域中才能卓著，有很高的成就。他主张为学经世致用，秉性刚直不阿。傅山38岁前忠于明王朝，明亡后以反清复明为己任。崇祯年间，他曾以一介布衣，发动诸生数十人积极参加反对阉党的斗争，上书为山西提学袁继咸之冤狱赴京请愿，后得以昭雪而名震朝野。明亡以后，傅山又和顾炎武等人积极参加反清斗争，曾被捕，在狱中"抗词不屈，绝食数日，几死"（全祖望《阳曲傅青主先生事略》）。出狱后又远行游学江南以谋反清活动，一直到53岁，长达15年左右。

傅山坚守民族气节，誓死不与清廷合作。他曾作诗言志，说："生既须笃挚，死亦要精神。性种带至明，阴阳随屈伸。誓以此愿力，而不坏此身。"（《霜红龛集》卷五《病极待死》）在明亡清兴之际对若干历史文化的深刻反思中，傅山形成了他的社会启蒙思想。主要表现在反对封建专制，倡导人性解放，批判宋明理学，主张学以致用等方面。这也同时使傅山成为明朝遗民中最具影响力的书法家之一。生就傲骨的傅山，不论书法创作或是理论研究，无不注重对人格气节的宣扬。他曾多次谈到"作书之人首要之本乃在作人""一旦大节有亏，则笔墨不足补其缺"等掷地若金石声的话。他论书的诗文较多，比如在《霜红龛集》卷四《作字示儿孙》中说："作字先作人，人奇字自古。纲常叛周孔，笔墨不可补。诚悬有至论，笔力不专主。一臂加五指，乾卦六爻睹。谁为用九者，心与腕是取。永真逆羲文，不易柳公语。未习鲁公书，先观鲁公诰。平原气在中，毛颖足吞虏。"

在傅山先生看来，书法则是人格的对象化。作为遗民，他以不驯的性情，显示出高贵的人格和坚贞的民族骨气。"吾尝戒之，不许乱炎作书，辱此法也。"（《霜红龛集》卷二十六《杂记》）强调作书与做人一样，绝不能玩弄技巧，并以颜真卿、柳公权为例证明。

在这首诗后，还附有一段跋语："贫道二十岁左右，于先世所传晋唐楷书法，无所不临，而不能略肖，偶得赵子昂香山诗墨迹，爱其圆转流丽，遂临之，不数过而遂欲乱真。此无他，即如人学正人君子，只觉，觚棱难近，降而与匪人游，神情不觉其日亲日密，而无尔我者然也。行大薄其为人，痛恶其书浅俗，如徐偃王之无骨。始复宗先人四五世所学之鲁公而苦为之。然腕杂矣，不能劲瘦挺拗如先人矣。比之匪人，不亦伤乎。不知董太史何所见，而遂称孟頫为五百年中所无。贫道乃今大解，乃今大不解。写此诗仍用赵态，令儿孙辈知之，勿复犯此。是作人一著。然又须知赵却是用心于王右军者，只缘学问不正，遂流软美一途。心手不可欺也如此。危哉！危哉！尔辈慎之。毫厘千里，何莫非然。宁拙毋巧，宁丑毋媚，宁支离毋轻滑，宁真率毋安排，足以回临池既倒之狂澜矣。"傅山标新立异的书法审美理论主张，在当时书画界引起了强烈的反响，至今仍备受推崇。

傅山的行草作品较多，运笔刚柔并济，气韵生动，气势极具震撼力。代表作如《丹枫阁记》。丹枫阁：清顺治十七年（1660）九月，戴廷栻在山西省祁县城内兴建，作为明朝遗民秘密活动的据点。山西以及全国许多反清志士和文人学者，经常在丹枫阁聚会。其中知名者除傅山父子和顾炎武外，有见于记载的五六十人。如王士禛、戴本孝、黄道周、朱彝尊、屈大均、毕振姬、魏象枢、李孔德、阎若璩、阎尔梅等反清志士和学者。

傅山先生在书法、艺术上反映出来的具有开拓意义的书法"丑拙"审美观的审美追求，蕴含着中国哲学美学的丰富内容。傅山先生就是在中国传统的哲学思想的沃土上形成并发展了自己独特的美学思想的。

（4）古晋阳书法家博采古人之长，勇于开拓

在这方面，突出而又成功的范例是傅山和米芾。

傅山书法传统功底深厚。"自大小篆，隶以下，无不精，兼工画。"（全祖望《阳曲傅青主先生事略》）八九岁时即从钟繇入手，继而学习王羲之、颜真卿，至20岁左右，已"于先世所传晋唐楷书无所不临"。傅山十分重视小楷练习，仅临《黄庭》就数千遍。他在总结临习小楷的体会时说："作小楷，须用大力，柱笔著纸，如以千金（斤）铁杖柱地。若谓小字无须重力，可以飘忽点缀而就，便于此技说梦。写《黄庭》数千过了，用圆锋笔，香象力，竭诚运腕肩背，供筋骨之输，久久从右天柱涌起，然后可语奇正之变。"（《霜红龛集》卷二十五《字训》）他的隶书线条粗壮深厚，体现了端庄、稳重、朴实无华的人格力量。他的小楷《千字文》直追钟、王，朴实古拙。

在中国书法美学领域里，历来对"巧""拙"有两种不同的美学观点。一种为"书道只在巧妙二字，拙则直率而无化境矣"（董其昌《画禅室随笔》）。另一种截然不同的说法，如宋黄庭坚首次将"拙"引入书法审美，说："凡书要拙多于巧。"傅山则进一步提出注重创新的"丑拙"审美观。但这种创新的境界是建立在学习传统书法，特别是篆隶的坚实基础上的，他说："写字之妙，亦不过一正。然正不是板，不是死，只是古法。""不自正入，不能变出，此中饶有四头八尾之道，复习不愧而忘人，乃可与此。但能正入，自无婢贱野俗之气。然笔不熟不灵，而又忌裹，熟则近于裹矣。志正体直，书法通于射也。阳元之射。"（《字训》）有了中锋用笔的功底和浑沉深厚的线质基础，自然能不期而至奇境。所以他又说："写字无奇巧，只有正拙，正极奇生，归于大巧若拙已矣。不信时，

但于落笔时先萌一意，我要使此为何如一势。及成字后，与意之结构全乖。亦可以知此中天倪，造作不得矣。手熟为能，迩言道破。王铎四十年前字极力造作，四十年后无意合拍，遂能大家。"(《字训》)他对王铎晚期书法的推崇正是因为他在表现雄美奇崛上已达到自由浑成的境界，即所谓的正极奇生，大巧若拙。

傅山先生晚年的许多书法艺术佳作所取得的成就，一般书家很难达到。书写时，特别讲究用笔力度，结体的正拙、全篇的气势，质的表现与情的表达。他很喜爱写作大幅草书。他去世前一年写下的《园庐》诗就是他晚年草书代表作之一：

"园庐僻陋那堪比，谢野幽微不足攀。何似小松峰卅六，长随申甫作家山。七十七岁老人傅山书。"

整幅作品用笔"腾挪翻转"，书风大气磅礴。墨色淋漓，富有快节奏的线的粗细、曲直、疏密、疾涩的神奇变化在不经意的涨墨中，线面连接，大大增加了全篇书体表现的整体美感。

米芾7岁学书，10岁写碑，师法欧阳询、柳公权，中年后摹魏晋法书，尤其是得力于"二王"。他除了喜砚，还喜欢藏帖，《宋书·文苑传》说他"遇古器物书画，极力求取，必得乃己"。他自称收有晋唐书画帖本1000多件，对他收藏的古帖真迹每日手不释卷，反复临之。所临之帖已达乱真。有人考证：现今存世的王献之的《中秋帖》即为米芾摹写。

米芾一生多方面求师，在晚年所书《自叙》中写道："余初学，先学写壁，颜七八岁也。字至大一幅，写简不成，见柳而慕其紧结，乃学柳《金刚经》。久之，知其出于欧，乃学欧。久之，如印板排算，乃慕褚而学最久，又摹段季转折肥美，八面皆全。久之，觉段全泽展《兰亭》，遂并看法帖，入晋魏平淡，弃钟方而师师宜宫，《刘宽碑》是也。篆便爱《诅楚》《石鼓文》。又悟竹简以竹聿行漆，而鼎铭妙古老焉。"

米芾每天临池不辍，史载："一日不书，便觉思涩，想古人未尝半刻废书也。""智永砚成臼，乃能到右军（王羲之），若穿透始到钟（繇）、索（靖）也，可永勉之。"

米芾是书画家，但他首先以书法名世。为北宋"宋四书家"（苏、米、黄、蔡）之一。其书体潇洒骏迈，又严于法度。《宋史》称米芾书法

"沉着飞翥，得王献之笔意，尤工临移，至乱真不可辨……"《宣和书谱》说他："书学羲之，诗追李白，篆宗史籀，隶法师宜官（东汉灵帝时人）。晚年出入规矩，自谓'善书者只一笔，我独有四面'。寸纸数字，人争受售之，以为珍玩。"苏轼称他的书法"真、草、隶、篆，（如）风樯阵马，沉着痛快。当与钟、王并行"（《雪堂书评》）。米芾把自己的书法称为"刷字"，是指他用笔迅疾劲健，追求"刷"的气势、力度及自然的韵味。自谓"我独有四面"。"四面"，是指用笔奇综多变。他的儿子米友仁对此理解为"笔笔皆翔动"，"有云烟卷舒飞扬之态"。

宋人论书，主张不应受法度的束缚，而应重视作品中的风神意韵及书家的内在精神与气质，形成宋代"尚意"的书风。处于中国书法理论变革时期的米芾，自然在书风中另辟新路，重书法实践中的"尚意"探索。

米芾作书十分认真，无论从布局、结构、用笔，都要求自己"稳不俗，险不怪，老不枯，润不肥"。要求在变化中达到统一。善于在正侧、偃仰、向背、转折、顿挫中形成既"沉着痛快"，又一波三折，自然飘逸、遒劲的风格。

米芾书法墨迹传世者不少，楷书有《向太后挽词》、行书有《苕溪诗》《蜀素帖》《方圆庵记》《虹县诗卷》《天马赋》《多景楼诗帖》、草书有《草书九帖》等，擅长于行草。他的书法作品，大至诗帖，小至尺牍、题跋都有雄劲、奇变、清新、痛快之感。米芾的狂草绝品《研山铭》后世不幸流落到日本东京一家博物馆收藏。2002年，我国以2999万元征购价于中贸圣佳拍卖会购得。《研山铭》手卷，水墨纸本，高36厘米，长138厘米，用南唐澄心堂纸书写有39个行书大字。启功先生说："《研山铭帖》，纸本，行书。后有其子米友仁鉴定真迹跋。《听雨楼帖》《玉虹鉴真帖》均曾摹刻。《研山铭帖》是米芾真迹精品中的代表作。米芾的行书成就最高。此帖下笔挥洒纵横，跌宕多姿，不受前人成法的羁勒，发抒性情天趣，在他的大字墨迹中，应推为上品。"（《书法概论》）徐邦达先生说："米芾大行书《研山铭》卷，后有其子米友仁跋二行，确为绝世神品。"

《苕溪诗》和《蜀素帖》亦为米芾行书最高成就的传世作品。前者为澄心堂纸本墨迹卷。纵30.3厘米，横189.5厘米。全卷35行，共394字，故宫博物院藏。末署年款"戊辰八月八日作"。清代吴其贞《书画记》评曰："运笔潇洒，结构舒畅，盖效颜鲁公书化出者，绝无雄心霸气，为米老超格妙书。"

《蜀素帖》是米芾传世作中唯一书写在丝织物上的行书作品。亦称《拟古诗帖》，墨迹绢本，行书。纵29.7厘米，横284.3厘米；用北宋庆历四年（1044）四川所制质地精良的本色绢所书。共书自作诗八首汇集而成，计71行658字，署蔽款。是米芾书法作品字数最多者，体现了他行书的最高水平。董其昌在《蜀素帖》后跋曰："此卷如狮子搏象，以全力赴之，当为生平合作。"吴其贞评曰："书法清健端庄，结构潇洒，落笔处绝无垂珠滴露，盖用悬针，全脱本色，似仿李北海，稍类山阴图题跋之后段。"大多书法评论家认为，两帖是米芾从"集古字"——宗古，到取各家之长的"总而成之"，形成体现米芾个性风格的典型代表作。

米芾书法艺术的成就说明，学习书法不能刻意而为，必须刻苦地学习古人，打好深厚的基础，再加上在法度中求变化，以古为新，博采古人之长，才有可能逐渐形成独特风格。

再如，元河东太原人李倜，工书法、也善墨竹。从他的书法实践看，承继魏晋书风的造诣绝不在赵孟𫖯之下。元陆友仁《砚北杂志》云："士弘游戏笔墨，皆超悟不群。虽临仿古人，而清新婉丽，自有一种风度。"其代表作有：跋陆柬之《文赋》二则。《文赋》系唐代陆柬之行书法帖。纸本墨迹卷。"书法婉润清丽，有似《兰亭序》。有赵孟𫖯、李倜、危素、孙承泽等跋记（原迹现存台湾）。李倜此跋字体精劲，舒张得宜，行笔丰瘦有度，温润圆融，颇具右军风韵。"（《中国书法全集·元代名家》卷）李倜书法运笔坚劲有力，从字的气度看，虽与赵孟𫖯相类似，取法"二王"，但赵氏更多留意"二王"书法的形态美。李倜则不仅得其形态，更得其神韵。李倜书跋陆柬之《文赋》二则为其代表作品。

（5）把对书法文物的保护与传承视若人生的最高追求

在对晋阳书法艺术的文物和文化环境的保护上，书法家杨二酉是一个典型的例子。

1751年，杨二酉因得罪皇亲国戚，被乾隆皇帝下令"原品休致"。他

47岁回乡，在晋祠名胜古迹的保护、修复、扩建等方面做了许多有益的事情：他协助县令周宽重修了晋祠的主要建筑之一唐叔虞祠，在旧址上拓宽面积，增高基础，变成一座巍峨宏阔的大祠。他见《唐碑》由于年代久远，风雨漫漶，碑身上有些地方已有剥蚀，于是会同太原知县周宽，重金买来最好的《唐碑》拓本，邀请当时的大书法家杨墫，摹勒上石。他主持将只有一间的唐碑亭扩建为三楹，再由知县周宽书一匾额"贞观宝翰"，挂在亭上。复制完成后，新旧两块几乎一样的《唐碑》被重新安放在碑亭里。此外，他书写了大量书法精妙的牌匾、楹联。至今，他书写的"水镜台"匾额，与傅山书写的"难老"立匾，高应元书写的"对越"坊匾额并称为晋祠的三大名匾。

（6）晋阳书法家的书法都具有阳刚之美的风格

就山西书法的历史发展来看，晋阳古代书法艺术的发展也是随着整个中国的书法的历史发展而发展的。只是由于它区域性的特点，特别是其自身的审美个性特征，形成了以雄奇壮美的特点为总的审美追求。这是晋阳古代书法家在他们的书法艺术作品中体现出来的共性特征。

米芾把自己的书法称为"刷字"，是指他用笔迅疾劲健，追求"刷"的雄美气势、力度及自然的韵味。自谓"我独有四面"。"四面"，是指用笔奇综多变。对此，黄庭坚认为米芾书法"如快剑斫阵，强弩射千里，所当穿彻，书家笔势，亦穷于此"（《豫章黄先生文集》卷二十九）。

傅山先生重视并发展了古代书法艺术"以骨气胜"的审美理论，正是傅山先生书法及绘画思想与艺术表现方法最突出的特点。刘熙载说："书之要，统于'骨气'二字。"骨气不但是志节情操，同时也是学问修养。傅山先生是一位最有骨气的书法家，体现了傲骨精神。

宗白华先生在《中国书法里的美学思想》一文中指出："……要想使'字'也表现生命，成为反映生命的艺术，就须用他所具有的方法和工具在字里表现出一个生命体的骨、筋、肉、血的感觉来。""一个有生命的躯体是由骨、肉、筋、血构成的。'骨'是生命体最基本的间架，由于骨，一个生物体才能站立起来和行动。"傅山先生无论是人品，还是书品体现出来的"骨气"，都可说是中国民族精神，特别是北方黄土高原雄美民风的代表。傅山说："晋中前辈书法，皆以骨气胜，故动近鲁公，然多不传。太原习此技者独吾家，代代不绝，至老夫最劣，以杂临不专故也。"（《霜红龛集》卷四十《杂记》五）从中可以看出，重骨气的阳刚之美的追求，是他鉴赏和创作书法的核心审美标准。他说得很谦虚，"老夫最劣"正说明了傅山书法"以骨气胜"；"杂临不专"，又说明他具有独创性自成一家。这说明，书法的美不是一种固定的属性，人的审美心理也是在社会发展中不断变化着的。它一方面受书法发展状况的制约，另一方面，也受审美对象所处的时代、思想文化教养、审美追求等方面大文化背景的影响。

晋阳长期以来，作为山西政治、经济、文化中心，也是书法名家荟萃之地，晋阳书法家史载者近百人，然民间名不见经传，具有晋阳书家特色的书法家不计其数，本文只能列举其中带有倾向性的代表人物及其文化特征予以分析。

发表于《晋阳文化概说》山西人民出版社2007年版，
后被收入《晋阳文化研究论文集》山西人民出版社

参考书目

1. 柴建国：《山西书法通鉴》，山西人民出版社1999年版。
2. 傅山：《霜红龛集》，山西人民出版社1985年版。
3. 欧阳中石等：《书法与中国文化》，人民出版社2000年版。
4. 金学智：《中国书法美学》，江苏文艺出版社1994年版。
5. 山西省地方志编纂委员会办公室：《山西文化艺术志》，1990年。
6. 梁继：《白居易的书法艺术简论》，《书法世界》2003年第2期。

第五章 被颠覆认知的老年情趣

记得退休不久,我就想把一部分时间用于退休前未能实现自己把更多的时间用于书法、摄影、写作的愿望,于是趁着精力还好,留一部分给未完成的课题,其余时间留给了摄影、书写诗词随笔、书法作品,养花、种植少量蔬菜等,也创立了自己的公众号发表自己的图文作品。

我的老伴是一名教师,热爱生活,爱读书,爱音乐,爱爬山,拾种子,爱枫叶,是出生在河北阜平大山里的女儿。在战争年代,岳父母在八路军《抗敌报》(《人民日报》的前身)工作。他们不仅夜以继日地忙于新闻工作,还要在炮声中游击四方。每逢父母外出,她就常吃百家饭,从小就养成了静默与独立的性格,以及对一草一木的喜爱。

老伴经常怀念她的出生地河北阜平,想念那里的大山,想念战争时代那些乡亲们。大约在 2020 年六一时,她还给儿子写了一封信(同时发表在《太原日报》上),要他时刻怀念革命老一辈的革命传统。

纪念儿童节致儿子的一封信

昕昕,六一儿童节到了,几乎每到这个时候,我总要翻出一些老照片看看,边看边想,尤其是你和我都很喜欢的你二舅抓拍的这张照片。照片上,我把还只一岁多的你举起来的那个瞬间的情景,我经常反复地看着,情不自禁地怀念着自己的童年。

你姥爷和姥姥于 20 世纪 30 年代参加八路军后,一直在《抗敌报》(《人民日报》的前身)工作,在战争环境中条件十分艰苦。我记得你姥姥给我讲过,在阜平马兰乡时,那时正值敌人扫荡,曾多次防止机器被盗、被炸，坚持出报而转移，报社的工作人员在邓拓社长的领导下，一手拿笔，一手拿枪。既要出报，又要转移机器，还要打游击。任务繁重，生活艰苦，野菜代粮，风餐露宿，经常处于危险的境地，敌人轰炸时，邓拓同志亲自带队指挥转移。

由于战争环境的残酷和艰苦，你姥爷和姥姥的第一个孩子生病后，就因为没有药物治疗，没有了。所以，生下我后特别珍惜。我出生正好是日本刚刚投降时。你姥爷为了行军时照顾我方便，自己做了一个小木箱，把我放进去，背在背上，和你姥姥骑马行军。我从一岁多开始，在炮火中、在马背上度过了一段有意义的童年生活。如今你已过了不惑之年，成熟了，再看这张照片不知该怎么形容当时的感受。我特别羡慕你们在和平年代中成长起来的幸福童年。

经历了抗日战争、解放战争洗礼的你的姥爷和姥姥的身上凝聚了老八路军战士那种无私无畏的大爱情怀，我庆幸的是从小跟在他们的身边耳闻目染，也在不断学习着他们的崇高的优秀品质。你从小是在姥爷姥姥身边长大的，更应当继承革命传统，为社会努力做出奉献。

母字

我和老伴刚退休那几年爱随朋友爬山、蹚河、走湿地、赏花海，随着轻按快门拍下了无数心动的景物，有着数不清的情趣爱好。印象最深的是她每到一处总要注意拾点种子，或随着季节的变换，捡点叶片，特别是红叶，有时面对旷远的空间还吟唱我们喜爱的歌曲。最近这些年极少出去了，一到红叶繁茂的季节，她总要到路口看看对面爬山虎满墙的红叶，总要捡几片回来夹在书中并经常翻看。每当她看书翻看时，我也禁不住想到1970年年末曾和学生几乎走遍东西山采药并收藏了一些野生药物的标本的情景，并打开我收藏的标本。

我和老伴都热爱生命，敬畏大自然，热爱生活。腿脚不利索时也创造条件在有限的树坑的泥土中将捡来或买来的种子种下去。当看到蒲公英的毛毛自在飞翔或看到丝瓜努力攀缘高达四层楼多高，从西藏购回番红花种子开花的时候，当吃到自己种的丝瓜、黄瓜、南瓜的时候，真是一种难以形容的幸福。我们都觉得要学习它们顽强的生命力，我们为满头银丝还能够自耕一片天的活力和情趣追求而自豪……

我曾写了一首《自耕一片天》赠老伴：

雨后晨曦，望田园枝叶，露珠依存，萌发诗意，随思随吟，发于日记，并书"百草园"以赠。

老来喜归田，汗滴百草园。晨耕迎朝阳，傍赏落霞间。且看石榴大，又尝葡萄甜。日日一片绿，百草竞攀缘。三十载杏树，双臂遮云烟。老伴扶锄笑，雨滴润心田。草园与书斋，自耕一片天。

让我和老伴高兴的是，全家都很喜爱摄影，儿子昕昕的摄影作品水平远超于我。老伴和孙儿也都喜爱弹琴。

孙子从小时就爱写散文，上初中时写过一篇散文，《勇者蒲公英》还被发表在《山西晚报》上：

春末，在野外，一片石头的山间地面上，我被一丛丛圆且毛茸茸的花吸引，不由得停住了脚步，俯下身来。

从未见过开得如此旺盛的蒲公英，一个个饱满的白色的小球，彼此挺直了腰杆，竞相生长着。它们是这石头山间仅有的居民，根茎下是稀少的泥土。我突然觉得它们好像绝境中的修行者，在此磨炼自己。

和其他花比起来，素白的蒲公英没有娇艳的花色和诱人的芬芳，但它们身上有着一把把积蓄着生命力量的白色小伞，那是它独有的美，一种个性和坚强，它们随时等着春风吹过，飞翔满天的那一刻。

蒲公英不为谁而活，你瞧啊，它们从不像别的花一样为谁屈首，为谁弯腰，即使茎秆脆弱得透明，却依然直着身子，浑身散发着一股勇者的姿态，令我肃然起敬。

在这样的环境中生长，似乎有些委屈？这样想着，我伸出手，捏住了一根，想吹一口气，帮助它尽早找到一个舒适的环境生根开花散叶，但它用那单纯的白色小球碰碰我的手，像表示拒绝似的，我轻轻松手，好像懂得了什么。蒲公英摇了摇身子，肯定了我的想法：如果在恶劣的环境中生长，不要畏惧，不要抱怨，凭借自己的坚强、勇敢坚持，深深地扎根下去，一定会结出属于自己的果实，走向更广阔的天地……

蒲公英，只是在静静地等待，等一阵风来。山神似乎早就明白它的心思，此刻，一阵不紧不慢的山风吹来，我不禁屏住了呼吸，直直盯着它们，只见一大队白色的伞兵争先恐后地向空中飘去，在蓝天上缀满了如白钻石般的星斗一般，山石夹缝间只剩几株光秃秃的茎秆。

这就是生命绽放过的证明吧！

我伴随着飞舞在身旁的一把把小白伞，头也不回地向山顶再次迈出了脚步。

2019 年 10 月 4 日

当进入老年后，我虽然还洋溢着对审美情趣追求，由于年轻时不注意科学生活方式的安排，老年疾病也随即陆续上身，各个器官运行与相互协调的功能也出现了某些不利于良性循环的障碍。但因人而异。作为患者和朋友，著名内分泌专家邵晋康教授和我谈心时，几次都谈到培养科学生活方式的重要性，赠我有关论著。我年逾八旬，深觉人到老时要经常自我反思，重新认识自己。

我这里首先引出一例介绍老年人"所为"的范例。

"2015 年全国'老有所为'先进典型人物"推选结果公布，山西省两位老人成了全国"老有所为"典型，其中就有山西省推选的太原市园林科学研究所原副所长杜丽星。

20世纪90年代末，太原市园林科学研究所副所长的杜丽星退休，准备颐养天年。不料，几名下岗没了生计的职工找到她，含泪请她"出山"，她怀着带领下岗职工脱贫致富的愿望，利用自己的专长，二次创业，成立了太原市万通茂高科技有限公司，继续从事园林绿化工作，带领大家走出困境。从公司创建到现在，不管遇到多少困难，她始终不言放弃。据统计，自创办园林绿化公司以来，杜丽星吸收下岗工人、刑满释放人员及残疾弱势群体160余人，不仅继续实现她"园林绿化"的理想追求，还帮助了一批需要帮助的人。她还热心公益，扶贫助困，尽力帮助那些困境中的人们。

　　已经退休的杜丽星的二次创业的事迹可说是"老有所为"的突出代表，她在建设和谐社会、传承中华优秀传统生态文化、弘扬社会正能量、扶贫济困、提供志愿服务等方面做出了突出成绩，是亿万老年人学习的榜样。在她身上，集中展现出了中国老年人的时代风采和精神风范。

　　自古以来，在传统观念里，健康养生是人生活过程中千家万户都在关心与实践的头等大事，虽说范围重点是中老年，似乎与身体强健、精力旺盛的年轻人无关。

　　但如果您看看《中国健康养生大数据报告》，其中明确指出，颠覆以往健康养生大都是中老年人群的认知，18岁至35岁群体重视体育康养活动的数据已占到八成，越来越多的生活压力大、学习与工作繁重的年轻人逐渐成为健康养生群体的主力。

　　康养方式之所以为全球所重视，成为人关注的热门话题，是因为健康与养生的融合实践，关注和改变着人生命的调养保护和生命的延长度，以及对生活质量上个体与群体的提升，成了一种维持身心健康的科学生活方式的重要路径。

　　所以，从全方位讲，康养指的是一种能够满足不同年龄层人群在物质、精神、情感等方面的需求服务载体，包括了人生不同年龄各个阶段的全龄化式的康养。其中心空间由围绕家庭而走向社会不同人的组合：已婚夫妇、老人；儿童、少年等。

　　本书所谈到的康养，是以当代老年人生经验的新思考为主，由"所养"到"所为",不包括对全龄化康养的分析与解读。多数老年人根据身体状况,还是以情趣调养为主的精神养生。

第一节　重新认识自己

一、由"所养"到"所为"
——当代老年人生经验的新思考

论文摘要

对人生经验的思考和研究,向来是一个老话题,也是一个永远没有结论的历史性的研究课题。对社会来讲,人生的目的在于对社会不同程度的贡献。其积累起来的人生经验,需要在长期知行结合中做毕生探索。带有共性的人生经验是少而精和与时俱进的,带有个性的人生经验又需要具体问题具体分析。

目前,老龄化社会的形成,给全社会带来了无数新的思考、新的挑战。由于党和国家政府十分重视并通过各种途径和方式关心老龄工作,老年人的生理健康和精神状态的现状受到了全社会各方面的高度重视。面对这种大文化背景,老龄工作者在宏观思考上,已经逐渐深入地认识到:老年人不是社会包袱,社会不应停留在老年人仅仅是作为受体的"老有所养"一面上。应当全面地认识到,老年人更是社会的珍贵财宝,可以作为"老有所为"的可持续资源来开发。21世纪的老年人生经验的总结与探索,必须从在身体力所能及的前提下,成为主动、积极地参与社会发展,实现自身价值的主体在社会实践中的新体会,形成新的老年人生经验。本文从由"所养"到"所为"的自立意识的树立;由老来学习无用,到终身学习形成乐趣,乃至服务于社会;在助人中强化自身的人与社会与人与环境的意识,摆脱孤独感;要学会端正人生态度科学养生四个方面论述了文章中心。

作为一个社会的人，在自身不断成长过程中，都会从正反两个方面积累自己所感悟的人生经验。对人生经验的思考和研究，向来是一个老话题，也是一个永远没有结论的历史性的研究课题。

人一生的活动从出生到死亡前的整个过程，只要活着，都是在用自身的言行书写人生。其积累起来的经验，需要在长期知行结合中做毕生探索。所以，人的一生，也就是在学习、实践中求证的一生。对此，古人把人生经验用形象的比喻总结为："读万卷书，行万里路。"但由于人之间实践的时间、程度的不同差异，造成了人的认识不一致的矛盾。经常出现"在我为间接经验者，在人则仍为直接经验"（毛泽东《实践论》）。所以，往往传之万代，带有共性的人生经验是少而精和与时俱进的，带有个性的人生经验又需要具体问题具体分析。

人生经验的积累发展是一个连续不断的展开过程，从来都与历史阶段性的文化大背景与个人知行结合的深浅程度，自我对环境的感应有关。它需要个人成长中经验的不断积淀和实践。通过经验发展，人格成长的不断成熟，才能成为人格的稳定成分，个人价值观的形成。

社会十分重视老年人的人生经验的总结，就在于这一庞大的群体在漫长的岁月里，通过知与行正反两个方面的多种选择、比较下获得的心血结晶，特别是经历了战火烽烟的血的洗礼获得的人生经验，更为可贵。

（一）由"所养"到"所为"到自立意识的树立

社会发展，社会分工的细化，带来了家庭模式的变化。由过去老中青一体的大家庭结构，进入老中青多体分化为单元式的家庭结构。年轻人工作压力大，不能像过去一样经常簇拥在老人膝下，尽享天伦之乐，空巢家庭比比皆是。老年人只好面对现实，考虑重塑自立观念的人生经验。年龄大了，自立本来不易，尤其是生了病，自立更难。可是，应当面对这一社会发展中的现实，立足于力所能及的动，能做的一定尽力自己做，尽量不依赖子女。能做什么做什么。哪怕挂棍也要坚持天天走一走。这样不仅活动了身体，有利健康，也会因不用人服侍而感到自己还有自理生活的能力，从而感受到一种自立的乐趣。

清醒地面对衰老的无法避免性与衰老过程中通过习惯的改变、适度的体育锻炼、琴棋书画艺术类的学习与实践，学会走出家门，与不同年龄段的人交流来摆脱孤独感。一旦下决心改变和调整原有的保守生活模式，就会不断地适应这一过程，可以部分控制并减慢衰老过程。

（二）由老来学习无用，到把终身学习当成乐趣，服务社会

衰老过程尽管具有部分人为的可控性，但还是不可避免地在发展着。值得研究的是，如何在受到机体器官和功能的变化和制约下，尽可能使人体的机能水平（包括生理、心理、认知和社会功能）保持在正常状态上。

1. 原有专业的总结与新的探索、延伸，为服务社会或社会传承做力所能及的贡献。

2. 从传统文化和西方文化的结合上研究具有中国特色的人生经验的新内涵。

（1）21世纪对老年人生经验的传承，要探讨面对全球东西方文化的碰撞、交流，乃至融合中产生的人生经验结晶。不能再让我们的下一代从小再食古不化地去背诵《论语》《道德经》等经典。

（2）要学习现代思维科学方法论，从多视角、多层面、多元地分析问题和处理问题，要看到目前普通教育中重知识教育，轻思维方法的教育的弊端和危害，对子女和社会青少年进行正确的引导。

（3）要通过探亲、访友、旅游等形式，观察了解社会现状。

（4）以正确的反思态度总结自己的一生，把自己漫长人生中换取的经验传下去。过去，我国曾出现过写"村史""社史"之风，个人回忆录似乎名人多存，实际上平民的个人回忆录，更有其人生个体价值。虽然互联网博客上也发了不少个人的回忆录，但毕竟属于隐私，也不多见。许多宝贵的人生经验，虽不见正史，但隐秘在社会，尤其是平民阶层中有为者甚多，传承下来的人生经验十分珍贵。

（5）马克思实践论的人生经验的视角认为：人的劳动或活动在改造环境的同时改造了人；价值只有在实践体验中生成意义，而意义在生成时基于价值。世界观和价值观具有基本的行为定向功能，但又随着社会矛盾的发展而变化着。

中国传统文化中，以儒家思想为例，是以人的基本伦理出发点，处

处着眼于日常生活中的行为规范、学习方式，然后引发出许多做人以及管理家庭、国家、天下的道理等可以起到"修身养性"的作用。从批判的继承角度学习传统文化和西方文化，以现时代与时俱进的角度去研究人生经验。要从中国传统文化、哲学、文学以及人生的学习中不断地思考，可让老年人不断增进智慧，为人生经验拓展新体验。具体来说，面对当前社会人与社会中浓厚的功利色彩和浮躁心理，儒家思想治学中的客观态度与发展观点，就很值得传承，比如孔子谈到的"毋意，毋必，毋固，毋我"四毋。第一是"毋意"，是说孔子做人处世，不去更多强调主观的意见。第二是"毋必"，他不要求一件事必然要有既定的结果。第三是"毋固"，不固执自己的成见。第四是"毋我"，指不以自我为中心，培养关爱他人的博大情怀。

（6）重视老年人的艺术类活动的学习与实践活动

历史经验表明，琴、棋、诗、书、画的艺术活动，能开启人的悟性、陶冶性情、拓宽视野、增添生活中健康的审美情趣，培养人的艺术素养。

不少老年人从小就喜欢艺术，但由于年轻时忙于工作，抚养子女，牺牲了个人的爱好兴趣，中途放弃者众。只好在老年有限的岁月里重新捡起，为的是在都市化和机械化的现代社会中生活得自我，进入艺术境界，提高自己思维与行为反应的敏锐性，返璞归真，努力获得身心上的一种松弛，抑制自己的浮躁心态，摆脱身心上困扰，体会人生的乐趣，自得其乐。

（三）在助人中增强自身的参与意识与社会责任感

在当今社会环境中，出现了不少老年志愿者，汶川大地震、奥运会、残运会，日常生活方方面面都能看到他们的助人身影。这本来就是中华民族的优良传统，它将以无声的楷模作用影响全社会。在别人的眼里，当体会到一位老者有着丰富的人生经验时，他会认为这位老人的助人值得尊重，对他人有用。同样，在助人的过程中，老年人也能获得自己参与社会活动起到作用的一种自我价值得以实现的乐趣，增加心理健康的系数。

（四）学会在端正人生态度中树立科学养生观

当代著名医学教授洪昭光提出一个的养生新理念："像心脏一样工作，像蜜蜂一样生活。"

洪教授指出："心脏最会休息，如果把心脏的收缩看作工作，舒张看作休息的话，心脏的收放周期是 0.9 秒，收缩期是 0.3 秒，舒张期是 0.6 秒，晚上的工作周期是 1.2 秒，收缩期也是 0.3 秒，0.9 秒用来休息休息。但是心脏很敬业，当您需要的时候，它把速度提上去，但它不蛮干，一定是一收一放，张弛有度。"

谈起蜜蜂，洪昭光说，蜜蜂采集花粉不是简单的苦力搬运，而是一种创造性的工作。它"出力出汗不出血，拼脑拼劲不拼命"，蜜蜂即便工作的时候也是在"唱歌跳舞"，很轻松。

洪昭光先生根据调查得出："只有 15% 与财富有关，并且主要表现在财富的早期增加阶段，另外 85% 的快乐并不是来自物质和感官享受，而是来自心灵、精神层面诸如生活态度、观念意志、友情、家庭、人际关系等方面。"这就涉及"物质永远不会人人平等，但生活快乐可以人人平等的人生本质问题"。

因此，当代老年人最珍贵的人生经验，莫过于在实践中更新并端正自身的价值观和科学的养生观，努力培育平常心态和健康的审美态度。

注：本文在 2009 年 11 月 9 日中国老年学会举办的《创造与共享——首届全国老年文化高峰论坛》上被评为优秀论文。

二、与疾病共存的老年情趣心态 老年脑功能衰退及病变的"文化修复"
——老年科学用脑的思考

产生老年脑功能衰退及病变的原因

人到老年，心脑血管、呼吸、神经、运动、消化、内分泌等系统的生理功能逐步衰退；对环境的适应能力和对疾病的抵抗力逐步下降，生理老化，导致各种老年疾病相继出现。其中，大脑思维功能的老化、退化，直接或间接地对机体产生诸多不利因素的现象尤为引人关注。

一般认为，延缓大脑功能的衰退，让大脑在勤奋中保持年轻、最根本的一条就是勤用脑。它不但可以提高脑神经的灵敏性，同时还能开发大脑潜在的能力。除了延伸过去自身的专业之外，提倡参与写作与琴棋书画等文化活动，能丰富形象思维与抽象思维的互补，会使大脑海马区增大，可以延迟甚至逆转脑萎缩。大脑的海马区是负责学习和记忆的区域，海马区的增大意味着记忆力的增强，数据表明，如果海马区增大2%，相当于将与年龄有关的大脑萎缩逆转了1—2年，大脑神经营养因子水平也有较多增高。

多数人的看法是勤用脑，因为，多用脑，大脑各种神经细胞之间的联系以及形成的条件反射就多，相对可以激活神经细胞的活性及对外界刺激的敏感性，使处于休眠状态的神经细胞及受损细胞重新复活，调动大脑的潜能，促进残存神经元的再生。"假如90%的大脑没有被利用的话，那么，很多神经旁路就会退化。"[1]

但是，离退休是老年人晚年生活的开端，离开了原有的工作岗位和社会生活，回归到家庭的小空间。社会角色的改变，对老年人的心理状态产生的心理影响和变化需要一定的适应期。当这些老化、退化的现象在退休后逐步显现，并形成一定生活习惯，甚至养成一定生活方式时，大脑思维活动量逐渐减少，大脑僵化的某些综合性的疾病特征就会明显、迅速地表现出来，并在一定程度上有所发展。

随着年龄的增长，由脑细胞的损伤引起的帕金森、中风、老年痴呆、脑萎缩、脑瘫等大脑方面出现的疾病，主要表现为脑神经紊乱，脑功能逐渐衰退，记忆力、抽象思维能力和语言表达能力减退，行动不便和其他功能性障碍等。因此，如何使脑神经细胞再生，一直是医学领域的一大难题。研究表明，如果使用一定药物和非药物治疗，特别是开发右脑的潜能，积极参与各项文化类活动，尤其是持续较长时间的认知训练，随着大脑的逐步自动修复，老年人的记忆力、感知力会有明显的提高。

---

[1]《神经定向生长机制的研究》，美国《自然细胞生物学》2002年9月。

老年脑功能衰退及病变的"文化修复"

其实,老年脑功能衰退及病变,大部分属于神经细胞功能减退的原因。受损伤的脑细胞其中一部分是处于"休眠"状态的活力降低,并非已经死亡。其他"剩余的神经组织有时候可以替代或补偿损失部分的功能"[1]。医学保健上,非药物防治与缓解的方法多种多样。中老年因脑的老化、钙化所引起的神经系统退行性改变,由于中枢神经系统具有一定的再生能力,只要给受损神经细胞增加氨基酸肽类、磷脂等有关营养物质养分,改善缺血缺氧状态和代谢障碍,可促进残缺受损神经元的再生并发挥力所能及的功能,提高神经细胞活性及对外界刺激的敏感性,使处于休眠状态的神经细胞及受损细胞复活。

除了医学保健的作用外,文化养生实践,是对脑功能衰退及病变的自动"修复"的一种重要的方式,其具体形式多种多样,有共性也有个性,要根据个人的生理与爱好的倾向性特点选择,但有一些是必选的。

从文化养生的角度说,对右脑的开发,精神心理因素的良性刺激,产生正能量的协调,也就调动了大脑的潜能,促使中枢神经系统再生能力活跃。

(一)体育锻炼

1. 体育锻炼是一种健身也健脑的双赢活动。

经常参加体育锻炼的老年人,肌肉中储存氧气的"肌红蛋白"多,肺活量也大。运动还能增加大脑的重量和皮质的厚度,可以帮助发掘脑的智力。比如目前流行的"快走",据专业医生调查,只要在有氧的限定速度之内,坚持快步(不一定是每天)就可延迟甚至逆转脑萎缩。

2. 学习,让大脑在勤奋中保持年轻,防止大脑功能衰退,最根本的一条就是勤用脑。它不但可以提高脑神经的灵敏性,同时还能开发大脑潜在的能力。除了延伸过去自身的专业之外,包括琴棋书画的各类学习和实践,会使大脑海马区增大,同样可以延迟甚至逆转脑萎缩。

3. 保护大脑的健康还要注意预防脑部疾病。脑膜炎、脑外伤、脑震

---

[1] 《大脑与思维》杂志 2010 年。

荡、一氧化碳中毒引起的脑损伤，都可使大脑功能遭受损害。不胡吃药、不吸烟、不过量饮酒都是保护大脑健康的好办法。

（二）文化修复

中国古代很重视文化养生，禅宗文化十分重视人体本能中器官损伤的自动修复，认为加强文化养生，可以保持大脑的活力。中国养生文化重在"清虚静笃"，认为虚静是作为内在生命力自我提升的主要手段。

庄子提出"恬淡寂寞，虚无无为"才是"天地之平，而道德之质也"的观点，从而得出了"纯粹而不杂，静一而不变，淡而无为，动而以天行，此养生（神）之道也"[①]的结论。

《黄帝内经》同样认为：长寿者，能够"嗜欲不能劳其目，淫邪不能惑其心"。中国养生家强调养生必须与道德修养相协调。事实上，良好的道德情操，确实是心理健康的重要标志，而文化养生形成的心理健康则是去病延年的必要前提。

尽管古代养生的研究对象是人体的健康与长寿，但健康和长寿在人类社会中从来就不仅是人体自身的生理疾病问题，而与所处的社会生活及其自然环境有关。这就提醒我们，研究和探求中国养生文化的基本特征必须结合社会、经济、政治、哲学，乃至艺术的诸多层面加以综合考察。

1. 多做手脑并用的活动

双手与大脑有着密切的关系。经常活动手指，可以刺激大脑两半球，延缓大脑衰老。

一般说来，大多数人左手运动少于右手，右脑的使用也少于左脑，手运动的不平衡造成脑发展的不平衡，是脑部疾病产生的直接原因。

中风病人中大部分是在右脑半球微血管破裂出血，而多数中老年人的脑萎缩却发生在左半脑，就是用手习惯造成的。大脑皮层某一中枢兴奋，可使其周围响应中枢处于抑制状态。因此，医学专家建议人们多运动左肢，特别是中老年人更要多运动左肢，健体益寿。比如，可以尝试

[①] 《庄子·刻意》。

左手运笔练毛笔字或国画、学习钢琴、使用电脑写作等左手活动。

2. 学会规律地生活

学会规律地生活是指要培养自身的科学的生活方式，努力做到"健康的老龄化"，其内涵是身体健康和精神健康的总和。合理安排作息时间，调节饮食的科学搭配，参加有益的社会活动。老年人应当从自身实际情况出发，选择其中一种健康生活方式，参与力所能及的文化活动，诸如阅读、书画、文体锻炼、写作、与人交流等活动来改变自身原有的病态。很多研究表明，老年勤用脑，力所能及地走向群体活动，保持一定的社会圈的时候，才会有很好的效果。

勤奋工作，积极创造，可以刺激脑细胞再生，并能恢复大脑活力，是延缓人体衰老的有效方法。虽然用脑会消耗一定的脑细胞，但大脑中新生的脑细胞如果不能很快得到使用，它们又会迅速衰亡。老年懒于用脑，脑功能衰退的速度会更快。大脑是人体进行思维活动最精密的器官。养生首先要健脑，要防止脑功能衰退，最好的办法是勤于用脑。根据我的多年实践，我的体会是运用创造性思维写作是最好的延缓大脑衰老的方式。人固有一死，但未被开发的脑细胞潜在空间需要一种被激活的正能量，我觉得，老年人除了体育健身外，不妨动手写作，用文字记录，是一个发现自我、唤醒自我，甚至完善自我、超越自我的过程，也是唤醒内心保持童心，追求审美理想的过程；不仅会提高自己的文化素质，激活大脑中未被激活的脑细胞，保持大脑的活力，也可对社会进行有益的文化传播。

3. 文化养生还提倡有条件的老年人作近途旅游，徜徉山水，在大自然的空间里处于"冬眠"状态下的脑细胞苏醒过来，焕发活力：随着人类物质文明和精神文明的高度发展，一旦到了退休之年，从原有事物的束缚中解脱出来，心态放松，自然乐于接触大自然，在山水景物中开阔视野，寄托情思，在大自然中享受返璞归真之乐。还有一些老年人利用漫游，研究人生，从中领悟某种哲理，也使脑细胞增加了活跃度。

4. 补上艺术实践这一课

实践证明，只有注重了德智体美诸多方面的培养和教育，才能算得上左右脑科学运用、全面发展的人。但对很多老年人来说，认为到老年才重新起步培养自己多方面综合性的艺术修养有点为时过晚。

要善于从古今中外经典诗词、文章、书法、绘画、摄影、音乐、舞蹈等姊妹艺术中学习借鉴，汲取营养。

音乐的心理保健功能和对培养自身的审美素质，唤醒灵感的潜移默化的作用已被越来越多的人的实践证实。"科学实验证明，人体内有100多种生理活动具有音乐的旋律；而音乐本身也是一种能量，音乐以不同的速度和旋律、优美的音色和音调作用于人体，能产生有益的共振，音乐能使人的烦闷、忧愁、失眠以及焦虑等心理疾患得到缓解。"[①]

广大书法爱好者都十分热爱古典诗歌。可以说，中国传统书法和古代诗词是姊妹艺术。

历代至今，任何一个书法家或书法爱好者，不仅爱好、研究诗，有时还写诗，经常用书法抄写诗词名句；有不少诗人本身就是书法家。

书法与诗歌比绘画与诗的关系还有更深一层的关系，因为，不管书写者是书写自己的诗作，还是写别人的作品，都离不开中国象形文字自身的形、音、义整体的综合概念（现代书法的理论和实践看法不同）。二者的关系应当看作是：如何在运毫书写时，把诗的意境潜移默化地展现在点、线的自然、巧妙、艺术的组合与挥发之中。书法作品虽则是尺寸之幅，却能使观赏者在有限尺幅线的变化中，感悟到无穷的寓意空间和审美通感的愉悦。

对于画家来说，由于大量时间和精力投入了对技巧的钻研，更要加强对诗词的研究。因为对诗词进行研究，可以使画家对表现形式的学习，不断增强审美能力、审美心态和审美眼光。诗与画、诗与乐的关系实际上都属于同一个层次。在所有的艺术样式中，诗和音乐的关系最为接近。

当代，摄影普及千家万户。图像已成为人们主要的审美时尚之一。摄影艺术创作要求画面简洁、意境唯美，与诗歌、散文艺术的创作法也是相通的。作为"减法艺术"的摄影创作，摄影家面对一个景物，通过照相机取景框，反复取、舍，减去一切与表现主题、突出主体、表情达意

[①] 侯英：《音乐在医疗保健中的功能》，载高仰山主编《保健研究新趋势》，中国商业出版社1993年版，第309—310页。

无关的景物，最后才能瞬间定格。但大多数摄影家在后期制作时还要把多余的东西剪裁掉，直至无法再"减"为止。画面的"简"，不是内容的"薄"，而是内涵更加丰厚了。

再如，舞蹈是诗化的人体艺术。舞蹈与诗结合，是写实和写意、具象和意象的交融。近年来，舞蹈走向街头、广场、公园等处，形成大众化的群体艺术活动。

热爱写作的人还要经常练习朗诵。朗诵是一种口语交际的重要形式和传情艺术，是朗诵者把文字作品转化为有声语言的再创作、再表达的艺术活动。诗朗诵最重要的特点之一就是其音声性，音声主要指朗诵诗歌的声音。这是一切朗诵艺术的重要特点之一。声音是增强诗朗诵艺术魅力的重要因素。朗诵语言的规范性主要表现在朗诵所选择的作品和所使用的语言上。一般来说，朗诵时选择的文字作品都是规范的，其内容和语言形式大都经过作者精心思考，并要求朗诵时使用普通话。这种规范的语音最能体现诗歌抑扬顿挫、平仄相间、富于韵律的特点，最能表现出诗朗诵的艺术魅力。朗诵是否感人，主要体现在其文学性上。一般来说，朗诵时，须要深刻理解文字作品，调动自己的思想感情，用富于表现力和感染力的语言进行表达。文字作品艺术水平的高低在很大程度上影响着朗诵艺术魅力的高低。朗诵者要通过训练增强语言的表现力和感染力。

诗朗诵是一项综合性的艺术朗诵艺术，不仅要求朗诵所依据的文字作品要有较高的艺术水准，还要求朗诵者对文字作品的理解力、感受力以及有声语言的表现力和感染力，写作者也要加强平时的朗诵训练，有益于丰富自身的语言美感的积淀，提高自己的语言表现力、感染力，长期坚持，能够潜移默化到自己的创作实践中。

当代作家冯骥才[①]多才多艺，绘画、音乐无所不精。他认为，各种艺术在本质上都有着许多共同之处。长篇小说很像一部大型交响乐。小说绘画可以锻炼人对可视的美的事物的发现力、对形象的记忆力、对于

---

① 冯骥才（1942— ），浙江宁波人，祖籍浙江慈溪。当代著名作家、文学家、艺术家、民间艺术工作者。著名民间文艺家。

想像和虚构和形象与空间境象具体化的能力。在写作之间或写作之余,他从不忘提笔作画。冯骥才还很喜欢音乐,尤其爱听钢琴和提琴的独奏曲和协奏曲,以及大型交响乐。他认为音乐启发了他对美的联想,丰富了他的情感并开拓了他深远的思维境界。他说:在文学作品中,"人物之间的穿插不就同交响乐里各种乐器的配合一样吗?一部书中的繁与疏、张与弛、虚与实、高潮与低潮,与一部乐曲中起伏消长的变化多么相像!在音乐欣赏中,可以悟解到多少文学创作中应该遵循的艺术规律呢!"①

他讲的是文艺创作,在从事其他形式的写作遇到困难时,也可使用这些方法,写作过程中遇到障碍时使用情境转移法移情,使思维呈现松弛状态下的活跃感,不仅缓和了精神压力的障碍,也可以借助艺术和其他形式,使思维在轻松的氛围中进入开放状态,增强智力,拓展思维空间。

一个优秀的写作者的个性是在对生活多角度概括和主客体对立统一的提炼中慢慢形成的,体现了个人的生活阅历、审美趣味、艺术修养等各方面。因此,一个写作者的整体修养最终融汇在他创作的艺术作品中,于是作品也就具有了个性。

我认为,老年人要学会科学用脑,要选择适合个人特点的文化养生方式进行实践,促使科学思维的形成,对大脑产生良性刺激的正能量。

科学研究证明,大脑具有很强的功能补偿再生能力。虽然,人到老年,个别脑细胞的死亡对大脑的整体思维功能有一定影响,但老年期的大脑还可根据思维的需要,自动调整与修复,产生新的脑细胞。

注:本文在2009年11月9日,在青岛召开的中国老年学会举办的"创造与共享——首届全国老年文化高峰论坛"上被评为优秀论文。

---

① 冯骥才:《谈谈我的"三级跳"》,载李犁耘、吴怀斌《中青年作家谈创作》,山东文艺出版社1984年版,第135页。

第二节 老年情趣视角散论

一、如何看待"空巢家庭"中传统孝道的继承障碍

【内容提要】当前,古老的中国传统文化孝道,正面临着严峻的挑战,传统经济学意义上的"孝道"既是宗法社会的道德模式,也可说是一种传统社会中小农经济的道德模式。孔子在传统老年养生孝道上强调"敬",要求子女孝敬父母,主要应在既养又敬的伦理道德层面上下功夫。传统文化孝道的博大之处,更在于孟子把个体家庭的孝道之爱升华为"推己及人"的"老吾老以及人之老,幼吾幼以及人之幼"的整个社会人际之间的博爱。使全社会人际之间都能够互尊互爱,和谐相处,至今仍有其现实意义和历史意义。目前,我国的养老方式是走社会化养老的途径,不少空巢老人的养老观念也在社会的发展中同步变化着。在今天,新的一代正在以新的价值观去打造并形成自己的生活方式、道德方式和行为准则,传统的道德理念也正在被新一代人淡化。但是,问题的关键还是要通过各种可行的举措,切实建立和落实好相应的社会养老保障。对中国孝道文化进行全面的研究,以科学思维结合实际,将为广大群众喜闻乐见的孝道教育扫除障碍得以继承和发扬。

【关键词】传统孝道　道德模式　继承　障碍

传统经济学意义上的"孝道"是宗法社会的道德模式,也可说是一种小农经济的道德模式。约定俗成的"养儿防老"的养老模式包括了父辈对上一辈竭尽孝道,对子嗣严格教育,不惜经济投入。所谓"孝子之于亲也,爱之以心,事之以财"[1]。最终希望子女成才"优则仕",到自己老时,得到回报,乐享晚岁,算是子女对父母报答养育之恩了。这种影响直到今天,虽然传统孝道被淡化,可不少父母依然走着这条老路,为了让孩子成才,不惜血本。对子女过高的期望值,让独生子女从一出生

---

[1] 《战国策》。

就不堪重负。这种把自己对未来前途的选择强加到孩子身上,从而扭曲了一代新人成长中的个性,导致了两代人功利的尖锐冲突。

但在讨论传统文化的孝道的含义上,"养"仅是一个方面。深层次的内涵在于"敬"。孔子曰:"今之孝者,是谓能养,至于犬马,皆能有养,不敬,何以别乎?"① 孔子强调的"敬",就是要求子女不仅从感恩和责任上能"养",孝敬父母主要应在既养又敬的伦理道德层面的精神赡养上下功夫。

传统文化孝道的博大之处,更在于孟子把个体家庭的孝道爱升华为推己及人的"老吾老以及人之老,幼吾幼以及人之幼"的整个社会人际之间的博爱。使全社会人与人之间都能够互尊互爱,和谐相处,他的这一宝贵思想至今仍有其现实意义和深远的历史意义。

如今,家庭模式中的爱,在 21 世纪转型时期的大文化背景下,作为社会中每一员,大爱已成风气,无论从奥运、残运会,汶川、玉树地震,还是从五省大旱,都体现了社会大家庭推己及人的关爱和温暖。

但是在市场经济条件下,科技生产力的大发展,导致社会家庭结构的大变迁,家庭小型化、单元化,社会对年青一代的各种压力接踵而来,使其顾不上对父母亲情照料,传统孝道的继承与发扬遇到了很大的障碍,无人照料的"空巢家庭"比比皆是。这不仅影响了家庭的和谐,给社会造成了一定的危机感,在一定程度上也增添了社会不和谐的音符。于是在社会上,人们几乎不约而同地自发地展开了一场如何继承和发扬传统道德中"孝道"观念、如何在社会化养老的基础上发扬孝道的大讨论。

家庭养老是不是非得由子女来承担?发达国家很早就出现了"空巢家庭",他们的养老方式主要走社会化养老的社会养老道路。

目前,我国的养老方式也是走社会化养老与社区居家养老社会化的途径,不少空巢老人的养老观念也在与社会的发展中同步变化着。一方面,一部分银发族意识到养老须与自身精神养老相结合,走出空巢,发挥余热,重塑自我。另一方面,经过自我反思,认识到新一代接班人需要在压力下,在大社会环境中经风雨见世面,再加上个人的小家困扰,

---

① 《论语·为政》。

压力重重，于是空巢老人顿觉清醒起来，再不强求子女增加压力为自己养老。于是，开始有了只有走出空巢，接触社会，才能使自己活得更健康、更自主、更快乐的新认识。而且，从社会资源的开发角度来看，由于老年人一生积累了大量的各种经验和技能，全社会从多角度挖掘老年人潜能是建设和谐社会的重要组成部分。为了使自己到老有一个良好的过渡，一些老年朋友产生了如下的想法：从实际出发，规划好自己养老的两个时间途径——在低龄老年阶段，采取自给自足式；到了高龄老年阶段，自理能力缺失，出门也不方便，就走由社会养老的途径。

在今天，新的一代正在以新的价值观去设计并打造自己的生活方式、道德方式和行为准则，传统的道德理念也正在被这一代人淡化。问题的关键还是要通过各种可行的举措，切实建立和落实好相应的社会养老保障。

在市场经济平等竞争的大环境下，老年养生走养老社会化的途径是必然的，因为这条路需要建立一个适合国情的养老体系。行之有效的措施是大力发展社区服务体系，积极推进社区居家养老服务。这种社区照护是一种介于家庭和机构照顾之间的新型养老模式，基本上可以实现家庭养老与社会养老相结合，居家养老与社区服务相结合。老年人居家，由社区通过科学的组织管理，向社区老年人提供社会化服务，逐步建立和完善以居家养老为基础、社区服务为依托、机构养老为补充的养老服务体系。

孝道的继承与发扬是中华民族的最基本的传统美德之一，也是当今社会发展中重要的精神支柱。我们认为，老年人的养生如孔子所说，重在"敬"，也就是要重在精神赡养，如果对中国孝道文化全面进行研究，以科学思维结合实际解读，将会为广大群众的亲情教育扫除障碍，使孝道得以继承和发扬。

2010 年 4 月 28 日
2010 年全国老年学学会养老服务高峰论坛论文

二、"空巢"主体自我护理问题研究

【内容提要】本文通过三个方面的论述：（一）空巢老人护理需求的社会现状；（二）社会护理力量薄弱呼唤空巢老人重新认识护理内涵：从被动依赖到主动自我管理；（三）预防控制老年性疾病，延缓衰老进程，呼唤有条件的老年人力所能及地为社会多做贡献，是现代护理学的扩展，多层次地探讨了空巢老人自我护理及疾病的预防，如何形成正确的自我健康管理理念和行为，自觉提高自护能力，激发战胜疾病的信心，以达到预防疾病，促进身心健康，提高生活质量。

【关键词】空巢老人　自我护理　预防　生活质量

（一）空巢老人护理需求的社会现状

在21世纪转型时期的中国，由于社会变迁的影响，核心家庭和"空巢"家庭成为目前主要家庭结构模式。"空巢家庭"现象的普遍出现，成为全社会关注的焦点。按照世界卫生组织对老年人年龄划分的两个标准：在发达国家，将65岁以上人群定义为老年人，而在发展中国家，则将60岁以上人群称为老年人。但是，在现代社会城市化的飞速发展中，第一代独生子女的逐渐成长，外出读书等原因，进入中年家庭中年人，已提前进入"空巢"状态。中年家庭提前进入"空巢"心理状态对老年"空巢家庭"的冲击很大，因为子女的学习、工作的社会压力，全社会传统孝道因之淡漠；抚养意识等传统伦理观念随之也相应发生了变化。

空巢老人退休工资低、少人照顾、缺乏子女和周围环境的精神沟通等方面问题，造成了空巢老人经济、心理、伦理上的三重压力。身体状况每况越下，有时会出现常见性的身心困难和难以预测的病理性突发性事件。特别是丧失劳动能力，不能独立生活，而又没有亲属供养的空巢老人。各种老年病症及各类难治之症陆续进入"空巢家庭"老年主体身上。需要大量的医疗、护理力量投入。目前护理人员人数和质量，均不能适应老年护理的发展需要。因此，老年护理事业，不仅需要专业护理力量，还需要政府、社区、非营利性组织、志愿组织等与家庭等多方面密切合作，共同分担照顾老年人的责任，这是一个社会问题，不是哪一种单独的力量能完全解决的难题。

而目前我国的护理行业还停留在关注老年人的基本需要方面，老年人精神文化生活和心理健康等方面的需求都不同程度地受到了忽视。要提升老年护理品质，就需要引入一些专业人才。而护理工作的工资不多、地位不高的现实又严重制约着护理专业人才进入老年护理行业。

我国老年护理事业的主体研究基础和力量现状十分薄弱。社区护理学课程，1994年才增设。老年护理学课程在1998年以后，才在华西医科大学等几所高等护理学院开设，尚未在全国普及。《老年护理学》本科教材于2000年12月才正式出版。专科护士的培养仍是一片空白。从事社区护理和老年护理的护士学历低、人数少，且没有接受过社区护理和老年护理的系统教育。

（二）社会护理力量薄弱呼唤空巢老人重新认识护理内涵：从被动依赖到主动自我管理

过去，传统医疗护理活动的目标在于诊断、治疗及治愈疾病。病人康复的速度和程度是护理活动成效的评判标准。

发展到当代，老年护理的内涵转变为：护理对象从个体老年病人扩大到全体老年人，护理内容从老年疾病的临床护理扩大到全体老年人的生理、心理、社会、生活能力和预防保健；工作范围也从各类医院扩展到了社会、社区和家庭，特别是社区；护理模式也由"以病人为中心的整体护理模式"转向了"以人为中心、以健康为中心的全人护理模式"。

以往，在临床护理中护士习惯采用替代护理的方法来护理患者，患者往往处于被动状态，接受护理人员的各种日常生活护理。

随着社会的发展，"人文护理"的目标已经是为病人提供包括生理、社会、文化等方面的护理服务及护理教育，其任务已超出原有只对疾病的护理，扩展到从健康到疾病的全过程，从个体护理到群体护理，护士工作的场所也从医院扩展到社区和家庭，这就要求护士尊重老年病人，提高他们的自我护理能力，让病人参与治疗过程。

当代新的护理观念认为，老年护理是以老年人为主体，从老年人身心、社会、文化的需要出发，去考虑他的健康问题及护理措施，适时给他们及其照顾者一些以护理知识技能的教育及监督指导，而不仅仅是让老年人被动接受护理。护理实践表明，绝大多数老年患者，多数非卧床者，一般不需要护士提供更琐碎的生活护理，因此，老年护理应重视强化个体自我照顾能力，在尽可能保持个人独立的潜在能力及自尊的情况下提供适当而有分寸补偿的护理服务。

中国传统的养生法传承至今。其技艺包括自我呼吸和能量训练，如气功、打坐、武术、太极拳以及与中医药联系的饮食调理、自我按摩和针灸。本身就在训练过程中融入了人的自我护理能力。但是，养生在我国有几千年历史，精华和糟粕并存，不少有益的养生内容也仅具有个体经验性，不具备共性的指导。老年护理模式的转变，针对全球人口老龄化趋势，1990年WHO提出健康老龄化战略。健康老龄化不仅体现为寿命跨度的延长，更重要的是生活质量的提高。健康老龄化使老年护理的内涵发生了重大转变：

1991年第46届联大提出了老年人"独立、照顾、自我实现、尊严"四大原则，明确指出老年人的健康要在既符合人道又安全可靠的环境中得到保护和康复，老年人有权利对照顾的方式和生活质量做出自己的选择，老年人应当享有人道关怀、远离歧视，过着尊严、健康的生活。老年歧视观念的积极、正向转变，强烈要求老年护理执业者改变对待老年人的态度：从歧视、忽视老年人，提供低质量的护理，转变为尊重、重视老年人，提供高质量、个性化的老年护理，真正提高老年人的生活质量。

人口老龄化的飞速发展，也呼吁老年护理机构的加强。1870年，荷兰成立了第一支家居护理组织，以后家居护理在荷兰各地相继建立起来。德国的老年护理始于18世纪，1900年老年护理成为一种正式职业。英国1859年开始地段访问护理，19世纪末创建教区护理和家庭护理，1967年创办世界第一所临终关怀医院。日本1963年成立了老年人养护院。我国于1985年在天津成立了第一所临终关怀医院，1988年在上海建立了第一所老年护理医院，1996年5月，中华护理学会倡导要发展和完善我国的社区老年护理，1997年在上海成立老年人护理院，随后深圳、天津等地成立了社区护理服务机构。截至目前为止，我国老年护理机构主要有：老年护理院、养老院、家庭病床和居家养老4种形式。

随着以人为本的思想在护理对象自我护理研究上的延伸，在西方，1971年，Dorethea E.oiem提出了"自我护理"理论。她认为，在一般情况下，每个人都有自理的需求和能力。所谓护理是为了维持生命和健康，它通过预防和治疗人的自理缺陷，最终帮助人们获得自理的能力。20世纪70年代，美国医学博士、精神病学家、著名的老年学专家罗伯特·巴特勒说："科研应注重创造健康、生气勃勃、自给自足的老年，使从靠人照应到死亡的那段生活越来越短，而不仅仅是延长寿命。"到80年代，美国出现了奥瑞的自我护理理论，这一理论把病人分为三类：全面护理、部分护理和自我护理。护士的任务是帮助病人完成和缩短从全面护理到自我护理的过程。70岁以下的大多数被认为是可以划入自我护理的病人，70岁以上的许多病人划入自我护理和部分护理，只有那些头脑不清醒的少数老年病人和急症病人，才被认为是需要全面护理的病人。

人，是生理的和社会的双重结合体。对于一个多难兴邦的祖国，我们的民族，需要牺牲和奉献，十分注重社会人的一面，而生理的人这一面有时行为的主体在祖国召唤的面前，就克制了、忘记了、忽略了。用当代最流行的话来说，对于当代老年人的观念更新就是要在自我回顾反思中，既要重视对社会的自我奉献，更要重视自身"生理的人"这一方面的健康自我投资，并把它与心理投资融合起来。通过自我健康管理来延缓衰老。自己要弄明白：延缓衰老，固然与医疗与护理有关，但自身究竟存在多少危害健康的潜在因素，还得从逐步科学地认识自己的身体入手，从自己一点一滴自我科学护理做起。所以，培养老年病人自我护理能力，是老年病人护理工作中自我健康教育的一个主要内容，也是整体护理的要求。

目前，我国养老模式已明确为以居家养老为基础、以社区养老为依托、以机构养老为辅助的养老模式。根据老年人的生理、心理和病理特点，大力宣传转化护理观念，加强自我健康教育，提高老年生活质量。老年人最基本的自理能力，是老年人增强自我照顾能力、从事每天必需的日常生活的能力。较高层的自理能力是培养心理健康的能力：情绪和情感的控制，认知能力的提高，压力和应对能力的增强。这样，老年人在逐步提高对自身的认知基础上，就有可能提高自己的主观能动性；自我尊严感就可以保持；身心舒适度就可以增加，生活质量也得以提高。

从全球视角来看，不少发达国家都把"提高老年人的生活质量"，作为老年护理的最终和最高目标，同时也作为老年护理活动效果评价的一个有效判断标准。

对"提高老年人的生活质量"作为老年护理的最终和最高目标，世界卫生组织从对健康概念的角度做了恰当的界定："健康不仅仅是没有疾病或不虚弱，而是身体的、精神的健康和社会幸福的完美状态。人们不仅希望寿命延长，更希望生命质量的提高，对健康的需求也就随之上升。"当然，相对于年轻人来说，老年人有更多患慢性病的机率。据有关调查显示，80%的老年人几乎都有一种或一种以上的慢性病。有关调查显示，65岁以上的老年人中80%—90%反映有不同程度的日常活动障碍，对护理的需求增加。许多老年慢性患者需要的是连续性照顾，而不仅仅是治疗。所以，老年人生活自理能力状况对护理是一个挑战。

（三）预防控制老年性疾病，延缓衰老进程，呼唤有条件的老年人力所能及地为社会多做贡献，是现代护理学的扩展

空巢老人由于生理上的衰老变化和外界环境的改变，在思想、情绪、生活习惯和人际关系等方面，往往不能适应而产生不同程度的心理变化。常伴随着出现脑衰弱综合征、焦虑、忧郁症、离退休综合征、空巢综合征、高楼住宅综合征等心理问题和精神问题。改变办法，除了医疗和护理之外，我认为应当努力改变他们的观念和生活方式。衰老过程的延缓，尽管具有部分人为的可控性，但由于人，首先是生理的人，器官的自然衰老是一个渐变、不可抗拒的过程，不可避免地在发展着，要敢于承认自己老了。值得研究的是，如何在受到机体器官和功能的变化和制约下，老年良好的精神境界和审美态度在一定程度上可能使人体的机能水平（包括生理、心理、认知和社会功能）保持在正常，甚至最佳状态上。因此，要提倡努力进入文化与审美追求层面的精神养生。

呼唤有条件的"空巢"老年人力所能及地为社会做贡献，有他的心

理和空间可能性。因为,"空巢"老人的心理虽然具有孤独、空虚、焦虑、恐惧等生理和心理障碍,但细细分析,所存在的这些问题从另一个角度看,又可转化为具有可以利用的有利因素。

比如"空巢"虽空,但生活环境平静,有利于在科学的运动处方指导下开展体育锻炼和养生;可以避免因代沟的不协调带来的烦恼和不安情绪;可以减轻子女的负担;可以有充分的时间和空间开展各种自主性活动,从而得到自我完善和自我发展;可以加入老年志愿者的行列,把观念升华为由"养"到"为"的境界,提高适应时代能力。这些可以转化的有利因素,符合我国老年保健策略主张"六有":老有所医、老有所养、老有所乐、老有所学、老有所为、老有所教的精神。老年人通过积极的自我转化,加强自我护理活动,不仅可以预防疾病和促进健康,而且有助于老年人发挥自身潜能,延长生活自理年限,提高生活质量。就全社会大文化背景来看,将老龄人的预防保健作为医疗体系的基础工作,应纳入政府卫生事业的发展规划之中,是一个系统工程。加强老年人群的科学健康教育,特别是增强空巢老人的自我保健意识和自我护理能力,提倡科学、文明、健康的生活方式,用可持续发展的战略眼光建立和完善系统的老年护理模式,建成医院—社区—家庭护理连续服务机构,不断提高老年护理质量,适应老龄化社会的需求,是社会发展的大趋势。

2010 年 6 月 16 日

本文被中国老年学学会评为 2010 年全国老年照护服务高峰论坛优秀论文。

第六章 情趣与共鸣——书信的收藏

教了一辈子书，也攒了一辈子的信。与师长、友人诸多墨痕中的生活、思想、情感的交流，留下了亲情、友情与审美共鸣之情。从20世纪80年代开始，我进入了课题研究，在主创过程中，有时用信件与友人做某些专题探讨，也留下了一些专业性的信件。

我所收藏的信件，大多是文本。

用21世纪的审美视角来看书信的发展，相比之下，古人书信无论在语言上还是行文的形式上，与今日书信大不相同。古代用于日常沟通的尺牍，被保存数百年，在今天有了珍藏的价值，被视为珍宝。其实，现在流行的电子邮件也该学习古代传统书信礼仪的格式。遗憾的是，现在大多数人用电子邮件很少顾及格式。我们提倡学会写信，因为，它是个人涵养与文化素质的最基本的体现。此外，掌握书信礼仪不仅有助于提高个人文化素养，而且还有助于增进交流。

当前的信息化社会中，多数人很少用笔写字，而是用手敲击键盘，使用传统毛笔写书信的人更是少之又少，书法艺术已在向着纯艺术的方向发展。但是，书法不仅是单纯的文字书写，更是一门艺术，有它自己的内涵和价值。一件好的书法书信作品首先会再现历史，使阅读者不但能欣赏到书法艺术之美，而且还能欣赏到文章语言的精美、书信格式的规范美。

不少现代人整日繁忙，见面难，交换意见的时间也有限，于是，通过挂号信或电子邮件，围绕一个专题，可以持续较长时间地进行通信交流，内容可涉及不同学科课题的研讨。但现在人们连电子邮件都很少用了，取而代之的是微信、微博私信等即时通信渠道，甚至在微信中常用图像式符号语言，越来越打破原有书信格式。

随着电信事业的发展、手机的日益普及，用手机发"短信"成为一种新的时尚。只要有自己的手机，能熟练操作运行程序，拥有对方的号码，而且对方的手机处于正常的工作状态，同时对方也愿意交流，就可以借助手机发短信，与对方进行沟通与交流。目前，短信已成为人们相互传递信息、交流思想、相互问候以及相互表达情感的重要交流方式。

情趣的爱好一般具有个体性，但也常常具有共鸣性。由于当代社会的工作的压力、时间的紧迫、地域涉及国内外，共鸣信息的传递多为电子书信、短信、微信、视频电话等方式所代替。本书在成书过程中也收录了导师及亲朋好友对情趣探讨的一些书信，十分珍贵。征得同意，按书信时间的先后排列，与读者共享。

第一节　部分著名美学家、学者的情趣书信

一、阎国忠（2016年9月8日）

（一）底线，生命的底线——关于情趣的书信之一

学诗：你好！

自从你2014年8月出版了《走出写作障碍》，突出了对写作主体行为过程的研究，成书之后，前年，你应我的邀请，来北大参加一个美学研讨会，会下与我谈到想对作为主体的审美情趣做一些探讨，但我深知，从理论上探研有着一定的难度。自那时起，我们多次交换过一些想法。但苦于身体的原因和各自的忙碌，无法见面，只能以书信的形式谈谈情趣问题，因为涉及心理学，而我对心理学没有研究，所以比较犹豫。但情趣与美学相关，朱光潜先生就曾把美界定为情趣与意象的统一。这样看来，谈情趣好像也是分内的事。不过，我得说明，下面所谈的大半出于经验，理论上能否立得住就没有把握了。

谈情趣，无疑你比我更有资格。你不仅是美学家，而且是摄影家、书法家、散文家。你的摄影作品已经有数千幅了吧？而且很多作品的背后都有一段发表或未发表的散文。你的书法已经具有了自己的个性和格局。你热爱生活，对世界和人生充满了情趣，即便是一抹夕阳、一段古墙、一叶枯荷。有时候，我担心你这么大的年纪，而且多病，不顾刺骨的寒风或冰凉的细雨去荒郊野外拍照，会伤了身体。我劝过你，但我知道你不会因此而放弃。我相信只要你还能行动，就不会把自己困在家里。因为这就是你的事业，支持这个事业的不是功名利禄，而是你的情趣，这是你的不可逾越的生命的底线。

说到这里，我想起曾经遇到过的一位老人，大约有70岁了，身边没有亲人，只有一只鹅。老人和鹅朝夕相处，相依为命。老人走到哪里，鹅就跟到哪里。老人坐下来，鹅就卧在一边。老人在外面时间长了，鹅就呱呱地叫，催他回去。一次，老人不慎摔倒了，鹅急得一边高声叫，一边扇动翅膀向过路人求助，那情景十分感人。老人和鹅是一道风景，身边常常围了许多好奇的人。有人不免问起鹅的来历，老人开玩笑地说："它不是鹅，是我过世老伴的化身。"后来，鹅病死了，老人再次失去了老伴。他痛不欲生，三天没有进食。一位好心人送给他一段他与鹅的录像，这让他高兴了好几天。最后，老人还是走了，走时，一手拿着老伴的照片，一手拿着鹅的照片。没有了鹅，老人失去了仅有的情趣。

我一位朋友的孙子已经离家出走三次了，第三次是被一个陌生的体育老师送回来的。据说发现他时，他正在一处球场打篮球，不过因一天没吃饭，已经气喘吁吁、筋疲力尽。家里人不理解他为什么出走，想问个究竟，但他像往次一样，回答只有三个字："没意思。"家里人晓之以理，动之以情，利害得失都说到了，但他就是不吭声。最后，体育老师说了句："他的篮球打得很好，不妨让他先在球场上发挥发挥。"家里人想，从"没意思"到有意思，篮球或许是一个契机，于是与学校商量，让他出头组织了一个小球队。从此以后，每逢课外，他就与小朋友活跃在球场上，回家时总是跳着蹦着，有说有唱。后来，球队要正规化，要正式选出一任队长，条件之一是必须学习好。这下碰到了他的软肋，不过很有效，为了不致落选，他开始用功了，像是换了一个人。

你问我，怎样定义情趣。我想到的第一个词，就是"底线"——生命的底线。生命对于人来说，不仅是活着，而且是活得有情趣。梁启超也曾谈到"情趣"，他称之为"趣味"，是"生活的根芽"。他自称"趣味主义者"，"生活于趣味"中。所以不能容忍没有趣味的生活，说那是"石缝的生活"，是"沙漠的生活"。既然情趣是"根芽"，那么，人就不能没有根芽而悬在虚空中。一个人可以没有记忆，可以没有欲望，但是绝对不可以没有情趣。当人感到活得有滋有味，乃至想"再活五百年"的时候，一定是情趣盎然的时候；当人感到郁郁寡欢以至慨叹生不如死的时候，一定是失去了所有情趣的时候。有情趣就意味着有快乐、有动力、有存在感。老年人要长寿，不仅是要吃好、穿好，更重要的是要活得有情趣，不孤单、不寂寞。年轻人要成长，不仅要学习好、身体好，更重要的是保持蓬勃向上、意气风发的精神状态，对世界和人生充满情趣。

"人是什么"，历来有种说法："人是有理性的动物。"后来现象学心理学修改了，改为"人是有意识的动物"。这都是比较抽象的，因为人是社会的动物，却被从社会中孤立了出来。所以马克思主义另外有个说法，叫"人是社会关系的总合"，这就比较具体了。无论是谁，都生活在"关系"中，并为"关系"所定性，没有了"关系"也就没有了生命。理性也好，意识也好，都建立在"关系"的基础上，因此都需要通过"关系"得到说明。情趣则不同，它本身就是"关系"体现，而且是最基本、最原始的体现。情趣不仅包含着意识到的"关系"，而且包含着没有意识到的、潜意识的"关系"；不仅包含理解了的"关系"，也包含了没有理解的、非理性的"关系"。所以，情趣处在生命的根底部，是人得以确证自己、实现自己的源头。

鹅对于那位老人是仅有的情趣。在这之前，他可能有许许多多的情趣，但随着年龄的增长，这些情趣都渐渐离他远去。老伴去世了，他再没有亲人。他没有能力再去读书、游泳、旅游，唯一能够给他带来欣慰的是鹅，是鹅将他和这个世界联系起来，伴他体验着静观人生的喜悦、和自然对话的兴奋，以及反躬自省的快乐。篮球对于那个年轻人也许不是仅有的情趣，却是唯一有"意思"的情趣。可以想见，世界对于他还充满了神奇和诡秘,未来会向他发出热烈的呼唤,但是,当时他的生活空间是那么的狭小,以致让他感到无立身之地,不得不茫然出走。是篮球让他找回了自己,篮球不仅给了他自尊和自信,而且为他打开了一个新的充满希望的天地。

情趣是底线,是生命的底线。生命在这里栖息,在这里绵延,在这里闪烁着光芒。情趣是人的活生生的生命史。

这是我对情趣的一点理解,当否,请批评。

国忠

2016 年 9 月 8 日

(二)闪光,生命的闪光——关于情趣的第二封信

学诗:

谈到情趣,需要交代这样一个问题:情趣与嗜欲、癖好(食、色、烟、酒、赌、毒)有何区别?我是这么看的——情趣是情感与趣味的统一,只有情感而无趣味,或只有趣味而无情感,不可以称为情趣;嗜欲、癖好即便算是一种趣味,这种趣味也与情感无关,而与生理上的满足或心理上的刺激相关。情趣往往彰显了人的天真烂漫的一面,是人的最自然最素朴的心理诉求;嗜欲或癖好则常常由外在的因素引起,让人欲罢不能,不能自已。情趣因为有感情,而感情是人所共通的,所以虽是个人的却能获得其他人的同情,甚或共鸣;嗜欲或癖好则纯粹属于个人,而且只有在私密的环境里才能如愿以偿、尽情尽兴(也许酗酒有些例外)。情趣和理智、意志密切相关,随着经验和知识的积累可以有所改变、有所拓展;嗜欲或癖好则排斥理性和意志,其所带来的兴奋是一次性的、短暂的,除非有外在压力,否则不会发生变化。

情趣是生命的底线,也是生命的闪光。比如植物,从含苞欲放,到花团锦簇,到果实累累,生命的每一展现都伴随着情趣。是情趣引导人们从个人到群体,从感性到理性,从当下走向永恒。情趣是有历史的,这个历史是人走出自我、确立自我、实现自我的历史。

我们可以引用孔子的话来说明。孔子说:人"兴于诗,立于礼,成于乐"。诗也好,礼也好,乐也好,要引起人的关注,必须基于情趣;兴

也好，立也好，成也好，要成为人的修养，必须化作情趣。一个人是什么人，不是看他做了什么，而是看他以什么样的精神去做，和在做之中所展现的精神。诗所以兴，礼所以立，乐所以成，因为诗、礼和乐这些本来属于外在的东西，经过与心灵的碰撞和交融，转化成了精神，以及植根于这种精神的情趣。

"兴于诗"，这个"诗"特指《诗经》。先秦时代，《诗经》被视为百科全书，是人人必读之物。"兴"，起也，意思是读《诗经》以引发求知的兴趣。现在我们可以较宽泛地理解，不限于《诗经》，也不限于书本知识，而包括所有环绕着我们的生活世界。我们相信，人的所有的"兴"，归根结底都来自生活世界，是这个世界吸引我们去认识它、接近它和拥抱它。世界——外在的和内在的、历史的和当下的、社会的和个体的，这是所有情趣的诞生地。

人生下来，本来无所谓什么情趣，但一旦有了自我意识，分出来主体和客体，各种情趣便纷至沓来。于是，我们从妈妈的笑容和亲人的呵护里感受到人间的温暖；从太阳的光照和风雨的呼啸声中领悟到宇宙的神奇。摇篮曲奏响了，眼前幻化出一个声音的世界；故事书掀开了，心中奔涌着一片童话的海洋。情趣犹如一位热心的导游，从感性的对象开始，引导人们一步一步走向知识的对象和幻想的对象。人的理性是有限的，情趣是无限的，康德可以给理性划一个界限，却无法给情趣划个界限。

对于"立于礼"，这个"礼"是指道德礼仪。立者，站也，意思是要立足社会必须懂得道德礼仪。我们不妨将其换个说法，叫作社会秩序或社会规范。据记载，齐景公曾问政于孔子，孔子说："君君，臣臣，父父，子子。"这就是讲社会秩序或社会规范。人无论做什么事，都必须承担起一定的社会责任，尽到一定的社会义务。这样，社会才能运转，生活才能安定。责任，包括义务和情趣，从表面上看是不同的东西，实际上是可以相互包容的东西。梁启超称他是"趣味主义者"，但又说，他的人生观是"趣味"加"责任"，他努力把它们调和起来，所以"一方面是很忙乱的，很复杂的，他方面却是很恬静的、很愉快的"。

孔子说：君子应"约之以礼"，做到"非礼勿视，非礼勿听，非礼勿言，非礼勿动"。所谓调和就是以"礼"、以责任来节制情趣、净化情趣，使情趣成为文化教养和品味的表征，同时使"礼"、使责任情趣化、内在化。只有这样人才得以"立"。所以，我们看到那些承担着社会和历史责任的人，往往是最富有情趣因而文质彬彬的人，而那些玩物丧志、游戏人生的人则是最缺少情趣因而粗俗浅薄的人。

"成于乐"，这个"乐"指的是音乐，不过不是作为一种艺术形式的音乐，孔子说："乐乎乐乎，钟鼓云乎哉？"而是指类似"周乐"那样体现天道的音乐。"成"，成全、成熟也。孔子说："见利思义，见危授命，久要不忘生平之言，亦可以为成人矣。"我们是不是可以这样理解：成熟的人是那些超乎功利、循守天道，并持之以恒、忠贞不贰的人，而这样的人只能通过学习和领悟像周乐那样的音乐，并从"知之""好之"到"乐之"，才能够达到"兴"和"礼"，情趣和责任才统一在一起，自己和人群，和周边世界才统一在一起。

能够达到这种境界的有两类人，一类多少得益于天赋，主要是画家、音乐家和科学家。线条、图像、旋律、结构、色彩对于他们有一种特殊的魅力。这种情趣随着年龄和阅历的增长渐渐转化成了一种责任。当罗丹在妈妈买菜带回来的包装纸上画他父亲的时候，当丰子恺用自家染坊的颜料涂出红色的大象、紫色的房子的时候，当小施特劳斯试图用音乐语言表达"第一个想象"的时候，当许多科学家兴致勃勃地追问太阳的去向和星星的由来的时候，可想而知，活跃他们心中的只是一种非常单纯的情趣，而当他们走出自我，融入人群，懂得绘画、音乐、科学的社会责任和价值，开始将人生百态、历史沧桑和纠结在亿万人心头的悲欢离合、酸甜苦辣倾注在作品中的时候，他们的情趣便与责任结合起来，情趣的背后则是深邃的智慧和信念。

另一类多少得益于时势，主要是思想家、政治家与文学家。他们有着这样那样的情趣，但是作为责任支配其一生的，只有一种情趣——观察、批评、干预社会。而正是这种情趣使他们中许多人具有了超乎寻常的伟大人格。汉末群雄割据的年代，涌现了一批大政治家，曹操是其中之一。曹操幼时"不事行业"，喜欢飞鹰走狗、骑射田猎；长大后心存高远，"博览群书，特好兵法"，为《孙子》注；再后运筹帷幄，逐鹿中原，成一代枭雄；到了晚年，犹赋诗长吟曰："老骥伏枥，志在千里；烈士暮年，壮心未已。"为重振汉室，统一国家不惜呕心沥血，宁负世人，是曹操的责任，也是他的情趣。欧洲资产阶级革命造就了一批大思想家，康德是其中之一。康德早年好读书，写过有关地震、气象和太阳系起源的书，后来转向哲学，围绕"人是什么，人能认识什么，人能期望什么"撰写三大批判，以回应由于"上帝的退隐"，人缺少信仰，社会缺少规范问题。直到晚年，康德还在研究人类学和政治学，倡导建立自由国家联盟以实现"永久和平"。死后，人们将《实践理性批判》结论里的一段话镌刻在他的墓碑上："有两种伟大的事物，我们越是经常、越是执着地思考它，我们心中就越是充满永远新鲜、有增无已赞叹和敬畏——我们头上的灿烂的星空，我们心中的道德法则。"这句话是康德对一生所承载的责任的宣示，还是对激荡在胸中，不能自已的情趣的表白？19世纪俄国的农奴制给人民带来了苦难，但也为文学的繁荣提供了契机。一批大作家应运而生，其中包括屠格涅夫。作为作家，屠格涅夫有着非常丰富而高尚的情趣，而这些情趣通过他出神入化之笔，生动地体现在人物和情节中。他最后的创作是一组散文，里面写到了他的家乡：天空上飘摇的云，峡谷中流淌的水，房顶上高悬着的捕鸟笼，门廊上装点着的小铁马，还有从干草堆钻出头来的孩子，从地窖去取出牛奶的老人。写到了暴风雨中与人默默对视的狗、为掩护孩子拼死扑向狗的麻雀；写到了玫瑰、岩石、沙钟、高脚杯；写到了天神的宴会、东方的传说，有关世界末日的梦。他的情趣好像无所不在，情趣中又总是透出一种责任，而这应该就是他的整个生命。

生命是个缓缓的但永不停歇的波流，情趣是这波流闪烁着的彩色的光。包括绘画、音乐、科学或政治、思想、文学在内，一切责任都可以转化和终结，而情趣却会沿着生命之流向着更为广大和庄严的世界伸展，所以，在精神的更高层面会萌生某种乌托邦的想象、某种悲悯的心理、某种大爱的感情，这大概就是庄子所说的"至乐无乐"吧！

国忠

2018年1月27日

（三）窗口，生命的窗口

学诗：

我一直没有对生命这一概念做出界定，原因是它不是指一般的生命，而是指作为精神和文化载体的人的生命；不是简单的生物学概念，而是哲学和人类学概念。回答生命是什么，也就是回答人是什么，这是同一问题。这个问题从初民时代就提出来了，但迄今未能形成全面确切的答案。古希腊人德谟克利特将人比作"小宇宙"，并将哲学对象从自然转向人。宇宙何其博大，何其恢宏，何其渺远，何其神奇？！当然，这只是一种比喻。但也足以见出人是什么或生命是什么，对人们说来，是多么难以回答的问题。

的确，凡世上存在的一切，有什么与人的生命无关呢？政治、经济、军事、道德、宗教、文化、语言、习俗等不要说，它们本身就是生命活动的产物，是人的存在方式，就是星空、大地、海洋、荒野、沙漠、山峦、河流等也不都是作为另一体融入人的生命中，是生命必不可少的依托和背景吗？因此，为了回答人是什么或生命是什么，需要研究生物学和进化论，以便了解人的过去；需要研究政治学和经济学，以便了解人的现在；需要研究天文学和物理学，以便了解人的未来。不过，这似乎还不够，还必须打开并读懂整个宇宙这本大书。

这或许是人的伟大之处：明知人是什么或生命是什么是个没有最终答案的问题，却一代一代地追问下去，将"认识你自己"看作一种宿命。由于每次追问都不仅是对已然的肯定，而且是对未然的期许，都包含一个"应该"，所以这个过程就成为人完善自我、实现自我的过程，也就是生命的不断净化和澄明的过程。

人是什么？生命是什么？打个比方，其像是一条不断变换着自身形象的河，时而汹涌，时而平缓，时而清澈，时而浑浊，即便你坐直升飞机，从源头看到终点，也很难窥其全貌。但人自身也是像河一样，一代一代地繁衍，所以认识可以积累，可以修正，总是会在一定程度上满足自身求知的渴望。

西方在这方面留下的资料比较系统，我们不妨翻翻他们的历史。

古代希腊人给出的最早答案是，生命由两部分组成：一部分是灵魂，另一部分是身体。植物、动物和人的不同，在于人不仅有"营养"的灵魂、"感觉"的灵魂，还有"理性"的灵魂，所以说人是有理性的动物（亚里士多德）。而理性有三个部分：理智、意志、情欲，它们之间的关系犹如统帅、士兵和奴隶的关系，占统治地位的是理智（柏拉图）。之后，希腊化时期出现了"回到自然"的倾向，认为生命的目的是"审慎"的、"恬静"的快乐（伊壁鸠鲁）。生命的理想状态，即"善"，是与自然的和谐一致（芝诺）。

不过，在基督教神学家看来，人的生命自身并不能成为所以如此的原因。人无论是理性，还是自然都是上帝的造物。上帝按照自己的形象创造了人，使人具有了超越其他物种的智慧与能力，但人偷吃了禁果（情欲），因而负有原罪，必须依靠上帝的救赎，方得以解脱和永生（圣·奥古斯丁）。类似的议论畅行了十多个世纪，到了文艺复兴时期，蒙田终于发出了另一种声音："我们不用踩高跷，因为即使踩在高跷上，还是用自己的脚走路；在世界最高贵的宝座上，我们坐的仍是自己的屁股。最好的生活是普通的和符合人性的模范的生活。"继之，培根更爽快地说："人是自己命运的建筑师。"此后，至少在思想界，"人性"取代神性成了最热门话题。人们相信，作为知识的起点是人的知觉，以及由其衍生出来的印象和观念，这是上帝所以存在的原因（洛克、休谟）。上帝实即自然（斯宾诺莎）；作为道德的起点是"自我保存"，以及由其衍生出来的爱、同情和竞争心，这是社会得以形成的根源（休谟、博克）。社会源自契约（霍布斯、卢梭）。

启蒙运动是一个众说纷纭的时代，差不多每种学说都有它的对立面。康德作为启蒙运动最后一个代表，为其做了梳理和总结。他将人是什么或生命是什么提高到人类学的层面上，视人为以自身为目的自为的整体。他从"认识能力""愉快不愉快的感情""欲望能力"三个层面讨论了自我意识、感官与内感官、想象与记忆，独创性与天赋，以及知性、判断力、理性的关系；讨论了感性的愉快、美的愉快，以及艺术与时尚的鉴赏；讨论了激情、情欲、最高的自然的善与最高的道德。此外还分别讨论了个体、性别、民族、种族的人类学特性。他认为与其说人是有理性的动物，毋宁说人是"具有一种自己创造自己的特性"，能够"自己把自己造成为一个有理性的动物"。这表现在：首先，保持着自己和自己的类；其次，锻炼和教育自己的类；再次，将类当作社会性系统进行治理。他认为人类的普遍意志是善的，人的最后目的达到必须寄希望于"世界主义"地结合起来的类的系统中。

康德之所以将这些主张归之为人类学，是因为他"不是在自身中把自己作为整个世界来研究，而是仅仅作为一个世界公民来观察和对待自身"，这个思路在当时是全新的。但他并不认为人类学穷尽了所有问题，而认为还应该有一种形而上学来回答与人处在同一共同体的其他存在物，与整个世界的关系问题。也许就是这一点启发了后人，当然还有生物学和进化论等的影响，酿成了19世纪后半叶到20世纪有关人是什么或生命是什么的更加深入、更加广泛的研究和讨论。其中不能不提到的如弗洛伊德的本我、自我、超我的理论，柏格森的宇宙即生命绵延的理论，海德格尔的此在—存在的理论。由于篇幅的原因，这些就不一一赘述了。不过还需要提到马克思。马克思似乎对纯形而上学不感兴趣，所以宁肯把人是什么或生命是什么限定在"现实性"上，将人界定为"自由自觉的活动"与"社会关系的总和"。意思就是：人和人的生命是在实践中成就的，人的思想、意志、情感的背后是人在实践中形成的各种关系。

这是在理性的思维逻辑中不断向前延伸的过程，人们从这里获得了越来越清晰的自我意识，但所有这些充其量只是抽象的概念，而不是活生生的人的生命。要把它转化为活生生的生命，还必须借助人的感性经验去阐释它、丰富它，为它注入生机活力。这就是为什么人类在此之外，还发明了另一种认识自己的方式，就是文学艺术。我相信，是古希腊的神话、史诗和悲剧为我们注解了所谓的"营养""感觉"和"理性"的灵魂，描绘了充满自信、好奇和情欲的人的童年；是中世纪游吟诗人和哥特式教堂为我们彰显了救世主上帝的权能，洞开了尚处在蒙昧中的人的心灵；是席勒、歌德诗歌和贝多芬的音乐为我们描绘了那个充满矛盾和冲突的社会，使我们萌生了人是中心、人是目的的崇高信念。而为了理解现代人"天、地、人、神共舞"的愿景，现代和后现代的小说、绘画、电影或许能激发起我们意想不到的灵感和想象。

在人是什么或生命是什么的问题上，哲学、人类学以及文学艺术的贡献也许不在于提出怎样的命题或做出怎样的描述，而在于不断地激发人们去思考、去怀疑、去追问、去论争的情趣，让我们相信：可贵的是人有一种理性的分析、判断的情趣，一种揭示事物普遍性、必然性的情趣，一种反思和洞察未来的情趣。同时，人还有一种感性的直观、想象的情趣，一种探索事物个别性、偶然性的情趣，一种爱、同情和交往的情趣。这样，我们就因情趣融进了生生不息和无际无涯的生命本身。

可以说，情趣是生命的窗口。窗口里面是我——天赋与经验、理智与情感、意识与下意识统一的我；窗口外面是世界——为我所感知和体验到的世界。只是因为情趣，世界才成为我的世界，我才成为世界的我；世界才渐渐向我展开，由近及远，我才渐渐走向了世界，由浅而深。只是因为情趣，世界才成全了我，使我不再孤独和寂寞，而我则点活了世界，使世界不再遥远和陌生。

每一个人都有不同于别人的情趣，都打开着一扇特别的窗口，那里有仅仅属于自己的秘密，所以形成了无法穷尽、无法重复的故事。但是，人都生活在同一个地球上，呼吸着同样的空气，经历着同样的生老病死，所以每一扇窗口又传递出相似相近的信息。于是，情趣又内在地将人凝聚在一起，组合成这样那样的共同体。由于这个共同体的存在，哲学家和人类学家才在逻辑的长河中接力似的遨游，诗人和艺术家才在意象的网络里编织着感动人的故事，而生命才构成一条汩汩流淌的永远的河。

关于情趣就谈到这里，絮絮叨叨，竟没有顾忌你的情趣，请批评。

国忠

2018年3月31日

附：阎国忠先生为北京大学哲学系教授、博士生导师、著名美学家。

二、徐碧辉（2018年10月17日）

说情趣
——中国社会科学院哲学研究所美学研究室主任、研究员徐碧辉的一封书信

结识徐老师，是我从申请加入中华美学学会开始的，后来，她和阎先生在全力扶植太原美学学会的创建中做出了重要的贡献，深化了跨省市的学术交往。

2015年在北大开会后，我和徐老师数次谈到对情趣话题的思考，她认为选题值得探研，还在百忙中给我发来一封书信，谈及有关感受：唯有真趣味才能激发真性灵。

徐碧辉，中华美学学会副会长兼秘书长、中国社会科学院哲学研究所美学研究室主任、研究员，美学学科创新团队首席研究员、中国社会科学院研究生院博士生导师。

亲爱的郑老师，您好。

很抱歉，原本答应您很快交稿的这篇通讯迟至现在才给您。主要是因为关于情趣，我不知道该怎么去说，说些什么好。我自认为自己不是一个很有情趣之人。生活刻板，按部就班，没有什么新奇故事发生在我自己身上，一生平平淡淡。作为一个自认为不太有趣的人，没有什么资格来谈论这个话题。

不过，虽不能之，心向往之，虽然我自己的生活平淡乏味，没有精彩可言，却也向往那些轰轰烈烈、传奇、丰富的人生：那种一人一剑、行走天涯、快意恩仇的日子，像风一样的日子；那种历经悲欢离合，初心不改，至美至纯的人生境界；那种转身之间，顿悟人生真理，抛却十丈繁华的大彻大悟的生命体验……

由此，自您嘱咐之后，我也一直在想这个问题。我想，所谓的情趣之于人生，绝不是可有可无，绝不只是生活的点缀。在某种意义上说，

它应是我们立身之本、为人之标，是人活着的"味道"，甚至是"意义"。情趣，我把它拆分开来，一面是情，另一面是趣。"情"，相对于"理"而言。人们常说要有理性，要冷静，这当然没有错。但往往在强调理性、冷静、逻辑、历史这样的"大概念"之于人生的重大意义的同时，人们往往会忽视了"情"之于人生之重要性。"情"有"情感""情性""情况""情实""情形"等义。与"趣"相关联之"情"主要指"情感""情性"，它是人作为肉体存在直接与世界发生关联的第一方式。换言之，人首先是以"情"的方式来感受世界、触摸世界、看待世界的。人生下来，以哭叫而非以语言或其他方式宣示自己的存在。人生之所以有"意义""味道"正是因为人生有情。人生若无情，人活着的味道、意义又是什么呢？诚如鲁迅所言，"无情未必真豪杰，怜子如何不丈夫！"真正的大英雄、大豪杰，都是"性情中人"，甚至是"至情至性"之人。他们顺应本心，快意恩仇，活得真实而自然。

李泽厚先生近年来，独创情本体之说，与道德本体和神学本体相对而立。情本体之说从学理上追溯，乃实践美学之"内在自然人化"的逻辑推论结果；从思想根源上则来自中国古代原典儒学所倡导之仁孝亲情、家国情怀与忧思；从哲学上则有内推外延两条路径，内推为心理本体，外延则与当代世界之公平正义理论一较长短而又相互补充。李先生言道，在今日世界没有天国、没有上帝、没有主义理想之时，只有基于血亲关系，而又超越于这种血亲关系的人与人、人与社会、人与自然之间的相互关爱之情，才是今日社会中心灵的最后停泊之地："既无天国上帝，又非道德伦理，更非主义理想，那么，就只有以这亲子情、男女爱、夫妇恩、师生谊、朋友义、故国思、家园恋、山水花鸟的欣托、普救众生之襟怀以及认识发现的愉快、创造发明的欢欣、战胜艰险的悦乐、天人交会的归依感和神秘经验，来作为人生真谛、生活真理了。为什么不就在日常生活中去珍视、珍惜、珍重它们呢？为什么不去认真地感受、体验、领悟、探寻、发掘、敞开它们呢？""情本体"论最终走向审美形而上学："不是'性'（'理'），而是'情'；不是'性（理）本体'，而是'情本体'；不是道德的形而上学，而是审美形而上学，才是今日改弦更张的方向。……'情'是'性'（道德）与'欲'（本能）多种多样不同比例的配置和组合，从而不可能建构成某种固定的框架和体系或'超越的''本体'（不管是'外在超越'或'内在超越'）。可见，这个'情本体'即无本体，它已不再是传统意义上的'本体'。这个形而上学即没有形而上学，它的'形而上'即在'形而下'之中。……'情本体'之所以仍名之为'本体'，不过是指它即人生的真谛、存在的真实、最后的意义，如此而已。"这种说法初闻之，令人愕然不解。细思之，却是愈觉有理。人生在世，若无某种最后的"神"，或者某种坚定的信念来支持，这一辈子，将是多么的艰难困苦。没有信念的人生充满的是凄风苦雨，没有希望，没有目标。而宗教信仰则不符合今日中国之现实与国情。好在智慧的中国人，我们的老祖宗给我们留下了丰厚的思想资源，我们可以从中吸取其精华为今日所用。中国人以为天地人都是一个有机的生命系统。大自然本身就是人心灵栖息的港湾、灵魂停泊的天堂。人与自然之间，生命相关，互动交流。鸟语花香、鸢飞鱼跃、鹤鸣九霄、春风秋月，无处不是美，无处不是爱，无处不是情。在这样丰美壮阔的自然怀抱，何来心灵漂泊无依，哪有什么灵魂不安？！天地有情，万物有灵，人生有爱。人活着，生活于亲人和朋友中，彼此之间相互关爱祝福，祝福相依，命运共担，彼此温暖。对于个体而言，心怀敬畏与感恩，欣赏大自然所赐予我们的或繁复绚丽或简淡从容的美景；敬畏自然创造、生养、化育生命的奇迹；感恩自然予以我们以果腹的食物和御寒的衣物，承担起社会赋予我们作为父母/子女、兄长/弟妹以及国家公民的责任和义务。在这样一种生命过程当中，家国天下，人与自然，个体与社会本就休戚与共，祸福相依。生活的底蕴本身就是美，就是善，就是爱，就是"意义""味道"。"活着"，奉献青春、汗水、热血乃至生命于社会、于家国便是生命的意义。这便是"情"之人的价值与意义。

　　情趣的另一个方面是"趣"，也就是趣味。做一个有趣之人，按照自己内心最真实的愿望去生活，不伪饰，不虚夸，不阿谀谄媚于上司，不施加威压于下级。独立思想而善于纳言，胸怀宽广而持守底线，从容淡定而有所担当，头脑清明，明辨是非，却不妨在细小事情上"糊涂"一下。在我看来，这就是把趣味贯彻到底了。梁启超先生当年提倡"趣味主义"，而且大逆不道地提出来，他"不管德不德，只管趣不趣"。实际上能够把趣味贯彻到底，那么在德行方面，一定也不会是一个低俗卑贱之人，尽管也许他并不那么高尚，更不会自我标榜高尚。

但是趣味有真趣味，有假趣味。唯有真趣味才能激发真性灵，才能给人带来真正的乐趣。而有些爱好或嗜好看似很有趣，能给人带来很大快乐，其实走到最后会弄得自己和大家都没趣的，这就属于假趣味。比如一个赌徒，喜欢赌钱。从趣味主义的立场来看，这也没有什么不好。毕竟赌钱不过他自己的一种爱好而已。问题在于，这种"爱好"不可能保持到底，最终会走向趣味的反面。因为，一个人若喜欢赌钱，就会对得失看得很重，在赌钱的过程中，他会紧张、兴奋、焦虑、患得患失，这已经背离了"趣味"的初衷。从结果来看，如果赌输了，失去了钱，他会沮丧、发愁，或是性情变得暴怒。这更与趣味南辕北辙。当最后赌徒因为赌博输到倾家荡产，甚至把自己的老婆孩子都作为赌资输出去，变得一无所有。这时候，他当初想通过赌博追求乐趣的目标已是彻底失败了，赌博带给他的不但是无趣，而且是妻离子散，家破人亡。所以像赌博这类的所谓"趣味"，不是真趣味，而是假趣味、伪趣味。

此论我个人深以为然。所谓趣味者，必须脱离功利计较，必须是出于纯粹的、不带任何利益追逐或是名利目的的。若掺杂了丝毫趣味之外的世俗目的或利害得失考虑，则趣味便变了味道，不再有趣，而只剩下酸苦咸辛诸般无趣之"味"。《世说新语》载，有两个人，一个爱财，一个爱做鞋。当时的人对他们俩也并无偏见或者偏爱，觉得都不过是一种个人爱好罢了。然而有一天，正当那个爱钱的朋友在盘点他的钱财的时候，有客人来访。这个人下意识地、本能性地用他的双手连同胳膊肘，甚至整个上半身，把他的钱给捂住，情状颇为尴尬。但当有人去拜访那个喜欢做鞋子的朋友时，他并不因来客而中断自己的事情，而是从容地熔化蜡油粘他的鞋子，还叹息说："不知这辈子能做几双鞋子！"意态闲雅，神色从容。从此，这两人情趣和境界的高下终于被分了出来。(《世说新语·雅量第六之十五》："祖士少好财，阮遥集好屐，并恒自经营。同是一累，而未判其得失。人有诣祖，见料视财物。客至，屏当未尽，余两小簏箸背后，倾身障之，意未能平。或有诣阮，见自吹火蜡屐，因叹曰：'未知一生当箸几量屐？'神色闲畅。于是胜负始分。")两人的故事留下了"阮孚蜡屐，祖约好财"的成语。

可见，要做一个有情趣之人，其实也并不是那么容易的，首先，正如我上面说的，要学会分辨真趣和假趣。对于那些并不是真正的兴趣所在，那些可能陷自己于尴尬境地的游戏或者是爱好，比如赌博，比如过度的网游，比如跟风追逐时尚，等等，还是要远离一些。其次，要做一个有趣之人，就要有一种豁达的心胸，要有一点真性情，要少一些利害得失的计较，少一些成败与否的考虑。认定一件事情，自己想要去做，是自己兴趣所在，而且值得去做，那么就义无反顾，勇往直前，以十分的精力和投入把它们做好。否则，斤斤计较，患得患失，就会失去恬然的心境，就会忘了来时的道路，找不到归途。最后，我不得不说，要做一个有趣的人，要有一点幽默感。幽默感或许是与生俱来的，但也许可以以后天的学习和休养而习得。事实上，这正是我本人的短板，所以一开始我自认我是一个无趣之人。而以上议论，也不过只是一点临时触及的感慨而已。让您见笑了。

最后向您致以最真挚、最诚恳的问候。

碧辉

2018 年 10 月 7 日

附上一篇本人有关中国美学原型的小作，因其中涉及"乐生"与"逍遥"，正与人生情趣问题相关，或许可以供您和读者朋友们参考。

"乐生"与"逍遥"：中国人生美学的两大原型

徐碧辉

李泽厚先生称中国文化是"乐感文化"，这是不无道理的。

应该说，"乐"是中华民族的一个重要的文化心理特征，也是中国美学精神的一个显著特点。由于中国美学是与哲学、宗教、艺术等社会意识形式综合纠结在一起的，着重于人生意义与价值的感悟，因而也可以说中国美学是一种"人生美学"。它不以对美与艺术的本质的命义追问为目标，不着力于以分析式、思辨式地抽象解释"美"为起点去建构一个关于审美与艺术的理论体系，而是在对人生意义、价值、"味道"的反复体验、领悟中去把握有关审美与艺术的问题，并在人生实践中融入美与诗。从而，这种人生美学的精神就有了两个鲜明的特点：乐生与逍遥，而它的哲学基础则是中国传统的以情为本的"一个世界"观。

更明确地说，中国古代美学，就其作为人生美学来看，至少有两方面内涵，一为"乐生"精神，一为"逍遥"精神。这是中国美学的两大基本精神，或者说是中国美学精神的两大原型。

"乐生"精神与"逍遥"精神的哲学基础是以情为本的一个世界观。中国古人把世界看成一个气化流行、生生不已的整体，一个充满活力的生命体。它没有所谓现象与本质、此岸与彼岸之分。人、自然、社会、精神构成一个充满情趣精神的有机整体。故而"天"与"人"、个体与社会、自然与人类，相互之间是感应灵动的，"天道"与"人道"不可分割地相互缠绕影响，"天道"决定人事，但人的品德操守与活动也会反过来影响"天道"的运行和走向。

因而，"天行健，君子以自强不息"，天道自然充满灵韵和情感。人亦须以高尚的品德操守和积极的行动去迎合并建构天道。这是人与天、个人与世界之间的精神和情感的交流互动，也是人坦然乐观地面对生死穷达的依据。

下面我们主要从孔子所代表的原典儒家美学和庄子《逍遥游》所体现的道家美学角度来切入乐生主题与逍遥主题。

一、"乐生"精神

在中国传统智慧中，无论儒家还是道家学说，本来都是一种鲜活明亮的人生哲学，是在人生实践中践履道德、完善人格、实现超越、获得自由的一种人生经验与感悟的升华。这种人生智慧包含着极为丰富的哲学、艺术、审美、宗教的思考成果。

作为儒家学说创始人的孔子的言行中，深刻地体现出一种珍惜在世生活、积极乐观面对人生境遇的人生态度。经过宋明理学的阐释，以孔子为代表的儒家学说基本上被伦理化、道德化了。宋儒甚至试图建立一种人生的道德本体论，把人的自然生理需要看成"人欲"而大加限制和批判。如此一来，孔子学说中那些鲜活而非常有生命力的东西被消解、遮蔽了，儒家的艺术精神和审美精神消逝了。

一部《论语》本来是当时人们的生活实录和思想留影，它记载的是孔子在各种情景中对人、对物、对事、对世界的感受和体验以及根据不同情境灵活处理的实用理性与方法，却被看成一部无所不包的治国"圣经"，那些本来具有高度生活性的对话、鲜活生动的语言，便也在反复的阐释中慢慢变成了教条。朱熹把"吾与点"解释为"人欲尽处，天理流行，随处充满，无稍欠缺"便是一个典型的例证。

其实，"曾点气象"就是对日常生活的"审美点化"，是要通过对日常生活的暂时疏离还原人的本真性情，并使人直接面对自然，从而以一种无遮碍的态度和状态去体会宇宙自然的生命精神，实现日常生活的审美化和艺术化。它与所谓"天理""人欲"很难勾连起来。

从某种意义上说，暮春之际，顺从那在春天里躁动不安的心去郊外踏青，在把自身融入自然的阳光风雨、河流山川的过程中，吸取自然之精神，洗涤日常生活的琐碎所带来的精神境界的碎片性与庸常性，达于诗意化的人生之境，这正是顺从了"人欲"的需求。

曾点之志是要一方面逃离日常生活，另一方面希望在自然中得到精神的休憩与安慰。何来"人欲尽处"之"天理流行"？当然，若一定要说此处有"天理流行"，这个所谓的"天理"也只能理解为天地自然的精神气韵。人在秀丽的山川中忘掉自身的卑琐欲念，被大自然的阳光雨露涤荡心灵，从而升华自身境界，提高人格操守。这是曾点之"志"的审美内涵。它是带人脱离日常生活的庸俗化，实现日常生活的审美升华。

在《论语》中，这种日常生活的"审美点化"和"审美升华"还表现为孔子的快乐精神。这种快乐并非完全是感官肉体之乐，它与感官相关联，但更多是一种艺术的"满足的不关心精神"所带来的精神愉悦，同时这种"乐"也含有道德上的崇高感与伟大感。它是灵与肉、身与心、物质与精神的融合汇通的综合性结果，是一种自由的人生境界。它通过对具体生活过程和细节的重视去品味和体察人生的真谛，把日常生活塑造为一种融生命体验与哲学思考于一体的境界。在这里，超越寓于现实，精神寄于物质，心灵呈现于肉体，理性积淀于感性。它是一种"乐感文化"，或称之为"乐活"的人生哲学或人生态度。

这种"乐活"的人生态度，首先表现为对生活的珍视和享受。《论语·乡党》篇记载的孔子是个非常讲究生活的人，它记述了孔子的一些生活细节——吃饭、穿衣、睡觉、上朝、斋戒，都有一定之规，很是考究。从这些习惯中，可以看到很"科学"的一面：食物腐坏，颜色不正，味道发臭，自然不可以食用。"食饐而餲，鱼馁而肉败，不食。色恶，不食。臭恶，不食。失饪，不食。"（《论语·乡党》，以下凡引《论语》，皆只注篇名，不再注书名）但对孔子来说，这还不够。关于进食，他还有更高级的追求：不但不吃腐坏的食物，还要讲究烹饪的方法，要有规律地进食，而且要讲究肉切割的美感、酱的质量。"失饪，不食。不时，不食。割不正，不食。不得其酱，不食。"（《乡党》）

其次，"乐"在孔子那里还表现为人生的艺术化和审美化，即在艺术创作与欣赏中，在对自然的凝神观照中得到精神的升华与巨大的愉悦。孔子是一个有着很高艺术修养的人。他欣赏音乐能达到如醉如痴的程度："子在齐闻《韶》，三月不知肉味，曰：不图为乐之至于斯也。"（《述而》）这个故事也许有些夸张，但孔子对音乐的鉴赏力可见一斑。在美学史上，孔子对于一些艺术作品的评价已成为中国美学和艺术史上的经典之评:"子曰:《关雎》乐而不淫,哀而不伤。"(《八佾》)"乐而不淫,哀而不伤"成为传统艺术批评特别是诗歌批评最重要的标准,奠定了中国美学欢乐不逾分、悲哀不过度的"中和"标准和美学特征,使中国人不走极端,善于克己,无论是表达快乐之情还是体现悲哀之情,都控制在恰到好处的范围之内,使中国人的精神产生一种雍容大度、慷慨有节的审美特征,从而使得华夏民族很少有过度的精神和情感取向,很少走向极端。

孔子不但有很高的艺术鉴赏力,本身也善于演奏乐器,且技艺高超。《论语》记载,孔子周游列国来到卫国时,曾击磬自娱,无意中却遇到一个知音:

子击磬于卫,有荷蒉而过孔氏之门者,曰:"有心哉,击磬乎!"既而曰:"鄙哉,硁硁乎,莫己知也,斯已而已矣。深则厉,浅则揭。"

这也是古人讲"言为心声"之意。击磬时,孔子作为演奏者的思想、情感融入了磬声之中,流露出来。其时,孔子正离乡出奔卫国,心中自是有些郁郁不得志,大约磬声中也流露出了这种愤懑不平和怀才不遇之感叹,以至于一个挑担的"布衣"都听出了其中的不平之意来。

《论语》中多次提到"乐"。这些"乐"里,有求知的愉悦,有友情的悦乐,子曰:"学而时习之,不亦说乎?有朋自远方来,不亦乐乎?人不知,而不愠,不亦君子乎?"(《学而》)有欣赏自然山水之陶然:"知者乐水,仁者乐山。"(《雍也》)更有由于崇高的道德人格战胜了外在的恶劣环境带来的精神自由的大乐,这种精神的大乐转化一种达观积极的人生态度。如他的自述:"其为人也,发愤忘食,乐以忘忧,不知老之将至云尔。"(《述而》)以及他说的"知之者,不如好之者;好之者,不如乐之者"(《雍也》)。其中最著名的当数称赞颜回身处贫贱而不坠精神、不丧失其人格独立的乐观精神——"孔颜乐处":子曰:"贤哉,回也,一箪食,一瓢饮,在陋巷,人不堪其忧,回也不

改其乐。贤哉，回也！"(《雍也》)

从日常生活中的各种"简单的快乐"，到认识世界的认知之乐，到朋友之间的信任与情感思想的交流，再到在自然中获得心灵的平静安慰，精神得以寄托，最后，形成一种生活态度、一种人生状态，孔子的"乐"层次丰富，内涵深厚，既是生命精神的状态，也包含道德人格的内蕴，可说是蕴含了审美和道德的人生化境。

正是由于有这种"乐活"的精神，平淡的生活才可以被审美地"点化"，人生才能变得"有味道""有意味""有意思"，也才值得人去活。

儒家文化2000多年来被定为中国文化的"正统"，屡次遭受冲击而不衰，说明它的确有某种值得人们去挖掘的精神内涵。在当今这个强调感性、感性泛滥的时代，如何赋予感性一种内在的理性精神，如何让物质性的生活具有诗性的光辉，是一个宏大的课题。

二、"逍遥"精神

陈鼓应先生曾言道，庄子哲学对于人生既非出世，亦非厌世，而是一种"逍遥"。这种所谓"逍遥"，其实是在无可奈何之际的一种选择。因为庄子时代，战乱频繁，人命如蝼蚁，朝不保夕。作为关注个体生存状况的庄子，首先要关注的当然是如何在这样一个混乱的时代里活下来。在"苟全性命于乱世"的前提下，寻出一点活着的"味道"与"意义"来。在这个背景下，"活着"本身就是"意义"，所以他"宁其生而曳尾于涂中"，而不愿"死为留骨而贵"，宁愿做一棵活着而"无用"的大树，而不愿因为"有用"而被砍伐。

然而，若仅仅如此，《庄子》就不会成为千古名篇，吸引无数文人骚客反复阅读和注释，甚至被尊奉为"经"。《庄子》蕴含着极为丰富的哲学和美学思想，它本身亦可作为水平极高的文学文本。就美学而言，庄子不仅为我们创造了逍遥游、大鹏、心斋、坐忘、见独、坐驰、真人、至人、神人、圣人、栎树、离形去智、正味、正色、道通为一……诸多概念与范畴，更于儒家之外，在中国美学史上确立了另一条人生美学的路径，即通过齐物我、泯是非、越生死而达到心胸澄明的审美境界，从而超越世俗社会生活与伦理羁绊，实现广阔的心灵自由的逍遥游。

"逍遥游"用现代的话来说就是一种审美之游，一种心灵摆脱物欲羁绊而自由任情、高度愉悦的审美历程。它是现实的，更是超越现实的；是审美的，也是艺术的；是感性的，也是理性的；是肉体的，更是精神的。

庄子的时代，正是政治上最黑暗、混乱的时代，庄子所要探寻的是，人如何在这样一个混乱不堪、生命危如晨露的时代里生存下去，并维持自由的精神和心灵。外在的命运是无法控制的，但自己的精神境界却可以由自己支配。命运尽管可以坎坷，境遇尽管可以严苛，自己的精神却须超越外界的控制，实现自我对环境的突破、精神对物质的超越、心灵对现实的升华。

"逍遥游"作为审美之游有以下特点：

首先，逍遥游必须有精神上磅礴广阔、自由翱翔的天地，像大鹏一样展翅高飞，而不是斤斤计较于眼前得失，眼光像斥鷃一样短小浅薄。眼界需宽，境界要高，目光需远，翅膀必大。大鹏的存在本身就是一个巨大的事实，而一旦它飞翔起来，其震动的何止一城一池、一国一地，乃是天下苍穹，是整个世界。鲲鹏的精神所体现的境界是一种伟大、宏阔、壮美之境，也就是西方人讲的崇高："北冥有鱼，其名为鲲。鲲之大，不知其几千里也。化而为鸟，其名为鹏。鹏之背，不知其几千里也。怒而飞，其翼若垂天之云。"（《庄子·逍遥游》，以下引此书只注篇名，不再注书名）

其次，逍遥之游是人与自然精神的一种交流融合，它强调的是人对自然精神的学习与体察，是人以其心灵去领会和握天地自然之精神，超越自我的局限性和个体生存的有限性，实现"以天合天""独与天地精神往来"。中国古代社会作为一种农耕文明，人与自然环境之间始终有一种血肉相联、骨肉相亲的内在联系，人对自然有一种天然的亲近之情。无论是在农业生产中，还是在日常生活中，人们遵循自然规律，日出而作，日入而息，顺势而为，应运而行。在这个过程中，自然之精神浇灌了人之灵性，而人的理性与德性则为自然增光添彩。在庄子笔下，正因为有人与自然的这种内在性关联和精神的交流，人便可以在顺应自然而为的基础上超越个体的有限性，达于无限的自由精神境界。

最后，逍遥之游所达于的是一种"无待"之境。

"若夫乘天地之正，而御六气之辩，以游无穷者，彼且恶乎待哉！"（《逍遥游》）

所谓"无待"之境，不仅是要从名利、得失、是非各种现实的计较追逐中解脱出来，对这些人们一向看重的的现实问题抱以超越的心境，而且，还须超越自己本身的生死。

《齐物论》讲"此一亦是非，彼亦一是非"。当我们不是站在某种偏狭的立场，而是站在一个更为广阔的视野上，则可以发现自己原来所坚持的那些是与非，便是无足道的。因为从另一方面看，事情便会有另一角度、另一种解释。如果说"是非"还只是关涉人们对某物或某事的评价，则"名"与"利"更是直接关涉切身利害的，一般人很难摆脱这二者的羁绊。"小人则以身殉利；士则以身殉名；大夫则以身殉家；圣人则以身殉天下。故此数子者，事业不同，名声异号，其于伤性以身为殉。"（《骈拇》）在庄子及其后学看来，利、名、家、天下，都不过是人们拼命追求的外物罢了，可就是有人不惜以身殉之。这都是作茧自缚，得不偿失。对于生与死，庄子更是给出了一种超然态度。在"鼓盆而歌"的寓言中，庄子说，人一开始无生、无形，亦无气；之后，有了气、形、生。而死不过是变回之前的状态而已，犹如四季运行周而不殆，因此所谓生与死是一件很自然的事，没有必要悲哀。"察其始而本无生；非徒无生也，而本无形；非徒无形也，而本无气。杂乎芒芴之间，变而有气，气变而有形，形变而有生。今又变而之死。是相与为春秋冬夏四时行也。"(《至乐》)其实，是非、名利、生死，在道的视野中其差别性并非像人们所想的那么重要。"故为是举莛与楹，厉与西施，恢恑憰怪，道通为一。"(《齐物论》)由此，"不以物喜，不以己悲"，齐生死，泯是非，把自己的精神与自然之精神混融为一。"乘云气，骑日月，而游乎四海之外，死生无变于己"(《齐物论》)，达到真正自由的境界。用现代语言来说，这正是一种审美与道德的至高境界。

所谓"无待"之境，建立在如大鹏那样具有宏阔高远视界和磅礴万钧的力量基础之上，其主体须具有理性的清明和超越的心胸，从而达到主客合一、天人合一之境。《逍遥游》里，庄子谈到人生四种境界。

第一种，大鹏的境界：视界高远，磅礴万钧，雷霆奋发。

"穷发之北，有冥海者，天池也。有鱼焉，其广数千里，未有知其修者，其名为鲲。有鸟焉，其名为鹏，背若泰山，翼若垂天之云，抟扶摇羊角而上者九万里，绝云气，负青天，然后图南，且适南冥也。斥鴳笑之曰：'彼且奚适也？我腾跃而上，不过数仞而下，翱翔蓬蒿之间，此亦飞之至也，而彼且奚适也？'此小大之辩也。"

在这种小大之辩中，大鹏之境呈现出雄浑博大、辽阔高远的壮美特征，这是斥鴳永远无法达到的，斥鴳的体积、眼光、能力都限制了它，正如庄子所言，"朝菌不知晦朔，蟪蛄不知春秋"，这是由其天生的条件所局限的。但与朝菌、蟪蛄这些具有先天性的局限性的生物不同，人是有精神的，人的精神使他可以超越自己存在的局限性、达到大鹏那样的高远宏阔的境界。

第二种，宋荣子的境界：定乎内外之分，辩乎荣辱之境。

"举世而誉之而不加劝，举世而非之而不加沮，定乎内外之分，辩乎荣辱之境，斯已矣。彼其于世，未数数然也。虽然，犹有未树也。"

宋荣子的思想与道家思想是非常接近的，《庄子·天下篇》

说他"不累于俗，不饰于物，不苟于人，不忮于众"。"见侮不辱，救民之斗。"这里说他是"举世而誉之而不加劝，举世而非之而不加沮"，特立独行，不受世俗社会评价的影响，而是听从自己内在精神的引导。"誉"与"非"都是外在的评价，独立自主的精神则是内在的。外在的赞誉的对内在的精神无所补益，因此，哪怕是"举世誉之"，他也并不更加努力；外在的非难对内在精神也无所损伤，因此，哪怕是"举世非之"，他也不沮丧。这与庄子所主张的独立无羁、不受任何束缚的自由精神是非常接近的。但是，庄子说宋荣子仍有未达到的境界，这就是下文所言之"无己""无名""无功"之境。

第三种，列子的境界："御风而行"。

"夫列子御风而行，泠然善也，旬有五日而后反。彼于致福者，未数数然也。此虽免乎行，犹有所待者也。"

列子的境界已非常接近于庄子的理想境界，御风而行，轻然曼妙，逍遥无羁，无论是内在精神还是外在形象都达到了相当高的审美境界。但是庄子认为列子的御风而行还是要有所凭借，还未没有达到"无待"之境。

所谓"无待"之境，这是庄子理想中的人生最高境界。

第四种，最高的境界："无待"。

"若夫乘天地之正，而御六气之辩，以游无穷者，彼且恶乎待哉！故曰：至人无己，神人无功，圣人无名。"

六气即阴、阳、风、雨、晦、明。"天地之正""六气之辩"都是自然本身的性情与运动，不以人的意志、情感为转移，人类只要顺应自然万物的本性，因势而为，顺时而动，其精神与自然之精神便可以真正合而为一。如此一来，人又何所凭借？他必然是无所待于世，无所待于人，无所待于己。因此，至人、神人、圣人是无己、无名、无功的，他们的自我、名位、功业已化作自然本身的一部分，所以能够超越是非，勘破生死，同与天地万物游，上下与天地同流，这也就是"物化"之境。物化，用现在的哲学话语来说，就是"人的自然化"。人与自然之间，不再有主体与客体之别、自我与对象之分。人以其整个身体和心灵去体会、感悟、欣赏自然之美与精神。这时，人就是自然，反过来说，自然也就是人。因此，庄周梦蝶，不知是庄周梦见蝴蝶，还是蝴蝶梦见庄周。庄周与蝶，在一种浑然泯灭物我之中达到同一种的分别。（注释略）

三、程裕祯（2017年12月15日）

（一）关于情趣的信笺之一

学诗兄：近好！

刚从你的摄影日记中看到你拍的太原的第一场雪的照片，我很高兴，虽久居北京，但故乡之思，绵绵不断。我记得，你每年秋冬总不畏严寒，数次去大寺荷塘，从多角度拍出与我共鸣的残荷摄影作品，总让我沉思良久。

不妨就从这些残荷说起。人们通常觉得，夏日荷花盛开之际，那是它最美的时分。它的碧叶红瓣与高洁美艳，不晓得打动了多少文人雅士，留下了许多赞美的诗句。"灼灼荷花瑞，亭亭出水中。一茎孤引绿，双影共分红"（隋·杜公瞻），"荷叶罗裙一色裁，芙蓉向脸两边开。乱入池中看不见，闻歌始觉有人来"（唐·王昌龄），"毕竟西湖六月中，风光不与四时同。接天莲叶无穷碧，映日荷花别样红"（宋·杨万里），"荷叶五寸荷花娇，贴波不碍画船摇。相到薰风四五月，也能遮却美人腰"（清·石涛），等等。一旦入秋，西风吹拂，花凋叶败，残缺不堪，它给人的感觉一定是目不忍睹。

然而，在2017年的10月间，我突然被残荷所展现的美深深地震撼了。这是一种从未有过的体验，不论是它的外观，还是它的内涵。那一天，在大学同窗的微信群里，一位姐妹发了几幅她拍摄的秋荷照片。在下当时并不了解她拍摄时是何种感受，她也没有用文字表述她的感受，仅仅是几幅图片，但她肯定是被它的美感动了。我看着看着，一下子觉得，秋荷的美要达到极致，一定是它残缺的时刻。于是，一句诗冒出来了："秋荷美至残"。凭着这瞬间获得的灵感，我连忙去院内的小公园里欣赏那里的残荷，几乎是一样的惊艳，回来补写成一首五律：

《临池见秋荷》："风吹透木寒，临水且凭栏。碧草眸前少，红花石上单。寸心惊事久，尺景动情难。欲怪群芳谢，秋荷美至残。"

诗发在微信群里，被一位诗友拿到"诗词微刊"去了。过了两天，反馈回来，希望在下修改"秋荷美至残"这一句。在下想，天哪！此句是全诗的精华与核心，改掉它还剩下什么了！虽然经在下解释，他们没有做任何修改，但看得出，微刊编辑并没有完全领会诗中的意蕴，怎么可以把"美"与"残"连在一起呢？"残"的东西怎么会"美"呢？

可是，学诗，我记得，当时你在短信上留言，说为我的诗句"秋荷美至残"的意境感慨不已，并用信笺纸写下来发给我。这也同样引起了我的感慨，可见，不同的人之间对美的认识与欣赏存在差异。

庄子曰："天地有大美而不言。"天地万物各有其美，所以用不着特意表达，而只待人们去发现。可见审美的主观意识很关键，审美存在着个体主观差异性。《礼记》曰："美恶皆在心中。"柳宗元则曰："夫美不美，因人而彰。"一个客观存在的事物，从不同的角度审视，会有不同的感受，何况人有各种差异，年龄大小的，男女老少的，工作性质的，受教育程度的，等等。这些差异，都决定你审美具有不同的标准。这个标准是没人能知道的，是自己内心的。常言说，"情人眼里出西施"，不也是这个道理吗？

回到"残荷"的话题，荷有不同时期的美，夏荷美在艳，秋荷美在残。西风吹来，荷叶枯黄，衰颜在焉，在阳光的照射下，令人想起了人生的种种变化，回味那些带有诗性的种种经历，在品尝了人生的种种滋味之后，越发感觉这老年的状态也如那残荷，虽衰残而美到极致，因为你比任何时候都洞明、通达、睿智。这种情趣，或许是年轻人不大能理解的。

太冷了，望兄珍重身体，切勿过劳，如果不是家中走不开，真想回故土和你一起去大寺看看那诗意的残荷。我盼望着。
顺颂

  冬安

裕祯
2017 年 12 月 15 日

（二）关于情趣的信笺之二

学诗兄：得兄回复，甚为感佩！

  我们之间的情谊，始于博客，之后往来，皆在网间，迄今未曾谋面，但心灵始终是相通的。记得 2008 年 7 月间，您将一幅《荷韵》的摄影作品发于博客，在下欣喜之极，遂题七绝一首："绿衫飘逸玉颜红，疑是天仙莅水中。夏日清凉唯此境，不须翘首盼秋风！"还有一首是题于您的摄影作品《小径》："绿障如屏闲两旁，幽幽小径向何方！应知尽处群芳笑，倍觉人生诗韵长。"之后多有诗词往来，其间盛意无可言说。这里我要说的是，诗词这种文字，自古以来，非但是促进社会进步的一种文学形式，还是文人必不可少的文学修养，更是精神层面的一种高雅情趣。

  在下打小就是喜欢诗的，因为它蕴含着许多许多无可名状的东西，它能使人的心灵变得活跃起来。记得小时候最早接触的一首诗是："一去二三里，烟村四五家。亭台六七座，八九十枝花。"短短 20 字，数字占了 10 个，可是它一点也不枯燥，反而把人引入非常美妙的境界，让人遐想无穷，很想去那里看个究竟。

  成人以后的工作虽然不离语言文字，但毕竟不是专门从事诗词的研究与创作，只能作为一种闲暇时的情感抒发。直到完全退休之后，才真正把大部分时间放到诗词的写作上来。为什么呢？很大的缘故就是要给退休生活增添一点情趣，因为生活总是需要有点情趣的，而没有情趣的人生是乏味的。

  诗词是中国特有的文学形式，它通过汉语独有的节奏和韵律表达感情，反映生活。而汉语正是最富于节奏和韵律的语言，以音韵而言，古音中有"平、上、去、入"四声，现代普通话中没有"入声"，分别归入"阴平"和"阳平"，成了"阴平、阳平、上声、去声"，也是四声，古音中的平声与现代汉语的阴平、阳平，属于"平声"，其他都属于"仄声"，平仄之间的交互出现构成了丰富的节奏感和韵律感，给我们带来了无穷的美感享受，古人称之为"一唱三叹"，"手之舞之，足之蹈之"。唐代以前"古体诗"虽然没有严格的韵律要求，但由于音韵的变化，读起来总是铿锵有致，韵律分明。唐代以后的"近体诗"有了严格的格律，律诗和绝句在形式上都要求"平仄相间""前后粘对"。比如，杜甫的《春夜喜雨》："好雨知时节，当春乃发生。随风潜入夜，润物细无声。野径云俱黑，江船火独明。晓看红湿处，花重锦官城。"它的格律就是"仄仄平平仄，平平仄仄平。平平平仄仄，仄仄仄平平。仄仄平平仄，平平仄仄平。平平平仄仄，仄仄仄平平"。平声字与仄声字都是间隔开的，这就是"平仄相间"。所谓粘，就是互粘，是说前一联（两句）的末句与下一联首句要相粘，比如，这首诗中第一联的末句"当春乃发生"与第二联的首句"随风潜入夜"，开头两字都是平声，第二联的末句"润物细无声"与第三联的首句"野径云俱黑"，开头两句都是仄声，其余类推；所谓对，就是相对，是说每一联的上下句，都是平平对仄仄，仄仄对平平。七律也如此，它只是五律的扩展。按照这个要求写出来的诗句是不是有很强的节奏感和韵律感？谁读过之后，不觉得美呢？当然，作为诗词，除此之外，还有章法、意象、意境等其他要求，不一一在此细说，这里只是就汉语的音韵而言。

  在下是主张文人要吟咏一点诗词的。这个吟咏。既包括了古人创作的，也包括了自己创作的。自己创作这个传统和能力，在民国以后基本上断了，因为大家从上到下都不重视它了。但我认为，文人还是要懂点诗词，学会自己创作的。这就必须学习和运用诗词写作的基本理论和规则，特别是唐宋以后流行的诗词格律。有人一听格律，就觉得难得不得了。其实不是这么回事。只要会说汉语，弄懂格律并不困难。汉语的音调本身就是高低错落。我们以成语为例，很多是平平仄仄、仄仄平平的，比如"天高地厚""三心二意""风调雨顺""莺歌燕舞""鱼龙混杂"等，都是平平仄仄，而"险象环生""水到渠成""信手拈来""一事无成""万念俱灰"等，都是仄仄平平。由于，汉语的音节重点在二、四、六的位置上，所以七律诗有"一三五不论，二四六分明"的说法，五律就是"一三不论，二四分明"。按此要求，更多的成语都是平平仄仄或仄仄平平，比如"你来我往"属于平平仄仄，"三令五申"属于仄仄平平。了解汉语的这一特点，掌握诗词的韵律其实不是难事。

　　自然，我们不是说所有人都必须追求诗词这种雅趣。不同的群体，不同的人，追求的情趣当然是不同的。有人喜欢唱，有人喜欢跳，有人喜欢弹琴，有人喜欢吹箫，有人喜欢对弈，有人喜欢钓鱼，凡此种种，都包含了每个人自己的感情在内。诗词是一种吟咏的乐趣，同时在吟咏中表达思想感情，在下乐此不疲。而且由于网络发达的缘故，一个人的吟咏有时可以瞬间引发许多人的共鸣与呼应，这让人感觉自己的情趣是共有的，不是孤独的；自己的存在是有意义的，不是无味的。这也正是兄与在下虽然关注与努力的领域不同，却也可相互吟咏的缘故。话又说得多了，就此打住，望学诗兄赐教。

　　三九严冬，望多保重！

裕祯

2018年1月11日

附：学诗致裕祯先生的信

裕祯兄：

　　近好！

　　又见中秋明月，作为异乡漂流之客，月下又在思念远在京都尊敬的文友和兄长，您家乡为晋，却久居京都；我，燕赵为乡，却行走汾河之畔。同为祖国的事业操劳一生，在于责任感，奋进中亲历祖国变化中的强大，喜悦之情，难于言表。虽说鬓毛已衰，故乡无归，童心却无半点变化。忘记了年龄，仍旧行进在征程中。

　　眼望圆月，相居两地，无以对酌，举空杯，思乡思兄之情可知可想，心有余力不足之感油然而生。夜半忽见酎泉兄新词《烛影摇红·秋日致老妻》面世，词中真情、感悟，催人泪下，在双节同至、举国欢腾、亲情淳厚、情趣之境相融的此时此刻，我更觉珍惜生命的重要。我在兄长的词后随手写下了如下的话：

　　虽说是"当问平生何故，到而今，心无落处！且将文墨，视作纤埃，任风吹去",但看遍人生,感悟过程,依旧是"花染银霜,秋光不愿随风住。苍松即便有精神,也是寒中木"。文墨诉之深情,留不尽生命的灿烂;秋光之美,却短而又短;一往情深,感人至深,两难人生之慨力透纸背。只有珍惜生命,正视人生过程,且不管心落何处。"举杯邀明月",河山尽我情!

弟　学诗敬上
2009 年 10 月 6 日

附:裕桢兄《烛影摇红·秋日致老妻》原词

花染银霜,秋光不愿随风住。苍松即便有精神,也是寒中木。休道春来新煦,纵那时,谁堪再顾?萋萋芳草,郁郁丛荫,难寻归路。

四、宋珏娴（2018 年 2 月 16 日）

一位充满情趣人生的著名神经内科专家的信

亲爱的郑教授:

您好!

有一种说法,人与人凭借灵魂的光芒相认,我与您机缘巧合相认,一老一少,一文一医,虽相差千里,但瞬间就相知相投,我记得,您为此还写了一首即兴诗:

灵魂相认溯长河,千载今逢百草缘。
古今哲思一语悟,何需红楼析道禅。

因为有共同追求:美。有关医学与人文关系我们有过不少探讨,您对我的启发是醍醐灌顶式的,原来我所有的正业或不务正业、专心致志或心有旁骛,都可以用一条主线穿起来:医学之美,或者就是您说的"职业情趣"。

我是一个兴趣广泛，对世界充满好奇心的人，从小到大一直在"玩"，小时候就痴迷各种小制作，从自制风筝、九连环、小航模、小飞机，到自己画线路板、绕线圈做胆机甚至拆装电视机……读书学医，当医生之后能坐定下来，但是各种爱好依旧很多：《红楼梦》迷、打排球、骑行族、书迷、养锦鲤和陆龟、整理控、橡皮章、布艺手工、古琴、书法、写作……我貌似是个爱好驳杂，很容易"入迷"的人，后来才明白这其实就是爱生活，就是您说的"情趣"吧。

但是随着当医生日久，更多投入工作中，不停地思考中西医结合怎么解决各种临床难题，我的爱好受精力时间限制，不得不减少，到后来精简到只剩两项：写作与手工。而这两项也都因为有业内具体的任务才被固化下来。写作集中到写医学相关的文章，主要是我当医生的一些感悟和所思所想，编剧了一部医学电影，还在继续写电视剧、写书。我是有倾诉欲望的，我想跟这个世界谈谈我心目中的医生、病人什么样，我眼中的生老病死又如何，我日常临床医疗中来不及或者无法说的话，我想借文章、借影视剧台词说给大家听。手工则更具象，创了一个手工品牌"莲子清如许"：一个西医女博士原创的中药手工布艺制品，我用这些充满了我各种巧思的手工品，告诉大家慢慢体会天然中药给身体带来的变化，感受到自愈的力量，真正跟自然合一，自在圆融地生活在天地间。

您跟我提到，所有我这些其实都是医学职业延伸出来的，把自己的原有爱好经过选择，渗透到工作中的"职业情趣"。我恍然大悟，我的确一直在不遗余力地做我最想做的事：当一个好医生。我时时刻刻都希望能尽全力来用医学帮助到大家，但是当临床医生是严谨而理性的职业，服务对象也有限，我希望在医学这件"紧身衣"的外面，罩上一件有爱有趣的"披风"，能温暖到更多的人。

最近还去医科大教美学原理课吗，别太累。

就此搁笔，期待跟您更进一步地探讨。

顺颂

研祺！

莲子于戊戌年初一

作者附： 宋珏娴，首都医科大学宣武医院神经内科主任医师，硕士生导师，副教授。多年从事中西医结合治疗脑血管病、代谢性疾病、神经退行性疾病的中西医结合神经病学临床及科研工作。担任中华中医药学会量效分会常务委员、北京中西医结合学会第二届卒中专业委员会秘书、首都医科大学神经病学系青年委员会常务委员、中国中医药信息学会神经训导康复技术分会常务理事、中国中医药研究促进会中西医结合脑病防治与康复专业委员会常务委员。业余爱好医学文学创作，主创编剧中医电影《医者童心》、中西医结合40集电视剧《促醒者》。

专业特长：中西医结合治疗脑血管病（脑出血、脑梗死、多发脑动脉狭窄闭塞）、神经内科治疗棘手疾病（运动神经元病、闭锁综合征、多系统萎缩、昏迷）、代谢性疾病（糖尿病、高血压、高脂血症）、神经退行性疾病（痴呆、帕金森）。

主持科技部重点专项一项，国家自然科学基金一项，参与省部级课题九项。发表文章90篇（SCI 28篇，中文核心期刊62篇），主编专著2部。曾获中国中西医结合学会科技奖二等奖、华夏医学科技奖三等奖。

职业之外的身份是作家——医学主题的文学创作，医疗编剧。她主创编剧了中医电影《医者童心》（讲的是世界上最早的儿科医学专著、北宋时期儿科医生钱乙的故事）、2022年上映的40集医疗电视剧《促醒者》。作为医疗编剧，用业余时间搞的兴趣爱好能结出如此丰硕的成果已很不易，她意味深长地说："我们整个团队在做这部剧的时候都达成了一致，就是我们的初衷是'暖心'，生病已经是一件很痛苦的事情了，我们不想再去呈现没钱看病的苦、医患矛盾的痛！我们更想探讨一些深层次的困惑和难题，比如中西医如何配合、临床试验的伦理困境、规范化治疗和个体化的矛盾。我们剧里的病例，疑难罕见病要尽量诊断出来，常见病的特殊情况要尽力想办法救治，所有医护都尽全力给患者更多关爱，让观众看了觉得有股打动人心的暖意。"

此外，她还是手工达人。她原创设计的填充中药材，充满工艺色彩的香包产品，受到广大患者及爱好者欢迎。她还喜欢古琴、画画，饱读诗书，具有深厚的艺术造诣。

她的微博名字叫作莲子清如许，她说，莲子即怜子，有"爱你"之意，很美很含蓄。豆瓣上她也一直用这个名字。相熟的朋友，也都叫她"莲子"。莲子，是她的另一个世界，文艺清新、诗情画意。然而这世界的大门只对少数人开放。"我想把工作和生活分开来，小隐于网络，心不为行所役。"

宋大夫善于哲理性的思考，她曾说：医生是一念天堂一念地狱的职业。经历了各种黑暗深邃的失败挫折之后，她希望自己依然是个能细腻感知他人苦楚伤痛、能倾尽全力去关爱他人的人，是一位充满了医学人文精神、具有博大情怀的医者。

第二节　专业书信手札的收藏

20世纪80年代，我进入了课题研究，在主创过程中，有时也用信件与友人作某些专题的探讨，留下了一些专业性的信件。我所收藏的信件，大多是文本。

本书节选了《人民日报》原副总编、博士生导师张虎生先生，北京大学教授、博士生导师哲学家张文儒先生，北京大学教授、博士生导师美学家阎国忠先生，写作理论家、诗人马作楫教授，书画家袁旭临、张鸿文先生，诗词家时新先生，作家孙涛先生的亲笔书信。这八封手书信笺都体现了书家的一丝不苟的治学精神。原件已为本书作者收藏。（下面附影印件按上述名录排列）

一、张虎生（1999年3月26日）

学诗兄：

写作大抵是各行各业的公共课、必修课。且不说职业的文字工作者，就是一般人也要不时地摊上写作任务。写作之于社会、人群的重要是不言而喻的。于是，阐发写作要义，指导人们实践的书籍便应运而生。这类书取来阅读自然会"开卷有益"，然而总觉得要么未能"深入"而流于

注：附复印图片为原信节选，下面为原信全文。

空泛，要么又未能"浅出"而略显艰涩。何况文无定式，单凭指点若干条条框框，离执笔成文还相去甚远。因为真正意义上的写作，拒绝"依葫芦画瓢"那样的模仿，不屑于"千篇一律"的批量生产，它珍视创造，强调蕴含，提倡个性，彰显风格。

从这个意义上说，你的专著《写作障碍论》给予写作者的指导与帮助倒更为重要、更为管用。既然无论是谁在写作过程中都会遇上"拦路虎"，诚如书中所说的"障碍"或"阻隔"，那么障碍的缘由何在？又如何科学地排除这些障碍，于写作者来说无疑是更切实、更有效、更高层面的导引。学兄以"逆向思维"帮助读者解析并排除写作障碍，可说是另辟蹊径、富有创意的思路。刘师培大师讲过："探颐索隐，鲜有专家。"时下轻易封专家之风委实不可长，然兄潜心钻研、探颐索隐的精神及成果着实值得称道。没有对马克思主义认识论的深入理解，没有对长期语文教学和写作实践的悉心研判，没有在学术研究中敢为人先的胆识和勇气，我想《写作障碍论》是断难写好的。

诚如你在书中所说："写作障碍贯穿于写作的全过程，既存在于认识阶段，又存在于表达阶段，既有主体认识上的因素，也有表达中的制约因素。"我想补充或强调的是，在认识和表达二者之间，前者是矛盾的主要方面。文章写不好，大抵归因于构思的不够缜密、精当。行成于思，文也成于思。脍炙人口的曹植"七步成章"的故事，乍看上去是夸奖他的文思敏捷，实质上道出的却是精心构思乃诗文成败的前提和关键这个铁的规则。至于表达方面的问题，从根本上讲是一个学养问题。解决的途径在于精读以认知规律与泛读以拓展知识相结合，日积月累，方能厚积薄发、旁征博引、文采斐然。当然，还要养成凡落笔就要求其最好，为求其最好就需有耐得苦寒的韧性。

待偷得闲暇，将再读大作，以期在"爬格子"的长路上有所进步。
顺颂
　　康健

张虎生
1999年3月26日于北京木石斋

二、张文儒（2012年7月16日）

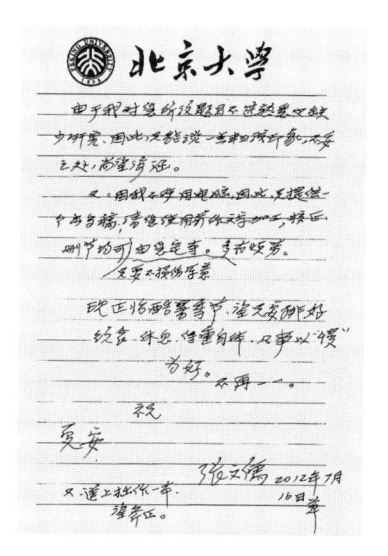

学诗兄：

您好！

寄来的书、提纲和信已如期妥收，望释念。

遵嘱将书稿及提纲已拜读多遍，您约请的诸位学者的通信也已通读，收益甚多。您的这本著作，看得出是下了大功夫的。书中对所设题目作了较深入的探索，也提出了不少独到见解。此类作品尚不多见，望能顺利出版为盼！

时人有言：快乐守恒的第一定律是：当你付出的劳动没有得到金钱和物质上的回报时，一定可以得到等值的精神愉悦。望先生作品问世也能收到此等效果。

由于我对您所设题目不甚熟悉，也缺少研究，因此，只能谈一点粗浅印象，不妥之处，尚望海涵。

又：因我不使用电脑，因此，只提供一个书写稿，请您使用前作文字加工、校正、删节均可，只要不损伤原意，由您定夺。多有烦劳。

现正临酷暑季节，望兄安排好饮食、休息、保重身体，凡事以"慢"为好。

不再一一。又：送上拙作一本，望斧正。祝

夏安

张文儒

2012 年 7 月 16 日笔

附注：张文儒，北京大学哲学系教授，著名哲学家，博士生导师。

三、阎国忠（2012 年 10 月）

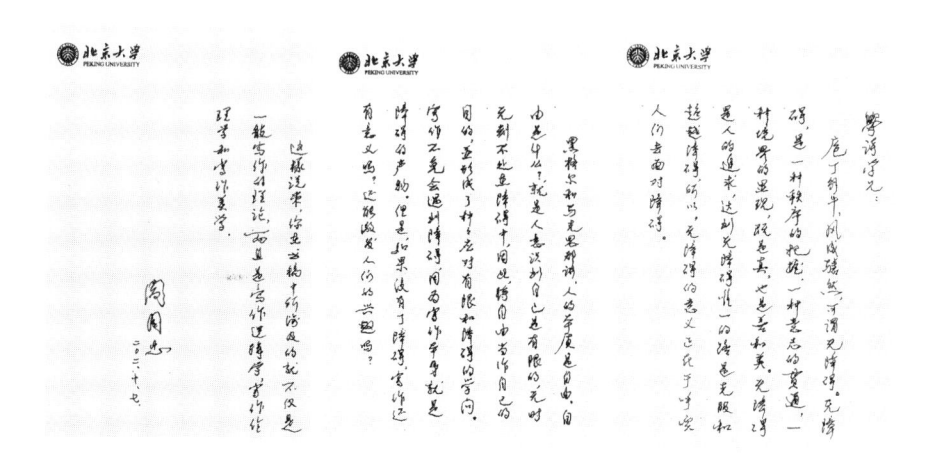

学诗学兄：

庖丁解牛，风成骎然，可谓无障碍。无障碍，是一种秩序的把握，一种意志的贯通，一种境界的显现。既是真，也是善和美。无障碍是人的追求，达到无障碍唯一的路是克服和超越障碍，所以，无障碍的意义正在于呼唤人们去面对障碍。

　　黑格尔和马克思都讲，人的本质是自由。自由是什么？就是人意识到自己是有限的，无时无刻不处在障碍中，因此，将自由当作自己的目的，并形成了种种应对有限和障碍的学问。写作不免会遇到障碍，因为写作本身就是障碍的产物。但是，如果没有了障碍，写作还有意义吗？还能激发人们的兴趣吗？这样说来，你在书稿中所涉及的就不仅是一般写作的理论，而且是写作逻辑学、写作伦理学和写作美学。

阎国忠
2012 年 10 月

四、马作楫（1994 年 5 月 3 日）

　　1994 年 5 月，知识出版社出版了我的《写作障碍论》。出版前，我请马作楫先生题词，他欣然命笔，写下了"写作者的真情实感是克服写作障碍的根本"，点出了全书题意之睛。除了题词，马先生写了一封回信，给我写了一篇题为《执着的追求》的评语，对我的研究予以鼓励。肯定了我的书稿中反复探究写作主体综合因素的培养，强化写作主体的科学思维能力及其对写作障碍的分析。

执着的追求

郑学诗教授，在中学和大学读书时，已经与文学创作结下不解之缘。他写过散文和诗歌。他自己辛勤地写，也帮助他的学生在课余学习文艺和一般应用文的写作。在校园文化的建设方面，郑学诗教授做出过可贵的有益的贡献。

近一些年来，他在大学讲授写作课的同时，又以新的价值观和新的审美追求，推出过不少的学术论文。近又辛勤地完成《写作障碍论》专著。它必将会受到写作学界的重视和专家们的好评。专著中反复探究写作主体的综合因素的培养，强化写作主体的科学思维能力及其对写作障碍的分析。专著既有对写作理论与实践的总体把握，又有深微的系统分析，这些都是难能可贵的，它也必将使写作规律的研究进一步引向深入。

我赞赏郑学诗教授对写作研究的执着追求，理论素养以及论析能力，我也衷心地祝贺《写作障碍论》专著的问世。

马作楫

1994 年 5 月 3 日

五、袁旭临（2012 年 9 月 30 日）

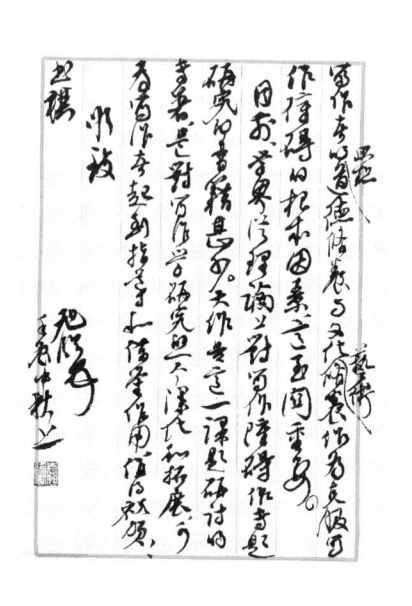

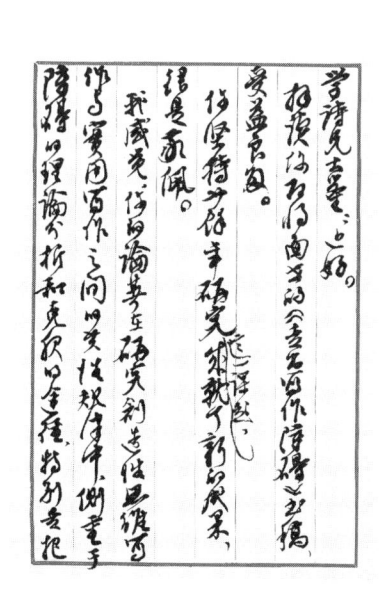

学诗兄大鉴：

近好！

拜读你即将面世的《走出写作障碍》书稿，受益良多。你坚持20余年研究这一课题，成就了新的成果，很是敬佩。

我感觉，你的论著在研究创造性思维写作与实用写作之间的共性规律中，侧重于障碍的理论分析和克服的途径。特别是把写作者的思想道德修养与文化艺术修养作为克服写作障碍的根本因素，这至关重要。

目前，学界从理论上对写作障碍作专题研究的书籍甚少；大作是这一课题研讨的专著，是对写作学研究的一个深化和拓展。可为写作者起到指导和借鉴的作用，值得祝贺。

顺致

书祺

旭临顿

壬辰中秋上

六、张鸿文（2017年9月）

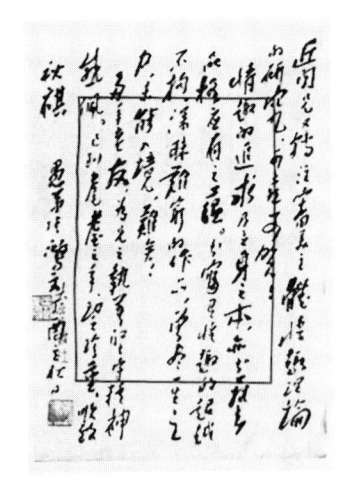

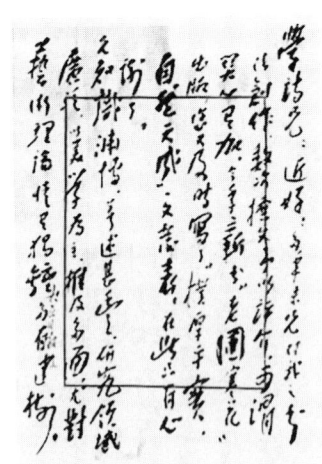

学诗兄：

近好！多年来，您常关心我的书法创作，多次撰文。今年新书《老圃寒花集》刚面世，您又及时写出了"朴厚平实，自然天成"一文发表，在此只有心谢。

兄知识渊博，著述颇丰。研究领域广泛，以美学为主，推及多面，尤对艺术理论情有独钟，多有建树。前岁始，兄又对审美主体情趣理论作一些思考，并在微信朋友圈里创立"学诗原创书法摄影日记"，以摄影、随笔为主，丰富自身审美实践，传播雅俗共赏的审美情趣。

弟酷爱书法，深感情趣的追求，是立身之本，也是书艺品格的应有之蕴。抒写有趣味，超越不拘，深昧难穷的书艺作品，虽尽一生之力，未能入境，难矣。多年老友，为兄之执着精神与坚持不懈的审美追求感佩，已到耄耋之年，望珍重。

顺致

秋祺

愚弟张鸿文

2017 年 9 月

七、时新（2008 年 5 月 20 日）

学诗兄：

您好！兄所嘱关于写作障碍的探索一文送上，在诗词写作方面，最主要的障碍是形象诗化问题。而形象诗化的催化剂则是情感，即作者对所描述对象的情感。这就是我的基本认识，不知正确与否。即颂

编安

时新

2008 年 5 月 20 日

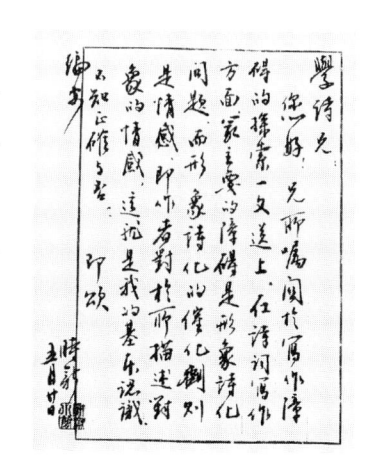

八、孙涛（2008年4月20日）

学诗先生大安：

　　文化界有关写作障碍的系统研究成果尚未见到。您不愧为这一学科的领路人。结合我的写作实践，草成一篇文章，供您闲读，所叙故事或可为您的研究增加一例。

　　笔耕之累，我有体会，请保重。

孙涛

2008年4月20日

第三节　不同专业人士的情趣书信

一、致文化学者传行（1985年5月16日）

传行先生，近好！

　　夜已深了，打开台灯，下意识地又开始进入阅读的海洋之中，这已经形成了一种情趣了。我今天翻到了著名文化学者丰子恺先生的《我与弘一法师》一文，其中有对人生三境界的看法，看过之后，写了一点感受，发给你。请不吝赐教。

　　丰子恺先生以为人的生活，可以分作三层：一是物质生活，二是精神生活，三是灵魂生活。物质生活就是衣食。精神生活就是学术文艺。灵魂生活就是宗教。"人生"就是这样的一个三层楼。有一种人，"人生欲"很强，脚力很大，且不谈一层楼，对二层楼还不满足，就再走楼梯，爬上三层楼去。他们做人很认真，满足了"物质欲"，满足了"精神欲"还不够，必须探求人生的究竟。他们以为财产子孙都是身外之物，学术文艺都是暂时的美景，连自己的身体都是虚幻的存在。他们不肯做本能的奴隶，必须追究灵魂的来源、宇宙的根本，并认为只有这样，才能满足他们的"人生欲"。他希望,学宗教的人,不需多花精神去学艺术的技巧,因为宗教已经包括艺术了。而学艺术的人,必须进而体会宗教的精神,其艺术方有进步。他还告诫我们。要注重自我修身,在修身中,器识重于一切。

就宗教的本质而言,在社会主义初级阶段,是以马克思主义、毛泽东思想指导下多种文化因素存在而且发展不平衡的文化,因此文化多种形式的存在、各种层次的并存,对研究宗教意识的存在的复杂现状,有其重要的现实意义。自我国改革开放以来,由于马克思主义、毛泽东思想的大普及,商品经济发展中参与和竞争意识日益在实践中增长,越来越多的人切身体会到自立、自强、平等竞争,实现自身价值的重要,开始不怨天尤人、不相信命运、不依权依势,"抓住时机,发展自己"。可是,由于宏观上的社会原因和认识上的原因,宗教意识在相当范围内又显得异常活跃,宗教意识由过去的潜在、神秘,而表现为明显公开的世俗化。

从现实的社会原因来分析,在商品经济发展过程中,由于生产力发展不足造成的一些较大的社会差别,如城乡差别、脑体差别、民族差别等,虽然随着生产力的发展逐渐在缩小,但在特定时空内,这些差别和矛盾,又为宗教意识的滋生提供了一定生长之机。比如干部以权谋私使人产生的厌恶心理、单位之间经济效益不同而引起的实际收入的差距,也容易引起人们思想上的差异。在市场经济影响下,思想变异最大的还是一些贫穷落后的农村或偏远山区的宗教活跃,反映了当地群众的这一心态,他们依然相信命运,依然乞求神灵保佑。至于在科技文化、经济发达的城市,虽然绝大多数的人由于文化层次及文化环境的制约,宗教意识淡漠,不信教,但由于在升学、就业、婚姻、环境心理上出现的曲折,在个人无力解决排除的情况下,转化为宗教信仰,宗教信仰成为他们取得暂时心理平衡的一种手法。当然,传统文化的习俗影响、复杂的国内思想环境以及国外各种思想的渗透,也是宗教意识重新抬头和活跃的社会原因。

从认识的角度来看,由于社会的发展和进步、科学技术的普及,宗教在认识上的原因已经退居次要,然而,由于过去对人体自身研究不足、对整个宇宙空间认识不足,有不少问题尚待随着科学的发展去逐步认识,等待开发，仍然披着一层神秘的面纱。诸如飞碟、人体特异功能，以及由于人的视听未能达到，对于暗物质存在的有无、科学预测等问题，还有在日常生活对无法治疗的疾病、天灾、人祸带来的灾害和不安，也造成了各种易于接受宗教意识的心理空间。

从宗教心理学的角度来说，宗教意识的抬头与过去的年代相比，最大的不同在于过去是由于科学的不发达和文化的不普及造成的崇拜迷信。改革开放的今天，绝大多数人，在科学发达的气氛下，在无神论的教育中，真正信仰宗教的人数并不多，而多数是在现实存在的矛盾无法摆脱时产生的宗教接受心理，甚至是把某些尊重崇仰的人当作人格化的"神"。在这方面，从我国传统文化的延续中比比可见。中国人民是一个多神论的国家，历史资料表明，我国对神灵崇拜意识认为，只要是对社会生产和生活影响较大的自然事物和社会事物，都可以成为人崇尚之神，带有权威化和人格化。诸如风神、雨神、雷神、财神、福神、寿神、喜神以及权威化的神——人。如孔子——圣神、诸葛亮——智神，关羽——义神，以及权威化的神——人神，等等。人们除了在无可奈何的情况下，对神礼拜，多数是在遇到困难时，乞求神为自己服务。其实际上是一种在对神的控制意识（"为我"）下的宗教接受心理在形式上的反映。如今，当你漫步街头，进入商场，无不见公开陈设的财神、福禄寿三星、关羽、弥勒塑像高居于空间中心，都是一种乞求神灵为己服务的实用主义的表现，是一种心态的形象象征。其实，仔细回溯一下历史，其依然是传统文化影响在新时期世俗化的一种反映，中国古代教育家孔子的不少言行中，就曾把社会现实问题放在人们所崇拜的鬼神之前。他在《论语·先进》中就曾说过："未能事人，焉能事鬼。"

此外，由于经济收入的普遍提高，物质生活相应地改善，一种求长寿、讲健身的思想也普遍滋长着，与人们追求长生心态有关。因此，又体现在一面努力求生理上的健康，一面与人为善、积德行善、可以长寿的宗教意识因果说，也开始抬头。

宗教信仰的复杂心理是受传统文化的影响而在新的时空中增加了它的现实因素的。当然总的来说，宗教信仰的根源普遍认为有五个方面：一、民族文化影响；二、文化素质影响；三、社会影响；四、个体差异与年龄影响；五、家庭影响。可是，在整体分析中，除在整体上民族文化的影响外，有几点仍是需要分析的：

首先是文化上的差异。一般认为，从文化水准高低不同来看，文化水准低的人容易信仰宗教，但受传统文化影响较深的知识分子，有些甚至是高级知识分子的宗教意识也是很浓的。

其次是不可忽视的青年一代。由于马克思主义普及的面还不广，青年中接受西方实用主义、唯心主义的东西多一些，所以也给宗教意识的渗透造成可乘之机。

最后是家庭影响。传统家庭宗教意识的渗透，仍在这个阵地上潜移默化地影响着，特别是宗教意识以传统习俗的形式出现和祈求未来幸福的观念，包括春节前的鞭炮迎神辟邪的祭灶、龙舟饮酒、中秋祭月、清明扫墓、上香还愿、娶亲相吉日等习俗都在从每一个传统习俗的延续中滋生着宗教意识。

综上所述，从改革开放中宗教意识的活跃，我们看到群众在宗教上的实用性有其传统的根源。宗教意识的抬头，不利于解放生产力，但是，由于宗教存在的群众性、国际性、复杂性与长期性，"它在保持社会安定团结、维护祖国统一完整、指引和平外交等方面，具有不可替代的巨大作用"（赵朴初：1993年3月25日接受《光明日报》等4家新闻单位前往采访时讲的话）。所以，宗教还可以为两个文明发挥作用。

但是，从社会的进步来说，改革开放注重马克思主义的大普及、无神论的大宣传、科学精神的大教育，人的思想才能逐步大解放。这和社会主义的不断自我完善，思想政治工作的更加细致、有针对性有关，还和社会主义初级阶段不同文化层次的并存与比较中鉴别能力的提高有关。作为过程，只能在积极的思想工作和物质文明的不断改善中逐步取代宗教意识为人类最远大的审美理想的追求。

顺颂

安好

学诗

1985年5月16日

二、刘志刚（2013年10月2日）

（一）2013年10月2日

尊敬的郑教授，您好！

时光匆匆，一晃数年过去。但您拨冗为拙著《青春作证》作序的场景，恰似发生在昨天。

2007年年初，我的首部作品集《青春作证》即将出版之际，抱着试试看的心理，登门请您作序。心里原本是不踏实的，没想到您爽快地答应并当场挥毫题写，让我喜出望外。

说实在话，我是在乡村度过的中小学阶段，打下的文学功底，很不扎实。上大学期间，所学专业又为法律。因此，对于写作，除了情趣爱好之外，我拥有的本钱其实少得可怜。对此，我有自知之明。然2005年年底，一趟欧洲考察归来，所见所闻，似有不吐不快之感。于是，我就动笔写了那本《我看欧洲诗文集》。蒙恩师抬爱，在序言中给予肯定和鼓励。时至今日，我依然清晰地记得，在序言中，您写道："我在读他的诗文过程中，感到了他在广义的大文化氛围中，从历史、现实的纵向与横向，从东西方文化多元的若干差异中，一方面作为诗人的他，在热情、浪漫地讴歌，不时还流露出东方式含蓄的幽默，另一方面又作为政府部门官员的他，在异域的经济文化比较中，把所看到的异同作理智的思考。"说实话，当初，我读到这段评价很高的话语时，兴奋之余，又何等汗颜！

"飘飘何所似，天地一沙鸥。"这是当年您给我书写的诗人杜甫诗句条幅，或许作为写作主体的这种审美追求境界正是您要厚赠给我的。

老师，近年来，工作之余，我也尽可能充实自己，不断延伸和拓展自己的创作空间和领域。其间，除撰写自己相对熟悉的政论文之外，还潜心创作了一些诗歌、散文、游记等，更多的是文学随笔。有些投稿发表了，更多的是即兴练笔，加起来，新近发表的约五十篇。为此，山西省散文学会还吸收我为常务理事。但是，让我感到迷茫的是，多年过去了，我依然摆脱不了长期职业撰写传统公文的思维定式，在文体转换方面,更多时候,依然显得力不从心。有时,我会暗自发问:"我是不是真的不适合从事文学创作抑或真的是江郎才尽了呢?"

反思自身,困扰我文学创作方面的问题主要有:一是文学基础知识有待强化。对语法、修辞、逻辑等写作基础ABC掌握不精准。二是在从事文学创作时,角色转换困难,容易受到当时政治形势左右,有思想顾虑,思路放不开,不能像自由撰稿人那样,驰骋于广阔的想象空间。三是难以妥善处理遵循一般创作规律与彰显作者个性创作特色的关系。由于长期局限于格式化公文写作模式,在从事文学创作时,一时难摆脱习惯思维,以尝试和适应新的文体形式。作品缺鲜明个性与特色,尤其是对火热的现实生活反应迟钝,不够敏感,勉强接触写了,也是不知所云,与读者期盼差距较大。四是在解决"破"与"立"的问题上,没有寻找到一条切实可行的路径,从而形成适合自己长期坚持的固有创作风格。如在诗歌创作领域,过分强调格律平仄,也会束缚自己瞬间的灵感发挥,最终使一些好的现实题材,与自己失之交臂。

怎样才能使自己的文学作品具有感染力,富有生命力?通过反复研读您为拙著所作的序,我有以下思考和心得:首先,要勇于突破角色定位上的局限,敢于跳出那个"无形"的圈子。其次,借鉴"走转改""三贴近"等新闻战线改革创新的成功做法,与时代发展相同步,与群众需求共节奏。在组织参与采风中接地气,在主动贴近百姓中强内功。再次,把从审美角度破解写作障碍,作为一种常用常新的有效方式。或许这样,我的作品才能给读者一个分享、传播的充分理由。否则,可能就是在浪费别人的宝贵时间了。

尊敬的老师,年末将至,即将步入知天命之年。回望不再年轻的自己,总觉得还应该拿起笔来,再留下点什么。在酝酿整理第二部作品集《韶华无悔》时候,我热忱盼望恩师不吝赐教,让我早日走出误区,踏上坦途。

顺颂

  冬安

您的学生刘志刚

2013年10月2日于晋源

作者附记： 在我教过的学员中，相当部分是公务员，工作使他们专注于公文写作，虽也有不少学员钟情于文艺创作，但往往又苦于没有时间。当然也有不少学员利用工作之余，挤时间进行文艺创作。刘志刚就是一位既有工作责任感完成好公文写作，又能充分利用业余时间，不断延伸和拓展自己文艺创作空间和领域的同学。他除撰写自己相对熟悉的政论文之外，还潜心创作了一些诗歌、散文、游记等，更多的是文学随笔。有些投稿发表了，更多的是即兴练笔。这期间，让他感到迷茫的是，多年过去了，在文体转换方面，依然摆脱不了长期职业撰写传统公文的思维定势。

反思自身，他归结了困扰他文学创作方面的障碍涉及文学基础知识障碍、语言表述障碍、写作客体大文化空间障碍、文体转换原有思维定式形成的思维惰性等。

从写作过程来看，写作者还是要重点研究自身的心理障碍因素，写作者的心理结构要比常人复杂、敏锐。尤其是全球化时代，需要有和过去不同的世界观、思维视野与审美视野。视角一转换，一切事物都要重新估量，需要重新审视。写作者有了这个视野，就会追求崇高，克服功利障碍，把自己的心灵和感情注入所描绘的事物中，把自己的审美追求写进作品中。

但我觉得，作为长时间从事过公文写作的志刚同学，也要反思，公文写作给自己带来习惯性思维的一面也未必就不好，回溯人类最早在劳动中重视的是实用，实用的往往也是美的，物质如此，写作也不例外。随着社会的发展，实用价值与审美价值已同等重要。其实，实用文体在结构上的格式限定、语言上要求的高度简洁、内容上浓缩的大信息量等特点，仔细想来也是一种美，例如"格式限定"本身就是一种文体特殊的形式美。

（二）2019年11月14日

亲爱的郑教授，您好：

　　来晋源区总工会工作八年有余。回首往事，我做过的工作不少，但扪心自问，最为热衷并小有成就的，把它作为一项事业完成的，恐怕还是在职工文化建设领域。为什么我们坚持把职工文化作为推动工作提档升级的重要抓手？其原因就是，通过它可以更好地完成引领凝聚职工听党话跟党走的光荣任务。文化为魂，营造健康文明、昂扬向上、全员参与的职工文化氛围，对于基层工会而言，是职责使命，更是制胜法宝。

晋源新区即将22岁了。人口少、底子薄，产业规模不大，经济转型面临挑战，文明素养有待提升。怎么才能把广大职工积极性激发出来？把他们的力量调动起来？要从他们关心的点点滴滴抓起。必须坚持以职工需求为导向，及时回应广大职工对美好生活的精神追求。给大家搭建平台和提供舞台。

那么，结合晋源实际，如何开展职工群众喜闻乐见的群众性文化活动呢？我们在各镇、街道和非公企业中进行了广泛调查研究，围绕干什么？谁来干？干到什么标准？逐条分析研究并狠抓落实。紧跟市总节奏，建立了30多个职工文体活动义务辅导站，创建了晋源区职工艺术团；持续开展了主题突出的职工艺术节系列活动；扶持了锣鼓、歌咏、舞蹈及烽火流星等非遗文化等晋源地域特色鲜明的文化项目；打造了农民水彩画、沙画、职工微影视大赛三大全国有一定影响的晋源职工文化品牌。职工文化进企业、进村（社区）、进军营、进重点工程成为常态。我们的代表队在全国和省市大赛中，屡获殊荣，引起上级工会关注和职工广泛好评。工会在晋源区创建全域旅游示范区建设中重要生力军的作用成为各方共识。

以刚刚成功举办的"中国梦·劳动美"第六届全国职工微影视大赛为例。以区区一个县区工会力量，撬动了全国工会资源和当地党政资源。在不到半年的紧张筹办期内，我们广发英雄帖，诚意练精兵，公正评佳片，用心做展演，立体搞宣传，吸引了全国31个省和央企1546部作品聚集龙城，共襄盛举。这份沉甸甸的"全家福"成绩单来之不易，锻炼了我们的队伍、提升了我们的信心、树立了良好形象、讲好了山西故事。总结阶段，区委书记杨继承同志在承办单位区总工会的报告上批示："常委会听一次汇报。各基层单位一级要有大格局、大抱负、大情怀，并努力创造大作为。"市委副书记李新春在主办单位市总工会的报告上批示：

"组织有力、成果丰硕,既圆满完成了全总交给我们的光荣任务,又极大展示了太原的发展成就和美好风貌,也体现了总工会团结拼搏、奋斗奉献、能挑重担的时代精神,望再接再厉,再创佳绩。"

"有梦想谁都了不起。"从五年前开始关注,到今年成功举办。第六届职工微影视大赛在山西太原成为一个新的里程碑。作为骨干团队,晋源区总工会一路走来,我们摘金夺银,收获的是自信与从容。第四届大赛(广州)我们拍摄的《俏保姆进城记》勇夺故事片金奖。第五届大赛(成都)我们拍摄的《工匠父子》摘取故事片银奖。第六届大赛(太原)我们拍摄的《劳动畅想曲》荣获音乐MV金奖……一系列成绩背后,是我们对主旋律的弘扬,是职工素养的成长,是文明开放富裕美丽晋源新篇章在工会系统的生动实践,更是晋源工会人紧跟创新、奋发有为的使命担当。

郑教授,实践证明,我们抓职工文化建设,不断夯实队伍阵地基础的路子走对了,迈稳了。去年10月,我在北京参加了中国工会十七大,在山西代表团讨论上曾重点发言,引起了与会领导和代表的浓厚兴趣。晋中市人大常委会副主任赵春雷主席感慨道:"晋中应该学晋源,学晋源的精气神。"这也应该看作对我们的充分鼓励和新的鞭策。

最近在区委和市总工会支持下,我们正在积极策划创建省级职工影视创新交流中心项目,力争通过3年的努力,在已有群演培训2000人规模基础上,形成更大集聚效应,服务省城职工参与影视创作交流,把全总领导和省总主席工作联系点打造成为高标准示范点。盼望得到您这位省城知名美学家的不吝指导,顺祝安康。

此致

敬礼!

学生:刘志刚
2019年11月14日晨

作者附记:刘志刚,1964年生,男,汉族,中共党员。山西省娄烦县人。山西省委党校在职研究生学历。法学学士学位。太原市晋源区总工会主席。曾在区县党政工多部门工作。荣获山西省劳动模范,山西省和太原市五一劳动奖章称号。被省总工会评为山西省优秀县（区）总工会主席。中国工会十七大代表。十七届全总执委，十五届太原市总常委。现任太原市晋源区总工会主席。2016年当选为晋源区第五届人大代表。第四届、第五届区人大常委。

刘志刚又是一位知名散文家。著有作品集《青春作证》《强强入会记》，分别由山西人民出版社和中国工人出版社出版。部分作品曾被收入《和谐中国》《盛开的山桃花》《一字一句总关情》《非典纪事》《娄烦县初中地方教材》等书目。20余年来，共在各类报刊发表文章300余篇。

学诗
1985年5月16日

三、孙琇（2016年10月1日）

据说美学、心理学等研究情趣，但高深学问与大众关系甚远。情趣是什么？找那本使用极广的《现代汉语词典》看看，原来一为性情志趣，二为情调趣味，至于怎么是性情志趣，怎么算情调趣味，只能靠自己去意会了。意会自然是朦胧的，情趣，当是一种感觉，该是既有些意思又不同寻常的。

用例子便于理解概念，于是找找体现了情趣的事例，果然找到两人，宋代苏轼与明代张岱。为什么找古人，一来流传既久，经得起推敲；二来不会有版权名誉隐私之类麻烦（这是玩笑）。

这二位该是数得上的有情趣之人。先说苏轼。晚上睡不着，起床出门，走到承天寺，找到一位好朋友，于是二人相伴，月光下竹林边散步一番。此等浪漫绝非寻常，有情趣（《记承天寺夜游》）。再说张岱。大雪连下三日，西湖一片白茫，夜已降临，却乘小船往湖心亭而去。亭中已有人赏雪，且点火炉烫酒，于是应邀入座并连饮三大杯。这种率性而为异于常人，够情趣（《湖心亭看雪》）。性情志趣、情调趣味在这两位先哲身上，体现得淋漓尽致了。

有上述之例。对"情趣"二字该有些领悟了，只是我辈终是俗人，难达高人雅士之境界，所以纵然再三琢磨，也难脱世俗眼光，反更觉得情趣之境，甚难达到。

情趣是精神活动，凡精神层面之物无不需以物质为基础，物质的基本条件得不到保证，怕是情趣不起来的。这大概有点"皮之不存，毛将附焉"的意思。

苏轼当年是不得志的，他被贬谪到黄州，黄州是今湖北黄冈一带，属落后地区。苏轼的身份是"团练副使"，这官有职无权自然也无事。因"不得签署公事"。虽说被"挂"了起来，但仍在"公务员"之列，属"员外安置"，生活基本保障是有的，而且该在一般士民之上。曾有文章说苏轼当时生活穷困只得开荒种地，种地或许有，但以种田谋生却未必，如果在地里劳作一天，以其不曾为农夫的经历，晚上早累得倒头入睡了，哪会再出门。至于张岱，他倒是一生没去做官，可生在官宦之家，从小生活优裕，及居住杭州之后，不为官不经商不务农不做工还能过优游岁月，没有不菲的资财是根本不可能的。衣食无忧（而且还不仅仅是无忧），才能有闲情逸致去做情趣满满之事。持这种看法肯定起点不高，颇有庸俗之嫌，甚至会被斥为唯物质论，看不到精神的伟大力量。但只要尝过饿肚子的滋味，就知道在那种状态下是高尚不成的。三年困难时期，我作为一名初中学生是有亲身感受的，因粮食欠缺，体育课都一度暂停，更遑论文娱活动了。去农村劳动时倒也有过非常之举，田里凡可入口的都会被学生们弄来往口中塞，胡萝卜是上品，红薯玉米茄子乃至稻粒都要生嚼，这是情趣吗？无疑不是，生理需求早在精神之上了。

除了物质条件，情趣还必须有文化素养做底色。苏轼夜游有无随从他没说，但按其身份独身前去可能性不大。至于张岱，是明确"舟中人两三粒"的，两三中自然不止张岱一人。陪这二位去承天寺、湖心亭的其他人是否也有同样的体验，估计没有，如有，该说俱乐而返的。那位舟子说"莫说相公痴"，可见他感到的只是痴而不是趣，如果不是驾船挣钱的话，他绝不会进湖中赏雪的。这不禁使人想到鲁迅的论断：大观园的焦大不会爱上林妹妹，这有地位的悬殊，但悬殊掩盖下的诸因素中就有文化的巨大差异。

若论情趣本身，还有一个特征，是极其个性化与不可模仿、复制。这点苏轼是心知肚明的，所以才感慨"但少闲人如吾两人耳"——"难找到我俩这等人，也就难有这等情趣"。其实这等情趣也就仅此而已，设想隔日再去一次，大概也写不出《再记承天寺夜游》了。同理，如果有人以湖心亭赏雪的模式，开发个夜游湖心亭赏雪情趣之旅，相信绝对也经营不下去。研究情趣、推崇情趣的学者们是否有推广普及民众情趣，以提高国人素质之宗旨，我等不知道，但如真有此宏愿，会不会如同《西游记》中须菩提祖师给孙悟空讲的"壁里安柱""窑头土坯""水中捞月"呢？那就不得而知了。情趣之玄之妙，原也非草根们可明白的。

作为老朋友，见你半生沉浸学术，在美学写作学上辛勤耕作而屡有收获，甚为敬服，但今年岁已高，还是量力而行为好，对于情趣研究不必谋求成果，权为闲暇偶为较宜。你一直希望我能也谈点看法，真情其义都可理解，但我素未关注于此，只得推脱，今勉为成篇，也是俗人俗见。

2016 年 10 月 1 日

附：孙琇（1945—2023），退休编审，曾编报编书编刊，参与创办杂志《编辑之友》《中国编辑》，曾获中国图书奖、全国出版科研奖，曾充北京印刷学院、山西师范大学兼职教授，北京师范大学兼职研究员。

四、李松年（2016 年 10 月 7 日）

学诗你好！

我一直觉得情趣是个精神的活动，在平平常常的事物中品味或者制造出一种精神上的愉悦乃至学问来，乐在其中，乐而忘返。比如王世襄之于玩、蔡澜之于吃。寄托于具体的事物而又把"物"升华为"情"，用你美学教授的话说：应该是个审美的过程。

情趣绝非仅仅是"闲情逸趣"，与物质条件的丰裕并无必然联系，在艰辛的处境中也能找到。譬如电影《芙蓉镇》中的"右派分子"秦书田（姜文饰），在劳改过程中，竟然把扫街的动作演化为一种舞蹈，苦中作乐，不能不说是一种情趣。雕塑家潘鹤的名作《艰苦岁月》也是类似的例子，在革命战争的艰苦岁月，一位老红军吹着短笛，一个红小鬼伏在他身旁入神地倾听。战火纷飞，你带个笛子干什么？回答只有两个字："情趣"。在艰苦的环境中为自己找一份愉悦，为他人（小战士）带来某种鼓舞。

情趣似乎无关大局，但却体现了人们对生活的热爱，犹如生活中的色彩，没了它，就只能看黑白片了。

既然是精神活动，情趣就与这个活动的主体（具体的人）有密切的关系，必然因人而异。《聊斋志异》中有篇故事《鸽异》，说的是书生张幼量好养鸽，"其养之也，如保婴儿"，甚至感动了鬼神，授之以稀世神种。张珍爱至极，两年时间又繁育了几只，"虽戚好求之，不得也"。然而他有位父辈的朋友某贵官开口了，张不好拒绝，就赠送了两只。过了一段时间，张生再遇某贵官，问这对鸽子怎么样？某贵官答曰："味道也一般。"竟然被贵官果了口腹之欲！张惊恨之状可想。中国有句成语讥讽不知情趣，叫"煮鹤焚琴"，大抵如是。

情趣是一种文化，而且我总愿意往"正能量"方向上想。但这个词这两年被商业化了，连成人用品也冠之以"情趣"二字，这和咱们讨论的是两回事，此情趣非彼情趣，这个得特别声明一下。

以上是我的一点感想，这个问题远超出我的知识范围，权作引玉之土坷垃，不妥处请教正。

顺祺

  撰安

松年
2016 年 10 月 7 日

附：李松年，山西人民出版社编审。

五、周恒（2016 年 10 月 9 日）

郑公垂鉴：

久议情趣之事，今敬书与郑公略抒情怀。

余兴是为情趣之事，不为主业，不为主事，不在于专，在于兴致。

择一事为乐，久而成为思维惯性，行走间意念专注而乐。

余之乐事"在室读字，出门走书"。正所谓，胸有丘壑，陋室簟飘，四野盎然，情趣在室在野。当年学业既成回并，谨遵导师叮嘱，关注区域文化可能成事。多年行事，诸事缠身，无奈人生不尽如人意，所做非所想。平日，尚有所谓专业兴趣为乐，省内四处走走，遇见尽是往故遗物，琐事记言，思想没有头绪。又多年读书庞杂，胡乱看去，卷中的意思也就信了。这些年，南宫收藏市场的旧书摊也是必去之处，有些书由于各种原因没有再版，第一次印刷的书几乎都可以在旧书摊买到，有些书就是想要的，搞价也是乐趣，几番下来，既便宜，又满足，肘后手边，书架上的书和过往杂志有许多是这样得来的。

人到中年方觉醒，不想动了写书的念头。开出话题，慌慌张张，循着大致线索，四处寻找，遍查资料，以期得出因果。哪想，诸位书中字里行间并无确意，无奈，只能抽得时间四处寻访，以求结果，时间久了自然对各位书中说法不全信了，每每必依君所述，索迹考察，亲历感受，往往为了求得一解，对某一话题再读。利用一切机会，只要是晋省文化范畴，哪里都可以去。挚友相约出门，一定会预先做功课，必想哪位仁兄书中记述某处有遗迹，或有并不确定的议论，线路必然安排此处，有意走访哪些古村落、看看哪些古建筑、遛哪处房边、在哪处古瓷窑捡片片。有时到了县里，朋友接待，酒中席间，问清来意，七嘴八舌，提到某处有遗址，得意地说如何如何，其实所言并不确切。为求真意，匆匆赶去，各人们不管穿戴尊荣，似顽童一拥而上，爬高上低，七扭八歪，脚下垃圾、翻土扬沙，捡得坛坛罐罐残片，搓去泥沙，偶有陈古现世，胸臆之间顿然醒悟，激动之处溢于言表。累年下来，积善成多，陋居中堆满四处捡来的各色陶瓷、建筑构件残片，自此竟得雅号"捡片片"。

所谓情趣，即个人长期对某一事物形成的思维惯性，所思所想即成定势，其他乐事概不入目，非此事不能满足，及至花甲仍以此为乐。子曰："智者乐水，仁者乐山。"仁以其可靠、稳定、长久如山；思想的智慧以其灵敏、变故有如水。想"君子不器"，即不要被异化，不要成为善用的工具。有时寻求快乐从事，即"乐山乐水"将自己的"快乐、困苦"隐于山林，隐于世间，独善其身，免除异化的袭来。所谓，愚钝处世，而常常快乐着，是因其了解人生的方向和意义而快乐，又有聪明的人常常困苦着，是因其了解人生被异化后的痛苦而困苦。

如今，自媒体文化兴盛，纯艺术和大众文化、行动派和后现代派的定义业已模糊，艺术语言已为消费社会化和商品化的潮流所异化，通俗文化早已模糊了传统艺术的概念，所惯常的审美也应超越偶像崇拜以及狭隘的民族主义，使得认识更具有世界性。尼采拿着铁锤敲打着空洞的偶像说："你想得到新的方式，请先摧毁它。"

乐者出山。今非昨日，掌间世界，可以获得瞬间快乐，由不得乐隐，不能只在一隅观望，应该体验存在，要使个性与认识获得实现才是"活着"。学生不才，只以为顺应适时，真实面对生存空间，审视各种各样的信息，做新方式的乐者、做入世的乐者，才是真正的快乐。走出山林，才是乐者。

2016 年 10 月 9 日

附：周恒，山西中华文化促进会副主席、山西传媒学院教授。

六、介子平（2017 年 1 月 20 日）

学诗老师，您好！

你我老友多年，平时都忙于个人专业，因为都喜爱绘画和摄影，有时见面也谈这方面的话题。不过，对您来说，摄影是您在教授美学理论中的一项审美实践。

记得某年冬季，您在汾河滩为我拍摄过一张侧影像，多年下来，我一直使用中。原因简单，您抓住了人物的神情。一身颠顶，其貌不扬，经过镜头过滤，竟也文质彬彬，温文儒雅。相由心生，长期沉浸于文，不怕不改变，那么一点点文气，为其捕捉，且加以放大，人像摄影的关键不过尔尔。

论年龄，您当是我的长辈，但激情却比我高。体现在工作上，是勤奋，或作报人，或为教授，或在学会兼职，虽退休有年，却无片刻轻闲。之后创建太原市美学会，跑上跑下，一人支撑。这样的激情体现在生活中，是热忱，热心公益，关注民生，其思维之活跃、观点之敏锐，令后生汗颜。

这种激情体现在您摄影作品里，是一抹霞光，纤云弄巧；是数枝残荷，几回魂梦。在缺憾中的唯美追求，是人面桃花的迟疑、泪水满襟的抱负，于抽象里凸现哲理，是五色摩挲的节奏、枯干秃笔的章法，最是那几行配图的小诗，意境岂在画中，皆在画面之外。某年冬上，先生有恙，蜗居家中，无法踏步于各处，只能拍照一些窗前的景致聊以自慰。窗前桐树几片剩叶零挂，莫非是先生黯然的心情，铺雪的枝杈处，薄薄一层寒色，当是先生披衣伫立，凄然感旧、慷慨生衰之时。钱锺书曾说："非曰唐诗必出唐人，宋诗必出宋人也。"高明者近唐，沉潜者近宋，您的照片里随处是唐诗宋词，虽说他只生活在当下。后来先生住院，还拍下了护理人员的一些形象记录。

博客走红时，郑先生的博客点击率之高，皆在于内容的丰富，那真是个美学家的杂志。为此有人曾写过一篇名曰《退休教授的博客人生》的文章，对其大加赞赏，在一个会议上，又有人将之概括为"郑教授现象"。以先生的年龄，多数人对电脑、数码一类的新鲜事物多已不再接触，甚至有排斥之举，但先生却能样样得心应手，挥洒自如，原因则在于您的勤勉好学，兀兀终日。目前他手中的相机，已不知是第几代了。微信走红后，郑先生的微信，依旧是本美学杂志。

郑先生常年在大学开设美学课程，他的学问我不懂。有次我坐在医科大教室的一个角落，与众多学子一同聆听了先生的精彩讲座。除去先生的娓娓道来，若有所思，一阵音乐响起，几张幻灯映现，很是生动，难怪枯燥的讲义、抽象的概念，仍能引来满坑满谷人头攒动，把个偌大的阶梯教室弄得拥挤不堪。我顿时想起了刘克庄的句子"书生老去，机会方来"。课间才发现，先生平日所摄，其中的许多作品已编入讲义，对上了有关的定义，虽说都是信游拾得之作。这便是高手，学问早已融入血液，理论早已成为生活的一部分。先生的书法了得，油画了不得，书法仍在写，油画已无暇顾及。

《写作障碍论》《至乐集》皆先生的理论专著，其摄影作品则是这些专著的诠释诂训，理论云山雾罩，高深莫测，摄影浅显平易，一目了然，理论需由深至浅，重重突围，摄影需由浅入深，层层掘拓。

每次见面，先生都有为我留几张影。我坐椅上，先生或立或蹲，忽左忽右，我则每每忐忑不安，如坐针毡。好的拍照，看似拍的是别人，实则也是自己，从摄影家身上，也可知道好作品是如何生成的。

撰安！

介平

2007年1月20日

附：介子平，山西省人民政府文史馆研究员，山西省文艺批评家协会副主席，山西省散文学会副会长。出版有个人专著多种。

七、贾治中（2017年1月28日）

学诗：你好！

散文八大家之一的苏辙有一段评价唐代诗人储光羲的话，谓"储光羲诗格高调逸，趣远情深，削尽常言，挟风雅之道，得浩然之气"。明代诗评大家王世贞在一段数十字的评论中就连用了"骨气""语象""语境""语气""语致"这样一些词语。其实苏辙的所谓"格高调逸，趣远情深"说的不就是格调和情趣吗？这些词语，与前人的诗评原本就有着割不断的情缘。当然，前人诗评所用词语远不止这些。回头再看一下，"情趣"一词最早出现在何时，又有哪些用法：

《后汉书·刘陶传》："所与交友，必也同志；好尚或殊，富贵不求合；情趣苟同，贫贱不易意。"

商务印书馆1979版《辞源》对"情趣"的第1解为"志趣，志向"。取例即《刘陶传》中此语。其第2解为"意味"。只有两个义项。

同在"情趣"项下，1991版《汉语大辞典》并引《文心雕龙·章句》："是以搜句忌於颠倒，裁章贵於顺序，斯固情趣之指归，文笔之同致也。"对"情趣"的解释与《辞源》同，也是"志趣，志向"。

《汉语大辞典》的第2解为"情调趣味；兴趣"。所引书证为唐·王昌龄《山行入泾州》诗："所嗟异风俗，已自少情趣。"

其第3解为"情意",兹不引其书证。比《辞源》多了一个义项。

由此可以断定,汉唐以至20世纪末的文献文章中所用"情趣"一词,其义大体未超出《汉语大辞典》所举范围。也就是说,东汉至今约两千年间,"情趣"一词的内涵是基本稳定着的。

但是,还有一个不可忽略的现实,即网络的出现对传统语言带来的冲击,所涉范围之广、变化速度之快是超乎传统认知的。所以我想,在讨论有关"情趣"这个问题时,是否首先要剥离目前网络乃至口头流传的某些"约定俗成"甚至有点莫名其妙的用法,设定一个比较明确的范围?

2017年1月28日

附:贾治中,山西省中医学院教授。

八、高建华(2017年5月16日)

学诗老师,您好!

情趣是一个人从对某些事物产生爱好开始,在不断选择中,发展为痴迷于某一事物,并逐渐进入较长久的研究状态的审美追求,在追求过程中,痛并快乐着,既有愉悦和快乐,也会遇到艰辛和较难突破的瓶颈障碍,待突破瓶颈,走出障碍,就会升华到一种高尚的人文境界,但它的过程是漫长而艰辛的。

我爱好摄影也有些年了,深感由兴趣爱好升华到对摄影审美情趣的追求,需要经过不断地突破、沉淀、积累的反复过程。我同大多摄影爱好者一样,在业余摄影过程中饱尝了艰辛、快乐、纠结。艰辛的是为了拍一幅想象中的片子,背负着沉重的器材,总是在夜色朦胧时出发,灯火阑珊时归来,即便是极端天气也坚持蹲点守候。其过程真是一种难得的享受,尤其在成片后,感觉与预期不差上下,就会兴奋、愉悦、心满意足。纠结的是在理论、技巧、后期制作与专业摄影师上,如与荷风工作室的李俊生老师、赵雪琳老师、张学平老师拍出的片子相比,还有好大一段距离,尤为突出的是,拍出的有些片子总感觉缺少一种深层味道,但又较难突破。直到去年,一次雪荷的拍摄,让我顿悟。

老师,您可否还记得,去年12月13日,一场小雪后,我们大家到大寺拍雪荷,归来时,我发现落在后面的您对着地面凝视并拍摄,好像在思考着什么,靠近一看,一片干枯的枫叶,上面覆盖着些许残雪。当时,我对老师拍这样一片带雪的落叶甚是不解。过了两日,我在《山西晚报》看到老师您的摄影作品与诗《致带雪的落叶》,诗文如下:

致带雪的落叶

你,在雪花飘飞的阵阵寒风中,/紧紧护住了赖以连心的枝干,/但最终还是被一阵抗不住的夹雪寒风吹落了,/随风飘落中,/你瞬间又闪回着经历了的四季,/由半粒米大的嫩芽,到茁壮墨绿挺拔的躯体,/到令人喜爱泛红的叶片,/你顿时觉得自己依然焕发着与生命搏斗的抗争力!/那些游人们用相机在你面前寻觅着你的美丽,/拍了,走了,走了,来了……/但他们谁能想到,/蒙蒙的冬雨洒在你身上和你的泪珠融在一起的痛,/以及在告别四季中与母亲心连心的无尽思绪,/如今,飘落的雪花又想把我压在身下,/让一派洁白覆盖着落叶世界五彩缤纷的美丽,/可,雪啊,你可知当你被阳光吮吸,/冬叶的大地,又显现出多彩的面庞。/此刻,尽管你依然在我的身上覆盖,/可我却看到了阳光正在升起,/不一会儿,我又会展现红的魅力!/瞧,这片带雪的枫叶多美!/我却深深地叹息。

我一口气读完,激动之情难以平静,优美、婉约富有哲理的诗句与图片相得益彰,一种别样深层的意境之美撞击着我的整个内心世界,顿时,明白了所拍片子,之所以没有味道,是片子缺少灵魂,同时,也较深刻地理解了老师经常说的一句罗丹的名言:"生活中不缺少美,缺少发现美的眼睛。"

在之后的拍摄中,我除了在摄影构图、光的应用、拍摄视角上提升,更多的是在您的影响和指导下,对被拍摄对象进行相对较长时间的细致观察、揣摩、品读。比如,去年冬日我们大家十下大寺拍荷,在瑟瑟寒风中，我们沿着泥泞的荷堤寻觅那别有情味的秋冬之荷，体味诗人白居易"白露凋花花不残，凉风吹叶叶初干"的惜荷情思；感悟那淘尽了的繁花季节之后，枯萎的枝条和飘曳的残叶，萧条、孤寂之静美，以及其对旺盛生命力的眷恋与对新的未来的渴望；用镜头记录、定格寒冬里高洁、素简、形态迥异的大美残荷，用影像诠释残荷那生命不息、悄然待发的禅意。

对残荷的拍摄，使我对摄影艺术情趣的认知有了进一步的提高。摄影情趣的形成不是简单的兴趣爱好，而是对摄影兴趣爱好的坚持不懈的追求过程及艺术感悟的深化，在这个过程中没有任何功利思想，只有尽情享受的精神上的愉悦。

余言未尽，就此打住。

顺致

　　撰祺

2017 年 5 月 16 日

附：高建华，摄影师，荷风影视工作室主任。

九、阎全英（2017 年 11 月 11 日）

学诗老师：您好！

作为一名业余写手，文学功底有限，写作手法也不规范。但正是因为长期从事技术工作，与一般文人经历有所不同，因此才能产生不同的视角，运用严谨的语言，充满自信的豪情，以缜密的构思进而形成特有的风格。《太原道》还专门为我开辟专栏。这种支持与鼓励使得我在精神方面获得极大安慰，进而调动起写作的积极性，对自己的选择更加充满信心。虽然疾病缠身，行动受到一些制约，但是在成就感的鼓舞下，我的精神状态则得到极大改善。长时间来我一直带病写作，一方面整理旧稿进行修改，一方面继续捕捉新视角、挖掘新主题进行创作，目前这一切依然在继续之中。也许这就是生活情趣的集中体现，因为写作不仅是我儿时的梦想，也是我许多年来的人生夙愿。"人生的价值在于追求"，是我的人生格言，也是我奋斗的目标，还是我前进道路上的动力。

而今写作已经成为我生活的一个组成部分，我为自己拥有这样的生活而欣慰。作为一名建筑工程师，没有文学造诣，谈不上写作功底。唯有数十年工作履历，积累了众多素材，从中找出闪光的东西，把它们抒发出来，展示给社会、分享于他人，完全是出自个人情趣爱好的追求。是心理需要，是精神追求，忙碌在其中，快乐也在其中。我喜欢充实而有新意的生活，写作正是我的乐趣所在。

回想我的写作过程，我经历了人生的又一次挑战，再次感受到了生活的充实和存在的价值。而今，我已经把它视作一种追求。

我是一个酷爱外出旅行的人，曾经幻想如古代的徐霞客一样，游遍祖国的大好河山，并且把自己的所见所闻记录在案，因此一直对名胜古迹情有独钟。过去由于工作原因出外调研，使得我有机会饱览名山大川，退休之后初心不改，依然沉浸其中，只要有时间和机会，就会毫不犹豫地打起背包。现代科技日新月异，智能手机的普及，使我们可以随时拍下喜欢的镜头，网络和微信平台的出现，再次给我们提供了用武之地，让每一个人都有展示的机会，借发布个人作品来表现自己的精神风貌。我觉得这同样是生活情趣，是一种精神欲望和心灵寄托。正所谓高雅的情趣，可以拓宽人们的视野，发挥人们的想象力，激发人们的创造力。进入现代社会，人们普遍认为，懂不懂生活情趣，是衡量一个人文化修养的重要标志，同时也在体现一个人的艺术涵养和审美品味。

在追求生活的情趣中，情感世界也在无形中得到了陶冶，人生价值的追求，正是在美的感受中，不断开阔视野并提升道德情操。

冬安

全英
2017 年 11 月 11 日

附：阎全英，太原建筑设计院建筑工程师，酷爱文学，虽退休又有腰部疾患，但她热爱生活，喜欢建筑审美文化，并一直坚持写作，同时有自己的文集出版。

十、战富国（2017年11月24日）

学诗兄：

"情趣"二字，在生活中使用的频率是比较高的，尤其是如今的年轻人，动不动便拿情趣说事。那么情趣究竟为何物？有人说是性情志趣，有人说是情调趣味。当然这都不错，但依我愚见，关于情趣，至少还应该加上一条：情结兴趣。

据我观察，一个人要想在某些方面取得成功，首先就应该对他想做的事从心底里喜欢并充满兴趣。

我自1966年到《太原日报》工作，一干就是40年。退休后在新闻工作者协会当秘书长，又跟文章文字打了十多年交道，个中缘由就是我从小对于当记者有一个情结，对写文章充满兴趣。而那个深藏我心底的感情也就是情结，则来源于20世纪60年代初，我在部队当兵时读到一本叫作《叶尔绍夫兄弟》的苏联流行小说，这本书里有一个情节给我的印象十分深刻，一位主人公在给一位记者敬酒时将酒杯高高举起，说："来，记者同志，难道我们不该干一杯吗，比如说为您的职业干杯，因为这是为捍卫真理而伸张正义的美好而高尚的职业。"

这句话对于当时只有十七八岁的我直如醍醐灌顶，记者这个职业从此对我产生了无尽的诱惑力。于是我开始捉笔写东西，有一次连队指导员讲政治课，讲的是国际形势如何大好，亚洲、非洲、拉丁美洲第三世界国家的反美斗争如何风起云涌。指导员站在前面绘声绘色地讲，战士们坐在小马扎上聚精会神地听，听着听着，我忽然来了灵感，顺手把政治课的笔记整理成了一段快板书："竹板打，把话拉，今天的广播我当家。指导员的政治课，黑夜点燃了一支蜡。别说美帝多强大，后院起火他也怕。眼皮底下有古巴，接着就是圭亚那，委内瑞拉、尼加拉瓜；洪都拉斯，危地马拉；玻利维亚，多米尼加；哥伦比亚，格林纳达。革命武装，日益强大。咱们新中国，朋友遍天下。谁敢来侵犯，肯定要挨打……"那时，部队里时兴在饭堂上念广播稿，属于思想政治工作的一种辅助。当天午饭，我一边用筷子在搪瓷碗的边边上敲出快板书的节奏，一边抑扬顿挫地念开了这段顺口溜，没想到立即引起轰动效应。快板刚说完，叫好声便响成一片。指导员高兴得满脸通红，一边握着我的手，一边对我说："战富国你完全能当个记者！"这句话，从此像烙印一样深深地刻在了我的心中，成了我心里的一个情结。

后来我真的当了记者，为了永远捍卫真理而伸张正义，我对我所从事的行业钟爱有加，并逐渐产生了浓浓的兴趣。每当我笔下的文字变成了铅字实实在在地登上了党报，弘扬了真善美，鞭笞了假丑恶，我心中的收获感、成就感便陡然增加。新闻的传播过程其实也是自身情趣升华的过程，我更加乐此不疲，新闻工作成了我一生无法舍弃的情趣。而这种情趣，一直伴随我走到今天，虽然我已经七十大几了，但依然不断地为报纸写东西。而每当我拿起笔或操作起键盘，神经就变得异常兴奋，文思就变得敏捷许多。

情趣，也可以指志趣、志向或情调趣味，也可以指情意。但必须承认，情趣这东西有高雅、低俗之分。高雅的情趣是健康、科学、文明、向上的，是正能量。它符合现代科学和文明的要求，也符合社会道德和法律的要求。它体现了一个人对美好生活的追求、乐观的生活态度和健康的生活心理。而低俗的情趣是平庸、鄙俗、下作、阴暗的，是负能量。而这种不高尚的情趣之所以会成为情趣，是因为它能让人经受不住诱惑，精神颓废，不思进取，贪图享乐，玩物丧志，甚至走向犯罪。一个人的情趣决定了一个人的命运。

顺致安好！

战富国
2017 年 11 月 24 日

附：战富国，北京大学优秀学子。作家、著名资深新闻人。

十一、梁志宏（2017 年 12 月 6 日）

写作"情趣"随想

学诗先生：您好！

得知仁兄近来潜心于"情趣"研究，惊讶之余更多的是感佩。这是您在长期研究"写作障碍论",相继出版大著《写作障碍研究——写作书简》和《走出写作障碍》之后,开拓的另一片学术领域。兄已年届八秩,实在为你如此执着的治学精神而叹服。仔细一想,仁兄此举也非偶然。这几年虽然见面与沟通不多,但在手机微信上几乎天天接触,我常浏览"学诗原创书法摄影日记"及"音乐鉴赏日志""艺术鉴赏日志"。尤其前者,皆是你指尖下的原创,不仅镜头涉猎城乡山水林木花鸟人物风情等,而且融入了你的审美追求,从构图取景到光影调适,许多作品有专业水准,且充满了生活和艺术情趣。

想起不久前,在微信朋友圈读到你拍摄于汾河湿地的不少美照,分批编发在"与冬相拥的时刻",所配的手记颇有诗意:"与友人午后去湿地公园,阳光温馨,和风静宜。约16时许,鹭鸶自南部北飞,共五只……""至傍晚,夕阳映红芦荡微湖,一派美色入目"。品读一幅幅彩照,林木映衬蓝天,苇丛倒映涟漪,洁白的鹭鸶或亭亭玉立或振翅欲飞,夕阳衔山光影变幻又平添几分雅趣。你还说那天与友人流连忘返,回到家里已华灯璀璨夜色幽深了,心头依然溢满了喜悦。老兄称得上学界"老顽童"一个。

我以为,"情趣"既是文学艺术审美的一种形态,也关乎生活与生命的状态。作品是否富有情趣,应该与作家艺术家的性格、性情、爱好,与他们的审美追求,以及创作题材与即时心态有关。古典诗歌自古就有"性情说""性灵说"。《沧浪诗话》有言:"诗有别材,非关书也。诗有别趣,非关理也。"当代著名诗评家陈超特别强调,诗要写得有"趣味",有"生命的情趣"。陈超认为诗歌"有一个总指标,就是作者必得是一个有性情的、有语言才能的、有趣的人。无论表达什么,诗,首先要吸引人看下去,得有活力和趣味"。他甚于呼唤:"审美趣味,趣味,还是趣味,这是真诗与赝品的分野。"我与陈超先生有过交往,他去世后,我为写一篇缅怀文章浏览网页时读到了上述灼见。荷尔德林提倡让劳碌的人们"诗意地栖居",得到国人的普遍认同,成为对美好生活的一种向往,我想也应包含让人们欣赏富有"情趣"的作品,陶冶情操,润泽心灵,享受有情调和乐趣的高雅生活。

联系到我的诗歌创作,在长篇自传《太阳下的向日葵:一个正统文人的全息档案》有过盘点。由于起步阶段受极左风潮影响，后来也未能很好地接纳西方现当代诗学"欧风美雨"的浸润，一直在"正统"的诗歌创作路子上行走，作品贴近时代题材宏大者居多，而张扬个性、捕捉情趣者较少。最近几年注重日常生活书写、情感书写，创作了一二百首以汾岸风情、岁月斜阳为总题的12行诗，其中一些较有生活气息和生命情趣。80后诗人吴小虫以《从向日葵到金银木》为题写有一篇评论，概括并肯定了我在创作题旨与手法上的一些变化。我以为，注重诗歌的"审美趣味"，并非排斥崇高、悲壮的审美追求，各种审美形态应交融互补，黄钟大吕之作也需充溢生命的情趣。这是不言而喻的。

拉拉杂杂写了这些。请不吝赐教。

致礼！

志宏
2017年12月6日于桃园斜阳书屋

附：梁志宏，著名诗人，市文联原副主席，市作协主席等。

十二、李鹏程（2017年12月7日）

从医之情趣

郑教授：

您好！艺术让我们结缘，大寺荷塘一面，您给我留下了深刻印象。因为在冰清玉洁的荷花边别人追风猎艳的时候，您却对挖掘残荷的美情有独钟。

从医多年又爱好上摄影的我，对艺术的追求有了一点认知，感觉到医学是科学也是艺术，是科学美和艺术美的结合，于是想起跟您书信沟通，希望赐教。

出生于20世纪60年代的农村贫困家庭的我，从小因为努力走出贫穷的境地，埋头学习，"吃供应"是当时最美的梦想，生活富裕，有吃有穿就是当时最美的追求。这也是青春年少唯一的美的情趣。"学会数理化，走遍天下都不怕"遏制了天然几个艺术细胞的发育。一直到了工作后，在繁重的医疗任务中，也没有精力和时间接触琴棋书画吹拉弹唱，但是，这些活动已经种在了而立之年的我对美追求的心中。

医学技术的熟练，认知的提高，让我发现了医学之美。在用善良的心、温暖的手、和蔼的笑容感动了无数病人后，我深深体会到，心灵美、语言美、行为美是医学美的原始的美。只是一个医生的医学情怀，是我们走上行医之路的初心。

在对医学的执着中发现了美的享受，更加深了对医学的情趣。于是在网上搜索了一下，医学院校现在的课程中，已经开设了"医学美学"，遗憾我们上大学时没有学过。从书籍和网上一些对美学的论述中，我看到"从低等的病毒生命到高等的人类都是美的表现形式""医学的对象是人，人体美表现出结构美、形态美、功能美、韵律美、生命美、健康美""医学之美首先表现出科学发现美，然后再表现出应用美，应用美在医学中表现出对疾病的诊断美、治疗美和预防美"等这样的描述。但是，这些从形态上看待医学美学的观点和我对医学美的认知还有偏差。在医患关系紧张的当今，医生和患者之间的桥梁是美，因为美是和谐。现代医患关系是共同参与型，因为有知识懂法律的病人越来越多，医生看病要先给病人以关怀，再来共商治病，我们用美的仁心、美的医术、讲究艺术的沟通，达到和谐之美的医患关系，最终达到服务患者的目的。

每个医生都要牢记美国著名医学家特鲁多墓志铭上的那段道出了医生与病人本质关系的箴言："Sometime to cure, Often to help, Always to console."（有时去治愈，经常去帮助，总是去安慰）一个不懂"医患和谐美"的医生，也不会有好的"医术"。当今存在的科学与人文关怀的割裂，技术主义拜金主义与人道主义的疏离制约着现代医学的发展，医学不是纯科学的事，它与病人的心理、情景及社会环境密切相关，医生做事要遵循"通天理，近人情，达国法"。这是中国古代政治家、哲学家对医生的崇高要求。

现代医学模式——"生物—心理—社会医学模式"强调关心病人、关注社会，注重技术与服务的共同提高。从医学原始的美学情怀上升到了医学只有爱心不够，还要有沟通的技艺、讲究艺术的治疗技术。所以医学讲科学的基础上还需要讲究艺术。我从切身感受中能够体会到。

有时为了病人的情绪稳定，我们需要"善意的谎言"；为了患者和家属都能理解治疗、配合治疗，我们需要说话的艺术；手术切口、手术术式的选择和治疗措施的选定需要考虑患者以后的美观、心态、生活质量，考虑患者的经济状况。这些都是需要我们有一颗美好的初心加上艺术的技艺实现。

以上所述，是我对医学之美的认知，医学是艺术之美。那么如何达到艺术之美？这也是我写这封信的另一个探讨之意。

在几年的摄影实践中我体会到了，为了表现画面的简洁、突出主题，我们经常采用减法法则。这是摄影人的常识。但是，作为医生，在实现医学之美的探索中，减法艺术更是收到实效。当然，这里的实效不是作为医生的我增加了经济效益，而是我的病人得到了关爱，减轻了痛苦，减少了花费。我们常规的骨科医生治疗腰腿痛患者，采取的诊疗程序是：腰痛就诊—检查几下—CT或者核磁共振—手术或者吃药等治疗。患者花了检查费、做了手术，吃了药，走了弯路。通过摄影的美学观念启发，我的诊治程序为：耐心问诊—注重手法检查—基本确定腰椎间盘突出等—和病人谈话沟通，不用药先扎针治疗，如果有效就继续治疗，无效或者怀疑有其他问题再进一步检查。结果在我的多年经历中，绝大多数患者避免了花钱检查、受最大痛苦手术。患者喜形于色的美就真正体现了医学的艺术之美。这就是我对医学和摄影艺术的感受。在这样的感受下，我还继续探索思考，摄影和医学是艺术实现的不同表现方式，道理相通，相辅相成。

顺致

  研祺

鹏程
2017年12月7日

  附：李鹏程，109医院副院长，摄影家。

十三、潘振明（2017年12月8日）

郑先生：近好！

晚生在同侪间，常常被视为无趣的人。对常人多喜好的一些业余爱好之类，既不爱好，也不擅长。但晚生也绝不是一个古板的人。晚生的职业生涯，一直在党群宣传口。曾经组织开办过我们当地最早的国标舞培训班，连续多年举办元宵彩灯展等。在大学时，就曾经参加过学校举办的集体舞培训，到工作岗位后举办多次国标舞培训班，愣是最简单的三步四步都没学会。只能自嘲没有艺术细胞。但于古代建筑、壁画、书画、碑刻等，却非常喜爱，每至旅游胜地，遇到这类地方常常流连忘返。后来逐渐觉得，自己虽缺乏艺术细胞，但不缺乏艺术鉴赏的细胞。对美的东西，珍爱之情溢于言表，愉悦之情油然而生。诸多钟爱之美，最能激发晚生揣摩、品鉴的，当数图书。这方面，仿佛是一种与生俱来的天性。要说情趣，藏书、读书，大概就是晚生兴味最浓的情趣了。

在我的书柜里，至今存放着一本手抄讲义本《三字经》。那是26年前父亲戴着老花镜花费半个多月的业余时间，一字一字抄写的。与它放在一起的，是清道光年间刊印的原本。1979年，我初中即将毕业，在课本有限的几篇古文中，我像久渴的禾苗遇到甘露，使劲地吸吮着，对古文的爱好达到了痴迷的程度，甚至找到20世纪50年代的文学课本，把上面的古文也都一字一字地啃了一番，还学着古文的式样写了几篇作文。这时的我就想见识见识真正的古书是什么样的。但当时，一者书店不见卖，二者就是有卖的，家里钱紧，除了课本非买不可，我就问父亲能不能找下一两本古书。父亲说家里原是有一些古书的，但在"文化大革命"中"破四旧"时都烧了，一般人家谁也没有了。我很感失望。父亲见我的样子，就去找他的好友郭成叔。郭叔记性特好，最爱讲古，一说起来总是一套一套的，一聊就是大半夜，我们都盼着他来。

哪知父亲和我找到郭成叔提出这事时，他竟像孩子似的哭起来。原来他收藏的几箱子古书都被红卫兵搜出烧掉。末了，他像忽然想起了什么，从土炕上拿过枕头，撕开，在里面掏了半天，掏出一本发黄的线装本，说"就剩这本《三字经》了，十多年了，你要看，就借去看吧。

这算不上古文，真正的古文都在《古文观止》里。你要感兴趣，我给你讲讲，那200多篇，还背得下来"。

尽管这只是古人的一本"识字课本"，但对我来说已如获至宝，这本《三字经》原来的皮已没了，郭成叔给它加了个牛皮纸；原来的线断了，郭成叔用麻线细细地钉住了；对折的页子折缝已完全磨开；前面部分已经缺失，被郭成叔细心地用毛笔抄在原纸的背面。

借来的书毕竟不是自家的，只有笨办法，抄。晚上做完作业，在煤油灯下我一笔一画地抄着，父亲催了我几次，才上床去睡。夜里起来撒尿，却发现父亲坐在桌前，灯捻子扭得很小，正在那儿抄《三字经》。我是父亲的老生子，我出生时父亲已年近花甲，这时已年逾古稀了。父亲听见我起身说，"你就要考试，不敢用坏脑子"。拗不过父亲，只好依他。就这样，父亲白天上班，晚上回来又给我抄书，整整半个月，终于抄完了，但也提前用完了那时凭票按供应价买的煤油。

给郭成叔还书时，他听了父亲抄书的事，大受感动，当即就把他保存下来的这唯一的一本"古书"送给了我。而那年夏天中考完毕，我每晚必到他家里听他讲书，200多篇的《古文观止》听了一大半。后来，当我有了影印本《古文观止》时，发现老人给我讲的竟几乎一字不差，更为佩服老人的记忆力了。听讲时曾记下一大本笔记，后来不知怎么弄丢了，好让人心疼。倒是父亲抄的书和郭成叔送我的书，一并随着我，直至赴省城上大学，又住进新房的书柜里。

父亲和郭成叔都已在多年前辞世。每当夜深人静，时间属于我时，坐在书桌前，望着书柜满满的藏书，我都要翻一翻这两本"书"，两位老人便如在眼前了。我的书柜里，虽无力收藏原版古书，但影印的四书五经、《二十四史》《历代小说笔记选》丛书，乃至《说文解字》《渊鉴类函》《康熙字典》《辞源》，还有《汉语大字典》《汉语大词典》、台湾版《大辞典》等，已挤得书柜满满的。但我最难忘的，仍然是这两本书。坐拥书墙——我所谓的书房只是用两只书柜做墙隔出的一片小天地——爬格子爬累了的时候，拿出它们看上几眼或是轻轻抚摸一下，就又像充了电似的，思路又清晰了，浑身也不觉累。

空闲，或敲击键盘疲惫的时候，便系舟网浪码头，移步前往宝库，打开这些珍爱,一帖帖品鉴观赏,且可随意放大,细细观察历经岁月风尘的纸页,仿佛与古人相遇在旅途,随意翻拣其行囊中前人遗落的珍宝,其乐难以与外人道也,窃喜窃喜。

顺颂

  雅安

晚生   潘振明   顿首
2017 年 12 月 8 日

十四、刘涛(2017年12月16日)

郑老师您好:

  受环境与个人因素的影响,不同的人有不同的情趣,一个人的情趣有时多种多样,往往是随着某种机缘产生与变化。

  我很喜欢戏曲,就是从小受环境的影响,现在的工作跟戏曲有关,并立志研究戏曲,爱好与工作同一,也是我人生非常幸福的事。

  我也爱好藏书,对于爱书的人,书于他们就是生活乃至生命的一部分,也说不出什么道理。

  因为发生变故,收藏十年的藏书一夜之间化为乌有,再一个原因是书很占地方,总与生活空间相冲突。于是我转向了不太占地的旧纸片收藏,对平常人们不太关注的旧纸片,产生了浓厚的兴趣。旧纸片俗称"纸片子",从收藏门类讲也叫纸品,浩如烟海,种类繁多,诸如地契文约、结婚喜帖、民国名片、民间书信、请柬海报,等等,它们占地小,文化内涵也很丰富,把玩欣赏,趣味盎然,每一张旧纸片都保留有特定时代的气息,见证历史的沧桑,都有故事可以挖掘,一张薄薄的旧纸片,中国四大发明,就占两个:造纸术和印刷术。而要把一张小纸片说清楚,又往往得从民俗学、历史学、社会学等多种学科进行解释。

  情趣关涉个人私事,我钟情于旧纸收藏与研究,本是独乐乐的事,但又觉得这些旧纸片的故事值得与别人分享,于是走向"与众乐乐"一途。我办了一个家庭专题博物馆:故纸博物馆,每月举行一次与纸片相关的展览,并做相关题目的讲座。我还给我的书斋起了个名字,叫纸趣居，正在写书名为《纸趣居：故纸里的故事》的一种图文并茂的书。过去油灯里都有用绵纸做的灯捻，它起引燃原油、放出光亮的作用，我起了个笔名，就叫灯捻子，我要引燃的是我收集的那些旧纸片，挖掘旧纸片背后的故事，让原来只存放在故纸堆里的纸片重新放出光亮，让更多的人了解旧纸片所包含的文化价值。

今年我从收集的山西杂字书中选出20种有代表性的杂字，拟出一套《山西杂字经典丛书》，又从我收集的戏剧节目单中拟出一套《山西戏剧节目单丛书》，目前两套丛书均已立项，均已印出了第一版。我还利用收藏的旧纸片，写了一系列的关于纸片背后的故事，总丛书名为《灯捻子故纸收藏系列》。

在众多的旧纸片中，我尤其喜欢名人信札，目前已经收藏有名人信札5000多封。每每欣赏、品味、抚摸着这些信札，似乎与写信人对话，聆听他们的心曲，总是给我一种温暖与感动，生发诸多感慨。从信中可以感受到名人跳动的心波，从中得到做人做事的道理，得到美的享受。

书信是综合的艺术，名人书信为中华民族优秀文化的组成部分，集书法、礼仪、文学、史学、美学、邮政等文化元素为一体，千百年来承载着中华民族生生不息的传统文化。维系着人间真情，真实地记录了时代变迁、社会发展、世界变化。因此，重视名家书信的集藏与研究，至关重要。当前许多博物馆、图书馆和民间收藏机构、收藏家，都以不同方式征集、收藏历代名家书信，并把名家书信作为中华民族文化遗产予以有效保护，许多有一定历史文献价值和文化价值的名家书信，得到了整理和出版，使这一文化遗产发挥了更大的社会效益，这足以令人兴奋和欣慰。而名家书信中所蕴含的历史美、文学美、书法美、礼仪美、人性美、情操美和信仰美等这些中华民族元素一定会代代相传。

生活的意义在于趣味，有所爱，形成自己独特的情趣，也是热爱生活的一种表现。就此搁笔，并将这篇日记用电子邮箱发给您，等回去有机会再去拜访。

顺祝

  文安

刘涛

2017年12月16日于纸趣居

补记：以上是 2017 年 12 月给郑师写的信，当时我在浑源县一个村子里扶贫，担任村里第一书记。而今我又从省剧协轮岗到省摄协工作将近两年，工作之余始终没有放弃自己心爱的故纸收藏与研究开发。

2020 年 10 月 25 日，我在苏州十方书屋收集到民国时期宁波籍名人陈星庚、陈积澍的日记手稿十八册，宁波商人童柄魁、童一亭父子的日记三十六册，后通过国家图书馆出版社影印出版三十六册，供学界研究使用。

2021 年 10 月，我收藏的山西杂字编成《清至民国山西杂字文献集刊》（20 册）由广西师范大学出版社出版，扩大了山西杂字在全国的影响。2017 年，我从太原藏友李新民先生处收藏的一组普通人的书信，为信主依来信人的所在地域分卷并装订成册，总计 600 余通。除了信件外，还有学习笔记、同人录等材料。经张维幹先生后人授权，2024 年 4 月由国家图书馆出版社影印出版《纸趣居藏张维幹往来信札》四册。

近来，我利用书信、日记及家庭生活账本进行非虚构写作。因为书信和日记涉及书写者的隐私，只有得到相关者的授权，我们才可能进行出版。如果一时找不到主人，可以通过书信与日记的内容进行二次创作。云从龙先生利用一对恋人的往来书信，创作了《明星与素琴》先发表在《读库》上，后又出版单行本。他还利用一位老人的一本日记写了文章《一个未亡人的三城记》。他的民间书写为我们利用书信或日记进行研究创作提供了一种思路。我便利用收集到的周素锦女士从香港寄回上海的三百多封书信，梳理了她在香港 20 年的生活细节，与朋友合作完成《素锦的香港往事》，2022 年发表于《读库》第 1 期，当年获得收获文学榜非虚构类第二名。2023 年 7 月由中华书局出版了单行本。被评为 2023 年中央电视台读书栏目十大好书。书受到好评这说明无论是观众还是读者，越来越关注更为真实的艺术作品，而通过书信与日记的内容可以进行影视戏剧的改编，本身就有扎实的情节基础和真实的社会环境烘托。著名作家赵瑜根据收集到的巴金的七封信的过程，创作了非虚构作品《寻找巴金的黛莉》，故事曲折引人，人物性格鲜明突出，后来由陕西某电影公司改编成电影。细节饱满、情节丰富的日记书信有改编成影视作品的潜质，也是日记书信开发的一种思路和手段。《素锦的香港往事》同名影视作品正在筹拍中。我们的创作实践为整理开发民间文书提供了一种路径，具有一定的示范意义。

2021年是中国共产党成立一百周年，我整理了2015年在太原南宫旧书市场收藏的老共产党员张健民的13册生活账。账本从1952年7月开始，直到1993年5月11日停止，记录了近41年的生活账，真实再现了一个家庭在太原衣食住行的全部开支，这对太原城市社会发展史研究来说具有重要的参考价值。经过张先生家人的授权，三晋出版社出版了《一个老共产党员的生活账》，该书列入2022年中宣部主题出版重点出版物名录。以张健民账本为素材，我们又创作了非虚构作品《健民的账本——一位共产党员的数字人生》，2023年8月由社会文献出版社出版。

总之，书信日记一类的民间史料具有多重学科的研究价值，对于收藏者而言，收藏并不是收集起来束之高阁，而应进一步对它整理研究和开发，才更有意义。而与研究机构、出版机构及公共文化服务机构的有效合作，才能把收藏的书信、日记的社会价值发挥到最大。

我将以旧纸片的收藏与研究为最大的乐趣，继续快乐地做下去。

2024年4月22日世界读书日前记于纸趣居

附： 刘涛是我的老友，因书结缘，后创办《名堂》刊物，又痴迷于戏剧史与文字学等研究，及信札、故纸收藏。科研成果颇丰。

刘涛，1975年生，山西襄汾人。山西大学中国社会史研究中心特聘教授、中国摄协理事、山西省摄协秘书长、中国戏剧家协会会员、中国文艺评论家协会会员。出版有《山西话剧档案》《山西地方戏曲》《山西杂字藏谈》《山西杂字辑要》《清至民国山西杂字文献集刊》（20册）、《陈星庚陈积澍日记》（八册）、《童柄魁童一亭日记》（二十八册）、《纸趣居藏张维幹往来信札》（四册）、非虚构作品《健民的账本——一位共产党员的数字人生》（合作）、《素锦的香港往事》（合作）等。

十五、刘晋英（2017年12月20日）

关于"情趣"话题的讨论

郑老师：

您好！

我觉得，就"情趣"本意，即"性情志趣"或"情调趣味"而言，应该是人的一种本能，否则，一个人活着就太无趣、无聊了。但每个人的"情趣"及其表现方式差别很大。加之个人理解的不同，人们往往会以生活的境遇或工作职业的特点，评判自己或别人有无"情趣"。如，一些生活窘迫的人常会说："自己活成这个样子，哪还有什么情趣？"对一些长期从事较严肃性质工作（如行政、军事等）的人，人们也好说："干这类工作的人，会有什么情趣！"像我这样一个从事政府行政工作30多年，而且为人、处事比较正统、原则甚至有些刻板的人，人们印象中不会有多少个人志趣、情调的（这也是不少人对我退休生活状态比较诧异的原因）。其实，在几十年从政过程中，尽管工作繁忙，自己始终保持着读书、运动等喜好，这可能应该算是一种"情趣"吧！

退休后，自己没有再承担任何与原职业相关的工作和社会工作——按现在时髦的话叫"裸退"，只是想着利用余年，再学习一点东西，干些自己多年想干而未干的事情。学习上，我选择了上"老年大学"。出于修正自己原本书写潦草的习惯、规范字体的愿望，我选择了书法课；出于整理原存照片、提高个人照相技术的愿望，我选择了摄影课。记得刚上老年大学时，书法课老师讲了写字与书法的区别，说："我觉得，没有同学是为了写好字来上课的吧？"摄影课老师讲了照相与摄影的区别，说："不会有同学就是为了把相片照好来学习的吧？"我心里念叨："我还真是这样想的！"而且，这个想法支持我已在老年大学学习了五年。也就是说，起码至今我只是把书法、摄影当作学习、提高的过程，还真没有要达到何种高度的追求。干事上，退休后我编撰、整理了近200万字的几本书，其中最主要的是利用三年多的时间，编著了《历史如是说——山西省知识青年上山下乡史录》一书。但所写的这几本书，都与自己的家庭、经历相关，出书的初衷主要是想尽一些社会责任。而且，至今并没有由此就把写作当成自己退休后的一种志向。可以说，书法、摄影、写作基本都不是有意因"情趣"而生，主要还是缘由偶然因素的作为。

当然，偶然之中有必然。学习书法，规矩写字，是由于自己原本书写基础不好，加之后来多用电脑打字，写字更加潦草，因此利用闲暇练习写字成了自己久存的愿望。学习摄影，缘由自己较早时就比较喜好拍照，也留存了不少个人、家庭及工作的照片，整理这些照片是自己安排退休生活的一个内容。出书的动意更是经过长期的思考与酝酿，而且最终愿望得以实现，一方面是基于一定的写作能力，这和自己多年坚持读书和坚持亲自动手处理公文、稿件的积累有关。另一方面基于一定的分析、综合、思辨能力，这和自己的生活经历以及从政30多年间多层次、多方面历练的积淀有关。其中更深层次的缘由是自己几十年来在实践中形成的价值观、人生观、世界观。这在一些书评中也予认同。如在《历史如是说——山西省知识青年上山下乡史录》一书的编撰过程中，因作为省域研究"知青上山下乡"史料的专著在全国为数寥寥，而本人又没有从事过专职的社科研究，为严谨起见，自己曾有意向省内外社科界的一些专家请教、征询意见。其中一位偶经亲友推介的资深老报人——山西日报社原副总编辑郭寅祥同志审阅书稿后，以其丰富的阅历和职业敏感，提出了非常明确、中肯的评判意见：本书是"以严谨的科学态度和务实求真的精神，还原那一段已被许多人们忘却的历史，给它一个明白和公道"。"这部书在写作上的特点：一是让历史说话。对'知青上山下乡'这一历史真相作了全面详细的记录，有因有果、有根有据、有始有终、有声有色。很真实，可信度很高。二是让典型说话。立足于全局，着笔于山西，通过具体解剖山西知识青年上山下乡这一典型，实现了从个别到一般的飞跃，从而把发生在全国的这一重大历史事件的真相说得一清二楚。三是让良心说话。作者始终坚守自己的人生底线，做到实话实说。这部书，不是为了名和利，而是以史为鉴，以正视听；公正无私，明辨是非；尊重事实，服从真理。用群众的语言来表述，就是书上写的都是良心话。"该书出版前，因按国家的有关规定此书的题材和内容属"重大课题"之列，曾报经中共中央党史研究室和国家新闻出版广电总局审读、批准。中共中央党史研究室有关专家在审读意见中指出："作者以山西省知识青年上山下乡为重点，对这一事件较为详尽的剖析，资料翔实，并作出基本肯定的评价。庪这一评价尽管没有党的文献支撑，但书稿总的基调是积极向上的，符合党客观对待自身历史的态度和'两个不能否定'的要求。"这些评语，不仅是对该书内容的理解和认同，而且是对编撰本书基本态度和思想方法的理解和认同，本人很感欣慰、振奋。也就是说，一个人看似偶然产生的兴趣或意愿，与其日常"情趣"的养成可能还是有些必然联系吧。

所以，我觉得，对于"情趣"的研究本身就是一个有"情趣"的话题，需多层面、多角度的理解。本人涉足不多，还需老师做深度的指点。

顺祝老师幸福安康！

学生：刘晋英
2017年12月20日

附：刘晋英，女，1952年生，山西沁源人。1976年毕业于北京大学化学系。1996年毕业于山西大学马克思主义哲学研究生班。曾作为知识青年先后在中国人民解放军北京军区内蒙古生产建设兵团和山西省沁源县插场、插队。1979年8月后，先后在共青团沁源县委、沁源县政府、沁水县政府、晋城市政府、山西省化学工业厅、山西省乡镇企业管理局、山西省安全生产监督管理局等单位担任领导职务。2012年5月退休。退休前后近十年中，编著完成《公仆刘开基》（中央文献出版社2012年版）、《刘开基文集》（三晋出版社2012年版）、《刘开基纪念文集（续）》（三晋出版社2017年版）、《历史如是说——山西省知识青年上山下乡史录》（当代中国出版社2016年版）等书目。2015年，作为总策划与山西黄河电视台合作完成4集电视纪录片《沁源905天》；撰写的纪念沁源围困战胜利70周年论文《党与群众血肉相依的模范典型》《巩固和坚持抗日根据地的战略性胜利》，分别收入中共山西省委党史办主编的《山西抗战的历史贡献——纪念抗日战争胜利70周年论文集》（中共党史出版社2016年版）和在《沁源文史》登载。

十六、陈占奎（2018年1月17日）

我的人生中，从小便对一切事物充满兴趣，无功利驱使。

1938年我出生于山西北部的一个农村，日本入侵中国，战火纷飞，民不聊生。

6岁的那一年，一位大伯，弄来两件简陋的乐器：一个一尺见方的，当时村民以它的形状叫它为"簸箕琴"（相当于现在的"扬琴"）和一支竹笛。但是因为琴没有弦，笛子裂了缝，几经折腾也未能发出音来。不久，大伯又找来一支能吹响的短笛和几页手抄的"工尺谱"，即中国式用汉字记录音高的乐谱，但是农村没有人能真正读懂它，只能凭听觉记下农村流行的民间小调以及简单的晋剧曲牌，似模似样地吹出个曲调来，已经是乐此不疲，这应该是我最初接触音乐。

20世纪50年代初，我入初中读书，除了特别喜欢自然科学，学习成绩优良外，依然兴趣广泛，对音乐、美术也依然酷爱。我也参加课余活动的乐队训练，学习吹笙、拉二胡。后来学校来了一位新任的音乐教师，带来当时大家倍感新奇的"小提琴"。不过这种西洋乐器，幼年时我在家乡见过一眼。那是八路军宣传队，进村演出前，一位演奏员拿着这种小提琴，在村里的小街上，给我和围观的小朋友，亲切地介绍并演奏了《白毛女》的曲调。那时我们还掀起了自制"板胡"（晋剧的一种主打乐器）的热潮。

高中阶段，我转到了较大的城市读书，这个中学，有个在当地颇有名气的学生业余文工团，我参与其中，开始学习五线谱，正规地学起了小提琴演奏技术。

一位同学的家里，存有大量西方传教士留下的唱片和一台手摇留声机。我在图书馆查找资料，邮购书籍。每到假日，便去同学处听唱片、查资料，突然发现那一堆旧唱片，都是西方古典音乐名作。诸如海顿、莫扎特、贝多芬，等等，古典作曲家的交响乐、奏鸣曲、室内乐、歌剧音乐。帮他建立了目录，反复试听、学习，我逐渐对西方古典音乐产生了浓厚兴趣和认知。

1957年，我进了一个地区文工团工作，演奏小提琴，偶尔兼做乐队指挥从事了专业音乐工作。早在中学时期我就接触了摄影，但在此期间我才真正有了自己的照相机，虽然只是一部廉价的国产135相机，但已经是如获至宝，珍爱有加，引导我开启了一生的摄影之路，虽然照相机变换了很多，摄影却始终如一伴随我半个多世纪不离不弃。

20世纪60年代初，所在的文工团解散，我转为从事职工业余文化活动的组织、管理和普及工作。组织和培训职工文艺爱好者提高演唱、演奏水平，创办了"大同市首届职工音乐会"，并在当地首创了"西洋古典音乐欣赏"讲座活动。此时还在摄影中用上了当时比较珍贵的双镜头——德国"禄来福来"照相机，开始在报刊、杂志上发表作品，在摄影展览中崭露头角。

"文化大革命"后，我有机会进入报社，成为一名专业媒体记者。主要从事摄影，也偶尔写一些文章发表。从业10年。

20世纪80年代初，我转到一个科技管理部门，从事科技情报和科普宣传工作。主编《大同科技》，用文字和摄影传播科学技术、科普知识。这期间我得到一部8毫米电影摄影机，开始了最早的电视摄影报道工作。此后，工作调动，我参与了省会电视台的筹建，虽然时间较短，但是更增强了对影视工作的热爱与投入。80年代中期，我转至旅游系统工作，组建了一个旅游影视机构，带领一个团队，从事旅游影视的拍摄、制作工作。

20世纪90年代末期退休，我重新规划了自己的退休生活，由于没有了政务工作的羁绊，我开始了另一种新的人生。当时，电脑在社会上已经崭露头角，由于我对新鲜事物的渴望和追求，我省吃俭用，请人装配了一部台式电脑，并且配齐了扫描仪、打印机等必要的设备，开始了新的学习和工作的历程。

我从小热爱自然科学，也特别喜欢自己动手制作各种喜爱的物件。20世纪60年代，自己制作小提琴，供子女们学习，同时学习了无线电技术，自己制作电子管、晶体管音响设备，当时市场上还没有出现真正的音响产品。后来我又买上一批残次的零配件，亲自测试、挑选电容、电阻、电感；亲手制作线路板，焊接、组装了两部黑白电视机，虽然收视效果欠佳，但在手头拮据、电视机为极其罕见物件的当时，用着自己的劳动成果，也是兴趣盎然，其乐无穷。当用上电脑之后，我便被它的神奇吸引，以后就自己动手组装、维修、升级、更新电脑配件及主机。

年岁较大，向青年人请教多有不便，只好奔波于书店和街边小铺，寻找可用的电脑资料和盗版软件。经过两个月的艰苦努力，自学了用电脑处理照片，并且设计出了第一件图文并茂的单幅画页。自此，我开始了独立制作宣传品的路程。

刚进入21世纪，我便购置了一部准专业的小型摄像机，开始视频摄制工作。由于从事过音乐、摄影、媒体、科普、文字等多种不同类型的职业，始终热爱音乐、美术和自然科学，并且掌握了平面设计、影视编辑、3D动画等电脑技能，我可以随心所欲地进行视听艺术的创作。近20年来，除了外出，我几乎每天在电脑前学习工作10个多小时，各种软件的学习、使用、版本升级近千件，常用软件数十个，而且大部分都是最新版本。

这些年来，为社会各界制作图书、画册、影视片数十种。除在国内外多种媒体发表过大量作品外，并在许多评比中获奖，其中参与编导的旅游电影片《华北漫游》，曾获法国"塔布国际旅游电影节"公众奖和新闻奖、国家旅游局的"天马奖"；摄制的《尼亚加拉瀑布》旅游电视片，获中央电视台《正大综艺》栏目一等奖。编导、摄制作的多部电视片，在山西省"黄河杯"评比中分获一、二、三等奖；编导的电视专题片《太行松常青》获山西省精神文明建设"五个一工程"优秀作品奖，及第三届优秀专家电视专题片观摩评比二等奖。主编的《山西揽胜》一书，获山西省"黄河杯"二等奖。近年来制作的各类影视、图书宣传品达六十多种。

在人生旅途中，我深深体会到要想获得知识、获得生活的乐趣，必须对各种事物都有浓厚的兴趣。我先后建立了"博客""微信公众号""优酷""头条"等专栏，发表了大量文图、视频。我觉得只要对周围事物真诚热爱，渴望与新事物紧密为伴，在自己所热爱和坚持的领域有所斩获，就可以使自己的生活和心情充满阳光，使生命远离消沉，永葆青春。

2018年1月17日

十七、王小佳（2018年2月10日）

郑老师：您好！

总想找机会谈谈关于摄影与美的话题。

多年来，您用您的摄影作品发现、记录、提炼着生活之美，光和影、花和叶、鸟和林，给这样一个喧嚣和消费的时代增添了多少独具一格的艺术之美！在我看来，那是一种别样的风骨、别样的格局。这正是我为之感动、为之感染，深深折服且尊敬您的原因。这是一种自古以来的善良、淳朴、慈悲，在个体生命里的坚守，那是生命应该有的本来面目。尽管在如今商品大潮中的世风之下，各种物质和生理欲望被无限放大，但我依然淡化物欲，尊重人性。

从对您的摄影鉴赏中，我收获的是一种淡然的人文洗礼，一种怦然心动又心领神会的美的愉悦。就像我写诗一样，只是为了生命的停顿、回归和静美。多年来，写诗能够断断续续坚持下来，是为了让自己的精神世界保持一份平淡天真。与其说，这是一种自我抚慰，不如说是一种自我救赎。而您的摄影，既有美的色彩、构图，更有对人生和生命的思考，空灵、凝重，如暗夜的大提琴、清晨的古筝，经常让我不经意间有一种情趣的共鸣。一幅图背后，我读出的是丰厚的人生修养和意蕴，是对大道万古的敬畏。那是流之于您内心的清流，纯净而自然，洒脱而舒展，有着长者的智慧，也有着童稚的明快，平淡中饱含深意，独特中不乏大爱。

随附我写的几首拙诗，作为对您摄影作品观赏后感悟的回应。

顺颂

　　撰祺

小佳
2018 年 2 月 10 日

镂空的荷叶

时光镂空了绿色 / 在风的雕琢之下 / 你的姿态依旧饱满丰盈 / 流水在深处对你默默爱怜 / 秋风想念着你伫立的风骨

傍晚，湿地

在这水草丛生的湖畔／词语因为轻浮而消失／风静止了，水停止了流动／树木回归朴素／天空轻吻湖面上鸥鸟的踪迹／一切的词语都消失了／而冥想和爱，沉到了湖底

曦光，残荷

枯叶如古老的金樽／盛满厚重的传说／它的倒影／在曦光中暗暗浮动／似水墨／晕染了冬日的荷塘／空白的湖水向四面展开／一些枝条，在湖面铺开五线谱／弹奏莲的心事

早春，静湖

波光和水光相拥在风里／在银灰色的湖面／投下清瘦的暗影／湖水呼出心底的涟漪／将额头刻上沧桑的褶皱／堤岸的水草／默默积蓄着绿意／他们站成一排排水兵／守卫着水域的安宁

夕阳对话

群山绵延远望／大地铺开了宽厚的胸膛／冬日的寒风屏住了呼吸／一切都静默着／听，草叶、老树和夕阳的对话／那些发自灵魂的零星低语／点亮了空中潮湿的眼泪／老树抖落叶子，伸开颀长的手臂／从根部捧出一颗红心／一霎时，天真的草叶欢快地飘舞起来／天空的脸布满了慈祥的红晕

附：王小佳，中共太原市委党校教授。

十八、柳长江（2018年2月13日）

郑先生：您好！

作为一个文科毕业的大学生，却从事科技创新创业服务工作多年，也一再思考着科技与审美二者的关系问题。我在想：科学研究在于求真，探索宇宙中一切存在事物的本质和规律，技术开发是应用科学规律为人类生存、生产、生活提供便利和价值的创造活动。科学技术的价值在于

拓展人类活动的宽度、深度和高度，不断创造人类有限生命过程中丰富多彩的体验和经历。美学则是客观事物在人类主观感受契合的愉悦感知，也是真与善的叠加融合。

人类与客观世界是生命共同体，人类必须尊重客观世界、不断调整自我、遵循客观世界规律，才能获得更大活动范围和更加长久的自由。人类发展史就是科学技术创造史，人类在掌握科学规律，开展发明创造中形成人类文明，形成符合客观规律和主观认识法则的史诗画卷。当前，新一轮科技革命和产业变革正在孕育兴起，一些重要科学问题和关键核心技术已经呈现出革命性突破的先兆。物质构造、意识本质、宇宙演化等基础科学领域取得重大进展，信息、生物、能源、材料和海洋、空间等应用科学领域不断发展，带动了关键技术交叉融合、群体跃进，变革突破的能量正在不断积累。

科学技术进步使人类活动范围更加纵深宽广，人们对于地球村、人类命运共同体的认识和感受日趋真切，人类面临的共同问题和挑战既需要科学技术进一步变革，也需要人类自身追求美和善的共同认知与一致行动。科学技术本身是无国界的、是共通的，是人类共同的财富，但美和善则是有价值取向的、是民族的、国家的认知感悟。人类文明具有多样性，需要以文明交流超越文明隔阂、文明相互借鉴超越文明冲突、文明共存超越文明优越。我想美和善也是如此，交流借鉴求同存异，包容多元和谐发展。

科学技术的进步提高了人类的生产和生活效率，相对前人来说就相当于延长了人的生命过程，使人们有更多的时间和精力投入美的追求和善的践行。科学技术的进步使得"仓廪实而知礼节"成为可能，科学技术知识的普及使人类迈向自由的目标更上一层楼。社会的进步使得人人开展科学技术创新具备了可能性，追求善和美具备了物质基础和客观条件，每个人的科学技术知识的提升，审美取向的多元和谐，人类命运惺惺相惜的发展，都在更好地推动人的全面发展和自由自在。

顺祝阖家安康，新春快乐！

柳长江
2018 年 2 月 13 日

附：柳长江，1979年生，陕西户县人，山西大学经济学专业毕业，山西省高新技术创业中心副主任、经济师、管理咨询师。2002年参加工作以来，一直从事科技创新创业服务、技术经济分析、高新技术企业认定咨询、技术创新项目管理等工作。

十九、王宏伟（2018年3月24日）

有诗，有埙，就有远方

郑老师：好！

我总觉得，但凡在这个世界上闯荡过的人，应该都有属于自我的一份志趣和情趣。只不过，志趣也罢、情趣也罢，各有不同，因人而异。记得数年前，一位有识之士就人的志趣、情趣，由雅到俗、从高到低进行了分类，是否科学不好下结论，但读来颇有意思。其认为，最高雅的志趣当数诗词歌赋。其次，便是琴棋书画。第三类志趣说的是花鸟鱼虫。最低的志趣只能是吃喝玩乐了。这样看来，将志趣按雅俗高低进行分类，自有他的道理，但也不是绝对的，有的人爱好众多、志趣也就丰富多彩，有的人兴趣广泛，可谓多才多艺，凡事不能一概而论。

志趣与情趣有许多相同的意思，但侧重又有所不同，志趣多指人的志向，而情趣则侧重人的情怀与情调。

仔细回想幼年时期，也有自己的志趣或情趣，爱好画画也可以说是属于我自己魂牵梦绕的情趣。因为父亲爱好绘画，朱赤墨黑，耳濡目染，自己从小也喜欢写写画画。由于村里没有专门的美术培训班，也没有美术老师指点，绘画技艺只能靠自己瞎琢磨。得不到专业老师的培养，报考美院的梦想很快就破灭了。但是，自己为了在绘画上得到提高，还是，从书店购来许多有关的书籍，什么《人物素描》《绘画透视学》《怎样画虎》《怎样画猫》。虽然，自学无法提高专业技能，但还是有所收获的。记得，有一次，村支书家打家具，专门请我堂兄前往上漆，并在底座上着彩绘。堂兄便带我前往帮着绘画。还有一次，我的本家一位老人过世了，请我按老人先前的一寸照，绘一幅放大的遗像。我欣然应允，并按时画了像，得到了老人后代的认可与赞扬，说明画像达到了预期目的。此后，我从小学、中学到大学，都是板报组的成员，负责写字、绘画和编辑。

少年的情趣也仅仅维持到大学毕业。此后，从青年时代起，自己的情趣发生了转移，那个时候，结交了一批省城新闻战线和文学写作界的同道。在他们的影响和鼓励下，我走上了文艺写作之路。这一写，便是三十年。从第一篇，文学评论《纯美哀婉的歌谣》到荣获第27届中国电影"金鸡奖"的纪录影片《决战太原》；从广播剧《当代罗文王收秋》到戏剧《三气州官》；从评论集《空谷余音》、诗文集《晨雨夜话》，到散文专著《走进太原》；从长篇朗诵诗《晋商精神，生生不息》到《太原，在梦想照耀下前行》；从小说《远去的美娘》到《竹报平安》；等等。上百万字的作品证明了从青年到中年时期写作成为自己的某种情趣。惭愧的是，自己并没有能够写出什么像样的文学作品。

今天，我早已走出知天命，奔向花甲的年龄了，思维不再敏捷，眼睛不再明亮，写作的情趣虽说没有远遁，但是受到自身条件的限制。我知道，这是自然规律所至，我的情趣可能又要发生转移。在这样一种变化中，我遇到此生最大的"知音"，当然，它不是具体的人，而是一个古老的传统乐器——埙。这个距今七八千年的陶制乐器，让我再次心动着迷。古代八音中唯一用泥土烧制而成的乐器，让我体会到它与自己的倾诉与表达十分的契合。来自大地的埙，它的声音是大地的心声，是母亲的心声，是远山的呼唤，是沟谷的清泉。有人说，有诗就有远方。我却说，有诗，还必须有埙，才有远方。也许别人不信，可我信。

宏伟

2018年3月24日

附：王宏伟，中国作家协会会员，国家艺术基金专家评委，第七届山西省作协主席团委员，太原作家协会主席等。

二十、郭净（2018年11月28日）

郑老师：您好！

我与您的缘分仿佛是天赐的。虽不常见，却总能相遇。大学毕业30多年来，我做过企业的宣传和青年团工作，做过杂志和报纸的编辑和记者，也从事过媒体的管理工作，风风雨雨中有所长进，但走得跌跌撞撞，深感文化功底与专业素养的欠缺对事业的发展带来许多难以逾越的障碍。而正是这种缺失，使我更加感到，文化素养的形成要从小培养，加之我自始至终对家庭教育的热爱，一大部分精力用在陪伴孩子的成长中，以求未来能致力于家庭教育事业。

记得，在太报集团《山西商报》工作时，《太原日报》的老社长张鸿文与报社员工交谈时说过这样一句话："人不要贪多，一生用心去完整地做好一件事就够了。"我将这个忠告记在了心里，不曾忘记。那个时候，或者是更早以前，我已在冥冥中将家庭教育作为一生最完整的一件事去做，并视为一辈子的兴趣，觉得唯有此事能成就自己。自从孩子3岁以后，我坚持做着育子记录，一方面想给孩子留一笔精神财富，另一方面想以此探求儿童成长的心迹。

记得，2014年的一天，与您电话聊天，我说，我试图把美学色彩带入家庭教育体系，并以此整理育子记录，探索美学家庭教育，得到您的支持与称赞。但是，由于自身才疏学浅，缺乏美学知识与理论，加之您忙于《走出写作障碍》一书的研究，此事暂被搁浅。后来，我选择了自己相对比较了解的"情感教育和情绪管理"的角度，整理育子记录。2017年5月，我提前退休了，我用半年多的时间，将整理出的内容，以散文随笔的方式汇集成册。这一年，我50岁。我终于在人们说的"50岁是人生的又一个新起点"之时，基本完成了前半辈子用心完成的一件事。

2017年年底，山西省女作家协会的陈威老师引我踏入省女作家协会的行列，使我的育子记录在2018年，完成了从册子到成书的华丽转身。而就在我准备拜访您，毕恭毕敬送上我的书作时，您的电话又那么及时地震响了我的手机。我感到意外，更多的是惊喜。

意外的是，几乎在同时，我想到了老师，老师也想到了我；惊喜的是，听闻老师在相继出版了《写作障碍研究——写作书简》和《走出写作障碍》之后，又在进行审美情趣课题的研究。当然，这之外，我更有钦佩与担忧。钦佩您一生清苦，坚守学问的执着；担忧您雪染两鬓，能否再经得住长期伏案。而让我感动与兴奋的是，老师还记得我个人的情趣与热爱，并激励我也关注情趣研究。

郑老师，我何止是高兴啊，仿佛生活又给我敞开了一道研究家庭教育之门，推开这扇门，我将领略家庭教育之美，乐趣无穷。

家庭教育必是以情感为主，没有情感就谈不到家庭教育，情感是和谐的基础。美与和谐的关系又是一脉相承的。早在古希腊时代，哲人们就有了这一认识。而美又是一门学问，人类的各种活动都与美联系在一起。美与家庭教育自然有着天然的关系，从某种意义上说，美就是和谐，和谐即是美。家庭中的亲子关系、夫妻关系和谐美好，是家庭教育根本之所在。

我的书名为《爱去爱来》，它以情感为横坐标线、以爱为纵坐标线，立体地将儿子从0岁到18岁成长的点点滴滴组合在一起，每一篇短文都在诉说着一个情感的故事，每一个故事又试图想引发读者对自己家庭教育的思考。这思考有关于亲子关系的思考，有关于夫妻关系的思考，有关于自我成长的思考。我想，不管我们的家庭有着怎样的分歧与裂变，有着多么深的不幸与痛苦，我们都应当去发现美、欣赏美、创造美，就如同，不论我们的孩子有多么多的问题，我们依然要去爱他、关注他、支持他，爱孩子与孩子的优缺点是没有关系的。家庭不论经历多少的磨难，美好依然存在的，就看你是不是用心去拂拭那层挡在眼前的迷雾，揭开那层纱幔，打开那扇久久关闭的心灵之窗。

母亲是什么，母亲就该是那个打开自己心灵之窗，也打开孩子心灵之窗，并带着孩子一同发现美、寻找美、创造美的人。带着这样的信念，我如同大多数的女子一样，经历所有的幸福与忧伤、快乐与痛苦、欢笑与泪水后，寻找到属于自己的幸福生活。于是，家庭教育越来越成为我的兴趣所在。这个兴趣成了影响我一生的最重要的法门。

我常常在想，当我们在抱怨他人、抱怨家庭、抱怨环境时，首先要反思的是，我们用来发现美的眼睛都看到了什么！发现美，是一种习惯，也是一种品质，对孩子是要从小培养，并贯穿一生的。带着这样的兴趣，这样的态度，我引导着孩子，使孩子不仅远离了抱怨，还学会了理解与宽容，更重要的是他收获了快乐的种子，播下了美丽的心情。这更触动了我对美育的探求。

作家寄情于物，万物会生出灵动之美；人们寄情于家，家庭会呈现和谐之美；母亲寄情于孩子，孩子会透出人性之美。家庭教育中，美当无处不在，比如语言简洁的美、语气柔和的美、肢体优雅的美、仪态温婉的美、举止轻缓的美、游戏乐趣的美、读书沉静的美，以及透过表象展示的心灵之美。同样的道理，不同的表达方式必然产生不同的效果，一个母亲她所表现出来的外面与内在的美一定会影响孩子人格与品性的塑造。人是美的存在，若背离了人性，美的基础就消失了。

然而，对我，从情到美之间，还是有一定距离的。于是，随着孩子的长大成人，我觉得自己又有了更重要的使命与责任，那就是能将家庭教育美学之光，临照于我的孙辈们，以美启开他们的智慧，又以智慧去发现美、创造美和欣赏美，从而让智慧成为又一种绝伦的美。此时，我又遇到了您——郑老师。是您再一次点燃了我的兴趣，是您将引我走向更深刻的体验中。多么想将您多年来对美学的研究成果承接过来，哪怕只是撷取几片花瓣，闻着花香亦能让我沉醉。写到这里，我忽然想起，大学时，您曾经在课堂上讲过的一个细节，您说，很喜欢倚在门边，深情地望向门里母亲与孩子游戏的样子。或许，就是这样美好的景致吸引了我，也深深埋在我的心里，于是我一直努力做这样的一位母亲。这是我一生的兴趣，不，还不全是。我还想做一位这样的婆婆，还想做一位这样的奶奶。

我一定会追随着老师的足迹，将家庭教育、智慧、美三者密切关连在一起。为您送上我最真挚的祝福，祝您身体健康，愿您的研究成果如种子般撒向您永远热爱与沉醉的土地，枝繁叶茂，福及后人。

致礼！

您的学生：郭净
2018 年 11 月 28 日

附：郭净，作家，资深新闻人，家庭教育研究专家。

二十一、申毅敏（2023年4月21日）

工作30年，没离开过报纸，先做了15年新闻记者，后做了15年副刊编辑，自己的文章让别人改过，也改过无数别人的文章。都说"文章不厌百回改"，这怎么改，可真是一门学问哪！

拿到一篇文章，我不会马上修改，而是要通篇浏览一下。首先看主题，看看作者的思想、观点、审美是否健康、正确；其次看文字、内容是否能把主题表达得充分、新颖、独特；再次看文章的逻辑是否条理清晰、详略得当；最后看有无细节画面，是言之有物，还是满纸空谈。浏览也许只有一两分钟，但编辑的眼睛是毒辣的，写得咋样，能否刊用，心里马上就有底了。不能用的，果断放弃；能用的，则沉下心来去修改。咋改呢？有两个关键词"改对"与"改好"。文如其人，各人有各人的风格和语言习惯，首先要尊重作者，尽量保持原稿的风格。但文中错误的常识、提法、引文、时间、人名、历史事件、语法错误等"硬伤"，肯定要改，所谓首先要"改对"。再说"改好"，这个就看编辑的水平了。调整结构、删掉赘余、增添必要素材、给语言润色、升华主题等是常用方法。所以说修改文章，就是编辑与作者的一次心灵对话，看着眼前的一行行文字，编辑脑海中会涌现出一些闪光的思想和语言，以及更为深刻和精彩的说法。如此一改，会为原文增色不少，这大概就是"改好"的意思吧。

改文章还要注意语言环境的配合与协调，编辑切忌以自身好恶为取舍标准。有的编辑爱好文雅词句，就把通俗的、口语化的文字统统改过来。有的编辑喜欢现代语，看到古语就删，都不可取。一篇文章的语言风格应协调，读起来舒服为宜。

叶圣陶在《和教师谈写作》一文中，强调通过朗读修改文章，他说："修改稿子不要光是'看'，要'念'。就是把全篇稿子放到了口头说说看……一路念下去，疏忽的地方自然会发现。"遇到难啃的稿子，我有时也用这个方法。有些稿子实在看不下去，还会改一改，放两天，再改，效果会好些。

鲁迅说："我做完之后，总要看两遍，自己觉得拗口的，就增删几个字，一定要它读得顺口。"希望作者们向鲁迅先生学学，一篇文章写完，自己先多看看，多改改，把"硬伤治好"，到了编辑手里，再一润色，这不就能麻溜地刊登了嘛！

2023 年 4 月 21 日

附：申毅敏，女，高级记者，太原日报社专副刊部副主任。山西省作家协会会员，太原市作家协会理事，太原文艺评论家协会理事。散文随笔散见于报端，出版有随笔集《历史的村庄　时代的乡愁》（合著），《晋水之阳第一村》（合著）。

二十二、邢晓梅（2023 年 4 月 25 日）

尊敬的郑学诗老师好：

迟复为歉！只因事情太多一直未能静下心来思考。其实美学研究于我而言是个高深而陌生的领域，虽然我也在做着与审美相关的工作，但将情趣与美联系做理论性的阐述还是有些难度的，我只能将工作中的一些体会及一点粗浅认识与您分享，不妥之处，请您指教。

其一，美是需要去发现的。著名雕塑家罗丹曾说，生活中不是缺少美，而是缺少发现美的眼睛。对于写作者来说，善于观察生活中的点点滴滴，就如同多了这样一双发现美的眼睛。

星辰宇宙，山川湖海，世间各种各样的人物、植物、动物、事物……当我们用心去感受、去体验、去领悟的时候，就会发现自己多了一双慧眼，能看到很多常人所看不到的东西，体验到一般人体会不到的感觉，此时写出来的文字，有时会令自己惊讶不已。

记得多年前到您家中采访，谈到您挚爱的审美话题时，体弱多病的您顿时神采奕奕。您沉浸在自己的美学世界中，即便抱着病体、家徒四壁，仍然甘之如饴，脸上流露出孩子般纯粹的笑容。我捕捉到了这一动人的瞬间，并述诸笔端，文章发表后您对这段描写给予了高度认同。其实，这正源于对生活的体味与观察。

细致观察，其意义不仅在于能为作品积累细节材料，而且能发现生活中的闪光点，发掘出生活中有价值的一面，写出成功的作品。

唐朝诗人王维《终南山》中，有"白云回望合，青霭入看无"之句，真切地写出了作者登山时的观察与发现。终南山一片白云萦绕，上山如破云而入，俨然没有来路，但低头一看，又仿佛不见了青色的云气，如入虚幻神奇之境，又如南宋文学家杨万里的"小荷才露尖尖角，早有蜻蜓立上头"，粉红色的荷花刚刚露苞，那样鲜嫩，那样羞涩，一只蜻蜓伫立在花蕾上，与初荷融为一体，构成动静结合的意境，读后令人兴味盎然。这均为细心观察的结果。

清代文学家、"东方黑格尔"刘熙载说："山之精神写不出，以烟霞写之；春之精神写不出，以草木写之。故诗无气象，则精神也无所寓也。"当我们在用"形象"寄托"精神"时，往往不是简单的白描，而是会融入自己的情感，用心灵的眼睛去观察。所以可以这么说，观察是对对象的情感投射。比如同样的绿色，由于人的心理投射不一样，感受也不同。朱自清从梅雨潭的"绿"中感受到奇异美妙，白居易从柳色青中感受到人间伤感的离愁别绪，原因概源于此。万事万物都各有其特点，作者找出不同点，才能让自己的作品与众不同。

在一篇专访中我这样描述："环顾郑教授的家，到处都是书，书房中书柜占了整整一面墙，地上、桌子上、客厅里，甚至过道都堆满了书，老两口的生活空间被大量的书侵占得几乎无处下脚。他把几乎所有的钱都用在购买图书、做研究上了，房子住了几十年，没有一件新家具，似乎也未装修过，如今已难以见到的水泥地面，被磨得泛出了光亮……"这样的观察，把一位沉心静气淡泊名利、孤独做学问的学者形象真实展现出来。

其二，美的直觉能力对一位写作者来说很重要。意大利哲学家、文学批评家和美学家克罗齐认为，美在直觉，认为"直觉即表现"。

美学直觉是指一种感知和理解美的方式，它与个人经验、文化背景和感官感知紧密相连，是一种主观的、情感化的体验，它既包括客观世界的美感特征，也包括主观个体的审美情感和品位等因素。

您说，"我很喜爱李商隐《无题》中的诗句'书被催成墨未浓'"，由这句话，我体味到您惜时如金、争分夺秒研究美学的紧迫感，由此记录下您"要赶快做""有生命与精力的紧迫感，每分每秒地抢夺时间，想不留遗憾地尽快把这两部作品完成，奉献给社会"这样平实的话语，读来令人动容。

其三，写作者应该具备对美的概括能力。眼力要入木三分，用独特的视角看出要害和关键，能够以小见大、平中见奇、由近知远、由此知彼，要善于透过现象看本质、复杂之中辨真伪、从事物初始看趋势等，做到"四两拨千斤""化腐朽为神奇"。

通过对您的采访，我归纳出："这些年来，郑教授于'无穷之门'中无尽寻觅，逐步对已有的美学探索作出力所能及的拓展与延伸"，因为，"它具有重要的社会价值"，这些文字，较为准确地概括了一位学者的孜孜追求。

其四，情趣会产生很强的审美性。将日常的感觉，上升为艺术的感受，倾注感情于其间，"物色之动，心也摇焉"，然后将这种感受凝聚为一幅美丽的画面，便会超越如常的现实世界，呈现出一种别样的情趣。

据我所知，郑老师的生活非常富有情趣。对生活的热爱，让您将平凡的日子过成了诗。您微信朋友圈中的"学诗原创书法摄影日记"坚持多年，目前已更新至7000多篇。无论是春天的花、夏日的雨、秋天的叶、冬季的雪，还是午后的云、傍晚的落日，甚至，自家花盆中的白菜种子初吐嫩芽、猫咪生了宝宝、窗外的石榴树展现风姿……您将生活中常见的事物纳入镜头，唯美展现。或许正源于对生活的悉心赏读，您才在美学研究、文学创作、文化批评及摄影、书法等领域拥有了不凡的造诣；又或许是几十年如一日对美学的执着追求，方让您愈加具有了对美的强烈感知力。二者互为表里。

由您身上，我悟出这样一个道理，如若拥有对生活的美好追求，如若有一种乐观的生活态度，再强化自身修养，不难获得一份特别的情趣。而情趣，会让生活更有乐趣、更具品质，会让精神更丰盈、更独特，也会让笔下的文字更丰满、更灵动。

谨祝春安

晓梅致上
2023年4月25日

附：邢晓梅，高级编辑，山西省作家协会会员、山西省女作家协会监事、太原市作家协会理事，曾任职于《太原日报》专副刊采编中心，两度获评太原市十佳新闻工作者。出版有访谈类专著《素颜·文化非常眼》，作品入选《40件物品中的改革开放史》《过光景》等著作，曾参与《龙城三章》《纪念傅山诞辰400周年新闻文论书画集》《再说杀虎口》《太原作家》等书籍刊物的编辑出版工作。

后 记

　　我这一辈子，读书与传播融入了整个人生。大半生与书为伴，从讲台逐步走向社会，于世间烟火及对审美理想追求中品味人生，于攀缘探索中强化主体综合素质在长期经历中的积淀，于心灵与大自然的碰撞融合中闪现出回归自然的自由火花，进入人生过程中各阶段从零开始的自我反思。

　　20世纪80年代初，我有幸参加全国语言学学科规划会，在著名语言学家王力先生的影响下，开始进入了青少年写作障碍这一具有开拓性课题的研究，从广泛的社会调查研究开始，在近30年的过程里，一种社会责任感的驱使，激励着我执着、自然地面对人生，在翰墨生涯的人生追求中，耕耘着情趣潜游的至乐；在教学与科研相结合的事业中，侧重在多年对书面表达障碍与情趣思考两个课题方面的探索，相继完成了革命历史人物传记《革命先驱高君宇》、书面表达障碍研究——《写作障碍论》《走出写作障碍》《写作障碍研究——写作书简》《至乐集》的立意与出版和美学视野下情趣理论的学习与初步思考。

　　虽然退休后的审美追求和实践较为丰富，但岁月不饶人，面对人生，我尽力保持良好的心态。除了从事写作理论、美学理论研究和在社会上从事审美教育的传播外，书法、摄影、文学等多种爱好使我的生活充满情趣，不止一次地又想进入审美情趣问题的思考。但一想到这是一个在美学理论发展中尚待开发的课题，不但存在积淀的远远不足、认知距离的高难度，作为年逾八旬之人，具有生命与精力的紧迫感，想克服认知距离，体力不支，又想不留遗憾地把想做的事尝试做做看，难度很大。为此，我经常想到李商隐《无题》中的诗句"书被催成墨未浓"，总觉得时间不够用；鲁迅先生说的"要赶快做"也不时在我耳畔回响。

　　2015年8月15日，应著名美学家阎国忠先生邀请，参加北京大学

"美学的西方渊源与中国问题学术研讨会",会议间歇中,我和先生谈到想试着对情趣问题做一点思考,他说:"对你来说,面临的又是一个未经开发的难题。需要做长时间的准备。"并鼓励我:"你热爱生活,对世界和人生充满了情趣,我相信你会做下去。因为这就是你的事业,是你的情趣,是你不可逾越的生命的底线。"

在写作前期案头准备阶段,体会最深的是,写作主体综合素质积淀的重要;联系实际接受群众的教育反思后对主观世界改造必要性的再认识。尤其是孔子倡导的"学而时习之,不亦说乎"的愉悦状态的学习态度。以"游于艺"所形成的"游学"传统,把在学习过程中理想状态下畅游情趣的乐观态度放在首位。

孔子讲的"艺"是六艺,包括礼、乐、射、御、书、数相关学科,是指学人学习过程中的综合文化修养,包括文艺和审美情趣。所以,"游于艺",泛指学习者对文化态度和生活艺术教育的一种理想状态的追求。

也需借鉴明清时代,文人抛开正统的价值观,把对功名的追求,转化为对内心人文精神的深度挖掘,提出"以寄为乐"的生活观念。

如果说,在20世纪80年代走向社会时充满了对未来的企望,但对自己行为的逻辑起点把握尚不准确,到老来的自我反思中我才逐渐被唤醒:人的一生,是对情趣追求的一生,是充满了对美与爱向往的追求,永无止境的对象化过程。面对充满情趣不断发展变化的广阔生活,没有一颗热爱生活的赤子之心与无私奉献的大爱情怀,没有一种怀着平常心,扎根生活,加强审美修养,矢志不渝地在实践中介入对生活的辩证观察分析过程,就不会发现美,不会感悟到情趣的人生价值。只要不断拓展自己的视野,不断丰富自身的综合素质积淀,在反思中加强对命运的思考和对生活的热爱,就会不断拥有发现美的能力。

我的这本《情趣谈》,是从自身重温情趣的起源,所受社会大文化背景的磨砺、制约与发展,思考情趣与情怀、与审美理想、与自由创造的关系,运用随笔形式撰写的一本关于自身情趣追求的粗浅体会,抛砖引玉,以唤起更多人对生活的热爱、对情趣的追求。

成书过程中,得到了北京大学哲学系著名美学家、博士生导师阎国忠教授、中国社会科学院哲学研究所徐碧辉研究员、北京外国语大学中文学院院长兼海外汉学研究中心主任程裕祯教授等的大力支持，并热情地给我发来珍贵的情趣书信；2015年，北京大学哲学系著名美学家、美术史论家、书法家杨辛先生（1922—2024）也表示了对本书构思的关怀，我把1985年他赠我的条幅"清凉世界，火热心肠"作为题词放入书内。

长期以来，本书责编李民先生为本书出版做了大量具体细致的编审工作，在此，我向他表示深深的谢意。

情趣的积淀、视野的拓展，需要毕生的追求，不仅是一个人审美素质、人品的重要体现，也同时需要有一个体现民族素质形成的崇高情趣境界和大文化背景的潜移默化、一个关乎举国上下精神文明建设长期共筑的系统工程。继承民族传统文化与人间烟火的结合，从我做起。

郑学诗
甲辰年九月初九日于并州至乐斋